MI FAMILIA Y OTROS ASESINOS

FRAN NAVARRO Y CHUS NAVARRO

MI FAMILIA
Y OTROS ASESINOS

PLAZA JANÉS

Papel certificado por el Forest Stewardship Council®

Penguin
Random House
Grupo Editorial

Primera edición: abril de 2024

© 2024, Francisco Navarro y Jesús Navarro
© 2024, Penguin Random House Grupo Editorial, S. A. U.
Travessera de Gràcia, 47-49. 08021 Barcelona

Printed in Spain – Impreso en España

ISBN: 978-84-01-03321-6
Depósito legal: B-1872-2024

Compuesto en Mirakel Studio, S. L. U.

Impreso en Liberdúplex
Sant Llorenç d'Hortons (Barcelona)

L 0 3 3 2 1 6

Para nuestra madre

Guía de personajes

Ofrecemos a continuación una relación en orden alfabético de los principales personajes que aparecen en esta obra.

Barrios, Verónica: exmujer de Eugenio y madre de Florencia. Es la pasota del grupo. A Verónica le da igual lo que opinen de ella y siempre dice lo que piensa. Trabaja en el hotel, de recepcionista.

Costa, Ainhoa: novia de Florencia. La pelota. Quiere caer bien a la familia a toda costa y se esfuerza por agradar a todos, puede que en exceso.

Galindo, Juana: la forastera. Inspectora de Homicidios en activo. Policía del montón, ni buena ni mala. Es un pedazo de pan, pero con los Watson va a mostrarse firme para hacerse valer entre tanto genio.

Junquera, Berni: el marido de Susana. Es el tío guay. Cercano, sorprende por la naturalidad con la que acepta los halagos... y los chismorreos familiares sobre la suerte de Susana por tener a alguien como él.

MONTENEGRO, Emilio: marido de Julia. El cuñado graciosete. Es un hombre que no ha hecho nada de provecho en su vida ni sería capaz de hacerlo. Sobrevive, en sus propias palabras, a base de «estar en todos los fregaos».

NÚÑEZ, Quique: el marido de Eugenio. El tipo inocente que nunca se entera de nada. O eso parece, a lo mejor se guarda algún secreto. O no.

PÉREZ, Agnes: la abuela. La centrista de la familia. Es esa persona que siempre afirma que todos pueden tener parte de razón y les afea que discutan, sea cual sea el motivo de la discusión.

PÉREZ, Gerardo: el tío abuelo. Un imbécil con todas las letras (las seis, que la i está repetida). Empresario de éxito, es el dueño de una cadena de hoteles de esquí.

WATSON, Alvarito: hijo adoptivo de Eugenio y Quique. Es inocente como un niño de ocho años porque es un niño de ocho años. Venga, va, una pista: Alvarito no es un asesino.

WATSON, Eugenio: el padre. Inspector de Homicidios en activo. Muy formal, aunque siempre agradable. No es particularmente talentoso, pero es un apasionado de su profesión y su perseverancia le hace destacar.

WATSON, Florencia: la hija. Futura inspectora de Homicidios. Friki del k-pop, es el verso suelto de la familia. Aunque sea capaz de sacar de quicio a cualquiera con sus ocurrencias y su insufrible ego, es tan dulce y abierta que resulta imposible cogerle manía. Un verdadero genio de la deducción.

WATSON, Javi: hijo de Susana. El intenso. Es lo que se conoce como un «criptobro», un chico obsesionado con las criptomonedas y con su defensa del sistema neoliberal.

WATSON, **Julia:** la cuarta hermana. La de la risa fácil. Está bien disfrutar de la vida, pero ella se pasa. No todo puede ser gracioso, y su marido Emilio menos, pero ella bien que se ríe. Se hace molesta, la verdad.

WATSON, **Míriam:** la hermana mayor. La víctima del asesinato. Trabajaba en la cadena de hoteles de la familia, y posicionarse junto al odiado tío Gerardo provocó que se distanciara de sus hermanos y de sus padres durante años. De carácter frío y competitivo, siempre estaba ocupada. ¿Será la única víctima? No os lo vamos a decir, no pretendemos hacer spoilers de todo antes de empezar. No estamos locos.

WATSON, **Richard:** el abuelo. Inspector de Homicidios retirado y una leyenda del Cuerpo. Cariñoso con sus nietos, duro con sus hijos. Es un hombre de pocas palabras, aunque bien escogidas.

WATSON, **Susana:** la tercera hermana. La negacionista que hay en cualquier familia. Habla como si supiera de todo, pero su única fuente de información son los grupos de Telegram.

Prólogo
I

RICHARD

Richard Watson tiene una sensación molesta, como si hubiera olvidado algo. Decide no darle vueltas porque él es más de caminar en línea recta que haciendo círculos. Ya lo descubrirá después, siempre lo hace. Se levanta de la cama y entreabre la cortina de su dormitorio, dejando pasar la cantidad justa de luz. Suficiente como para poder ver, pero no tanto como para despertar a Agnes, que aún duerme entre las sábanas.

Es un hombre de rutinas, da lo mismo que la noche anterior se acostara tarde, que bebiera más de lo habitual o que en el exterior esté cayendo la mayor nevada de la historia de Aragón, él se levanta con el sol, como cada mañana. Sin embargo, es el sol quien parece más reticente a salir. Hoy casi no da luz y, aunque es obvio que por ahí debe de andar, permanece escondido cual criminal.

—Algo habrá hecho.

Richard acostumbra a hablar solo, no porque pretenda afianzar conceptos o porque busque mantenerse activo, sino porque no depende de nadie. Él dice lo que tiene que decir y, si hay alguien delante, lo escuchará; si no lo hay, la información se pierde y punto.

Da una calada a su vapeador, uno de estos modernos que parecen más una petaca de cuero que una pipa electrónica, y observa el temporal a través de su ventana. Es un espectáculo violento. Las bolas de granizo, impulsadas por un viento huracanado, bombardean sin tregua sus terrenos: el tejado, los árboles de su jardín y las cámaras de seguridad que rodean la casa. Richard deja escapar una leve sonrisa al percibir que aún están en funcionamiento, a pesar de todo. El gesto se le tuerce al ver el vehículo oruga de Gerardo, su cuñado, abandonando su casa de buena mañana. Es un cuatro por cuatro eléctrico, que casi no hace ruido ni contamina, pero Richard no está preocupado por el medio ambiente. No. Su problema con Gerardo va mucho más allá de eso, la suya es una enemistad sin remedio.

Richard aparta la vista de la ventana, agarra su bastón, de madera aunque acabado en punta, acondicionado para poder ser clavado en el hielo, y mueve su fornido cuerpo con vitalidad, ingeniándoselas para no hacer ruido.

—No estarás pensando en salir hoy, ¿verdad? —dice Agnes.

—¿Qué haces despierta? Es mejor que descanses, tenemos un día largo.

—Ya sabes que con todos los niños en casa me cuesta más dormir, pero no te preocupes por mí. Me compensa.

Algunos de los «niños» tienen ya cincuenta años, pero para Agnes hay cosas que no cambian. Se incorpora para insistir:

—En la radio dijeron que teníamos que quedarnos en casa mientras durara la tormenta, Josema va a ser de las fuertes.

Ahora está de moda poner nombre a las borrascas y con esta ha tocado el nombre de Josema. Richard tiene la teoría de que es así porque es Navidad y porque a quien sea que se encargue de esos asuntos se le ha antojado hacer un homenaje a José y María a la vez, aunque a lo mejor es casualidad. Como siempre afirma Richard, nunca se debe subestimar la torpeza del ser humano.

—No ha nacido nadie llamado Josema capaz de darme miedo. Vuelvo con pan en media hora.

El anciano sale del dormitorio sin esperar respuesta ni perder más tiempo. El pasillo es largo; es el mismo camino que recorre cada día desde hace años, si bien hoy se percibe distinto. Todos sus hijos han vuelto por Navidad y algunos incluso han venido con sus nietos. Richard tendría que sentirse henchido de orgullo por estar rodeado por su familia de nuevo, como Agnes, pero todavía nota esa sensación que no le deja tranquilo. Hay un detalle que no encaja y no logra identificar cuál. ¿Ha olvidado algún regalo?

Tras bajar las escaleras, Richard desactiva la alarma, repitiendo la misma acción mecánica de cada amanecer. Todas las noches la enciende y todas las mañanas la apaga. Es un sistema personalizado y perfeccionado hasta el más mínimo detalle. Las cámaras cubren la totalidad del perímetro de la casa y los sensores, colocados estratégicamente, avisarían al instante de cualquier intento de allanamiento. No cabe duda de que son medidas excesivas para un ciudadano de a pie, pero Richard nunca será tal cosa. Ha sido inspector de Homicidios durante décadas y eso no se olvida. Agnes le insiste cada cierto tiempo en que se deje de alarmas y precauciones, al fin y al cabo, cada día que pasa es más improbable que sufra las represalias de ninguno de los asesinos a los que metió entre rejas. La mayoría de ellos ya serán personas mayores, como él. Richard la comprende, ha pensado seriamente en apagarlo todo, pero hay actitudes que no se pueden dejar atrás. Ser previsor forma parte de su naturaleza. Eso y que la desconfianza que siente teniendo a Gerardo de vecino le impide relajarse. Hasta ahora ha dormido más tranquilo sabiendo que le mantenía alejado de sus propiedades.

Mientras se enfunda su largo abrigo negro, Richard piensa que quizá pronto deba escuchar a su mujer y quitar toda esta parafernalia. Gerardo y él han pasado décadas sin hablarse, construyendo con mimo un desprecio mutuo que ha dividido a la familia, separando a padres de hijos hasta convertirlos casi en extraños. Ambos habían prometido odiarse hasta que la muerte los separase e iban camino de lograrlo hasta que, sin motivo aparente, Gerardo aceptó la invitación anual de Agnes para acudir a la cena de Nochebuena. Richard no tuvo más remedio que aceptar su presencia y, aunque jamás lo admitirá en voz alta, se alegra de que su cuñado viniera. No conoce las razones de Gerardo y está convencido de que no son buenas, pero su gesto facilitó el reencuentro familiar, lo mejor que le ha pasado en años. La vida no es como los cuentos, en el mundo real a veces es el malo el que salva la Navidad y al bueno no le queda otra que joderse y aguantarse.

—Es así y así es. Y punto.

Sin detenerse más en pensamientos estériles, el anciano da una última calada a su vapeador, lo guarda en el bolsillo del abrigo, abre la puerta y se dispone a enfrentarse con Josema.

Un chillido desgarrador. Es la voz de su hija Julia. El sonido viene de la habitación de Míriam, otra de sus hijas. Un presentimiento sobrecoge a Richard, esto es lo que lleva temiendo toda la mañana.

—Mi niña.

Prólogo
II

AINHOA

No negaré que fui avisada. Cuando comenté con mis compañeros, tanto jóvenes como veteranos, que Florencia me había invitado a pasar la Navidad con su familia, todos sin excepción me previnieron de que podía esperar cualquier cosa de los Watson. Por eso vine preparada para las mayores excentricidades, genialidades o simples locuras, lástima que lo que me he encontrado esta mañana supere cualquier expectativa, para mal.

Los gritos que llegan desde el exterior de la habitación me obligan a dar el paso que llevo demorando ya veinte minutos. ¿O son cinco que se me han hecho largos? Es imposible de saber. Ayer bebí más de la cuenta y solo pensar en la verticalidad hace que mi estómago proteste y amenace con la rebelión. Me planteo la posibilidad de hacerme la tonta y remolonear un rato más, pero escucho la voz de mi chica fuera y su tono es muy preocupante, de alarma. No me queda más remedio que levantarme. Vamos, Ainhoa, tú puedes.

Las circunstancias me obligan a salir sin cambiarme siquiera de ropa, es una tragedia. Llevo un pijama que me regaló Florencia hace un par de meses, con las caras y los cuerpos de diversos cantantes de k-pop impresos por todas partes. Admito que no sé quiénes son, por mucho que ella me repita sus nombres y enumere sus hazañas vocales y sonoras. No tenía intención de dejarme ver en sociedad con él puesto, menos aún delante de tantas personas a las que acabo de conocer y a las que pretendo agradar. Bueno, delante de ellos y de mi jefe.

Salgo al pasillo y me doy de bruces con el caos. La familia Watson al completo se encuentra frente a la habitación de Míriam, Florencia incluida. Ella me ve y cruzamos una mirada a través de la que me informa de que algo terrible ha sucedido.

Al menos eso es lo que interpreto yo, ya que mi chica es totalmente indescifrable. Hasta hace unos meses este era un asunto capaz de desestabilizarme más que ningún otro. Pese a que ella jamás ha dudado en demostrarme su amor sin pudor ni vergüenza, yo sentía que siempre había una distancia entre ambas, que no había conexión. Suena estúpido y quizá lo sea, pero en mi defensa diré que no es sencillo convivir con una persona genial y ser consciente de que nunca estaréis pensando en lo mismo, al menos no de la misma manera. Ahora lo asumo con normalidad e incluso lo veo como parte de su encanto. Es fascinante presenciar cómo es capaz de suponer lo que los demás ni imaginamos, por no hablar de que no hay nada más divertido que ver las reacciones de los señoros cuando una veinteañera con el pelo morado los deja en evidencia sin esfuerzo aparente. Sí, se puede afirmar que he encontrado el equilibrio a su lado. A veces hasta me engaño a mí misma, convenciéndome de que soy capaz de anticipar sus reacciones o comprender su línea de razonamiento. No son más que ilusiones mías, por supuesto.

—Que nadie toque nada, por favor —dice Eugenio, mi jefe y suegro.

Eugenio se atrinchera en la puerta, impidiendo el paso. Me gustaría saber cuál es el motivo del drama, pero me rodea una algarabía sin sentido. Todo el mundo tiene algo que decir y trata de expresarlo al mismo tiempo.

—¿Habéis llamado a una ambulancia? —pregunta Berni, el tío simpático de Florencia.

—Por lo que he podido ver, no hace falta —contesta Julia, la tía imprevisible de mi chica. Parece recién levantada, despeinada y descompuesta, pero, a decir verdad, siempre da esa impresión.

Es algo así como una versión tosca del resto de los Watson, como si al gestarla se les hubiese olvidado darle definición y sus rasgos estuviesen a medio terminar, a lo bruto.

—Y no llegarían hasta aquí —responde Verónica, mi suegra, siempre realista.

—¡Que vengan los geos! —dice Susana, mujer de Berni. Es la tía de Florencia con tendencia a creer en conspiraciones y a abusar de los rayos uva. Da igual el evento, siempre va arreglada de más.

—Los que faltaban —contesta Javi, hijo de Susana y primo de mi chica, mostrando su odio hacia todos los funcionarios públicos, sean quienes sean.

—¡Todos tenemos derecho a entrar y ver qué ha pasado! —exclama Emilio, el marido de Julia, que no puede evitar dar la nota allá donde vaya.

El último en llegar es Richard, el abuelo, la leyenda. Cruza una mirada con su hijo y esta debe de ser más informativa que la que me dedicó Florencia hace unos segundos, porque él se entera de inmediato de todo. Alvarito, el hermano pequeño de mi novia, le observa con fascinación:

—¿El abuelo está llorando?

—Corre con la abuela y dale un beso bien fuerte, anda —le dice Quique, mi otro suegro, el que sigue casado con Eugenio.

Alvarito obedece, sorteando a Richard de camino hacia Agnes, que observa la escena desde la puerta de su dormitorio, al fondo del pasillo. El abuelo permanece solo, nadie sabe cómo apoyar a quien jamás ha necesitado apoyo. Eugenio toma el control:

—Todos fuera de aquí. Esto ya no es la habitación de Míriam, es una escena del crimen.

La información es nueva solo para mí. Conocí a Míriam ayer y es la única tía de Florencia que no está en este pasillo. No fue particularmente simpática conmigo y, sin embargo, la noticia de su pérdida me sobrecoge. Tengo sudores fríos y descubro asombrada que me tiemblan las piernas. ¿O es la resaca? Richard, sin embargo, encuentra fuerzas bajo sus lágrimas:

—Yo voy a entrar.

—Retuit —dice Florencia.

La expresión de Eugenio al escucharlos sí logro interpretarla con facilidad. Él no es tan genial como su hija, de hecho es un libro abierto y yo llevo ya varios capítulos leídos. Ahora mismo está tentado de contestar con la firmeza de quien está habituado a tomar decisiones, pero no es lo mismo responder ante su padre y su hija que ante mí, la última mona de la comisaría.

—No hace falta, en serio —insiste Eugenio—. Es mejor que lo haga una persona, tan solo hay que confirmar la muerte, determinar la hora de defunción y si se trata de un homicidio o no.

—¿Y por qué tú y no yo? ¿O el abu? ¿O Ainhoa, que no la conocía? —pregunta Florencia.

Que mi chica me mencione provoca que más de una decena de pares de ojos se posen en mí y en las fotos de cantantes coreanos de mi pijama, aunque el interés desaparece a los pocos instantes. A pesar de que agradezco el detalle, la sugerencia de mi chica no ha calado. Florencia continúa:

—Papá, si no te han asignado el caso, tú tampoco puedes cruzar esa puerta. Y, literal, tienes cero unidades de posibilidades de que te lo den porque la víctima es tu hermana.

—Lo sé, por eso no voy a recoger pruebas ni a detenerme a analizar nada. No podemos hacerlo ni yo ni ninguno de los que estamos aquí, ni siquiera Ainhoa —dice Eugenio y me señala, aunque pronto se vuelve hacia su padre—. ¿Me oyes, papá? No podemos investigar el caso.

—Hijo, ¿de verdad quieres hacer esto? A mí me da pereza, pero si quieres jugamos a que tienes poder para venir a mi casa a darme órdenes. ¿Quién sabe? Quizá me equivoco y resulta divertido, lo mismo hasta te pone cachondo.

—¡Richard! —le interrumpe Agnes, su mujer.

—¿Qué pasa? El niño ya es mayorcito para responder de sus palabras.

El policía más renombrado de España…, «el niño». No puedo negar que no me lo avisaron, pero no esperaba tanto de los

Watson. Eugenio se pone colorado, aunque replica con la autoridad acostumbrada:

—Papá, te agradezco la honestidad, pero no soy yo quien te lo ordena, es lo que dice la ley.

—¿En serio? La ley no dice que puedas entrar tú y no nosotros —contesta Florencia.

—¡Bueno, ya está bien! ¡Todos! —dice Agnes—. Lo último que nos faltaba es que os pusierais a competir por quién es mejor detective utilizando a Míriam como excusa. Es suficiente con lo que nos ha tocado vivir.

La anciana toma aire antes de seguir adelante y descubro, no sin asombro, el silencio reverencial creado a su alrededor. Se ha cometido un crimen y, aunque en esta casa tenemos el raro privilegio de escuchar de primera mano la opinión de los más reputados investigadores de España, quien infunde verdadero respeto es Agnes, una trabajadora de Correos jubilada. Tras la atención recibida, continúa hablando, más serena:

—Lo que tenemos que hacer es estar juntos y dejarnos de crímenes y demás inventos. No tiene sentido ahondar en esos temas porque aquí no hay asesinos. ¿Me habéis oído? No los hay. Incluso en el supuesto de que alguno de vosotros tres entrase ahí y recogiera todas las pruebas del mundo…

—Que no se puede —puntualiza Eugenio.

—Y aunque se pudiera. Si uno de vosotros encontrase pruebas irrefutables que demuestren que mi hija no ha muerto de forma natural…, incluso entonces daría lo mismo. En esta casa no hay ningún asesino, os lo digo yo. No me hace falta tener un título como esos vuestros para garantizarlo. Hay cosas que se saben aquí dentro.

Agnes se señala las tripas y sus palabras vuelven a provocar un silencio intenso, aunque este no se parece en nada al de hace unos segundos. Pueden ser similares, porque nadie habla, pero las motivaciones son radicalmente distintas. Si el anterior estaba motivado por la reverencia, este está provocado por la incomprensión más absoluta. Yo admito no entender a qué se refiere, pero miro a Florencia e intuyo que ella tampoco lo tiene del todo claro. Es Emilio quien se arranca a hablar en primer lugar, demostrando una vez más que tiene un don para quedar mal:

—Bueno, si no es un asesinato ni muerte natural, siempre podría ser un suicidio, ¿no? ¿Te refieres a eso?

Agnes cruza la cara a su yerno en un movimiento inesperado y certero. Solo un segundo después de cometer la agresión, utiliza la misma mano para hacer una señal de la cruz.

—Mi hija jamás haría algo así.

El embrujo inicial llega a su fin dando paso al barullo previo. El misterio se ha resuelto, Agnes no sabía nada, tan solo es una anciana que se niega a asumir la noticia. Y yo lo entiendo, ¿quién podría? Supongo que es imposible asimilar la muerte de un hijo, pero aceptar que el asesino pueda ser otro de ellos debe de ser más que imposible si es que eso es posible.

—Yaya, faltan mil detalles por conocer todavía —dice Florencia.

—Mamá, yo te entiendo, pero en estas cuestiones las pruebas son más fiables que las corazonadas, lo digo por experiencia —añade Eugenio.

—Y claro que puede haber asesinos aquí. Más de uno. La gente es capaz de cualquier cosa, incluso si es un Watson —dice Richard a su hijo—. Por eso tenemos que entrar ya en esa habitación y dejar resuelto lo más básico y lo más urgente de la investigación, como has dicho tú antes, aunque luego no vayamos a dirigir el caso ninguno de nosotros.

La presión recae sobre los hombros de mi jefe. La inmensa figura de Richard ocupa tres cuartas partes del pasillo y el menudo cuerpo de su nieta el cuarto restante. Ambos se muestran determinados a participar en la exploración preliminar.

—De acuerdo, reformulo, nadie va a entrar ahí… menos los que seamos, hayan sido o vayan a ser inspectores de Homicidios —dice Eugenio.

Mi jefe cede ante su padre y su hija, pero me excluye a mí. Me temo que me espera una Navidad peculiar con los Watson, mucho más de lo que esperaba. Y eso que fui avisada.

Prólogo
III

Eugenio

Eugenio sube la persiana con energía y la luz entra de sopetón en el dormitorio, dejando a los tres inspectores más a oscuras que antes, aunque sea durante unos pocos segundos. El sol sigue escondido tras las nubes que ha traído Josema y aun así el blanco nuclear de la nieve los agrede hasta cegarlos por completo. Eugenio se llega a plantear la necesidad de ponerse unas gafas de esquí, pero sus ojos no tardan en adaptarse, para su desgracia.

Eugenio tendría que encontrarse cómodo en la escena del crimen; al fin y al cabo, él es uno de esos raros casos de personas a las que les gusta su trabajo. Para él, los asesinatos son intrincados rompecabezas que generan algo parecido al placer cuando se logra unir todos los puntos. Cuanto más rebuscado es el caso, mayor es la satisfacción al resolverlo. El momento de recoger y clasificar las pruebas es el más relevante y, al mismo tiempo, el que requiere más paciencia y mimo por el detalle. Lo que para otros es un proceso tedioso, para Eugenio es puro deleite. A sus ojos, los espacios físicos pueden hablar con quien sepa escucharlos y tienen tanta memoria como las personas, con la diferencia de que estos son objetivos y nunca guardan intereses ocultos. Definitivamente, Eugenio disfruta trabajando. Esto no quiere decir que sea un psicópata, él es consciente de que los crímenes están íntimamente ligados al dolor. Es cuestión de separar una cosa de la otra, almacenándolas en cajones distintos dentro de su cabeza. Y, sin embargo, hoy no resulta tan sencillo. Hasta ahora, ese dolor nunca había sido el suyo.

Por suerte, no es él quien lleva el caso de Míriam ni lo va a ser:

—No podemos tocar nada.

—Tócame los cojones —responde Richard.

Eugenio evita responder, su padre tiene razón. En adelante hará bien en evitar obviedades. Es consciente de que su padre y su hija son buenos inspectores y se creen mejores todavía. No merece la pena generar tensiones evitables, menos aún ahora que están rodeados por tensiones inevitables.

Y es que el dormitorio de Míriam habla, mostrando a los inspectores sin ningún tipo de pudor el horror que se vivió dentro de él. El cuerpo yace en el suelo con los brazos colocados en una posición absurda, por incómoda, para alguien que aún estuviera vivo, y su ropa y piel están ambas teñidas de rojo. La sangre se ha esparcido por todas partes; la cama, la mesilla y las zapatillas de andar por casa, y se acumula en un charco junto al cadáver.

Para cualquiera que conociera a Míriam, bastaría esta imagen para provocar una punzada de dolor, pero Eugenio es distinto. No es que la conociera, es que convivió con ella y lo que le impacta es la sensación de que el tiempo se ha detenido entre estas cuatro paredes. El recuerdo de aquello que ya no va a volver. La habitación sigue decorada por la Míriam adolescente, la que él conoció hasta que comenzó a trabajar en el hotel de Gerardo, la misma que se marchó de casa dejándolos a todos con un palmo de narices. Richard y Agnes han preservado el lugar sin mover un solo objeto durante todos estos años. Todo sigue ordenado de una manera obsesiva, con los libros de las estanterías colocados según tamaños y colores. Así era Míriam, desde el primer día hasta ayer. Eugenio debe estudiar el asesinato de la mujer, pero no puede separarla de la adolescente que conoció, que está por todas partes. Aquí siguen los peluches de la infancia, las carpetas del colegio y, en las paredes, los pósteres de chicos guapos de los noventa: Leonardo DiCaprio, Ricky Martin y algún otro cantante o actor del que nadie se acuerda ya.

—Alguno de esos muchachos estará ya muerto —afirma Richard, para sí.

—Lol —dice Florencia.

Eugenio camina hacia el cuerpo de su hermana, con cuidado de no pisar la sangre. Una vez cerca de ella, puede ver la lámpara de mesa, ahora bajo la cama y con la bombilla rota. La señala:

—El ruido de anoche.

Su padre y su hija asienten. Todos lo escucharon a eso de las doce y media y, en medio de la relajación generalizada propia de una cena navideña, optaron por dejar ese interrogante sin respuesta. Podían haber insistido, haber comprobado habitación por habitación qué era lo que se había caído. Para Míriam, habría importado poco. Para su asesino, habría supuesto la mayor de las diferencias.

Eugenio se agacha a inspeccionar el cuerpo como si no fuera su hermana, como si no estuviera siendo avasallado por miles de recuerdos, como si se encontrara trabajando un día cualquiera. Comprueba que no tiene pulso, que no respira. Confirma su defunción mientras lucha con ahínco por contener sus lágrimas. No lo logra. Era una batalla absurda y por eso la pierde. Los tres lo hacen, aunque ese pensamiento no dura mucho. El cadáver los obliga a centrarse en la investigación muy pronto. Algo no cuadra.

—No muestra heridas visibles, hay que replantearse la causa de la muerte —dice Eugenio.

—Ya está replanteada. Fue ahogada —contesta Richard.

—No adelantemos acontecimientos —replica Eugenio.

—¿De verdad, papá? A mí me están grabando —dice Florencia.

—¿Cómo? ¿Quién? —pregunta el abuelo.

—No preguntes. Es inútil —dice Eugenio a su padre, y se gira hacia su hija—: ¿Qué pasa, hija? ¿Por qué te graban?

Florencia se ríe por el uso incorrecto de la expresión por parte de su padre, aunque evita dar explicaciones y se centra en la investigación:

—Porque el abu tiene razón, es muy obvio. Si tiene la cara azul, con esas venitas rotas, ¿qué más va a ser?

—Lo apropiado es ser cauto, el estudio forense macroscópico puede inducir a error, no sería la primera vez.

—Ok, boomer —dice Florencia.

Eugenio está tentado de continuar discutiendo, aunque opta por actuar como el adulto de la conversación, que es lo que es, y se muerde la lengua. En el fondo, la discrepancia reside únicamente en que él prefiere ser cauto a la hora de tomar decisiones, no en el análisis. Él también cree que Míriam fue ahogada y empieza a adivinar de qué pie cojea esta escena del crimen. Es un testigo hablador, pero no es de fiar. Tendrá que andarse con ojo.

—Dejémoslo en que concuerdo con vosotros en lo esencial. Tanto la cianosis como las hemorragias petequiales, que es como se dice correctamente, apuntan a la asfixia.

—Whatever, papá. Te pasas la vida pidiéndome que hable con palabras comprensibles y ahora me criticas por no usar tu slang. ¿En qué quedamos?

Eugenio adivina una sonrisa en el rostro de Richard y, pese al incordio que puede ser su hija, se alegra de que haya entrado con ellos en la habitación. Si ha logrado sacar a su padre del pozo, aunque sea por un segundo, su presencia está más que justificada.

—De acuerdo, hija. No hace falta discutir. Todos defendemos la hipótesis de que Míriam murió asfixiada, así que yo creo que con esto y quizá dando un estimativo de la hora de la defunción, ya tenemos datos suficientes para informar al inspector que venga tras nosotros. Dicho esto, ya sé que me he puesto pesado con que no es nuestro trabajo resolver el crimen, pero, dadas las circunstancias, pienso que sería negligente por nuestra parte no preguntarnos lo obvio.

—¿De dónde ha salido tanta sangre? —completa Richard—. No es solo que no veamos las heridas, es que no creo que existan. Ese cuerpo no es el de una persona a la que han desangrado, he visto muchos de esos, y no son así.

—¿Y si no es suya? Digo yo que será del agresor —aventura Florencia.

Richard asiente y Eugenio, aunque no dice nada, es de la misma opinión. El crimen quizá no sea tan complicado, después de todo. Si están en lo cierto, bastaría con hacer un análisis de esa sangre. En las condiciones actuales, en lo alto de una montaña y sin acceso a un laboratorio, sería complicado obtener resultados, aunque Eugenio sabe que encontraría la manera de hacerlo. Si alguien puede, ese es él. Es el MacGyver de la ciencia forense, te coge un chicle y una pila y te fabrica un microscopio, sabrá apañárselas. Con todo, se mantiene cauto, él ya sabe que esta escena del crimen puede mentir.

—¿Os habéis fijado en los tíos antes de entrar? ¿Había alguien que pudiera estar herido? —continúa Florencia.

—No sabemos si han sido ellos, no nos precipitemos —contesta Eugenio.

—Me mato. No sé cómo resuelves casos, papá. Es imposible que avances, siempre dudándolo todo.

—Eugenio tiene razón esta vez, muchacha. Empiezo a hacerme una idea de quién pudo ser y cuándo.

—Ya sé por dónde vas, pero el tío Gerardo se fue a eso de las diez y media y escuchamos el ruido, que venía desde esta zona de la casa, a las doce y media, un poco más tarde —contesta Florencia.

—Esta casa es vieja, tiene sus achaques y protesta a menudo, el estruendo pudo ser cualquier cosa. Os recuerdo que hay un temporal ahí fuera —dice Richard.

—Bueno, bueno. Haya paz. Si acotamos la hora de la muerte, podremos descartar una de las dos opciones —tercia Eugenio—. En cualquier caso, no es cualquier caso y, desde luego, no es nuestro caso. No es nuestra labor hacer conjeturas. Terminamos esto y nos vamos.

Eugenio saca del bolsillo un termómetro casero que ha recogido de la cocina antes de entrar, el mismo que usó mil veces cuando era niño, y se pone manos a la obra.

—Tengo un oído maravilloso, Eugenio. Escucho hasta lo que no te atreves a decir. Ya sé que no podemos investigar el caso, te agradecería que no repitas todo veinte veces —dice Richard, que se gira hacia su nieta—: ¿Tú padre es siempre así?

—Cada día. Yo creo que lo educaron mal —responde Florencia.

Richard sonríe de nuevo, está claro que le agrada la compañía de su nieta, y se acerca a la mesa. Se ha fijado en un sobre de papel colocado encima de un folio escrito a mano que pide a gritos ser leído. Florencia percibe el interés de su abuelo y se acerca a mirar. El reverso de la carta no tiene remitente, en él tan solo se lee un nombre, Oso Amoroso, y la letra es la de Míriam. El anciano saca unas pinzas de su bolsillo sin dudar un segundo. Eugenio se pone en tensión, pero sigue tomando la temperatura al cadáver y no se puede mover de donde está.

—Papá, dices que me has oído, pero luego parece que no te enteres de lo que digo. No me quiero repetir.

—Es por matar el tiempo leyendo algo.

—Si levantas el sobre, esa prueba puede ser descartada en un juicio. Y lo sabes —contesta Eugenio.

Richard mueve la carta, desafiando a su hijo. Eugenio opta por no responder a la afrenta. No merece la pena y menos ahora que ha aparecido una prueba que requiere de toda su atención. La actualidad manda. El folio es una carta a medio escribir. Parece la letra de Míriam y reza: «Si no lo cuentas tú, lo voy a cont» seguido de una larga raya. Se detuvo a media palabra.

—Hijo de puta —suelta Richard—. La mataron en ese momento.

—Bueno..., puede ser —dice Florencia, aunque nada más decirlo se le ocurre algo—. Sí, claro. ¡Qué fantasía! Estoy living.

Ambos hombres la miran, descolocados y esperando una explicación, pero ella no desvela nada más. Tan solo se limita a mirar alrededor de la mesa, buscando algo.

—¿Nos vas a contar qué ha pasado por esa cabeza de colores que tienes, niña?

—No, prefiero no decir nada por no precipitarme, como dice mi padre. Así aumentamos el hype.

—Bueno, ya está bien. Los dos. Esto es justo lo que no quería que pasara cuando hemos entrado aquí —protesta Eugenio.

—¿Y qué ha pasado? Tenemos el pseudónimo de quien seguramente sea el asesino. ¿Qué hay de malo en eso? A veces parece que no quieras colaborar, hijo —dice Richard.

—¿Crees que yo no quiero encontrar al que ha hecho esto?

—Creo que no tienes lo que hay que tener para hacerlo.

—Es que, por enésima vez, no tengo que hacerlo yo —responde Eugenio—. Pero, en todo caso, la resolución de este crimen pasa por analizar el ADN de esa sangre. La respuesta está en este dormitorio y en las pruebas, no en tus interrogatorios y tus investigaciones al límite de lo legal. Los tiempos cambian, papá.

—Pero los asesinos son los de siempre.

Florencia ha dejado de buscar y ahora retira el smartwatch de la muñeca de su tía Míriam. Lo maneja con cuidado de no dejar huellas y, mientras lo toquetea, interviene en la conversación:

—Meh. No sé yo, por lo que estoy viendo, este crimen tiene muchas cositas muy pero que muy random. Hace falta algo más que pruebas o las fantasías violentas del abu. Algo me dice que ninguno de vosotros seríais los más adecuados para este caso.

—¿Y tú sí? ¿Qué haces tocando el reloj? Se supone que no tenemos que invadir la privacidad de Míriam, no tenemos la jurisdicción para eso —responde Eugenio.

La conversación se interrumpe con el pitido del termómetro: 29,5 °C. Los avances del caso vuelven a imponer un regreso al trabajo. Eugenio lo resume para todos:

—Faltarían más datos, pero teniendo en cuenta la temperatura ambiente, el *rigor mortis* y la aparente deshidratación del cuerpo, yo diría que la hora estaría entre las doce y la una de anoche.

—Yasss. Coincide con el ruido que escuchamos —dice Florencia—. Y con la información que me está dando el smartwatch.

—¿Qué pasa con el reloj? —pregunta Eugenio.

—Tenía pulsómetro, que registró un paro cardiaco a las 00:34. Buen trabajo, papi.

Florencia enseña el reloj a su padre, que ni siquiera lo mira. La noticia evidencia de manera empírica que su análisis es correcto y, sin embargo, no está orgulloso. Esta hora de la muerte certifica que su tío Gerardo es inocente. Richard tampoco está satisfecho, ha llegado a la misma conclusión:

—Eso demuestra que el asesino está en esta casa. Activé la alarma a eso de las once, cuando se marchó Gerardo, mucho antes del asesinato, y la he desactivado hace veinte minutos.

—¿Y no hay manera de que fallara el sistema de alarma o que alguien pudiera sortearlo y volviera a salir? Técnicamente es posible, ¿no? —responde Eugenio, agarrándose a un clavo ardiendo y quemándose.

—Es posible. También pudo venir el mismo dios o que se apareciera David Copperfield, pero, oye, llámame loco, yo no enfocaría la investigación en esa dirección.

—¿David quién? —pregunta Florencia, sin recibir respuesta—. Da igual, lo googleo luego.

—Alguien tiene que estar herido y, sea quien sea, no va a poder ocultarlo —afirma Richard.

Eugenio reprime sus impulsos de sentarse en la silla que tiene a su lado y evita de milagro mancharse el pantalón de sangre. Todavía es incapaz de asimilar la nueva información, el asesino está en la familia.

—¿Quién sería capaz de hacer algo así?

—Esa no es la pregunta que más me preocupa ahora mismo —contesta Richard—. Lo que más me preocupa es si puede hacerlo de nuevo.

—Espero que, sea quien sea quien se encargue de este caso, se dé prisa por resolverlo —responde Eugenio—. Mientras tanto, quiero a todo el mundo en el comedor, que nadie toque nada más, por favor.

Viaje a la casa Watson

JUANA

Voy cuesta arriba y frenando.

Conduzco por una carretera repleta de curvas, con una inclinación media del nueve por ciento y el asfalto teñido de blanco mientras nieva como si no hubiera un mañana. ¡Qué digo! Nieva como si no hubiera un esta tarde o un dentro de un rato. Hay que joderse. ¿A quién se le ocurre cometer un asesinato en Nochebuena? Que sí, que todos tenemos algún cuñado insoportable, pero lo suyo es aguantarse, aunque solo sea por no hacer trabajar a todo un equipo de Homicidios en plenas vacaciones de Navidad. Nadie piensa en nosotros y en la cantidad de horas que tenemos que sacrificar cada vez que matan a alguien. Es injusto, pero es así.

Suena mi teléfono y, aunque pulso el botón del manos libres sin soltar el volante, por poco no me deslizo montaña abajo. La carretera está intransitable, tendría que dar la vuelta. Es una locura. Me llama el comisario:

—Juana, ¿qué es eso que me han dicho de que estás subiendo a la estación de esquí? La carretera estará intransitable, tendrías que dar la vuelta. Es una locura.

—No digas chorradas, ¿qué otra cosa puedo hacer? Hay un cadáver.

—Ya sé que hay un cadáver, pero la seguridad es lo primero. Además, creo que el puerto está cerrado al tráfico.

—¿De verdad? ¿Eso «crees»? Gracias por la información, ahora entiendo qué hacían esos locales con una barrera bloqueando la entrada. Te lo agradezco de veras, sin tu ayuda nunca lo habría comprendido.

Se hace un silencio y no sé si se ha cortado. Aquí no hay buena señal. Espero unos segundos y resulta que mi jefe sigue al otro lado, tan solo se estaba tomando su tiempo antes de contestar:

—No sé por qué te pones así. Lo digo por ti, el cuerpo seguirá allí cuando Josema haya pasado de largo. Es lo que tienen los muertos, que no van a ninguna parte.

—Ya sabes que las primeras horas son esenciales, es primordial que acuda un inspector para clasificar las pruebas cuanto antes. No es un capricho.

—Bueno, tenemos suerte de que estén los Watson allí, ¿no? —me responde, y su sonrisa al mencionar a esa familia es tan grande que puedo verla a través de la línea telefónica.

—Ellos no pueden encargarse de esto, Fede. Saben que estoy yendo, ¿no? No quiero que toquen nada, ¿me oyes?

No sé si me ha escuchado, porque ahora sí que he perdido la cobertura. Estoy sola contra la montaña y arriesgando mi vida en cada curva. Tengo miedo, aunque admito que lo que me perturba no es el camino, sino el lugar de destino. Encargarse de un caso de homicidio en el hogar de los Watson supone una presión inmensa para una inspectora del montón. ¿Quién soy yo para acusar a un hijo de Richard de asesinato? ¿O a una hermana de Eugenio? ¿O a la novia de Florencia? Si cometo un error, se va a hablar de ello durante décadas. Seguro que ya hay gente poniendo en duda mi capacidad entre tanto genio.

¡Mierda!

Piso el freno y patino carretera arriba. Me detengo a escasos centímetros de un pino que bloquea el paso de lado a lado. No lo he visto hasta que se encontraba demasiado cerca, cubierto como está por la nieve que cae de forma ininterrumpida. Es demasiado pesado para que pueda moverlo, no puedo avanzar ni un metro más con el coche. No sé si estoy cerca o lejos, el GPS tampoco funciona y nunca había subido a la estación de esquí, es lo que tiene no esquiar. Tendría que volver y darme por vencida, pero he sacrificado los langostinos y el champán por algo. Me niego a que tengan el placer de verme fracasar. O no sin haberlo intentado antes.

No va a ser sencillo, la ropa que me he puesto no es la apropiada. ¡Qué narices! No iría así vestida ni para trabajar, la noticia me ha pillado en casa de mis padres. Llevo un traje de pantalón y chaqueta de terciopelo burdeos, que va con los colores de estas fechas, y una blusa de gasa. Nada muy pensado para combatir el frío, precisamente. Mi abrigo es más estético que práctico. ¿Qué le voy a hacer? Una casi nunca elige sus batallas. Echo el asiento para atrás y remeto los pantalones por dentro de los zapatos, tratando de evitar que los calcetines se empapen. No servirá de mucho, pero algo hará. Tomo aire caliente por última vez, cojo mi bolso y quito el contacto de la llave.

Al abrir la puerta, primero me asalta el ruido ensordecedor del viento y luego me invaden la propia nieve y un frío rotundo y seco. Esperaba que el efecto de la calefacción durara un poco más. Sin pensarlo dos veces, saco el pie y lo hundo en la nieve hasta los tobillos. Frío.

Cuando logro rodear el pino, me encuentro con que ya no queda rastro de la carretera. Es como si estuviera en una pista de esquí. Es difícil orientarse, a mi espalda solo veo un blanco cegador, frente a mí, el mismo blanco, a izquierda y derecha igual. Mi única guía es caminar hacia arriba, siempre hacia arriba, hacia donde cada zancada me provoca punzadas de un dolor chirriante en los dedos de los pies. Espero que la estación esté detrás de esa curva, porque no sé cuánto voy a aguantar.

Parece mentira que hoy vaya a estar en compañía de los Watson, compartiendo el día de Navidad con ellos. Yo, Juana Galindo, con ellos. No logro hacerme una idea de cómo serán en la intimidad. No hay inspector que no haya hecho conjeturas sobre cómo será crecer en esa familia y cuál será el secreto que los hace tan especiales. Yo los he conocido a todos y aún no he logrado descifrarlo.

Richard ya era una leyenda cuando yo empezaba y no puedo decir nada malo de él. Siempre me trató con respeto y se preocupó de enseñarme el oficio. Me tiene cariño y me gustaría pensar que yo siento lo mismo, pero nunca fui capaz de considerarme una igual a él. Para mí siempre había una distancia, la propia entre la leyenda y la principiante. Eugenio es más joven que yo, y hemos coincidido en alguna investigación. No es mal tipo, de hecho es bueno, no le conozco enemigos. A muchos los aburre, porque es un hombre obsesivo, pero que yo sepa nunca ha ofendido a nadie y eso es complicado cuando se es el mejor. Los mejores dan rabia y generan envidias, y esto con él no pasa. Florencia es diferente, la habré visto dos o tres veces, pero, si no lo hubiera comprobado de primera mano, jamás habría dicho que fuera un genio. No es por su edad o su aspecto físico, con esos pelos…, es por su manera de ser, tan desenfadada y trivial. Desde el principio me trató como si fuese su colega, tomándose unas libertades fuera de lo común. Creo que es la que más me impone de los tres, porque, aunque es natural que una quiera demostrar que no está obsoleta y que las nuevas generaciones no son mejores, con Florencia esto es una quimera. Lo suyo casi parece brujería, ¿cómo se puede competir con eso?

Detrás de la curva solo había otra recta y después otra curva. Al menos ya no me duelen los pies, aunque no sé si eso es peor, ya ni los siento. ¿Los voy a perder? Solo pienso en tomarme un descanso. No me atrevo a hacerlo ante la posibilidad de caer muerta, recostándome en silencio sobre esta suave alfombra blanca. Me obligo a continuar, me niego a hacer trabajar a mis compañeros en Navidad por partida doble. No puedo mucho más. Si detrás de la siguiente curva no hay nada, paro un minuto. La estación debe de estar ya ahí. Tiene que estarlo.

Y está.

Rodeado por la naturaleza más salvaje y poderosa, se alza un armatoste hortera que representa la banalidad de la raza humana. Lo que veo no llega ni a la categoría de pueblo, no es un lugar autosuficiente, con una comunidad de vecinos de toda la vida.

No, esto está pensado alrededor del turismo. Son unos cuantos edificios de madera que luchan contra la pendiente sin saber adaptarse del todo a ella. Sus paredes rectas y verticales están fuera de lugar en un entorno de líneas oblicuas. Las montañas, altísimas, nos miran amenazantes, da la sensación de que podrían caer sobre nosotros en cualquier momento.

Aquí el mundo sigue adelante como si Josema no existiera. Me cruzo con dos adolescentes en pantalón corto, gorra y chanclas, seguramente británicos, que salen corriendo de uno de los hoteles. Contengo el impulso de pedirles ayuda, estoy tan cerca... Además, los chicos parecen ocupados con lo suyo. Uno de ellos vomita sobre la nieve, antes virgen, ahora mancillada por su cena a medio digerir. Es desagradable, pero no he podido evitar fijarme en el contenido del vómito. Deformación profesional. ¿Quién narices come paella en Aragón en Nochebuena? Supongo que se merece el mal trago.

Avanzo y avanzo y avanzo. Mis piernas se mueven automáticamente, por inercia. Dos operarios tratan de limpiar unas pintadas reivindicativas sobre la fachada trasera del hotel que rezan: «Salvemos al oso pardo». «No a la ampliación». «Viva el PORN, Viva el AMOR». El hotel pertenece a Gerardo Pérez, hermano de Agnes, y el PORN del que hablan es el Plan de Ordenación de los Recursos Naturales, que protege la zona, y que en principio parecía que iba a impedir la ampliación. Es un caso que ha sonado en los medios. Por «suerte» para ellos, los políticos parece que van a derogar el plan, dando luz verde a la operación urbanística y poniendo en riesgo la supervivencia de la manada de osos pardos que vive por aquí. En fin, lo de siempre.

Los hoteles se acaban y empiezo a encontrar algunas casas residenciales. Sigo andando hasta llegar al final del camino, mi destino. Me dijeron que la casa de los Watson es la última, pero el problema es que hay dos. La primera es de aspecto humilde aunque de gran tamaño, y la otra es una mansión. Ahí tiene que vivir Richard, protagonista de principio a fin. En un breve momento de flaqueza, no puedo evitar alegrarme de descubrir un acto de bajeza moral en él. Ha puesto su propio ego sobre la moderación y el sentido común. Eso le hace más accesible y humano.

Llamo al timbre con mi dedo congelado. ¿He apretado bien? No puedo saberlo con certeza, no tengo ya sensibilidad en las manos. Repito la operación y espero, aunque no recibo respuesta. Me encaramo al muro que protege la entrada y lo que me encuentro me sorprendería en cualquier otra familia, pero con los Watson una ya se espera cualquier cosa. Una estatua de un hombre a tamaño real recibe a los visitantes junto al camino. Es la figura de un señor orgulloso que agita su mano saludando al visitante. Por un momento me planteo si representará a algún personaje mitológico, pero su ropa es actual, así que intuyo que se trata de una réplica a imagen y semejanza del dueño de la casa. El parecido con Richard no está logrado, algo de lo que me alegro. Un acto tanególatra no merece otro resultado.

Sigue sin salir nadie y decido aplicar mis métodos detectivescos. Ojeo el buzón y tiro de una carta que sobresale por la abertura. Entre que está pegada por culpa del hielo y que mis manos no responden, me cuesta más de lo esperado. Cuando la tengo en las manos, leo que está dirigida a Gerardo Pérez. Con razón esa estatua no se parecía a Richard. Me giro con fastidio hacia la otra casa, la que habría construido un hombre íntegro, en consonancia con el entorno y todas esas cosas que siempre ha sido el bueno de Richard. Mierda.

Esta vez me aseguro de que el timbre suene y resuene. Espero y, en esos segundos tan largos que parecen terceros, me doy cuenta de que la pausa me ha destrozado. No sé si me siento débil o directamente no siento nada. Venga, Juana, un último esfuerzo. Tienes que ver a la familia Watson tras el telón. Tienes que descubrir su secreto.

La puerta se abre y tras ella aparece Eugenio:

—¡Juanola! Dios mío, ¿eres tú? Pero ¿cómo has venido así? Estarás congelada.

—Estoy perfen…, perfes… tamente.

—Si se te ha congelado hasta la lengua, chiquilla. No te quedes ahí, anda. Entra en casa.

Richard sale a recibirme con una manta que no tarda en ponerme sobre los hombros. Me sigue llamando chiquilla, pese a que tengo la jubilación ya a la vista.

—No, gracias. Quiero ver la escuela…, esquela…, escena del crimen.

—Lol. Eres mi madre, Juana, pero tendrías que descansar, no se te ve muy a full —me dice Florencia.

—Las apariencias engañan. Primera no…, norma de inspector.

Bah, habrá mil normas y esta no es demasiado importante. ¡Qué demonios! Es muy poco importante, las apariencias no suelen engañar, pero, bueno, está bien marcar un poco el terreno. No me voy a dejar amedrentar por una veinteañera:

—Vamos a la escena, por favor.

—Por supuesto —me dice Eugenio—. Aquí mandas tú, te indico el camino.

Me señala el pasillo como si fuera la estatua de su tío. Le intento seguir, pero mis piernas ya no responden. La estancia me da vueltas, me mareo…, me siento… un…, un poco…, me mareo…, me ma…

Té, polvorones y un barreño de agua

JUANA

Necesitaba un vaso de agua, agua del grifo, pero los Watson saben más. Alguien, y no sé quién, porque son muchos y están todos a mi alrededor, niño incluido, como si su presencia me fuera a reponer calor, me trae una taza de té en un platito. ¿Por qué un té? ¿Porque son ingleses? Que en realidad no son ingleses, que son de Formigal, pero, como el abuelo lo es, pues todos se hacen los ingleses. Debo tener cuidado. Es una situación de peligro, uno de ellos ha matado a alguien y no me esperaba tan pronto. Josema daba tiempo al asesino para limpiar pruebas y preparar coartada. No contaba conmigo.

Me traen una silla al recibidor, me avisan de que me van a quitar la ropa. Es por mi bien. Me lo dicen como si fuera una niña pequeña o no hablase el idioma. Doy mi consentimiento. Ya sé cómo hay que proceder en casos de hipotermia, no soy nueva en el Pirineo. Primero la chaqueta, luego la camiseta. Pesan. Están destruidas.

—Guardádmelas bien... Mejor tiradlas.

Me desabrochan los cordones de los zapatos con cuidado, soltándolos fila a fila, con una naturalidad pasmosa. Los zapatos caen y hacen mucho ruido, el hielo se despedaza, les cuesta quitarme los pantalones.

—El té aún está demasiado caliente. Te lo dejamos por aquí.

Me quitan la ropa interior y me dan un pijama con un ciervo estampado en la camiseta. Es cálido. Es horrendo. Unas zapatillas de andar por casa del hotel, a estrenar. Estoy lista. No me voy a morir de frío, parece. Me miran como si me hubieran salvado la vida.

—Tengo que ver el escenario del crimen. Espero que no hayáis tocado nada.

Cuando intento levantarme, me agarran y me elevan a horcajadas. No sé a dónde me conducen. Floto tambaleante por un pasillo con el calor de mi deshielo, con el dolor general. No me caigo, me sujetan, me transportan.

—¿Se va por aquí al escenario del crimen?

—No, Juana, es en el piso de arriba, pero no puedes ir en este estado, primero tendrás que entrar en calor.

—Tengo que haceros preguntas a todos, entonces. Uno a uno, no hay tiempo que perder —digo en general—. Si no os importa.

Pero no sé si les importa, me siguen conduciendo como si fuera yo la sospechosa, como si fuera el problema. No me parece correcto que un posible sospechoso me toque, que me ayude a sentarme cómoda, que me ponga un té caliente. No cumple ningún protocolo. Aquí, por mucho que sea su casa, las órdenes tengo que darlas yo, que cualquiera de ellos puede ser el asesino. Y, si es uno de los inspectores, no voy a llorar. Todos tan especiales, tan suyos. Genios. En la cárcel no lo serían tanto.

—Siéntate aquí, Juanola —me dice Eugenio—. Es el mejor lugar de la casa para reponer fuerzas.

—Juana, por favor.

Estamos en una salita muy bien puesta, casi toda de madera de esa que cruje, con una ventana que da a los Pirineos nevados, enmarcada por unas cortinas verdes que llegan exactamente hasta el suelo. Hay un olor tremendo a libros viejos que emana de las estanterías y una mesa camilla en medio. Es elegante. Asquerosamente elegante. Todo lo que esperaba de los Watson y su reconocido buen gusto. Eugenio deja el té sobre la mesa y tintinean la taza y la cucharilla como si esto fuera Buckingham y no hubiera encontrado a su hermana muerta en su cuarto. De pronto no hay nadie más en la sala. Solos Eugenio y yo, como si ya hubiera organizado mi primer interrogatorio, pero lo han hecho ellos, sin consultarme. Han puesto unos dulces navideños en un pequeño recipiente cerámico. Vaya postal. Un barreño con agua y una toalla blanca del hotel me esperan junto al sillón. Espero que el agua esté templada, no me quiero destrozar los pies. Parece templada. Me la podían haber dado para beber, no té, no para los pies. No me escuchan.

—Estamos a tu disposición, Juanola, para lo que necesites. Ahora no tengo mi equipo aquí, cómo iba a sospechar yo que podía pasar algo de esto, y aun así vi mi maletín al salir de casa y dudé, es como estar desnudo, salir sin mis linternas y lupas y disolventes y microscopio y demás cachivaches, ya me conoces, me manejo muy bien con mis cosas y sin ellas no sé cómo empezar a trabajar. Y, cuando te vi, me hizo ilusión imaginar que traerías algo, aunque sea lo más básico, y que pudiéramos trabajar. ¿No pudiste traer nada contigo?

—No pude. Había un temporal tremendo. ¿Te suena Josema?

Me interroga él a mí. A mí, que no estaba en esta casa. Se aprovecha de mi debilidad, o de mi fuerza para llegar hasta aquí con vida. Se arrodilla a mi lado y me quita las zapatillas de andar por casa.

—No podemos tomar ni las muestras de sangre, ni las de saliva, ni siquiera revisar las huellas de la habitación y de su cuerpo, lo de siempre, Juanola, lo de siempre, pero sin el material adecuado va a ser difícil, justo en el caso más importante, resolverlo como es debido. Es una faena porque tenemos una buena prueba, que podríamos analizar sin problema. Sabemos que Míriam murió por asfixia, su cuerpo no presenta hematomas ni heridas de gravedad y, sin embargo, hemos encontrado un charco de sangre junto al cadáver. Richard y Florencia querían desnudar a toda la familia para ver si alguien tenía una herida compatible con la cantidad de sangre derramada, pero se han negado. Mi madre, Javi, todos. Decían que ellos no habían sido y que era una falta de respeto, una indecencia. Al final, papá y Florencia han tenido que ceder y entenderlo, no les quedaba otra. En fin, seguimos teniendo la sangre y el cuerpo. Por suerte, con el frío, las pruebas se conservarán mejor.

—Seguro que sí, Eugenio. Habéis hecho bien en no obligar a nadie a desnudarse contra su voluntad.

Eugenio dobla los bajos del pijama con dedicación y cuidado. Cualquier roce es un rasguño en este estado de congelación. No me hace daño, es firme y meticuloso. Sería un asesino muy difícil de pillar. Un asesino ideal.

—Tenemos que ser minuciosos, el asesino tiene que estar en la casa, y conozco a todos los sospechosos, pero no puedo creer que nadie fuera capaz de matar a nuestra Míriam. Si alguien se atreve a hacer algo así, con tres inspectores en casa…, estamos en verdadero peligro.

Sujeta mis pies con sus manos, entiendo que para hacerlos entrar en calor, para despertarlos. Cosquillean. Duelen. Los mete en el barreño. El agua está tibia. No se me caen los pies de golpe. Intento mover los dedos. Aún nada. Nunca imaginé que echaría de menos sentir los dedos de los pies, que sería mi prioridad física, que me impediría concentrarme. No pienso en la conversación. Él sí lo hace. Me lleva ventaja.

—Por suerte, tenemos una idea bastante clara de la hora del crimen y de la coartada de cada uno de nosotros en ese momento. Si quieres, te lo detallo.

—Tendremos que ir paso a paso, desde el comienzo. No nos adelantemos. Mi trabajo es analizar cada detalle desde que llegasteis aquí. Cuéntame cómo están siendo las Navidades —le pregunto—, cómo es el tiempo con los Watson.

Tomo el control y también algo de aire. Doy un sorbo al té. Quema. Descongela mi garganta. No me veo, pero juraría que está saliendo humo de mi boca. ¿Y si me quieren envenenar? Eugenio, ya sentado, ya elegante, se calienta las manos con una taza que no había visto hasta ahora, tiene las piernas cruzadas y mira al exterior, a la nieve, al blanco, y parece un dandi inglés. No bebe, y, si él también lo hiciera, quizá indicaría que no me quieren matar.

—Es difícil hablar de esto ahora. Estamos muy mal. Queríamos mucho a Míriam.

—Lo sé, lo siento.

Entiendo que no es fácil para Eugenio. Pero nunca lo es para los familiares de las víctimas en un posible homicidio. Tan solo hay que darles tiempo y respeto. Él también lo sabe.

—Vinimos ayer, en Nochebuena, y fuimos de los últimos en llegar, que Alvarito terminaba el colegio el día anterior, ya sabes, niños, y luego teníamos cosas que hacer, los típicos preparativos para un viaje, ¿de verdad quieres que te cuente esto?

—Es importante.

—Por suerte aún no nevaba tanto. O por desgracia. Si hubiera nevado más, o un poco antes, Míriam seguiría viva, porque nos habría sido imposible hacer esta cena. O no. No se puede culpar al tiempo.

—No ha muerto congelada, precisamente. ¿Pudisteis subir hasta aquí con el coche?

—Lo dejamos un poco más abajo, donde el hotel.

—El hotel de tu tío Gerardo.

—El que está más cerca de esta casa. ¿Está bueno el té?

—Sí.

—De jazmín, por si te lo estabas preguntando. Espectacular.

—Sí.

—Lo compra mi madre en un sitio especializado.

—¿Puedo tomar un polvorón?

—Sírvete, solo le gustaban a Míriam, ya nadie los va a comer.

Tengo hambre. Me encantan los polvorones. En mi casa los estarán comiendo. Me mira esperando a que diga algo. No lo hago. Bebo un trago, me tomo mi tiempo, miro el paisaje blanco tras la ventana, repongo fuerzas, tomo un trozo de polvorón y lo mastico despacio, como se come un polvorón, haciéndose bola. Eugenio espera, cruza y descruza las piernas, mira la mesa, se sacude una mota de nieve que aún tenía en su hombro, carraspea. Ya puedo hablar.

—¿A quién visteis primero?

—Con todo el respeto, Juanola…, son las pruebas físicas las que nos dirán la verdad. Esto es una reunión familiar, vimos a todos y casi en todo momento, ¿importa mucho a quién vimos primero?

—A mí sí, mi familia está reunida en el pueblo, echándome de menos, así que al menos déjame disfrutar de una buena historia familiar mientras tomo un polvorón y un rico té negro de jazmín.

—Es verdad.

—Interesante.

—No sé por qué es eso interesante, y mira que lo estoy intentando. ¿No me vas a decir por qué te centras en estos temas? Podríamos hablar de la escena del crimen o de dónde estábamos cuando pasó. ¿Qué estás buscando?

—Necesito saber a quién viste primero y dónde, qué relaciones hay entre vosotros y qué es lo que presenciaste. Entiende que yo no estaba y necesito hacerme una idea de la localización exacta de cada cual en cada momento y quién se lleva mal con quién. Esto es una familia y, como en toda familia, aquí hay gente que se odia.

He sido tan clara que he conseguido su atención.

—Vi a Verónica, mi exmujer.

—Sé quién es Verónica.

—Cierto, la conoces. Mis disculpas, Juanola. ¿Vas entrando en calor?

Asiento con la cabeza. No me gusta que se vaya por las ramas con la excusa de la educación. Sé cuando un sospechoso tiene algo que esconder.

—¿Está Verónica, tu exmujer, aquí? ¿Por qué está aquí?

—Trabaja en el hotel y el temporal era demasiado fuerte para que volviera a su casa, así que le ofrecimos quedarse. Nos llevamos bien. Es la madre de Florencia y tratamos de mantener una buena relación.

—¿Y cómo es que la viste la primera?

—Estaba mirando el hotel y la vi tras una ventana, discutiendo con alguien.

—¿Discutía?

—Eso parecía, hablaba alterada y moviendo las manos, como hace ella cuando discute.

—¿Con alguien?

—No pude verlo, y no miré mucho, por educación, porque hacía frío, porque mi marido y mi hijo no saben arrastrar una maleta por la nieve, que mira que les dije que llevasen mochila como yo, pero son unos presumidos y traen muchos modelitos y estaban muy graciosos intentando no mancharse la ropa, y porque las ventanas son así, a veces se ve lo que hay en las habitaciones, y a veces no se puede ver todo. La vista no es fiable.

—¿Y qué lo es?

—Las pruebas. Las huellas. Por eso necesitamos equipo.

—No va a haber equipo. Estamos nosotros y están las pruebas. Con eso ha bastado toda la vida para detener a los malos. Y tengo que hacerlo yo.

Me mira de hito en hito. Le interesa. Consigo despertar algo en él. ¿Una confesión, tal vez? ¿Remordimiento? ¿O tiene una pista sobre cualquier familiar suyo que no quiera compartir conmigo?

—Eso es cierto —responde al fin—. Quizá pueda buscarme la vida con lo que hay aquí.

—No. Ayudarás si te lo pido. Pero es mi caso.

—Claro, eso decía. El resultado no será perfecto, pero mejor que nada, desde luego. Muy bien visto. Ojalá lo pueda aceptar un jurado.

Eugenio acata mis órdenes y mira por la ventana, lidiando con su frustración. ¿Dónde estarán los demás? Si él no es el asesino de su hermana, o solo es uno de ellos, puede que haya algún Watson destruyendo pruebas ahora mismo, preparando una coartada. Quizá yo misma se lo esté poniendo en bandeja empeñándome en hablar con Eugenio de maletas y nieve. En cualquier caso, decido seguir adelante con mi estrategia. Tengo que ser fiel a mí misma.

—¿Y qué hiciste después de ver a Verónica?

—Ayudar a Alvarito y a Quique con las maletas. Sobre todo a Alvarito, por motivos evidentes.

—Que sean evidentes para ti no implica que lo sean para todo el mundo. ¿Cuáles son esos motivos?

—Es un niño.

Maldita sea. Era obvio.

—Tiene sentido —digo—. ¿Os ilusionaba pasar las Navidades en la casa Watson?

Muevo los dedos de los pies. Los siento. Una pequeña victoria. Y siento un cosquilleo en las plantas. De pronto me descubro en el sillón de la salita llena de libros con un pijama prestado, el pantalón remangado y los pies metidos en un barreño. Está fuera de lugar. Y, sin embargo, parece que es él quien se siente incómodo.

—Yo he pasado muchas Navidades en esta casa, Juanola, muchas. Es una parte importante de mi infancia. Es curioso, pero quizá la mayoría de mis recuerdos de cuando era pequeño son aquí, celebrando las Navidades con mi familia. No eran perfectas, eso desde luego. No digo que lo fueran. Nunca lo son.

—¿En qué sentido no eran perfectas?

—Mi padre y mi tío Gerardo discutían, por los egos, por ser machos muy machos de toda la vida, Gerardo era un cerdo capitalista y mi padre un hombre de principios, pero juntos eran dos machos alfa muy pesados, y mi madre quería que todo saliera perfecto y ya te digo que eso no pasaba y ella se frustraba. Pero eran mis vacaciones y era mi familia y hasta se podía disfrutar un poco de esas peleíllas sin importancia, de los gritos, de las risas, no sé, me atrevería a decir que mi concepto de la familia, de los cuidados y del amor está basado en lo que aprendí en aquellos momentos. No es mucho, es solo una historia personal que ocurre en cualquier familia, pero a mí me emociona. Y quería, llámame ingenuo, quería que Alvarito pudiese vivir algo parecido, que conociese las Navidades en casa de los Watson, las noches junto a la chimenea viendo la nieve amontonarse fuera mientras dentro cantamos y jugamos a juegos de mesa y comemos lo que sea que haya que comer y hay bromas y alguien se achispa más de la cuenta, alguien se duerme en media partida, en media charla, de pronto sientes que tienes una confianza especial hasta con el tío que nunca ves y te parece imbécil, Emilio, por ejemplo, y hay algo parecido al amor, por encima de todo el ruido. Y entonces sabes que ese es tu sitio, cuando te vas a dormir y miras las sombras de los árboles en el techo e imaginas mil historias, imaginas cómo serás de mayor, si conocerás a alguien, si formarás una familia propia, una parecida a la tuya, ¿por qué no?, si algún día tus hijos podrán vivir lo mismo que tú estás viviendo, y eso significará, de algún modo, que lo has conseguido. Quería esa magia para Alvarito.

Según me cuenta noto cómo se transporta a otros lugares y otros tiempos. Mi cuerpo me retiene aquí. El cosquilleo de los pies ha tornado en calor. Y él me cuenta, y me cuenta, como le he pedido que haga. No sé quién es Emilio. Me lo apunto mentalmente. Igual que Eugenio no tiene su material, yo no tengo papel ni lápiz, mis herramientas, y no creo que pudiera escribir aún con las manos tan doloridas. Me falta mucha información y no tengo tiempo para conseguirla. Ni siquiera sé cómo es el marido de Eugenio. No sé qué le gusta, por qué se atrevió a meterse en esta familia y qué espera de la vida.

—¿Y Quique qué pensaba de todo esto?

—¿Él? Estaba asustado, creo. No se siente cómodo con mi familia. Se vuelve serio y callado. Las discusiones le asustan, no sabe disfrutarlas. Y creo que sigue aspirando a que mi familia lo quiera, así que se bloquea y no dice nada. ¿Sabes que en privado es un tipo con un fantástico sentido del humor? Y eso que es economista.

—Economista, ¿eh? No te pega nada, Eugenio. ¿Para quién trabaja, alguna gran empresa?

—No, es una especie de consorcio o algo así. No sé muy bien cómo funciona, la verdad, me interesa poco esa faceta suya. Ahora que lo pienso, a lo mejor le estoy fallando y podría hacer mucho más como pareja. Pero es que a él tampoco le importa mucho. Es trabajo. Hablamos poco de trabajo, tampoco yo le cuento mucho de mis muertos, no es agradable hablar de dinero ni de cadáveres en la mesa.

—Llegasteis a la casa. ¿Qué pasó?

—Según llamamos al timbre apareció mamá —continúa— gritando y gesticulando, que cómo hemos traído maletas, que a quién se le ocurre. Nos llenó de besos y abrazos aun antes de entrar en casa, y eso también es familia. Papá estaba en la puerta con una sonrisa, o lo más cercano que él es capaz de ofrecer…

—No me acostumbro a que nadie llame papá a Richard Watson.

—Pero lo es, es mi papá y no sonríe mucho, pero ese poquito lo hizo, con algo de orgullo, bueno, quizá orgullo no sea la palabra al ver a su hijo y a su marido con su nieto, pero sí, quizá sí sea la palabra, y al viejo le encanta tenernos en casa, sentir a su familia alrededor, unida. La primera vez en mucho tiempo que ocurría.

—¿Por qué? ¿Tan gordo es lo de Richard y tu tío millonario?

Hablando de eso, pruebo a mover los dedos gordos de los pies sin mover los demás. No lo consigo. Ahora que lo pienso, no sé si alguna vez he sido capaz. Lo vuelvo a intentar. Creo que voy mejorando. El tentempié me ha sentado bien y respiro hondo de una tacada. Estoy más relajada. Eugenio piensa en su familia mientras juega con la bolsa del té, entre sus manos, espachurrando lo que quedaba dentro. Apenas sale líquido. Fuera, Josema sigue cayendo.

—¿Qué te voy a contar? ¿Has probado a mezclar agua y potasio?

—Nunca.

—No lo hagas. Cómo te diría… ¿Dinero y principios? ¿Cianuro y aspirinas? Hace años que no nos reunimos, porque no hay manera de que estén en la misma sala sin odiarse. Hasta ayer.

—Y la primera vez que os reunís se lía. Una pena. ¿Estaba tu tío Gerardo en casa cuando llegaste?

—Aún no, llegó el último, como las grandes divas.

Cada vez que habla de su tío se pone nervioso y juega con la taza, ya vacía. Se abstrae y me habla en confidencia. No suele ser tan fácil hablar con sospechosos y familiares de lo ocurrido, suelen poner filtros a sus palabras, no hablar mal de nadie, pero

Eugenio es de los nuestros y quiere que esto se resuelva tanto como yo. O quiere incriminar a su tío Gerardo.

—No pienses que quiero incriminar al tío Gerardo. Es un hombre desagradable, pero quiero ser muy objetivo. Además, ha muerto Míriam, no mi padre.

—Eso es cierto, sin duda. ¿Por qué iba a matar Gerardo a Míriam?

—No se me ocurren motivos. Parece ser que Míriam le estaba ayudando mucho con lo de la ampliación con la nueva pista de esquí. Solo podía tener agradecimiento. De hecho, a ella tampoco la veíamos desde que el tío Gerardo se peleó con papá. Ni a ella ni a Julia. Aunque a Julia a veces se le olvidaba que estaba enfadada con nosotros y aparecía. Julia es como la ves, un caos sin fin. Ambas trabajan en el hotel de Gerardo y tomaron ese bando.

—¿No te molesta que eligieran a tu tío en lugar de a tus padres?

—No soy quién para juzgar nada de eso.

En todas las familias cuecen habas. Y parece que aquí tenían fabada para un invierno. Por supuesto, otra persona en el lugar de Eugenio sí juzgaría a sus hermanas. Elegir el dinero antes que la familia es un gesto feo como poco. Y abre muchas posibilidades al rencor y al odio.

—En cualquier caso —me dice—, Gerardo no estaba en casa cuando murió Míriam, no puede ser el asesino.

—Descartémoslo por ahora, si eso es cierto. Ya sabemos, entonces, que mucha gente podía odiar a Gerardo, pero ¿podían odiar a Míriam por eso mismo, por distanciarse para medrar en el hotel?

—No. No se me ocurre que nadie pudiese odiarla. Siempre hay disputas entre hermanos, entre familiares, y Míriam era muy peleona, pero no tenía ningún problema importante con nadie. No nos hablábamos con ella, pero, quizá por eso, no discutíamos nunca.

—¿Discutió con alguien anoche?

—Un poco con Emilio y con Julia, pero es que cualquiera discutiría con Emilio. Fíjate, en esa discusión Gerardo se puso del lado de Míriam y discutieron como un equipo, así de unidos estaban. Y luego también discutieron los dos con Javi. Eso fue una conversación distinta, pero es que cualquiera discutiría con Javi.

—Para, para. Muchos nombres y muchos datos. Estoy convaleciente. Antes ya has hablado de Emilio y de Julia, en bloque, ¿quiénes son Julia y Emilio?

—Julia es mi hermana, la que va vestida sin gusto ninguno, con el pelo despeinado y la cicatriz en la mejilla. Se la hizo cuando era niña, siempre ha sido un terremoto.

—Tienes más hermanos, ¿no?

—Sí, por orden de edad: Míriam, Julia, yo y Susana. Somos cuatro. Emilio, que me preguntabas antes, es el marido de Julia, el hombre calvo que siempre sonríe. Somos una familia grande.

—Muchos posibles sospechosos.

—Yo no lo diría así, Juanola. Son mi familia.

Suspira. Coge aire. Vuelve a suspirar. Juega con la taza. El agua ya no calienta mis pies.

—Háblame de Emilio y de… Julia. ¿Estaban ya en casa cuando llegaste?

—No, qué va, yo estaba ya ayudando a mamá con la cena, que si no le toca a ella toda la carga física y mental de la familia y no puede ser.

—Tienes pinta de ser buen cocinero, manejándote tan bien con las pruebas.

—¿Qué tiene que ver?

—La química, supongo.

Conoce los ingredientes y podría envenenar a cualquiera, o hacerle un buen guiso según le viniese en gana. También podría no hacerlo.

—Pues ni bueno ni malo, cocino. Me tocó hacer una bechamel para lasaña, y estaba bastante liado, porque no se puede dejar mucho tiempo sin remover, se corta, y en esas llegaron Julia y Emilio.

—¿Qué puesto tiene Julia en el hotel?

—Pues creo que vive un poco del cuento. Antes era así, al menos. Nadie ha sabido nunca muy bien qué hace.

—Cualquier cosa que no se sabe puede ser una pista. ¿Se llevaba bien con Míriam? ¿Es posible que discutieran por motivos de trabajo?

—Seguro que sí. No lo tengo tan presente porque he pasado mucho tiempo sin verlas. Pero discuten desde que son niñas, así que me extrañaría lo contrario. Además, ahora Míriam es la jefa y Julia puede ser desesperante como subordinada. Pero no creo que fuera a mayores, ya te digo que llevan así toda la vida.

—¿Y Emilio? Él es ajeno a la familia. Podría querer que Míriam muriese para que Julia ascendiese en el organigrama del hotel.

—No funciona así, la verdad.

—¿Estaba Míriam en casa cuando llegó Julia?

—Trabajaba hasta tarde. De siempre. Lo contrario que Julia. Míriam llegó justo antes que Gerardo.

—Volvamos a la bechamel.

—Casi se me corta cuando entraron. No porque su presencia sea nociva, sino porque paré de hacerla para abrazar a mi hermana, que me felicitó las Navidades, me zarandeó y se rio a carcajadas, muy a su estilo. Como si la hubiera visto antes de ayer. Emilio entró como un señor de alta cuna, se quitó el abrigo y se lo entregó a Florencia, que pasaba por allí, para que se lo colgara en el perchero. Por supuesto, lo hizo con su mal gusto habitual y la llamó bonita. «Cuélgame esto por ahí, bonita», creo que fue lo que dijo. Eso podría haber generado un problema importante, conociendo a Florencia, si no fuera porque Ainhoa intervino para quitarle el abrigo de las manos y colgarlo. Y porque Emilio iba disfrazado de Papá Noel de pies a cabeza y no es fácil enfadarse con alguien vestido así.

—¿Cómo?

—Lo que oyes. Años sin una reunión familiar que se precie y viene vestido de Papá Noel, con gorrito y barba incluidos.

Con lo que me he currado yo el vestuario para mi cena familiar, horas delante del espejo, probando distintos colores, diferentes cortes, tratando de recordar si la ropa interior roja es para

Nochebuena o para Nochevieja sin ningún éxito, maquillándome... y hay un hombre que decidió que la mejor opción era comprar un disfraz y ponérselo para ir a casa de sus suegros.

—Es espantoso. ¿Por qué haría eso?

—Le haría gracia, supongo.

—Oye, Ainhoa sigue con Florencia. Ella también está aquí. No tenía ni idea.

—¿Por qué no? Hacen buena pareja. Adora a Florencia, además.

—Me gusta esa chica, es buena policía, una chica formal. Es muy agradable trabajar con ella.

—Como si no hubiera ya policías en la familia... Pero sí, tiende a calmar a Florencia y eso le viene bien. Luego ya se metió Julia en medio, le dio una tortita en la cara a Florencia y le dijo que sí que era bonita, que era preciosa, que le encantaba verla. Creo que ya llevaba un par de vinos encima. Y Julia es una debilidad de Florencia. Todo lo que no sirve para nada le interesa, así es mi chica. A partir de ahí, Emilio monopolizó la conversación, diciendo que tenía un proyecto entre manos, algo especial. Siempre tiene un negocio especial. Que tenía que hablarlo con Gerardo, pero que daba por hecho que, en cuanto este supiera de su plan inigualable, se lanzaría a invertir en él, no lo dudaría ni un segundo. Me hizo gracia, y seguí moviendo la bechamel.

—¿Qué plan era?

—Algo de un whisky, pero no nos lo explicó bien.

—Lo mantuvo en secreto, entonces.

—No, nadie le preguntó. A nadie le importa Emilio. Y todos sabíamos que acabaría contándolo, así que no le presionamos. A quien queríamos ver y oír era a Julia, no a él. Y si eso.

Tengo mucho trabajo. Tengo que conocer ese proyecto. Tengo que saber quiénes son el resto de los familiares. Tengo que tomar un nuevo polvorón. Nunca son suficientes.

—En ese momento llegó Alvarito de deshacer su maleta, es un chico muy ordenado, y Florencia, según lo vio, le dio un coscorrón y se chincharon mutuamente. Me gusta que sean tan hermanos, aunque se vean poco. Alvarito estaba loco por los regalos, así que te podrás imaginar su cara al ver a Emilio.

—¿Ilusión?

—Decepción. Emilio no es lo que se espera de Papá Noel. Le dijimos que era un paje y se lo creyó, más por convicción infantil que por ser una buena mentira. A Emilio le pareció un buen plan, le preguntó si se había portado bien y le dijo esas cosas que evitamos decirle en nuestra educación consciente, y Alvarito no paraba de preguntar si alguien había visto a Papá Noel con los renos. Emilio dijo que tenía información privilegiada sobre cuándo iba a llegar, pero que no podía compartirla con nadie porque era un secreto y se abrió una cerveza.

—Ejemplar.

—Y papá…

—Papá…, no me acostumbro.

—Sir Richard Watson dijo que quizá Papá Noel tuviera problemas en llegar por culpa de Josema y casi le da algo al pobre.

—Qué tierno.

—Y qué drama.

—¿Y cómo se lleva Emilio con tu padre?

—Mi padre lo aguanta como puede, porque quiere a Julia, y Emilio no entiende de límites. Ayer, es increíble que fuese ayer, que solo haya pasado un día, ayer por la noche, para que te hagas una idea, pidió a mi padre que le cortase un pedazo de su queso favorito para acompañar a su cerveza.

—¿Cómo?

—Eso dijo papá. No sabía de qué hablaba, nunca antes habían hablado de sus gustos sobre quesos. No se ven. Tan solo manda tonterías por WhatsApp de vez en cuando a toda la familia y nadie responde.

—Es insoportable.

—Lo es.

—¿Y qué pasó con el queso?

No sé si es que estoy espesa o que Eugenio se explica mal, pero la conversación no puede ser más frustrante. Él lo cuenta como si Emilio hubiera hecho algo gravísimo, pero no logro comprender qué.

—Pues que Emilio además habló con retintín, guiñando un ojo a Julia, lo que incomodó aún más a mi padre.

—¿Por qué? No lo entiendo, no tiene gracia, ¿verdad? ¿Cuál se supone que es su queso favorito y por qué es tan molesto?

—El emmental, mi querido Watson.

—Qué espanto.

—Se rieron mucho Julia y Emilio.

—¿Y no los detuvisteis?

—Son así. Se ríen de sus propios chistes, siembran un amable caos y nadie les hace demasiado caso. Si te sientas a su lado en la cena tienes mala suerte, pero si juegas bien tus cartas los evitas.

Saco los pies del barreño, se me están volviendo a enfriar. Si no cojo un catarro después de esto, soy inmortal. No sé cuánto tiempo llevamos hablando. La luz es la misma que cuando entré en la salita.

—¿Se te ha enfriado el agua? ¿Cómo tienes los pies?

—Me duelen.

—Estupendo. No los perderás.

—Puedo seguir con la investigación y ver el escenario del crimen, entonces.

Cuando me levanto no me responden. Son unos pies mojados inútiles estropeando el parquet. Me caigo en el sillón. Yo pensaba que a estas alturas tendría que estar mejorando, pero sigo sin fuerzas.

—Te cambio el agua, creo que puedo calentarla un poco, que te vendrá bien.

—Gracias. Esto es frustrante.

—Es importante cuidarse. Y luego lo resolvemos, ¿te parece?

—Es a lo que he venido.

Eugenio sale por la puerta y me deja sola con mis pensamientos y con los suyos, con los que se ha dejado aquí, solo que no tengo muy claro qué se puede hacer con ellos.

La cena de Navidad nunca supo tan mal

JUANA

Soy una intrusa. Tengo una estancia para mí sola en casa ajena el día de Navidad. Sigo descalza, y con los pies fríos no se piensa bien. Pereza. Llevo un rato dudando si tapármelos de alguna manera, pero Eugenio va a volver con otro balde. Tiene que estar al llegar, más le vale. ¿Qué narices andará haciendo que sea más urgente que hacerme compañía? Cualquier cosa, supongo. Qué chorrada. Será por lugares en los que puede estar. Quizá se haya entretenido hablando con su madre o con alguna de sus hermanas. Estarán desconsolados. Pobre gente.

No aguanto más y subo mis pies al sofá. Los coloco bajo las piernas. Ah, muy bien. Nunca imaginé que este gesto me podría dar tanto placer, aunque es un alivio momentáneo. La ciencia tiene esas cosas, que el calor ni se crea ni se destruye, sino que se traslada desde mis pies hasta mis muslos. En fin, no es la postura más elegante, pero me han dejado sola, ¿a quién le va a importar?

—Así me gusta. Tú como si estuvieras en tu casa, chiquilla —me dice Richard.

Mierda. Richard me observa con una sonrisa amable bajo la puerta corredera que hay a mi espalda. Su gesto no lo muestra, yo diría que incluso le he divertido, pero puedo imaginar lo que habrá pensado al verme con un pijama, descalza y repantingada en su sofá y no es para reír, precisamente. Saco los pies.

—Perdona, Richard. No es lo que parece.

—Parece lo que parece, es lo que es y está como está.

—¿Cómo?

—Una cosa que solía decir a los chicos. Ya sabes, los ingleses nos hacemos un lío con esos verbos.

No lo sabía, en mi colegio se daba francés, aunque no pido más explicaciones. Richard toma asiento en el sillón, junto al sofá. Me informa de que Eugenio se ha quedado con Alvarito y que viene él a hacerme compañía. No trae el balde con agua prometido por su hijo, y lo agradezco. Era extraño que mi compañero de trabajo me tocara los pies, pero con Richard mi incomodidad podría alcanzar nuevas cotas. Sí trae una bandeja y, sobre ella, otro té. ¿Qué le pasa a esta gente con el té?

—Ya sé que has tomado una taza antes, pensarás que estamos obsesionados con el té —me dice Richard, leyéndome la mente—. Pero está caliente y no te vendrá mal. O no, no soy matasanos, ni ganas, soy más de investigar a quienes matan a los sanos.

Pese a que siempre supe que me tenía cariño, Richard no da el perfil de abuelo simpático que hace chistecitos vulgares. No, él es un hombre frío, fuerte y formal, que no feo. Quizá sea que en su casa se comporta de otra manera, que le haya afectado la muerte de su hija o incluso es posible que se haya hecho mayor durante estos años de retiro. Hasta Richard Watson envejece, supongo.

—Lo que no te puedo ofrecer es pan, muchacha. No he podido salir esta mañana.

—¿Por Josema?

—Porque ha muerto mi hija.

Vaya. No estoy fina. Justo hoy, investigando el caso más importante de mi carrera. Elegí mal día para cruzar un temporal de nieve.

—Por supuesto, estoy al tanto. Voy a encontrar a quien sea que haya hecho esto, no lo dudes ni un segundo. Ahora me pongo con ello. En un minuto. O dos.

Los pies ya me permiten caminar, aunque el resto del cuerpo no me acompaña. No sé qué pasa, pero he vuelto a intentar levantarme hace un minuto y al segundo he caído otra vez sobre el sofá. No por falta de fuerza, sino de equilibrio. Entiendo que será normal, parte de un proceso, pero tengo que salir de aquí y ponerme a trabajar cuanto antes.

—Nunca he dudado, me alegré cuando supe que te habían escogido a ti, Juana. Eres leal, una cualidad difícil de encontrar hoy en día. ¡Y qué demonios! Nos entendemos, ¿verdad? Hacíamos buen equipo, podríamos hacerlo una vez más. Por los viejos tiempos.

Ahí está. La razón de que fuera tan amable se presenta ante mí con la sutileza de un jarro de agua fría. Quiere que le deje participar en la investigación, y lo peor es que utiliza una mentira para hacerme la rosca. Nunca fuimos un equipo, en los casos mandaba él y los demás obedecíamos. No es que me queje, porque Richard era muy bueno y quizá darle tanto poder era lo mejor para todos. Con ese sistema resolvíamos muchos casos, pero no, yo no diría que éramos un equipo.

—Richard, la víctima es tu hija y estás en la lista de sospechosos, como cualquiera de los que pasasteis aquí la noche. No puedes participar en la investigación.

—No hace falta que sea oficial.

—Tampoco que sea extraoficial. No hace falta, punto —le digo.

Richard no pierde los nervios. Quizá nunca los tuvo. No me contradice ni insiste, pero sí se pone en pie para hablar. Es imposible que se quede quieto en un sitio. Al levantar su pesado cuerpo del sillón, apoya buena parte de sus kilos sobre el sufrido bastón. Su enorme presencia llena la sala mientras divaga.

—Por supuesto, muchacha. Es un ofrecimiento, no una exigencia. Una bala en la recámara, y las balas es mejor no usarlas, ya lo sabes. Ahora bien, tan acertado puede ser no pedir ayuda como desafortunado pedírsela a la persona equivocada, no sé si me entiendes.

—No voy a pedirle ayuda a Eugenio tampoco. Aunque no sé qué problema tienes con él...

Richard se gira y me dedica una mirada de soslayo. Sabe que estoy intentando tirarle de la lengua. Mejor no me ando con estrategias. Si en condiciones normales no tendría muchas posibilidades ante alguien tan experimentado como él, en las condiciones actuales no tengo ninguna. No estoy mareada, pero siento la cabeza pesada, como si mi cuerpo fuera muy pequeño para ella. Con la cabeza pesada no se piensa bien.

—Mi hijo te ha contado lo de la sangre, ¿verdad? —me dice. Y yo asiento, así que continúa—. ¿Y te ha dicho que, a la hora del crimen, la alarma estaba activada? —me interroga de nuevo, y yo esta vez niego—. Eso significa que el asesino está en esta casa, y que tiene que encontrarse herido. A simple vista no podemos identificar quién puede ser, pero hay otros medios...

—Ya me ha comentado Eugenio que quieres desnudar a tu familia. ¿A todos? ¿Inocentes y culpables?

—Yo no lo habría resumido mejor. Para evitar suspicacias podría inspeccionarlos Ainhoa, la pareja de la niña, por eso de que no es de la familia. Es muy sencillo..., y Eugenio se niega.

—No es su caso, ha hecho bien.

—Es el tuyo. Puedes ordenarlo tú.

—No soy partidaria de tomar medidas extremas hasta que se nos agoten las medidas moderadas. Por ahora no es prioritario.

—¿Y qué lo es?

—Saber quién pudo matarla y por qué. Para eso quiero conocer a los Watson, a todos. Ya llegarán las pruebas y los interrogatorios. Estaba preguntando a Eugenio, pero tú puedes responderme igual que él.

Richard vuelve a sentarse. Saca un objeto de su chaqueta que al principio interpreto que es una petaca y me alarmo. ¿Se va a beber un lingotazo a estas horas? Se lo lleva a la boca, pero no parece tragar ningún tipo de líquido y al poco exhala un humo blanco como la nieve. Es un vapeador, ¿quién lo ha visto y quién lo ve? Antes fumaba en pipa. Ha modernizado su manera de matarse lentamente.

—Tu hijo me ha hablado de Quique, y de Verónica, además de Alvarito y Florencia, claro. También me ha contado que Julia y Emilio fueron los primeros en llegar. ¿Cómo llegó el resto de la familia?

—Gerardo hizo una entrada a lo grande, digna de un hombre tan pequeño.

—Gerardo no te cae bien.

—A nadie en su sano juicio le caería bien.

—Pero no pudo hacerlo él. Eugenio ya me ha dicho que no estaba en casa cuando pasó todo.

—Entonces, ¿no quieres que te hable de Gerardo? Pues no te hablo de él. ¿De quién quieres que te hable?

—¡No, no! Eso es precisamente lo que me interesa. Conocer las dinámicas entre todos vosotros, las sensaciones del momento, el ritmo de la noche.

Mierda. ¿El ritmo de la noche? ¿He dicho eso? Me temo que sí, no estoy fina. Visto lo visto, he hecho bien en no intentar ponerme en pie. Trato de salir del paso:

—¿Cómo dices que llegó?

—Acompañado de cuatro empleados del hotel… y de su esbirro, Jandro.

Richard también tiene sus cosas. No me había dado cuenta hasta ahora de lo anticuado que se está quedando. El término «esbirro» está claramente desactualizado. Esa descripción cuasi legendaria que define a un hombre peligroso y oscuro que se encarga del trabajo sucio del villano de turno resulta simplista, de historieta vieja. Intuyo que mi gesto evidencia mi falta de respeto por esa palabra, porque Richard se ve en la obligación de justificarse:

—Un esbirro, sí. Como lo oyes. Un matón. Un secuaz. Un lacayo. Un tipo de confianza, capaz de todo por Gerardo. Y, cuando digo todo, es lo que sea. Si os encontrarais y lo miraras a los ojos, y él te mirara directamente a los tuyos, se te helaría la sangre, Juana. Más fría de lo que está ahora.

—Un esbirro. Lo pillo —le contesto, evitando una discusión evitable.

—Vino con Jandro y cuatro empleados. Cargaban con una caja enorme y pesada. Gerardo insistió en llevarla al salón con el resto de los regalos, porque es lo que era, un regalo de Navidad. El mío, más concretamente. Al hombre se le metió en la cabeza que era necesario traerme una ofrenda de paz y tenía que hacerlo en sus términos. Y sus términos no tienen principios. Su regalo debía ser el más grande porque nadie podía llamar más la atención que él; para mi cuñado, la imagen lo es todo. Pusieron la casa patas arriba en plena reunión familiar, interrumpiéndonos a todos. El ruido, chiquilla, el ruido era infernal. Los operarios desmontando la puerta de entrada para que cupiera su caja, Jandro dando órdenes, Josema soplando nieve hacia el interior de la casa… Fue un desastre, entraron por las bravas, Gerardo incluso se chocó con Berni y le tiró las gafas al suelo, que el pobre hombre no sabía si quejarse o pedir perdón. Y todo estaba sucio, Juana, como un tugurio a medianoche. Movían el regalo usando un carrito que traían de la calle, dibujando dos líneas marrones de nieve sucia de camino al salón. Agnes se puso a barrer tras ellos y luego fregó. Un espectáculo grotesco.

—¿Y el regalo? ¿Merecía la pena?

—¿Cómo voy a saberlo? En esta casa los abrimos el día 25, que es hoy. Y no estamos para zarandajas. Ahí siguen, en el salón. Esperando a ser abiertos. El asesino tendrá el suyo también, ahora que lo pienso.

—No lo va a poder abrir, lo voy a detener antes.

—¿Tú sola? Ya veremos. ¿Te ha ayudado mucho esta historieta? Si quieres, todavía estamos a tiempo de buscar heridas entre los sospechosos, ¿eh?

—Háblame de tu otra hija. Porque además de Míriam y de Julia, de la que me ha hablado Eugenio, tienes otra hija, ¿no?

Richard me dedica una mirada de profunda decepción, como si esperase más de mí. No es la primera vez que la recibo, aunque sí es la primera vez que me da lo mismo. Haberme dado cuenta de que ya no es un genio, sino que es un anciano al que le gustaría revivir tiempos mejores me hace verlo con otros ojos. Aunque le tengo más cariño, también lo respeto menos.

—Susana —continúa por fin Richard—. Ha venido con su marido, Berni, y mi nieto, Javi. El único que vale algo es el ajeno, los míos han salido regular, las cosas como son.

—¿Son malas personas?

—No hace falta ser malo para matar a alguien, créeme.

—¿Serían capaces de algo así?

—Como todos, Juana, como todos.

—¿Y por qué dices que han salido mal?

—Son personas antipáticas y sin interés. Por eso mismo no merece la pena gastar minutos y saliva describiendo sus personalidades —me dice, volviendo a tratar de presionarme.

—Tu nieto se llama Javi. ¿Qué me puedes contar de él?

Richard no se frustra y sigue respetando mi autoridad. Colabora, pero se lo toma con calma. Suelta el humo del chisme ese del que fuma y, aunque tiene cuidado de no echármelo en la cara, una nube de vapor me ronda la cabeza y casi diría que se mete dentro de ella, como si mi cráneo estuviera fabricado de un material poroso, como si una suave y casi imperceptible bruma avainillada me envolviera el cerebro. Richard, varios segundos después, continúa hablando:

—El chico no tiene míos ni los pelos del sobaco. Y tener descendientes que no llevan nada tuyo es un acto estéril.

—Yo lo he visto muy formal, pero quizá fuera porque es Navidad.

—Va siempre de traje y muchas veces con corbata, sin un pelo en las mejillas y con la cabeza embadurnada en gomina. ¿Qué te voy a decir? Conoces el percal. Es un chaval que da un valor excesivo a su imagen, a los modales, los protocolos… Una deshonra familiar, vaya. No tiene sus prioridades en orden.

—¿Qué es tan ofensivo? ¿Que valore su aspecto físico?

—No es el aspecto físico, eso es parte de un todo, de una idiosincrasia. Pero, si vamos a hablar de valores, ese chico solo valora una cosa: el dinero. Bueno, me he venido arriba. Las criptomonedas esas no son dinero de verdad. Pero, ojo, no me entiendas mal. No tengo nada en contra de que el muchacho disfrute de sus aficiones; el problema, lo que lo convierte en una persona insufrible, es que quiera imponérnoslas a todos. En eso ha salido a su madre.

—¿Susana también está metida en el mundo de las criptomonedas?

—Me refería a lo de ser una predicadora. Ayer mismo entró en casa ofreciéndonos unas tarjetas ionizadas para que nos las colgáramos del cuello. Según ella, calman el espíritu, te conectan con la naturaleza y no sé qué gaitas más. Por lo visto, le costaron doscientos euros cada una, y había traído para todos. Una insensatez. Yo suelo mandarla a esparragar cuando me viene con esos temas, pero Agnes le sigue la corriente y al final es ella la que se lleva el disgusto.

—Ya me ha dicho Eugenio que tu mujer no lleva bien las discusiones

—Es lo único que provoca que pierda la compostura. Está en permanente conflicto con los conflictos, para ella es primordial que nos llevemos bien. Una pretensión absurda para cualquier familia, incluida la nuestra.

Los Watson, una familia normal. Este hombre vive en su mundo.

—Susana se paseó, con su vestido de fiesta y sus tacones, entregando las tarjetas de uno en uno. Florencia se la puso sin problema, dijo algo de que le pareció caguay o algo del estilo, nunca entiendo lo que dice. Ainhoa fingió alegrarse y mintió como una bellaca, porque está en ese plan de caer de pie en la familia, aunque sea dando un salto mortal. Emilio se lo puso debajo de su disfraz y dijo que notaba los efectos al segundo. Iba de Papá Noel, pero hacía el papel de payaso, como acostumbra. Eugenio no quiso ponérselo, pero pronto se dio cuenta de que se le estaba pasando la bechamel y salió corriendo. No es buen cocinero. Le sobra cálculo y le falta cariño. Con su marcha parecía que habíamos esquivado una bala de cañón, porque la presencia de

Eugenio era garantía de bronca. Ya sabes que mi hijo no es precisamente un apasionado de la homeopatía. El problema es que justo después llegó Julia y se lio. Ya te ha contado Eugenio cómo es mi otra hija, ¿no? Son agua y aceite, se nota al primer vistazo. Una siempre tan arreglada y la otra…, bueno, la otra no combina ni sus dos calcetines. Es el desorden hecho persona.

Me doy cuenta de que los ojos de Richard están fijos en mí, juzgándome y tratando de analizarme. Yo asiento, cruzando los dedos porque no se haya dado cuenta de mi vulnerabilidad. Él sigue:

—A Julia le dio por afirmar que ya conocía esas tarjetas desde hace décadas y que tenía una tirada por su casa. Susana le dijo que eso era imposible porque las acababa de inventar un doctor alemán. Doctor, dijo. Da que pensar, ¿eh? El mundo se va al carajo. El tema es que entraron en un bucle absurdo, repitiendo ambas los mismos argumentos una y otra vez, solo que subiendo el tono en cada intervención. Agnes empezó a hiperventilar, yo me preparé para lo peor, y es entonces cuando Berni apareció para apagar el fuego. Ese chico es un santo. O un bombero.

—¿Qué hizo?

—El imbécil. Empezó a comentar estupideces, a revolotear por el comedor y a bailotear con ese cuerpo gordo y peludo que tiene y comenzaron a reír. Hace una pareja rara con mi hija, ella siempre tan peripuesta y él tan enorme y campechano. En fin, su método fue tan sencillo como eso que te he dicho. No sé si es muy inteligente o muy obtuso, aunque intuyo que no puede ser un cerebrito si ha decidido pasar sus días rodeado por Susana y Javi. De lo que no hay duda es de que funciona. En ese momento llegaron Míriam y Verónica y se encontraron un ambiente inmejorable. Tenías que haber visto a Agnes. Mi mujer era la viva imagen de la felicidad. Hacía años que no veíamos a Míriam.

Richard se detiene. No porque no sepa qué más decir, sino porque no puede hacerlo.

—¿Qué hizo cuando llegó?

—Nada que explique su muerte.

Sus respuestas son evasivas. En este caso, es obvio que evita profundizar en los pensamientos sobre su hija. Lo comprendo. Richard continúa:

—Todos estábamos pendientes de ella, pero nadie quería mencionar al elefante en el comedor. Hacía décadas que no hablábamos con ella, aunque nos cruzáramos a menudo por el pueblo, y ahí estábamos, discutiendo sobre dónde podría dormir Verónica, como si fuera relevante. Míriam se comportó en todo momento con naturalidad, saludó como si nada, mencionó cuatro banalidades sobre Josema y se fue a dejar la maleta a su habitación. Ya no bajó hasta la cena.

—¿Cómo fue esa cena? Háblame sobre ella —pregunto, intentando que no se me noten las ganas que tengo de saber cómo puede ser una Nochebuena en casa de los Watson.

—No podía ir bien y no fue bien. La comida mal. Hace años que les ha dado por hacer lasaña y no me parece un plato de Navidad. Menos aún si la bechamel la hace mi hijo, aunque sería injusto responsabilizarlo del fracaso de la cena. Fue un trabajo en equipo. Susana empezó poniendo en duda la ciencia forense, decía que era una mentira y que las huellas dactilares y el ADN son una estafa para asustar a la gente de la calle. Por supuesto, Eugenio no pudo contenerse y respondió. Fue una discusión larga y aburrida. Todo esto puso a Agnes cada vez más nerviosa, claro.

—¿Y Gerardo? Escuchándote hablar sobre él pensaba que habría sido el causante de los problemas.

—Empezó la cena pidiendo disculpas, hizo un discursito lamentable. Dijo lo que tendría que decir una persona decente en su situación. Lo que pasa es que lo conozco y no es una persona decente. Admito que todavía no sé qué se trae entre manos. Cuando nos pusimos a comer, vi que no tocó la lasaña y estuvo más bien discreto… y pensé que quizá había montado este circo porque se está muriendo. Eso habría tenido sentido, podría explicar un cambio de ese calibre en la personalidad. Aunque pronto volvió a ser el de siempre y se me quitó la alegría del cuerpo.

Empezó a apoyar a Susana, afirmando que el trabajo de inspector de Homicidios no es serio. Que es para muertos de hambre y hombres carentes de ambición. Cuando parecía que no podía provocar más, se puso a decir que Eugenio le había comido la cabeza a su hija, empujándola a ser homosexual como él. Florencia respondió como suele, sacándole punta a todo y vacilando de maneras incomprensibles para todo el mundo menos ella, y entonces el que saltó a defender a Gerardo fue Javi. Se ve que el chico le tiene por un ídolo, un emprendedor hecho a sí mismo.

—Lógico.

Respondo sin saber muy bien qué me está contando. No me encuentro nada bien, la verdad. Está claro que estoy empeorando y no logro comprender por qué. Es cierto que he llevado a mi cuerpo al extremo, pero hace un rato que estoy sentada y descansando, ¿por qué cada vez me encuentro peor? No tiene sentido. Y Eugenio no aparece por ninguna parte. No me queda otra que centrarme en lo que estoy haciendo, tengo que hacer un esfuerzo más. Vamos, Juana, tú puedes.

—Lo que pasa es que le salió el tiro por la culata porque Gerardo empezó a atizarlo a él, en lugar de a Eugenio y Florencia —sigue contándome Richard—. Le dijo que no iba a contratarlo por mucho que le hiciera la pelota, que el éxito hay que ganárselo y no andar suplicando ayuda a su tío rico como un niño mimado. El crío, como no puede ser de otra manera, comenzó a sudar y tartamudear, dando la razón a Gerardo. Para hacerlo todo aún más dramático, parece ser que mi nieto había pedido el trabajo a Míriam con anterioridad, que supuestamente ella iba a interceder por él…, pero resultó que mi hija lo había compartido con mi cuñado y entre los dos habían decidido rechazarlo, así que Javi se sintió traicionado por Míriam. Le pegó cuatro gritos y salió llorando del comedor, sin probar el champán. Agnes, llegados a este punto, estaba destrozada de los nervios, te puedes imaginar.

—Sabes que esto incrimina a Javi, ¿verdad? Una discusión la misma noche del asesinato hace que sea el principal sospechoso. ¿Es esa tu intención?

—Me has pedido que te contara lo que pasó, sin prestar atención a lo que pueda implicar en el caso y eso es lo que he hecho —me dice, y soy incapaz de creerle.

—Y Míriam, ¿cómo reaccionó a todo esto?

—No sé si habrás estado atenta, pero, si lo has hecho, habrás descubierto que las broncas y los gritos son habituales en este tipo de reuniones. Hace años que no estábamos juntos, pero mi hija estaba curada de espanto. No le importó lo más mínimo, créeme. Es más, me parece que su primera sonrisa de la noche estuvo provocada por el arrebato de Javi, le hizo gracia que se tomara las cosas tan a pecho. Luego tuvo que soportar las bromas estúpidas de Emilio y volvió a ponerse más seria.

—¿Emilio se rio de ella?

—Con ella, de ella… Míriam es la única que toma polvorones en casa, y sigue el típico ritual de aplastarlos de un golpe antes de abrirlos. Una superstición, si me preguntas a mí. Saben igual.

—Saben distinto.

—¿Lo dices por decir o hay alguna ciencia detrás de tamaña afirmación?

—La de la prueba y error.

Richard no insiste. Se ha dado cuenta de que no estoy al cien por cien y no me quiere provocar más problemas de los necesarios. Me da rabia, tendría que tratarme como a una igual, sin paternalismos.

—Volviendo a Emilio, lo que hizo fue imitarla. Se sentó a su lado, vestido de Papá Noel como iba, y empezó a aplastar los polvorones y a comérselos como ella. La primera vez me sacó una sonrisa, a mí y a todos, la segunda vez solo se reía Julia. A Míriam no le hizo gracia ni la primera. Y no te puedo contar mucho más sobre ella. Mi hija se levantó de la mesa poco después para hacer unas llamadas y luego, un rato después de que se marchara Gerardo, se fue a la cama. Se fue la primera. Sí. Se fue la primera.

Su mirada se torna vidriosa. Hasta que no ha repetido la frase no me he dado cuenta de que no se refería a cuándo se fue su hija, sino a que no volvió. Me gustaría estar ahí para él, mostrar comprensión, pero me siento cada vez más cansada y cada vez más frustrada por estarlo. Creo que me va a dar un ataque de ansiedad. Trato de alejar la conversación de temas en los que no voy a ser capaz de desenvolverme con facilidad.

—¿Te pareció extraño que no esperara unas horas más?

—Hace veinte años lo habría sido. Me sorprendió particularmente que no quisiera quedarse a la partida, siempre le gustó jugar. Y, sin embargo, se marchó a toda prisa, poniendo lo que parecía una excusa y sin hablar con nadie. Sin hablar conmigo. Si tan solo hubiéramos tenido cinco minutos…

—¿Crees que le preocupaba algo relacionado con su muerte?

Richard no me contesta y yo diría que es porque no puede.

—¿Piensas que, si hubieras hablado con ella, podrías saber quién le ha hecho esto?

—Pienso que podría haberle preguntado qué tal estaba, cómo era su vida ahora, qué le interesaba y qué le preocupaba, si era feliz… Ahora ya nunca lo sabré.

Richard me está compartiendo sus emociones. Es terrible, nunca antes lo había hecho conmigo. Puede que no lo haya hecho con nadie. Es un instante especial y emotivo y, en lugar de darle un abrazo, yo solo quiero salir de aquí porque no puedo más. Necesito aire. O agua sobre la cara. ¿Dónde está Eugenio? ¿Y su barreño?

—Perdona, Richard. ¿El baño?

Me pongo en pie y, exactamente como las veces anteriores, pierdo el equilibrio. El anciano me sujeta, mostrando más agilidad de la esperada. Yo me apoyo en él y él se apoya en su bastón. El ruido que hemos generado provoca que Florencia entre, alarmada, desde el pasillo. Se acerca a la carrera, solícita y haciendo gala de su ligereza habitual.

—Ya me encargo yo, abu. Te estaba buscando la yaya.

Me agarra del brazo y me ayuda a caminar. No le doy ni las gracias. Ni a uno ni a la otra. Richard me observa con preocupación mientras salgo de la biblioteca, por fin. Veo otras caras. Caras de nombres que acabo de conocer, pero no sé ni cuál es cuál.

—Ou em lli —me dice Florencia y no sé qué significa—. Tienes la cara blanca, Jotilla, ¿te puedo llamar Jotilla? Suena feo, ahora que lo pienso. Vamos a echarte agua en la cara. Venga, no te pares.

Entro a un baño ajeno, llevando un pijama ridículo y preocupando a una familia que acaba de perder a un familiar en plena Navidad. Parezco la tía borracha, una que da la nota y genera chismorreos durante años. Sería gracioso si fuera verdad, pero no lo es. No soy nada de ellos, he venido a trabajar y, sin embargo, no soy capaz de hacerlo. Soy una intrusa, no cabe duda.

Las grullas de la paz

JUANA

Florencia lanza una grulla de papel a las llamas de la chimenea. No se queda a verla arder, porque me arropa hasta el cuello con la manta, que se me estaba resbalando sobre el pijama. Luego me hace una carantoña en el moflete y vuelve al fuego. No es nada parecido al flirteo, más bien lo que haría una abuela con su nieta. En realidad, Florencia es casi una niña, pero también es casi una anciana; resulta muy extraño, de una forma que casi no se puede explicar.

—Estuvimos toda la noche en el comedor, como una familia feliz. ¿Te han contado ya cuando salimos todos a la vez al sonar la alarma? Menudo circo.

—¿La alarma? ¿Qué pasó? ¿Entró alguien?

—Fue un momento what the fuck total. Empezó a sonar una sirena altísima y mi abu se volvió loco. Cuando llegamos a la puerta, vimos que allí estaban mamá, Quique, la tía Julia y la tía Míriam. Yo estaba segura de que alguno se iba a llevar una buena peta de mi abu, pero resultó que fue Míriam la que se equivocó, así que... —me dice, y tira otra grulla.

—A Míriam no le decía nada, por supuesto.

—¿Después de lo que había pasado? Ni loco.

—Pero es raro en Míriam que se equivocara así, ¿no? Aunque hiciera mucho tiempo que no viniera a esta casa, conocería a su padre —comento.

—Meh. Estaba hablando por teléfono y además tenía un día raro, ya te habrán contado todo el salseo —me dice—. Eso fue lo único así llamativo de la noche, que esas cosas random siempre tienen interés. Por lo demás, todo fue de tranquis.

—¿De tranquis?

—Sí, de chill, no de tranquis y barranquis, en esta casa nunca se ha visto nada de eso. Aunque seguro que Emilio no se lo pierde, pero es como si no fuera de la familia, ¿no te parece?

—¿También se lleva mal contigo? Vaya joyita.

—Un pieza. Ese no aceptaría a ninguna persona queer, bueno, queer, ni eso, ni woke, es un tío muy básico y machista, hermana. Aunque eso no le convierte en un asesino, te diré.

—Ya quisiera yo ser woke, me estoy muriendo de sueño.

—Uh, niña, te gustan los juegos de palabras, no sabía eso de ti, vamos a llevarnos bien.

—No me gustan, no sé por qué lo he dicho.

Ya es indudable que mi cuerpo me está dando un aviso. No estoy segura de que sea por la hipotermia, quizá tenga algún virus o algo del estilo. De todas formas, estoy empezando a asumirlo. Es inútil luchar contra ello. Es mejor estar aquí tumbada y esperar a que pase, no podría hacer otra cosa. ¿Por qué hacer un esfuerzo tan grande si no voy a lograr nada con ello? Ya he luchado mucho por hoy, quizá demasiado.

Florencia saca otra grulla de una bolsa que tiene al lado del sillón y no alcanzo a ver. ¿Cuántas habrá ahí? ¿Cuántas habrá tirado ya al fuego?

—Nos vamos a llevar bien de todas todas, Johnny girl, ya lo pasamos bien en mi formación como inspectora, ¿no crees?

—Sí, supongo.

—¿Qué signo eres? Tú tienes que ser piscis, no me lo digas.

—Entonces, ¿te lo digo?

Suelta la grulla como si estuviera absolutamente desesperada y abre los brazos. Exagera sus gestos hasta un punto que nunca sabes qué es verdad y qué es interpretación. No es alguien de quien te puedas fiar.

—Claro, Jota, dime.

—Soy aries.

—Era mi segunda opción. Entiéndeme, con la hipotermia los signos de fuego no están en su máximo esplendor —dice, y me mira con interés para luego observar a su alrededor—. Y tan rodeadas de regalos envueltos…, todo es un misterio, ¿no crees? Bueno, no todo, que ya hemos abierto uno.

—¿Qué? ¿Cuál?

—Ese de ahí, el más grande de todos.

Florencia señala una enorme caja de madera situada al lado del belén. Es el regalo de Gerardo del que me habló Richard, sin duda. Es verdaderamente grande, el anciano no exageraba.

—Es de Gerardo para Richard, ¿verdad?

—Adivina lo que hay dentro.

—Hay un…

—Una estatua a tamaño real de mi abu —me interrumpe Florencia y no me deja dar mi pronóstico, pese a que es ella quien me ha preguntado—. Real que es una fantasía. Te preguntarás si se le parece.

—¿Se le parece?

—Es idéntico. Está sentado en una silla, muy recto, como es él —me dice Florencia y, mientras habla, imita la forma de la escultura—. Lleva un sombrero de los suyos y una gabardina que le llega hasta el suelo.

—¿Lleva la gabardina sentado en una silla?

—¡Pues queda bien! Y tiene swag, está así con los dos brazos abiertos, en una mano sujeta su pipa y en la otra su otra pipa.

Cuando menciona la segunda de las pipas, Florencia hace la forma de una pistola con la mano. Para rematar, hace como que fuma acercando su primera mano a la boca, absorbiendo el humo de una boquilla imaginaria.

—Voy a querer conocer a Gerardo, porque no entiendo a alguien así, tan exagerado, tan opulento. Quizá explique cosas. ¿Crees que su regreso tiene algo que ver con la muerte de tu tía?

—Típica pregunta de aries, ahora lo veo claro. Ya te voy pillando, Jota.

Es complicado seguir el hilo a Florencia, siempre sale por donde menos te lo esperas. No es lo ideal en este momento, pero no me quejo, tan solo suspiro y aguanto. ¿Qué signo será ella para actuar así?

—Volviendo al principio, me has dicho que pasasteis toda la noche en el comedor. Me han contado que estuvisteis jugando a juegos de mesa, ¿no es cierto? ¿A qué jugabais?

—Al *Cluedo*. A mi familia le flipa.

—Estupendo.

—Horas y horas investigando asesinatos en nuestros ratos libres, en plan el señor Plum ha asesinado con el cuchillo a la señorita Amapola en el cuarto de invitados —hace una pausa dramática, moviendo una grulla con la mano, estrujándola—, ¿te imaginas? No, en realidad el *Cluedo* solo me gusta a mí.

Tira la enésima grulla al fuego, y sube una llamarada que me da un calor repentino y me saca un poco de mi sopor e ilumina la habitación, reflejándose en el papel que envuelve esos regalos aún sin abrir de una felicidad que se prometió y ya nunca será. Un brillo tan breve e intenso como el que han provocado las llamas. Odio los crímenes y lo que hacen en la gente. Alguien se ha cargado la Navidad. Se ha cargado una familia que solo quería estar unida y jugar a juegos de mesa.

—Entonces no jugasteis al *Cluedo*.

—No, son unos aburridos, te he mentido, jugamos a la pocha. Que también puede ser divertido, pero yo qué sé, ¿sabes? Prefería el *Cluedo*.

Florencia respira hondo y acaricia una grulla, como si le importara, como si significara algo, como si tuviera nombre. Pobrecilla, no lo muestra porque siempre lleva puesta una máscara extravagante que lo oculta todo, pero no puede estar siendo fácil para ella.

—¿Fue en ese momento, mientras jugabais, cuando murió tu tía?

—Justo cuando pasó habíamos hecho un pequeño receso, eso es lo que hace top este crimen, que todos estábamos repartidos

71

por la casa, pero, cuando escuchamos la lámpara caer, todos podíamos ver al resto de manera nítida. De locos. Es imposible que lo hiciera nadie porque nos damos coartada los unos a los otros como una buena familia. Es una coartada en cadena.

—Para, para, para —la freno, antes de que me explote la cabeza—. Ya sé que va a ser complicado, pero no anticipemos acontecimientos. Antes de entrar en eso quiero que me cuentes más sobre vosotros. ¿Por qué no me cuentas cómo iba la partida de pocha, por ejemplo?

—¿Por qué? ¿No quieres que te cuente dónde estábamos? Mi tía Míriam no estaba jugando. No creo que la mataran por perder a la pocha.

—No, pero si estás a punto de hacer algo tan grave como cometer un asesinato juegas tus bazas de una manera diferente.

—No sé cómo juegan muchos de ellos de normal. Ya te digo que a muchos hacía años que no los veía.

—Esas cosas se notan. ¿No te ha pasado nunca que sabes cómo van a jugar otras personas a un juego antes de verlas hacerlo? Es parte de la personalidad.

—¡Jotilla! En verdad eres una caja de sorpresas, me gusta cómo piensas, loca. Te lo compro. Venga, dime, ¿qué quieres saber?

—Todo, cualquier detalle puede ser crucial. Quién estaba jugando, quién ganaba…

—Papá, por supuesto.

—También necesito saber quién perdía, quién se picaba con quién, quién fue al baño en qué momento y esas cosas.

—¿Como en las pelis de espías cuando el jefe dice eso de «quiero saber con quién habla por teléfono, el color de sus calzoncillos, cuánto tarda en ducharse y las veces que se la menea después de mear» y esas cosas de señores que gustaban tanto? Pueden ser buenos loles.

—Adelante, entonces. Empieza por el principio.

Florencia se toma un momento para reflexionar. Hay un calor húmedo en el salón. Si se rompiera el acuario, los peces podrían seguir nadando. Un calor con olor a chimenea y a alcohol, y a algo que no logro identificar. Algo característico, que no parece en su lugar. ¿Son las grullas de papel al quemarse? Pobres bichos, grullas y peces. Si me duermo con este olor, tendré pesadillas. Pero no son las grullas. ¿Son los regalos? ¿Es el musgo del belén? ¿Las figuritas? ¿El *caganer*? ¿Es Florencia? No, ella huele bien.

—El abu puso la alarma poco después de irse el tío Gerardo, por la puerta de atrás que se fue, el muy crápula, como siempre hará, me imagino. Antes esas puertas eran para el servicio, pero ahora son para los dueños chanchulleros millonarios. En fin…

—En fin…

—Se fue, puso la alarma y respiramos de otra manera. Teníamos la noche por delante, una baraja de cartas, y muchas ganas de beefeo. La yaya dijo que no jugaba, que ella ya no estaba para esos trotes. Pero se quedó mirando. Los mirones son de piedra y dan tabaco. Eso lo dice siempre, no sé.

—Se dice, sí.

—Se decía. A ratos me puse junto a ella y le di un abrazo, un beso, un algo, que la mujer estaba muy aburrida solo mirando, aunque le gusta vernos a todos juntos.

—Claro. ¿Y qué más? ¿Qué hacía Míriam?

—Estaba hablando por teléfono, susurrando a gritos con alguien, seguro que cosas de trabajo, dicen que era adicta y además se la veía cabreada, pero eso también era normal. Qué pena que pasase su última noche así. No llegó a sentarse a la mesa, se excusó y se fue a su habitación.

—¿Y Emilio? Ese hombre es sospechoso, además de machista.

—Se sirvió otra copa, como si fueran gratis, y luego no dio una. Si ya no parece que sea capaz de contar estando sobrio, imagínate borracho y vestido de Papá Noel, que ya no sabía dónde poner la barba para beber, ni por dónde rascarse, ¿has probado a hacer cosplay de Papá Noel? No es lo más agradable, pica por todos lados… Bueno, que llegó un momento en que perdió todas las manos y no aguantó más y se vino aquí y se durmió en ese mismo sofá, ¿lo sabías?

Tira una grulla con desprecio. Y luego otra. Y tiene un escalofrío tan fingido que parece real.

—Qué asco —respondo. El olor a alcohol. El olor a rancio. ¿Es eso?—. Y dime, ¿hay alguien más que no jugara?

Abro mucho los ojos, lo que puedo. No sé si parezco despierta o una loca. Confío en que no me hayan envenenado, aunque cada vez parece más una realidad que una teoría absurda, es la única explicación que encuentro a cómo me siento ahora mismo. Mierda. Es el peor momento para que me pase esto. Una siempre espera tener un caso como este, para eso trabajamos, para eso nos preparamos. Pero nadie te pone en estas condiciones en las pruebas, en los pequeños casos sencillos; en el día a día, nadie cuenta con Josema, con el sueño, con los dedos de los pies congelados, el pijama prestado de ciervos, la familia de locos o ese olor que no termino de saber qué es.

—Pues, por ejemplo, Quique, que es tirando a rancio, pero lo quiero, aunque sea indiscutiblemente rancio, y prefirió estar al teléfono hablando de trabajo y eso, es una moda familiar, parece, en plena Nochebuena. Y luego estaría con memes y cosas así. O esquelas, porque miraba el móvil y su cara era como cero gestos, literal, pero creo que eran cosas graciosas, porque a veces lo decía. Lo comunicaba, más bien, como si fuera algo oficial. Como el discurso del rey. Quizá eran memes sobre el discurso del rey, ahora que lo pienso.

—Ya.

—¿Y quién más no jugó? Adivina.

—No lo sé. ¿Eugenio?

Las grullas se queman y los peces nadan tranquilos en su acuario. ¿Sabrán ellos quién es el asesino? No lo creo. ¿Qué van a saber? El sueño me hace delirar y yo siempre he destacado por ser coherente, por ser cuerda. A mí la locura me sienta fatal. Vamos a dar por hecho que me han envenenado. ¿Quién lo ha hecho?

—Te he dicho ya que papá ganó, tienes que aplicarte más, no estás a lo que estás, querida. ¡Mamá! Claro, mi mamá, Verónica para ti, no jugó y estuvo incómoda toda la noche, que si no encuentro mi mechero, que si yo no quiero dormir en la biblioteca, que si no tengo ropa para la cena, que si me esperan en casa… Y ya te digo yo, que es mi familia también, que no la esperaban en ningún lado, que es solo que no está cómoda aquí después de que acabó con papá, o quizá pensó que al menos con la ruptura se libraba de algunos y no la culpo, hermana, pero es lo que hay, y, si tienes que quedarte a dormir, qué menos que jugar un rato a la pocha por Navidad.

Ainhoa entra en el salón como un perrillo que hace demasiado tiempo que no ve a su persona de confianza, se sienta en el brazo del sillón en el que está Florencia y la acaricia con delicadeza. Florencia, sin haberla mirado, sabe que es ella, que ha entrado, que está a su lado, y finalmente se gira hacia ella, le sonríe, le guiña un ojo y vuelve la vista a mí. No creo que ninguna de ellas me haya podido envenenar. Ni siquiera me hacen demasiado caso. Supongo que, si envenenas a alguien, no te pones a acariciar a tu pareja delante de la persona envenenada.

—¿Y quién más? —les digo, tratando de seguir la investigación.

—Alvarito tampoco, solo jugó conmigo hasta que se aburrió; y eso que yo era la más divertida, pero estos niños de hoy pierden la concentración con cualquier cosa. ¿Ha sonado muy viejo eso? Soy vieja para él y lo entiendo, yo qué sé. Luego la lio macísimo, porque se fue al baño y volvió oliendo de locos y pavoneándose, y le preguntamos y no respondió a la primera porque es una pequeña diva, el maldito, pero luego reconoció que se había echado la colonia de la abuela para estar guapo cuando llegase Papá Noel, y lo olimos y no era la colonia de la abuela para nada, era el ambientador del baño, real que se lo había echado por toda la cabeza y por todo el baño del piso de abajo, ¿tú te crees? Tuvo que ir mi abuela con él a limpiarle la cabeza y arreglar un poco el baño, es más, era ahí donde estaba cuando cayó la lámpara.

—Eso es —confirma Ainhoa, que también tira grullas, ahora, y remueve el fuego con el atizador—; la vio Quique, que estaba hablando en el pasillo, ¿verdad, Quique?

—¿Cómo?

Quique, que hablaba de nuevo por teléfono en el pasillo, entra en el salón. Esto no es un interrogatorio, es una reunión social.

—Que viste a Agnes limpiando el baño cuando cayó la lámpara.

—Sí, miré hacia las escaleras, y ahí al fondo estaba la luz del baño encendida y salió Agnes a ver si estaba todo bien.

Tras soltar su información vuelve a ponerse el teléfono en la oreja y se larga al pasillo. No sé si debería prohibirles el uso del móvil hasta que resolvamos el caso, no vaya a ser que tengan cómplices en el exterior, o ideen un plan de fuga. Pero Quique no pudo ser, él estaba en el pasillo cuando murió Míriam.

—¡Ay, perdona! —grita de pronto Florencia, como dándose cuenta de algo importante—. Que no querías que te spoileara el momento del crimen y ya estoy otra vez.

—No pasa nada, ya que hemos empezado, sigamos —le respondo. Ya no puedo aguantar mucho más despierta y es mejor quitarme esto de encima cuanto antes—. Sabemos dónde estaban Agnes, Alvarito y Quique. Falta mucha gente, algunos más sospechosos que estos que he mencionado.

—Estarás pensando en Berni, otro buenazo, y en la tía Susana, ¿verdad? ¿Dónde estaban?

Pero yo en realidad solo pienso en mantener los ojos abiertos, porque, me hayan envenenado o no, me duermo, pienso en el calorcito de la manta, de la chimenea, en la cadencia calmada de la voz de Florencia y, sí, también pienso en el olor que no reconozco, que no es a grulla ardiendo, que no es a alcohol, ni a sudor, que no es a ambientador. ¿A qué huele?

—Tu abuela los vio robando chocolate en la cocina —dice Ainhoa, solícita—. Berni lo buscaba por cualquier rincón y Susana lo devoraba. Dice que en otra vida debió de ser chocolatera. Dice esas cosas.

—¡Ay, mi amor! ¡No has dejado tiempo a Jota a responder! —Florencia ataca amorosamente a Ainhoa con una grulla y después me mira—. ¿Ibas a adivinarlo?

—No, la verdad es que no. En la vida.

—En fin…, no pasa nada, Ainhoa, yo ya sé que tú solo dices factores.

—¿Factores? —pregunta Ainhoa.

—No sé, cielo, lo escuché por ahí y quería probar qué tal sonaba, que dices verdades, digo, pero la inspectora quiere saber qué ocurrió, y si se lo damos todo mascadito no podrá recordarlo, es solo eso.

—Gracias. Entonces tuvo que ser Verónica, ¿tal vez?

—Yo estaba en la escalera, junto a la ventana —dice Verónica mientras entra nerviosa en la habitación y se calienta las manos con el fuego—. Pude ver a Berni y a Susana en la cocina, y a Julia en la puerta del baño de arriba. Ella estaba allí porque el baño de abajo estaba ocupado por Alvarito. La lámpara sonó fuerte y me cayó algo de ceniza en el suelo de la escalera. Me apresuré a limpiarlo, porque antes los Watson fumaban como carreteros, pero han cambiado muchas cosas desde que dejé de venir a esta casa. Ahora Richard vapea, como si fuera sano, y todos odian el tabaco.

Verónica se queda donde está, parece que cada vez hay más gente aquí. Me gustaría tener la situación más controlada, pero es imposible.

—No hay mayor criminal que el tabaco —dice Florencia, y tendrá razón, supongo—. Entonces, ¿quién queda?

—No lo sé, sois muchos.

—Piensa, cuenta, suma…

—Resta —añade Ainhoa.

—Eso es, Ainhoa, justo, hay que restar. Factores —dice Florencia y lanza la última grulla al fuego, y sé que es la última porque se frota las manos como si se las limpiase, como si hubiera acabado algo.

¿Quién falta, entonces? No tiene sentido. Si todos estaban viendo al resto, ¿cómo podían estar en dos sitios a la vez? Para eso hay que estar soñando, y yo aún no estoy soñando. Falta Richard, pero cómo iba a hacer daño él a su hija.

—¿Richard?

—Estaba a la mesa del comedor, con mi padre, con Ainhoa y conmigo, comprobando que no hacíamos trampas con las cartas, o algo así.

—¿Míriam? —pregunto, desesperada.

—¡No, mujer! Míriam estaba muriendo, probablemente, en su cuarto, ¡faltaba mi primo Javi! Mi tía Julia estaba esperando en la puerta del baño porque lo estaba ocupando Javi. Lo olvidáis porque la gente olvida a los criptobros, pero también ellos mean y cagan en persona, no solo en las redes.

—Entonces nadie pudo hacerlo, no tiene sentido.

—Esa es la gracia, ese es el tema, esa es la movida, esa es la movie, ese es...

—El quid —dice Ainhoa.

—Basadísima.

—Gracias.

—Eso es lo grave. Que nadie pudo hacerlo y no podía haber nadie más en la casa. Fuerte, ¿eh? Y no se pudo ahogar ella sola, no así. Hazte cargo. Tienes un caso de los difíciles.

Tengo un caso imposible y no estoy preparada. Confieso que llevo quince segundos, al menos, con los ojos cerrados. Confirmo que sienta bien. No puedo más. Debo hacer más. Pero ya no puedo. Estoy lejísimos de resolver el caso. Me han envenenado y no sé quién ni por qué. Hay demasiadas cosas que no entiendo y no he sido capaz de preguntar.

—¿Por qué las grullas? —digo, es lo primero que me ha venido a la cabeza.

—Las hicimos Ainhoa y yo como símbolo japonés de la paz. Mil grullas para escenificar la paz familiar. Ahora no hay paz, así que tampoco hay grullas.

No hay paz cuando corre la sangre. El olor..., ya sé lo que es. Es un olor a vinagre y a limón. Es un olor a los productos de limpieza de antes. ¿Alguien ha fregado? Y, con ese descubrimiento, ya no aguanto más, y me dejo caer en el sueño. O me caigo, que es parecido.

Dicen que tienes veneno en la sangre

AINHOA

Salgo al exterior de la casa con la intención de reunirme con Florencia, mi jefe y mi abuelo político. La verdad es que la situación es realmente intimidante.

Josema continúa escupiendo nieve sin ningún tipo de control, yo diría que cada vez cae con mayor intensidad. Camino por el porche, que, aunque está techado, tiene el suelo ya recubierto por una capa blanca. Los tres inspectores, al fondo del corredor, dan la espalda a la casa y la cara a la montaña. De cada una de sus cabezas surge un hilo de aire visible que flota hacia el cielo, cálido y serpenteante, como si los pensamientos propios de la genialidad cobraran forma física y se compartieran con la naturaleza. Cuando me aproximo a ellos descubro que se trata del vaho que emanan sus tazas de té, pero la sensación de estar ante un momento mágico perdura en mí.

Me coloco junto a los tres inspectores para unirme a la conversación. Bueno, en realidad me sitúo a unos metros de distancia para escuchar de qué hablan. Solo Florencia tiene un pequeño gesto hacia mí, un leve movimiento de cabeza. Si ella se comporta con seriedad es que la situación es más que seria.

—No es grave, pero los síntomas de envenenamiento son inequívocos —dice Eugenio.

—¿En plan? Yo lo veo muy grave, papá. No es ninguna tontería ir envenenando a la gente.

—Lo que quería decir es que no se va a morir. Su temperatura y sus constantes son buenas. Está dormida.

—Ese es precisamente el problema —contesta Richard—. Que está dormida, y que va a seguir estándolo en el futuro próximo. Habría que tomar alguna decisión.

Eugenio suspira y veo cómo se desespera ante una decisión entre dos opciones irrenunciables. Lo conozco bien y estoy segura de que se muere de ganas de ponerse manos a la obra y estudiar el caso a fondo, ha nacido para esto, pero por otro lado se siente obligado a respetar los protocolos porque las normas son su vida. Está en su mano tomar la decisión, no me cambiaría por él ahora mismo.

—¿Y si se despierta en cinco minutos? No podemos estar seguros —pregunta Eugenio.

—Duerme como un bebé, papá. Aunque los bebés a veces tienen el sueño ligero, ¿no? Es rara esa expresión —opina Florencia.

—Ya, pero no es nuestro lugar intervenir —dice Eugenio.

—Hay un asesino bajo mi techo, hijo. O empezamos a trabajar ahora o me lío a palos con todos vosotros hasta que alguno confiese el crimen.

—Bueno, bueno, papá. No hará falta, algo haremos, supongo que no pasa nada por dejarla dormida en el salón. ¿Está abrigada?

—Lleva una manta encima. Es la que se puso Emilio ayer por la noche y da un poco de grima porque debió de sudar alcohol como para llenar un cubo, pero, quitando eso…, va a estar bien.

—Yo he llamado a su familia para decirles que se queda aquí para la comida. He creído que estaría bien que lo supieran —comento.

—Eres una reina —me dice—. Una reina republicana.

Ya sé que no tiene significado ninguno su frase, pero aun así me gusta.

—De acuerdo, vamos a investigar por nuestra cuenta —acepta Eugenio—. Solo nos queda decidir cómo nos organizamos para que sea lo menos ilegal posible.

—Antes de que digas lo que quieres decir, es preferible que calles lo que debes callar, hijo.

—No sabes lo que voy a decir, papá.

—No vas a hacer tú solo la investigación mientras nosotros miramos. Punto. ¿Era eso lo que ibas a decir?

Eugenio se muerde la lengua, es obvio que sí pensaba auto-proponerse como encargado de la investigación.

—Locos, ¿qué vamos a hacer con el tema del veneno? —pregunta Florencia, cambiando de tema—. Estoy segura de que lo que sea que le hayan dado a Juana se lo dieron a Míriam también, por eso se fue a la cama tan pronto. Y me juego mi colección de cartas Pokémon primera generación a que pasó lo mismo con el tío Emilio, no es normal que nos dejara tranquiles tan pronto.

No sé mucho de Pokémon, pero, por lo que hemos hablado, sé que Florencia está muy orgullosa de esa colección. Si se la juega es que está segura de lo que dice. Eugenio no está de acuerdo:

—Puedo entender lo de Míriam, para tenerla relajada y a solas, y hasta puedo comprender lo de Juana, por eso de que iba a investigar el crimen, pero lo de Emilio no se sostiene, hija. ¿Qué peligro podía suponer él para el asesino?

—Si es que no es Emilio quien la mató —concuerda Richard.

—Cuando vengan los forenses lo comprobamos, si queréis —afirma mi chica, con seguridad—. Lo que no puedo deciros porque no lo sé es cómo los envenenó ni si piensa volver a hacerlo. Y a lo mejor eso es lo que debería preocuparnos.

—Nosotros cuatro tenemos que estar especialmente alerta —dice Eugenio, incluyéndome a mí—. Si se han querido quitar a Juana de encima, podemos ser los siguientes.

—Cuidado con lo que coméis y bebéis —aconseja Richard.

Todos miran sus tés, de pronto menos reconfortantes que hace unos segundos.

—Me temo que no podemos hacer muchos análisis ahora para determinar qué tipo de veneno utilizó, lo primordial es usar esa sangre para identificar al asesino. Es la única manera que tenemos de encontrarlo ahora mismo.

—Esos procesos llevan tiempo, y no sé vosotros, pero yo no estoy dispuesto a esperar dos o tres días a que abran el puerto con un asesino en casa, dándole de comer y de beber y esperando a que vuelva a actuar —responde Richard—. Vamos a tener que trabajar a la antigua usanza, sin pruebas forenses.

—No hará falta esperar tanto para obtener resultados—apunta Eugenio.

—¿Y cómo pretendes llevarlo al laboratorio? Si quieres llamamos a David Copperfield para que lo envíe.

—Joder, otra vez ese tío, no lo he googleado antes —dice Florencia.

—Es un mago —le cuento, y no interrumpimos la conversación.

—Me refiero a que yo podré hacer algo hoy mismo para estudiar esa sangre. Aquí —sugiere Eugenio.

Se hace un silencio que detiene la discusión. Nadie esperaba esa respuesta y yo me siento secretamente orgullosa de él. Este es el Eugenio que conozco, el de todas las semanas. No decepciona.

—¿Sin laboratorio? Lol. Eres mi padre —dice Florencia, y no miente.

—Las herramientas son importantes, pero el conocimiento lo es más. En esta casa creo que tengo lo suficiente como para hacer un análisis. No será tan concienzudo como el de un laboratorio, pero puede servir.

Florencia responde a su padre con un sonidito peculiar, similar a un «ajá» o un «hum», pero sensiblemente más exagerado de lo que se puede esperar.

—¿Qué pasa, Florencia? ¿Tienes alguna sugerencia?

Florencia se gira hacia ellos y hace una pausa dramática. Muy dramática.

—¿Y si el ADN de la sangre no sirve para nada porque no coincide con ninguno de los sospechosos? ¿Y si no es de ninguno de nosotros?

—No digas bobadas, niña —responde Richard—. El asesino está aquí. Te puedo asegurar que nadie entró en la casa, el sistema de seguridad no falla.

—Buen dato —responde mi chica, irónica—. Pero ¿no habéis pensado que puede estar jugando con nosotros? Puede ser que haya colocado la sangre para despistar. Pensadlo. El asesino está en esta casa, así que nos conoce, sabe cómo vamos a reaccionar y que nos vamos a centrar en esa prueba.

Ahora es Florencia la que provoca un silencio en el resto. No sé si alguna de sus teorías tiene sentido, pero es evidente que todos están poniendo de su parte para sorprender a sus «rivales».

—Y, si no es suya, ¿de dónde ha sacado esa cantidad de sangre, hija? —pregunta Eugenio, con cansancio—. No tiene sentido.

—No lo sé. No nos pongamos límites ahora, vamos a pensar fuera de la caja. A lo mejor ni siquiera es humana, podría ser de un animal, pero la verdad es que no lo sé. Este caso me tiene confundida y hace mucho mucho tiempo que no me pasa algo así —dice Florencia, y me mira—. ¿Verdad que no, amor? Últimamente siempre resuelvo los casos en diez minutos.

—Es un crimen imposible —digo.

—Es un crimen implausible, no imposible —me corrige mi jefe—. No puede ser imposible si ha pasado.

—Lol. Aunque eso de crimen imposible da hype, eso no vamos a negarlo.

—Pues yo lo niego —responde Richard—. Chiquilla, te digo por experiencia que no hay que buscarle tres pies al gato, es mejor no buscarle ni siquiera uno, porque lo que tienen son patas y pezuñas. Las maneras de matar son por lo general simples, porque la triste realidad es que acabar con una vida no es tan difícil. Las soluciones nunca vienen de teorías complejas y rebuscadas.

—Ok, boomer. Vale que os parezca mal todo lo que digo y que estéis seguros de que la solución va a ser aburrida y todo eso…, pero estaría bien escuchar teorías alternativas. ¿Cómo explicáis vosotros que todo el mundo tenga coartada?

—Yo no lo voy a explicar. Lo van a hacer las pruebas —responde Eugenio.

—Vale, o sea que, como no lo entiendes, prefieres pasar palabra. ¿Y tú, abu? ¿Tienes alguna explicación no rebuscada?

—Que alguien miente, por supuesto. Es más viejo que el pan.

—Ok. Ok. Ok —admite Florencia, cambiando su tono cada vez que lo dice, pensando sobre ello—. Me gusta tu rollo, Richard Watson. Eso explicaría lo que pasó, aunque para que sea cierto el asesino tendría que contar con un cómplice. Porque alguien tuvo que cometer el crimen, pero otro habría tenido que ofrecerle una coartada.

—Es absurdo, Florencia. No le des alas —interviene Eugenio—. Si ya es complicado encontrar un asesino en esta familia, como para buscar dos.

—Es mi familia también, y los quiero —puntualiza Richard—, pero tú lo sabes mejor que nadie, en las circunstancias adecuadas, incluso la mejor persona del planeta puede cometer los actos más abominables.

—¿Y cuáles son esas circunstancias, si puede saberse? —pregunta Eugenio.

—No lo sé todavía. Ese es el trabajo de un investigador, indagar y tocar las teclas adecuadas, y quien dice tocar teclas dice tocar los cojones hasta que aparezcan las respuestas.

—El mundo ya no funciona así. Hacíamos esas investigaciones porque no se podían analizar las pruebas con la precisión actual, en tu época se condenó a muchos inocentes —dice Eugenio.

—¿Y ahora no? Un mal inspector sería incapaz de encontrar al culpable aunque el asesino fuera él mismo. Antes y ahora. Los policías de hoy en día os habéis vuelto vagos, lo confiáis todo a las pruebas forenses, pero olvidáis que, para entender una foto, tienes que verla completa. ¿Es un culo o es un codo? Es tu cara de gilipollas. Da un paso atrás y verás a la persona entera. Analizar las cosas desde el punto de vista microscópico solo genera confusión.

—Papá, respeto lo que hiciste en todos tus años de servicio. Todos lo hacemos —comienza a decir Eugenio.

—Eres el GOAT, abu —interviene Florencia, y estoy convencida de que ni su abuelo ni su padre saben lo que significa.

—Dicho esto, preferiría que no empezaras a interrogar a nuestra familia. Sé que lo harías con la mejor de las intenciones, pero lo último que necesitamos ahora es empeorar el ambiente. Aunque solo sea por mamá. Y no, no hay grandes secretos entre nosotros, en esta familia somos gente normal.

—Te recuerdo que Míriam era una persona maravillosa, pero también dirigía los negocios del capo de Formigal —responde Richard.

—¿Capo? No exageres, papá.

—No todos los capos llevan capa —dice Florencia.

—Gerardo es un imbécil y un empresario ambicioso, nada más —continúa Eugenio—. Conociéndolo, a lo mejor elude impuestos o paga mal a sus empleados, pero eso es todo.

—¿Y la trama urbanística? No sé si estás al tanto de la gresca que tiene montada con los ecologistas. Llevan semanas haciendo ruido, dicen que la ampliación de la estación de esquí va a matar al oso pardo. ¿Lo sabías? El oso pardo. ¿Es un Oso Amoroso, quizá?

—No la mataron por una conspiración, papá. El mundo ya no está gobernado por caciques y el tío Gerardo es un desgraciado, pero no estaba aquí. Y dudo que pudiera contratar a nadie para cometer un asesinato.

—¿Eso es una prueba? ¿O una teoría tuya? —responde Richard.

—Habla con él, entonces. Llámalo, no tengo problema con eso.

—Yo le he escrito por WhatsApp hace un rato —intervengo—. Me lo ha pedido Florencia, y he pensado que debería saber lo que había pasado. ¿He hecho mal?

—Has hecho lo que tenías que hacer. Alguien tenía que avisarlo. ¿Ha contestado? —responde mi jefe, serio.

—Sí, varios minutos después. Me ha dicho que estaba de camino a Madrid por un tema de negocios, que iba en el AVE. Lo único es que... tenía muchas erratas. ¿Es normal en él?

Nadie me contesta, dudo que le hubieran escrito por WhatsApp en algún momento de sus vidas. Florencia le tuvo que pedir el número a su abuela, porque ni ella ni su padre lo tenían.

—Por lo que sabemos, quería mucho a Míriam —comenta Eugenio—. Puede que las erratas sean porque estuviera afectado, no creo que quisiera a mucha gente más.

—Según se dice por el pueblo, no apreciaba ni a su esbirro —dice Richard—. Tenía cariño por Míriam y por sus perros. Ahora solo le quedan los chuchos. Que se joda.

Se hace un silencio que Florencia aprovecha para abrazarme. Parece ser que todos han recordado que están tan dolidos como Gerardo. La nieve continúa cayendo, llorando con gotas sólidas la muerte de Míriam. Eugenio da una palmada atenuada por el sonido de los guantes, tratando de ponerse en marcha.

—Lo primero es la escena del crimen, tenemos que ser precisos. Hoy más que nunca.

—Y después habrá que investigar esa carta —apunta Richard.

—Y hacer una lista de sospechosos. Yo voto por Emilio —dice Florencia—. No por nada, es que me gustaría que fuera él.

—Esto no funciona así, no se puede escoger a dedo a los... —replica Eugenio, antes de morderse la lengua—. ¿Sabes qué? Os dejo a vosotros con la lista de sospechosos y la carta, lo vais a hacer mejor que yo. Pero antes la escena del crimen, por favor. Solo os pido eso. Yo ya he preparado algunas cosas para hacer una exploración más a fondo, por si acaso nos tocaba entrar o para ayudar a Juana, pero aún faltan un par de detalles.

—Solo necesitas dos ojos, hijo.

—Muy gracioso, papá. Por cierto, ¿sabes dónde hay pinzas de depilar?

Los tres se alejan y se introducen en la casa, trabajando juntos, con los cerebros a pleno funcionamiento y las tazas de té vacías en sus manos. Me han dejado aquí sin mirar atrás, tan ocupados como están. Yo tampoco me he movido, prefiero quedarme a solas un rato. El aire es frío y quema al respirar, pero me aleja del ambiente cargado del interior. Nos espera un día largo.

No es un dormitorio, es una escena del crimen

EUGENIO

Ninguno quería volver a la habitación de Míriam. Es la parte más dura del trabajo, tal vez, tener que investigar con el cuerpo presente, recordándoles que la víctima es ella, su hija, su hermana, su tía. Pero, al mismo tiempo, ¿qué otra opción tienen si no es entrar y mirar y analizar la habitación?

En la misma puerta hay un precinto ridículo y terrorífico. Lo puso ahí Eugenio, como haría un policía responsable. Al no tener cinta profesional, ha utilizado una bufanda roja recubierta por cinta adhesiva para darle firmeza y para pegarla al marco de la puerta.

—Qué chistoso, Eugenio, esa bufanda era mía.

—Pero es roja, y nos sirve mejor que ninguna otra, papá, espero que lo entiendas.

—No me faltan bufandas, pero la próxima vez usas una tuya, o preguntas.

La bufanda no encaja en ese lugar, pero tampoco lo hace un asesinato. Es extraño para ellos. Han estado muchas veces en ese pasillo, pero nunca con bolsas de plástico atadas a los pies usando unas gomas de pelo alrededor de los tobillos, con guantes de látex y con mascarilla.

Eugenio cruza el umbral el primero, por debajo del precinto, con cuidado, con cariño. Richard después pasa el bastón por encima y luego una pierna, y luego la otra y llega hasta el fondo de la sala en un alarde de energía. Florencia entra la última, despegando y volviendo a pegar la bufanda en la pared, y se queda justo tras la puerta, mirando.

Con todos dentro y el cuerpo de Míriam en medio, no saben por dónde empezar. Eugenio ya no les pide que no toquen nada, aunque quisiera hacerlo.

—Florencia, recuerda que tienes que dibujar el croquis de la habitación.

—Real que me lo has dicho hace dos minutos, papá —contesta Florencia y les enseña un cuaderno y un bolígrafo que traía con ella.

—Nada de colorines ni de cosas cuquis, por favor —dice Eugenio—. Es una investigación criminal profesional... o debería serlo.

—Muy siglo pasado, cuento con ello.

—En el siglo pasado ya habíamos descubierto los colores, niña —responde Richard.

—No me consta que entendáis el arcoíris, abu, no te ofendas.

Eugenio ya no los escucha, está concentrado en la sala. Siempre le ha resultado más sencillo trabajar con los objetos y, por qué no decirlo, con los muertos que con sus compañeros.

—Sigamos un método punto a punto, ¿de acuerdo? —les dice—. Si encontramos una evidencia, la señalamos y buscamos cerca de ella.

Richard suspira y Eugenio toma aire, concentrándose. Mira a su alrededor como hace en cada escena de cada crimen desde que empezó como policía. De lo más grande a lo más pequeño, al más mínimo detalle y de ahí de vuelta a lo más grande. Si hay demasiadas evidencias, estas pueden llegar a bloquear a muchos inspectores. El método es lo que aporta la tranquilidad. La confianza en las pruebas, en la ciencia. Se podría decir que Eugenio tiene fe en la ciencia y, como todo creyente, le reza cuando llega al templo. Suelta el aire. Mira. Ve.

Frente a él, iluminado por la luz blanca de Josema, Leonardo DiCaprio es el rey del mundo. Pero incluso él, tan joven y guapo, murió en una tabla quizá demasiado pequeña para dos. No es fácil para nadie, piensa Eugenio. ¿Y dónde estará aquí el iceberg? ¿Dónde se esconde lo que no se puede ver y es capaz de matar a su hermana? En la estantería, al lado de Leo, está un osito con una camisetita blanca con rayas azules, feo, feo como él solo, con el que Míriam nunca le dejó jugar. Tiene toda la balda para él, un lugar especial. Es eso o que ha sido olvidado, tal vez sea lo único que le quedó a Míriam de su infancia, y tan solo porque no lo quiso compartir con sus hermanos pequeños. Esta habitación es una carencia. Un portalápices sin lápices ni bolígrafos, tan solo unas tijeras, le da la razón. Un escritorio en el que solo hay un ordenador portátil cerrado y una carta abierta. La del Oso Amoroso. Esa pista que obsesiona a su padre. Tendrán que leerla y releerla, tendrán que analizar la letra y cada palabra escrita, tendrán que saber quién es ese Oso Amoroso. Entiende que no es el oso de peluche feo, sino otro oso. Y la vista se posa en una cama vacía, y pequeña, de niña y adolescente, pensada para un solo cuerpo, cubierta por un nórdico nuevo, quizá el único cambio que ha traído la modernidad a la habitación.

Recuerda las mantas con las que dormían de niños. Recuerda el frío, recuerda a Míriam siendo una niña que cuidaba de él, aunque aún más de sí misma. Y esa misma niña ha muerto. Eugenio mira ese edredón que no se ha movido y no se ha usado. ¿Míriam no se llegó a acostar? Estaba envenenada y cansada, lo normal es que se hubiera ido a dormir de inmediato. ¿Qué estuvo haciendo hasta entonces? Es un gran enigma, uno de tantos que te puedes encontrar en una escena del crimen. Míriam llevaba horas en la habitación, ella sola. Y el ordenador estaba cerrado. No era una gran lectora. Eugenio se da cuenta de que no conocía a su hermana. Llevaba años sin verla, pero no recordaba a ningún amigo suyo, ni sabía en qué ocupaba el tiempo, ni en qué lo perdía. Si sabes en qué pierde el tiempo una persona, quizá sepas más de ella que sabiendo en qué lo usa. Hay una maleta abierta junto a la cama. Una maleta que revisa su padre, sin mucho tacto.

—Ponte bien los guantes, papá —dice Eugenio.

—Métete en tus asuntos y déjame en paz, tengo las manos grandes.

—¿No tienes guantes de cocina de tu tamaño en casa, abu? Hay que participar más en la limpieza.

—Hago otras cosas. Y no vamos a hablar de esto ahora.

Y no lo hacen. Eugenio por fin mira el cuerpo que estaba evitando. A Míriam muerta. Mira los pies descalzos, con unas medias sin mácula. Mira la postura agarrotada de las piernas. Mira la mano derecha, entrecerrada en un gesto tenso, agónico, violento. Su camisa aún puesta. Fue una mujer de negocios hasta el final, con el atuendo incluido. La boca abierta, los dientes impolutos, el tono azulado, los ojos en blanco, a juego con la nieve del exterior, imitándola. Las gafas de Míriam yacen en el suelo junto a su cara, abiertas sin romperse, como expuestas.

—¿Por qué no llamas al forense, papá? Ya he visto todo tres veces y he llegado a las mismas conclusiones en dos de ellas. La tercera he mirado solo por conocer mejor a la tía.

—¿Tienes la habitación dibujada?

—Chill, papá. No te preocupes por eso, tengo la habitación ya tan vista que podría hacerlo rollo vieja escuela, de memoria. No pongas excusas y llama de una vez.

Eugenio saca su teléfono móvil del bolsillo, no sin esfuerzo, porque con guantes de látex no es tan sencillo, y, con toda la ceremoniosidad de la que es capaz, pulsa el número de Martín, el forense, y hace una videollamada.

—¿Qué pasa, Eugenio? ¿Cómo estás, tron?

—Bien, Martín, bien… Mal, en realidad. Escucha, estás en manos libres, con mi padre Richard y mi hija Florencia, sabes quiénes son.

—Un honor, joder, un honor. Son muy grandes.

—Sí, verás, estamos en el escenario del crimen de mi hermana Míriam, en su habitación. Necesitamos que tomes nota y nos ayudes a clasificarlo todo de la manera más oficial posible, dadas las circunstancias.

—Aro, hombre, faltaría más —dice Martín, alargando la a inicial de claro—. Siento mucho vuestra pérdida. Contadme y os guío.

—Dile a tu tron que tenga más respeto y que antes de hacer nada grabe la conversación, Eugenio.

—Martín, ¿oyes a mi padre? Graba la conversación, puede ser muy útil para justificar un buen levantamiento de las evidencias. Y trata de ser profesional.

—Hecho, nenes, y perdonad, no estoy acostumbrado a tratar con los familiares de las víctimas. ¿Por dónde queréis empezar?

—Bueno, dinos mejor tú primero, ¿te parece?

—Y no veo aquí a ningún nene —añade Richard.

—El gran Richard Watson, ¿eh? Acojona hasta en la distancia, el tío. Buah, pelos de punta. Empezamos, niños. Miradme bien el cuerpo. ¿Podéis acceder hasta él sin tocar nada? Me vale un «no sé» como respuesta, no me seáis tímidos.

Eugenio se agacha junto al cuerpo sin ningún problema, mueve su móvil para que pueda mostrarlos a él y a Míriam en la cámara, y se siente extraño. Así no debería ser una investigación criminal, más bien parece que se va a hacer un selfi para Instagram.

—Aquí estoy, Martín.

—Níquel, niño. Si veis algo en la ropa que sea extraño, que no encaje, que sobre, yo qué sé, un ejemplo, un pelo rubio y es morena, o un rasguño, o una doblez que no debería estar ahí… Pues le hacéis una foto y, si es externo al cuerpo, lo cogéis con unas pinzas esterilizadas y lo metéis en una bolsa también esterilizada, ¿tenéis de eso? A lo mejor tenía que haber empezado por ahí, ahora que lo pienso, ¿no?

Florencia suspira. Richard resopla. Eugenio abre una mochila y saca de ella unas fiambreras y unas pinzas de depilar.

—Las he esterilizado en la chimenea. ¿Servirán? Por cierto, papá, he descongelado las albóndigas, están en una fuente en la fresquera. No tenía suficientes táperes y no había nada mejor que esto.

Richard no responde. No es el momento de tener hambre.

—De lujo, nene —dice Martín—. Así sí. Aro. Sí que tienen que servir, si no dan muestras de albóndigas.

—Están lavados a fondo.

—No hace falta que me lo jures, Eugenio, que sé cómo trabajas. Eres tan meticuloso que el inspector jefe me quiere rebajar el sueldo porque siempre salgo pronto pa mi keli, que me lo dejas todo hecho, cabrón. ¿Eso lo sabíais?

—No lo sabíamos, gracias.

—Procedo a recoger las gafas.

Con sumo cuidado y la mirada atenta de todos los presentes, Eugenio coge las gafas por el puente con las pinzas de depilar, las levanta y las observa.

—Que me aspen si ahí no hay una huella clarísima —dice Richard.

—Un pulgar, además —precisa Florencia.

—Eso parece. Lo analizaremos de la mejor manera posible.

Mete las gafas en una fiambrera y la cierra herméticamente. El clic le satisface. Están a salvo. La deja en el suelo, coge esparadrapo y lo pega sobre la tapa sin que se le adhiera a los guantes. Un nuevo éxito. Escribe sobre él, con letra firme, «Gafas de Míriam», toma un pósit amarillo y grande, con un número uno previamente marcado en grande con rotulador y lo coloca en el punto exacto donde estaban las gafas. Primera evidencia levantada y Eugenio ya se siente más seguro. Ya tienen algo que investigar. Las posibilidades le alegran el trabajo.

—De lujo, Eugenio, eres un genio, aunque podrías tardar un poco menos. Siguiente evidencia, tío, ¿qué ves?

—Vamos a levantar una muestra de la mancha de sangre del suelo. Esperemos que no esté muy contaminada.

Sabiéndose observado, y, quién sabe, tal vez admirado por su padre y por su hija, Eugenio saca un cúter de la mochila y un sobre blanco, que no es un sobre sino una hoja doblada, no para hacer grullas, sino para guardar pruebas, y rasca el parquet con precisión, arrastrando el polvillo dentro del sobre con un cepillo de dientes sin usar. Richard y Florencia no parecen tan ilusionados como aburridos. Quizá salga alguna prueba de ahí, no se puede saber. Lo miran mientras sella el sobre con cinta aislante, no sin antes lacrarla debidamente, informando a Martín de la hora y el lugar, a cada minuto, como si pudiera haber cambiado, como si importara.

—Niño, me abro un yogur —dice Martín—, si no os importa que coma mientras recoges las pruebas, ¿vale? No es por falta de respeto, lo hago con cualquiera y estoy más atento con el estómago lleno. Siete comidas al día, por lo menos. Dicen que es sano, pero yo no paro de engordar, ¿qué te parece?

—Algo así necesitamos —dice Eugenio—. Para analizar la sangre, digo, algo como el yogur, o más bien como kéfir, una reacción que nos indique el tipo sanguíneo por lo menos. Tengo que estudiar, no sé cómo hacerlo aún, pero tengo una idea.

—Justo, a eso me refería —improvisa el forense—. Quería que llegaras tú solito. Buen trabajo.

Eugenio pone un número dos en el suelo. Avanzan. Levanta la lámpara del suelo tratando de tocarla lo menos posible. Sitúa un número tres en su sitio.

—No se ha roto, pero quizá tenga alguna huella. Es posible que nos indique quién estuvo en este lugar, si es que no la tiró Míriam al caer al suelo. No es lo más urgente, pero habría que tenerlo en cuenta para el futuro si viene un equipo hasta aquí.

—A ver si no va a ser que la lámpara os ilumina al asesino… —dice Martín, con la boca llena.

Nadie le responde. Eugenio se centra de nuevo en el cadáver. Ese otro gran enigma. No ve más indicios en el cuerpo de Míriam ni alrededor de él. No ve laceraciones ni quemaduras en su cuello. No ve nada en particular. Míriam murió asfixiada sin rastros de dedos o heridas superficiales.

—Murió presumiblemente ahogada, pero no es solo que no haya signos de violencia, es que no hay arma homicida para toda esa sangre. Y eso es extraño.

—Consúltalo con la almohada, hijo.

Hay una almohada sobre el edredón. ¿Es la posible arma homicida? Se da cuenta de que no tiene táperes tan grandes para guardarla y eso le supone un nuevo reto. Por suerte, a Eugenio le gustan los retos, y piensa.

—Si no hay heridas en el cuello… —lo ayuda Florencia, expresando en voz alta la obviedad que todos saben.

Eugenio se acerca a la almohada, parece importante. Parece evidente. Y, sin embargo, Eugenio no se ha dejado llevar nunca por lo evidente. No se puede descartar que la asesinasen de otro modo. Y de él depende que se descubra. Si es por Richard o Florencia, el arma homicida sería la almohada y pasarían a otra cosa. Su padre ha sido mejor inspector que él para los tiempos que corrían. Su hija lo será. En este momento, el mejor inspector es él.

—Papá, te estoy viendo venir. Por mí como si quieres analizar la tela de la almohada y estudiarla a nivel microscópico, como hacen en los anuncios de detergentes esos en los que se ven los hilos enormes, pero no te olvides de guardar la carta, que sé que vas del cuerpo hacia afuera. Si te quieres dejar algo importante, que no sea eso, porfa, que ahí seguro que hay cositas.

—¿Cómor? —pregunta Martín—. ¿Hay una carta y no me habéis dicho nada? ¿En plan suicidio o en plan asesino en serie, de esas de recortar letritas y pegarlas como un collage?

—Una carta de Míriam a un tal Oso Amoroso. No parece terminada de escribir, hay un rayajo a mitad de palabra. Va a ser interesante de analizar, es posible que encontremos restos del asesino porque suponemos que Míriam estaba escribiendo cuando fue atacada y pudieron forcejear sobre ella —explica Eugenio.

A Florencia se le escapa una risa, aunque no se puede descartar que no se trate de un escape y que la haya soltado voluntariamente. Eugenio y Richard se giran hacia ella, cansados, aunque optan por no darle el gusto de preguntar por qué lo hace.

—Lo que no sabemos es qué hizo antes de escribir, pasaron horas desde que entró en esta habitación hasta que se puso a escribir. ¿Quizá habló por teléfono con alguien? —aventura Richard.

Florencia se ríe de nuevo y su padre no tiene más remedio que responder a su llamada de atención:

—Antes también has reaccionado raro cuando hemos hablado de esto, ¿qué pasa?

—Nada, que estoy bastante segura de lo que hizo la tía Míriam y no es lo que decís, pero es una teoría sin pruebas, no te interesaría —responde Florencia.

—Puedes contármelo a mí, las pruebas me la traen al pairo. Prometo guardarte el secreto —asegura Richard.

—Así no tiene gracia, abu.

—¿Y no puedes hacer un esfuerzo y encontrar alguna prueba, hija? ¿Es tanto pedir?

Florencia mira a su alrededor, en uno de sus gestos tan típicos de pensar.

—Como no respondas a tu padre, va a implosionar y va a dejar la escena del crimen perdida —dice Richard.

—Oki, pero solo porque me lo pides con gracia —contesta Florencia—. Se me acaba de ocurrir una idea. Dadme un minuto.

Florencia levanta un dedo al cielo y acto seguido se pone a rebuscar entre las estanterías de Míriam, perfectamente ordenadas.

—¿Qué está pasando? —pregunta Martín—. Tío, no sé si es por la videollamada, que me entero de la mitad, pero estoy más perdido que un gato en una perrera.

—No eres tú, Martín, es mi hija —responde Eugenio, y se dirige a ella—. ¿Se puede saber qué haces?

—¡Por qué tanto secretismo, niña? Nosotros somos los buenos. ¿No puedes decirnos lo que buscas y te ayudamos a encontrarlo? —propone Richard.

—¡Ya! Este me va a valer —responde Florencia, ignorándolos.

—¡No toques nada! —grita Eugenio.

Es demasiado tarde. Florencia ya tiene entre sus manos un cuaderno de Míriam de cuando iba al instituto. Está perfectamente catalogado. En la cubierta hay una etiqueta en la que se lee «Geografía e Historia: Tercero de BUP». La futura inspectora rebusca entre las páginas.

—Pero ¿qué narices puede haber ahí que responda a la pregunta que te he hecho? —dice Eugenio.

—Yasss —contesta Florencia, como si su padre no existiera.

Les enseña una hoja del cuaderno. Se lee: «por orden, los reyes visigod...». Y, saliendo de la d, una raya idéntica a la de la carta.

—¿Lo veis?

—Lo veo, pero no lo entiendo —responde su padre—. Veo un rayajo, como el otro, pero no sigo sin saber qué narices hizo Miriam durante todo ese tiempo.

—Lol. ¡Si lo has dicho tú! Es igual que el otro. ¿Por qué? Porque la situación era la misma. Real que me di cuenta nada más verlo, porque a mí también me pasa. Cuando me quedo dormida en clase, dejo de escribir a media palabra y tengo rayajos iguales a este en todos mis apuntes. Mis amigas me trolean mucho con eso. Por eso he buscado aquí, estaba segura de que Míriam tendría el cuaderno entero con rayas como esta y más en clase de Geografía e Historia.

Eugenio mira ambas rayas y las compara. Es cierto que se parecen. Enfoca el teléfono para que lo vea también Martín.

—Joder, tú. Vaya ojo —dice el forense.

—Tú no la animes, anda —responde Eugenio—. Al menos ya hemos resuelto el enigma. Míriam se quedó dormida mientras escribía, no después. Viendo cómo ha caído Juana por el veneno, es lógico que ella tampoco tuviera muchas fuerzas para seguir despierta. Vamos a guardar la carta, de todas formas. Estaba sobre la mesa y pudo caerle alguna gota de sudor o de saliva, por ejemplo.

La prueba ya no tiene tanto potencial como antes, porque el asesino quizá no tuvo mucho contacto con el papel, aunque Eugenio no se da por vencido. Piensa en que esa carta no se terminó de escribir, pero que ellos sí deberían terminar de leerla, de leer incluso lo que no está escrito. La criminalística es magia y ciencia al mismo tiempo, si es que no siempre van unidas.

Así que Eugenio abre un táper y Richard coge la carta tocándola solo con la yema de los guantes y la mete dentro, mira a cámara y hace lo que Eugenio esperaría.

—Son las catorce y dieciséis minutos del veinticinco de diciembre. Estamos en el escritorio del cuarto de Míriam Watson, y acabamos de levantar una carta inconclusa. Es la evidencia número cuatro.

Eugenio cierra el táper, inesperadamente orgulloso de su padre. Sitúa un papel sobre él en el que apunta la hora y el lugar con un rotulador. Lo cubre con cinta aislante. Guarda el táper en la mochila.

La bufanda se despega de la puerta y asusta a Eugenio y a Richard. Richard no lo reconocería, por supuesto. La bufanda queda colgando en una postura antinatural, combada por la acción de la cinta aislante. Y Eugenio tiene una idea.

—Hay que analizar esa bufanda. Lleva colocada de esa manera algunas horas, si el asesino sigue aquí, y parece imposible que no sea así, habrá querido entrar en la habitación para descubrir si se ha dejado algo que lo incrimine. Y, si se ha rozado con la cinta aislante, quedarán huellas suyas, o un pelo o una mancha de sangre.

—Lo de la sangre no lo veo, pero dale, analiza, loco —dice Martín.

—Verás lo que tengas que ver, Martín, y la próxima vez recuerda que no eres la persona indicada para llamar loco a nadie —replica Richard, y luego mira a Eugenio—. Si vas a poner otra bufanda, pon la tuya esta vez.

Evidencia número cinco marcada. Tienen trabajo por delante. Mucho que analizar y descubrir. Las pruebas les darán pistas en tan solo unas horas. El trabajo bien hecho tranquiliza a Eugenio, que está especialmente interesado en la sangre. Si descubren de quién es, tendrán una gran parte del trabajo hecho. Sangre de mi sangre, dicen. Y, en este caso, lo cierto es que tiene que serlo.

A Florencia no le gustan los detalles random

AINHOA

Hay una mancha de sangre en la pared del pasillo.

Para mi jefe, el descubrimiento es un hito en la investigación. Eugenio estaba ya preparado para analizar tanto la sangre como las huellas recogidas en la escena del crimen, pero no ha dudado un segundo en postergarlo todo y lanzarse a por las nuevas pruebas. Me lo imagino como un niño que está a punto de desgarrar los envoltorios de sus regalos de Papá Noel cuando recibe la noticia de que tiene que ir a recoger un regalo extra que le acaba de llegar. Uno que quizá no sea mejor que los demás, que no promete tanto, pero que es especial por inesperado.

Para mi chica, la mancha en la pared no significa gran cosa. En realidad, ninguno de los Watson se lo toma muy a pecho. En las escenas del crimen en las que he estado, los familiares de la víctima se suelen arremolinar alrededor de la prueba más insignificante, se interesan por conocer cada mínimo detalle de la investigación y hacen preguntas por encima de sus posibilidades. Es cierto que suelen ser bastante incómodos, pero también me hacen sentir que nuestro trabajo tiene relevancia, que es un arte desconocido, casi magia. Con esta familia no es así.

Aquí todos han mamado historias de investigaciones hasta convertirlas en eventos aburridos. Nadie tiene curiosidad por el ADN o el estudio de la trayectoria que tomó la sangre al caer sobre la pared. En eso está ahora mismo Eugenio, haciendo una videollamada con un experto, uno mucho más serio y profesional que Martín, el forense:

—Por el ángulo y la dispersión de la mancha, diría que quien tuviera la herida caminaba en esa dirección —dice Eugenio, señalando las escaleras.

—No cabe duda —responde el flipado del experto desde su pantallita—. Aunque habrá que hacer más indagaciones para hacer un estimado de la altura desde la que fue proyectada e incluso la velocidad a la que caminaba el sujeto.

Se supone que mi tarea es mantenerme pendiente de que nadie se acerque a la zona para evitar riesgos que comprometan la prueba, pero Florencia me hace señales para que me acerque a ella. Y yo lo hago, alejándome de la conversación y de sus conclusiones. No debería desobedecer una orden directa de mi jefe, pero ¿cómo voy a decir que no a Florencia en un momento como este?

—¿No te cansas de perder el tiempo con el capitán Obvious? —me pregunta, señalando a su padre.

—Es el procedimiento habitual, muchas veces así se descubren detalles que acaban siendo claves en la resolución del crimen.

Me mira como si me hubiera vuelto loca y no la culpo, Eugenio está llevando las cosas más lejos de lo habitual, quizá desesperado por la falta de pruebas concluyentes, o por su cercanía con la víctima. Aun así es mi jefe, casi mi compañero, le debo una cierta lealtad.

—Boh. Si quieres puedes quedarte con papá y analizar la porosidad de las paredes, yo tengo un crimen que resolver.

—¿Y cómo lo harías tú? Porque es posible que analizar esa muestra de sangre no nos lleve a ningún lado, pero la verdad es que yo no sabría cómo empezar con este caso. Si tienes una idea mejor…

Me mira con una media sonrisa de suficiencia. Odio que haga estas cosas. ¿Sabe algo? No puede saber nada. No puede.

—Si se demuestra que las coartadas se sostienen, no tenemos nada —añado—. Y es difícil que se caiga alguna porque todos los testigos se veían entre ellos.

—Conocemos el espacio, pero no el tiempo. ¿Estaban mirándose justo en ese momento? ¿O se miraron unos segundos después de que cayera la lámpara?

Florencia señala la habitación de Míriam, situada a unos pocos pasos de donde nos encontramos.

—Por ejemplo, mi tía Julia. Ella era, de todos los sospechosos, la que más cerca estaba de la escena del crimen. Y a ella solo la veía mi madre, porque Javi estaba atrincherado en el baño, con la puerta cerrada. ¿Pudo cometer ella el asesinato y regresar corriendo para tener coartada?

—Claro, ¿cómo no lo he visto antes? Es perfectamente posible. Además, no necesitaríamos encontrar una motivación rebuscada, pudo ser un acto impulsivo, un arrebato. Tuvo la oportunidad de entrar en la habitación, ahogarla hasta que no respirara y, cuando cayó la lámpara provocando un estruendo, salir corriendo de ahí… Y quizá fuera entonces cuando la vio tu madre, en el pasillo. Ha sido ella.

Reconozco que, en mi afán por impresionar a Florencia, me he tirado a la piscina de cabeza y, solo con ver su reacción a mis palabras, me doy cuenta de que el agua estaba helada. Menudo resbalón.

—Me da vibes de que no es tan sencillo, amor. Habría otras muchas preguntas sin respuesta, como el origen de la sangre o quién era el Oso Amoroso al que escribía la carta. Y no creo que lo hiciera mi tía Julia.

—Entonces, ¿descartas que lo hiciera ella? ¿Qué es lo que estás proponiendo?

—Yo lo que digo es que aquí hay demasiados detalles random. Pequeñas cosas que no me cuadran. Y si algo no me gusta en un crimen son las cosas random, así que me he propuesto a resolverlas una a una.

—¿Entonces no tienes nada? ¿Es eso lo que dices? ¿Empezamos de cero? Esperaba que hubiera un plan, una teoría, una idea…

—Van a ser buenos loles, ya verás. Tú solo tienes que seguirme la corriente, ¿vale?

Me dice y, sin esperar respuesta, me señala con la cabeza a su tía Julia, que entra en su dormitorio y cierra la puerta tras ella. Debería avisar a Eugenio de que me voy, pero él ni siquiera se percata de mi ausencia. No creo que merezca la pena decirle nada.

Entramos en el dormitorio sin llamar y Julia nos observa incómoda. No es para menos, tiene ropa en la mano y seguramente se iba a cambiar, no es algo que quieras hacer delante de tu sobrina y tu novia. A Florencia parece que le da igual y yo la sigo, como una mosca en la pared. Una mosca ruidosa y molesta de cuya presencia todo el mundo es consciente.

—¿Qué hacéis, chicas? ¿Cómo estáis?

Mientras nos habla se prueba una chaquetilla que le queda fatal, pero que yo diría que le gusta. Su dormitorio está hecho un desastre, con la ropa tirada por todas partes. No sé cómo lo hace, pero tiene el don para tenerlo todo descolocado; su ropa, su pelo, su cara, su personalidad.

—Nosotras bien, pero quería decirte que tú estás siendo muy valiente, tía Julia. Mucho más que ninguno de los demás.

—Las mujeres como yo tenemos que ser valientes. Vosotras también lo sois.

Aunque sigue tan incómoda como al principio, Julia no nos echa de aquí, ¿quizá porque cree que eso levantaría sospechas? En cualquier caso, se pone delante de nosotras y no nos deja pasear libremente por la habitación. Nos quedamos apretadas junto a la puerta. Es raro, pero todo en ella lo es. En ese sentido, es una persona difícil de leer.

—Lo digo porque no me quiero ni imaginar estar en tu piel. Siempre dicen que es duro para quien encuentra los cadáveres, pero encima en este caso era tu hermana, con toda esa sangre…, y estás como si nada.

—Chica, como si nada, como si nada… Estoy triste, ¿eh? Yo quería mucho a Míriam, era la única de esta familia que tenía contacto con ella. Pregúntale a tu madre, si quieres. Pregúntale.

—No lo dudo. Nadie dice que no la quisieras —dice Florencia.

—Hablábamos casi todos los días en el hotel.

—Por eso no eres sospechosa. No para mí —añade mi chica.

Julia abre la boca, sorprendida. Ella, igual que yo hace unos minutos, esperaba que Florencia la acusara. ¿Quién sabe? A lo mejor es una de sus estrategias y le está mintiendo.

—¿Y de qué quieres hablar conmigo entonces?

—Lo que me parece un poco random y quería preguntarte es... ¿qué hacías allí?

—¿Cómo? ¿Cuando la mataron? Estaba esperando para entrar en el baño, pero Javi estaba ahí metido y no...

—¡No, no! Esta mañana, cuando encontraste el cadáver de Míriam. ¿Por qué entraste en su dormitorio tan temprano? Yo no acostumbro a meterme en las habitaciones de otros nada más despertarme.

—¡Ah! Eso. Es que quería comentarle que había problemas en el hotel con lo de Josema, que se había bloqueado una puerta y estaban tardando en quitar la nieve. Me lo ha dicho el tío Gerardo por mensaje, que había pasado por delante del hotel mientras bajaba a la ciudad en su coche oruga, ese que tiene que parece un tanque. Me decía que había escrito a Míriam, pero que le extrañaba que ella no contestara, porque era muy madrugadora. Y era por eso, para darle el recado. ¿Os gusta cómo me queda?

Todo lo que lleva es espantoso, no combina ni por casualidad. A Florencia, cómo no, le encanta. Y no es irónico, le gusta de verdad.

—A tope de swag —dice Florencia—. Pues ya lo has dejado todo claro, lo único... ¿Por qué era tan importante que lo supiera ella y no tú? ¿No te incumbía a ti? Tú también tienes un cargo importante en el hotel.

—¡Ja! Yo soy el último mono, chica. Me toman por el pito del sereno.

—¿Y no te molestaba un poco que ella fuera la jefa? —la pica Florencia.

Me da la sensación de que mi chica está encontrando algo, pero la puerta se abre, acabando con la magia del momento. Es Eugenio.

—¡Estabais aquí! ¿Qué hacéis molestando a Julia?

—¡No me molestan! Estábamos hablando, nada más.

Mi jefe me mira, esperando que yo le confirme que todo es mentira y que no estamos presionando a los sospechosos como podría hacer el propio Richard, pero me encojo de hombros. Tampoco es una traición, esto no es un interrogatorio al uso, a decir verdad no sabría decir qué es.

—Solo quería decirle a la tía Julia que ha sido muy valiente.

—Un poco de sonoridad entre mujeres, Eugenio. No sabrías lo que es eso —dice Julia.

—Sororidad —la corrijo.

—¿Ves? Las chicas saben lo que se hacen —insiste Julia—. ¿Sabes lo que es la sororidad, Eugenio? ¿A que no?

—Ainhoa, voy a buscar más manchas —me dice Eugenio, haciendo caso omiso a su hermana—. Todo apunta a que el asesino bajó por las escaleras; si encontramos otra, quizá seamos capaces de reconstruir el camino que siguió. En cuanto puedas, ayúdame a buscar por el comedor y el salón, por favor. No creo que haya mucho, porque estábamos nosotros y lo habríamos visto, pero no quiero descartar nada.

—A la orden, capitán —responde Florencia y se pone de firmes, pero cuadrándose fatal.

Eugenio mira a su hija sin decir palabra, se da la vuelta y se marcha. Me hace gracia que la trate como a su hermana. Su vida familiar no la envidia ni el mismo Job.

Nosotras también nos despedimos de Julia de manera apresurada y regresamos al pasillo donde vemos a Javi pasar, mirando su móvil con la cabeza gacha, como siempre. Pasa de largo, sin siquiera saludarnos.

—Tu tía es rara siempre, pero hoy esconde algo —digo.

—Yep. Tienes razón —me responde, y me siento orgullosa por haber acertado—. Aunque hay gente que es ver a la policía y actuar como si fueran culpables.

—¿Vais a meter a la tía Julia en la cárcel por estar rara? —nos dice Javi, deteniéndose antes de bajar las escaleras.

—No vamos a meter a nadie en la cárcel —responde Florencia.

—Pues dejad de jugar a los detectives. Vosotras no os veis, pero desde fuera resulta ridículo.

—Es mi trabajo, Javi. Y va a ser el de Florencia cuando apruebe las oposiciones —le contesto.

—Ya, suerte con eso. Siempre da gusto saber que hay más gente dispuesta a pasarse la vida chupando de la teta del Estado.

—¿No crees que es importante encontrar a los asesinos? —pregunta Florencia.

—Lo puede hacer el sector privado. La gente pagaría para descubrir ese tipo de información y la policía funcionaría mucho mejor. Las investigaciones no las llevaría una chica con el pelo morado haciendo preguntas tontas.

—Son preguntas listas, creo yo. ¿Te importa que te haga algunas a ti?

—Eres libre. Aunque yo también soy libre de no contestarte si me da la gana.

—Es solo una tontería, solo quería saber si, cuando hablaste con Míriam para trabajar en el hotel, ella te dio a entender que lo ibas a tener fácil para que te contrataran. Lo digo porque parecía que te sorprendió que ella no te apoyara y como no sabemos lo que habíais hablado antes o en que habíais quedado…

—¡¡Fuera de aquí!! ¿Qué te has creído? —La voz de Eugenio interrumpe a Florencia. Suena desde el piso de abajo.

—¡Solo quería saber si la tenías tú! —le responde Susana.

Bajamos los tres corriendo, movidos por la curiosidad, y vemos a Susana salir al pasillo desde la biblioteca. La sigue de cerca Eugenio. Mi jefe está intentando cachearla y comprobar que no haya cogido nada. Es una clásica riña de hermanos, salvo que estas se suelen dar con diez años, no con cincuenta, no entre dos personas de aspecto formal. La conversación está iniciada, pero, por lo que podemos interpretar, Eugenio ha pillado a Susana hurgando entre sus instrumentos de trabajo.

—Alguien de aquí me ha robado la tarjeta ionizada —se justifica Susana—. Una igual que la que os he regalado a todos y que siempre llevo encima. Ayer me la quité para ducharme y ya no la encontré. Anoche no dije nada porque pensé que la habría perdido, por eso de no estar en mi casa, que habíamos bebido y esas cosas, pero hoy la he buscado por todas partes y no está. Sea quien sea que me la ha robado, se creerá que es una broma, pero es un asunto muy serio. Casi hubiera preferido que me quitaran un pulmón o un riñón, que al menos tengo otro, pero, al quitarme la tarjeta, he perdido el equilibrio interno. Es muy grave, ¿lo entiendes?

—¿Y tú entiendes lo que es la investigación de un crimen? —responde Eugenio.

La conversación sigue y sigue, entrando en esos bucles absurdos que solo pueden darse dentro de una familia. Berni intenta mediar, sin mucho éxito. Javi se cansa y se marcha y nosotras nos quedamos mirando. Bueno, mi chica lo hace y yo permanezco a su lado. Agnes se nos acerca, cansada de la discusión y tratando de no prestarle atención:

—Niña, ¿por qué no avisas a tu abuelo de que la comida está casi lista? Le he avisado hace unos minutos y todavía no ha bajado a poner la mesa.

—Ahora vamos, yaya. Aunque seguro que acaba por venir él solito.

La discusión entre los hermanos se desinfla a la misma velocidad con la que se infló y cada uno se va por su lado. La abuela, tranquila al no haber más conflicto, se vuelve a la cocina, donde, a juzgar por el olor, está recalentando la lasaña. Eugenio regresa a su improvisado laboratorio y nosotras nos quedamos con Susana.

—¿Tú sabes algo de mi colgante, Florencia? ¿Crees que quien me lo robó pudo ser el mismo que cometió el crimen?

—¿Qué te hace pensar eso? ¿Sospechas de alguien?

Ahí va Florencia otra vez.

—No, pero ahora sabemos que se cometieron dos actos infames ayer, dos fechorías sin explicación, es lógico pensar que estén conectadas. Bueno, ya sé que no es comparable una cosa con la otra, pero me entendéis.

Por sus palabras, me da la sensación de que esto último lo dice para quedar bien y que sí que lo considera comparable. Está ciertamente obsesionada con su amuleto.

—Te entiendo perfectamente. Yo misma he pensado que podía estar relacionado —dice Florencia, y no tengo la menor idea de si es sincera o no—. Lo voy a investigar y, en cuanto descubra algo, serás la primera en saberlo.

—Gracias, cielo.

—Por cierto, aprovechando que estáis aquí, os quería preguntar una cosa —dice Florencia, que arranca otra vez—. Habéis dicho que ayer, cuando pasó todo, estabais en la cocina tomando una barrita de chocolate a escondidas, ¿no?

—Eso es lo que hicimos. No estoy orgulloso, pero sí —contesta Berni, y la redondez de su barriga me sugiere que no es la primera vez que hace algo así.

—Ya, claro, ¿y no hicisteis nada más? ¿No pasó nada que debamos saber?

Los dos se giran la una hacia el otro y se comunican a través de las miradas. Mi sensación es que su conversación, traducida a palabras, sería algo como «ni se te ocurra decir nada», «no pensaba hacerlo, pero tú tampoco abras la boca».

—No pasó nada reseñable, no —dice Susana.

Agnes sale de la cocina acompañada de Verónica, es evidente que la anciana esperaba que Florencia le hubiera hecho caso a estas alturas.

—Niña, ¿has ido ya a avisar a tu abuelo de que la comida está a punto?

—Ahora voy, yaya. Dame un minuto.

Florencia contesta a su abuela sin prestarle mucha atención y la anciana se marcha en silencio. Pobre señora, no para de preocuparse por todos, mientras que el resto se preocupa por encontrar al asesino. Verónica sí se queda, me voy dando cuenta de que siempre es así con ella. Da la sensación de que no sabe dónde estar y va deambulando por la casa. Mi chica, mientras tanto, sigue hablando con sus tíos.

—Ya..., claro. Eso que dices tiene sentido, tía Susana. Lo único que es un poco random es que estuvieseis en la cocina tantísimo tiempo. Llegasteis antes de que la yaya se acercara a arreglar el estropicio de Alvarito en el baño y también antes de que mamá se pusiera a fumar, ¿no? ¿No es demasiado rato para tomar una sola tableta?

—Para nada. La gracia es saborearlo, no engullirlo. Y mientras tanto hablaríamos de nuestras cosas —responde Berni.

—¿Y qué son vuestras cosas?

—Lo que has dicho, cosas que son nuestras. Temas privados —contesta Susana.

—Hoy no hay temas privados, lo siento mucho.

Verónica observa a Florencia en silencio, con una sonrisa ambigua que no logro identificar. Podría decirse que se siente orgullosa de su hija, aunque es un gesto que se queda a medio camino, otro podría interpretar que siente lástima por ella o incluso que la considera una idealista sin posibilidad de éxito.

—Hablábamos de mi tarjeta ionizada, ¿vale? —responde Susana, cortante—. Porque me sentía descompensada e incómoda, como sin equilibrio. Y no queríamos comentarlo delante de todos porque no quería preocupar a nadie con un tema del que no estaba segura y porque no quería que me tratarais como la histérica de la familia porque a veces pienso que me consideráis una loca. ¿Te parece bien?

—Claro que no. Me parece fatal y por mi parte te pido disculpas si te he tratado de esa manera. Y entiendo que no puede ser fácil sentirse así, tenías toda la razón del mundo en querer callártelo —concede Florencia—. Perdona por haberme puesto tan pesada.

Florencia se queda en silencio, pensativa, y se golpea con suavidad la cabeza evidenciando que hay algo que todavía no le cuadra.

—Lo único es que..., perdona que insista, ¿eh? Pero, cuando volvisteis, los dos teníais mala cara. Entiendo que tú estabas fastidiada por perder el colgante, pero el tío Berni estaba muy serio. Yo nunca lo había visto así. ¿Por qué era?

—Estaba preocupado por el colgante también —contesta él.

Con independencia de lo que vaya a opinar Florencia, me resulta imposible creer a Berni. Entiendo que empatice con Susana, pero hay algo en su manera de responder que me resulta forzado. Por no hablar de que es obvio que sucede algo entre ellos. No se muestran tan compenetrados como acostumbran, incluso diría que Susana lo rechaza de una forma muy clara.

—Eso lo explica todo. Te preocupabas por ella. Eres un amor, Berni —señala Florencia, llevándole la contraria a mis pensamientos de nuevo—. Mamá, aprovechando que estás aquí, una cosa…

—Huy, no. A mí no me metas en tus líos, que te conozco —responde Verónica—. Voy a ir yo decirle a tu abuelo que hay que poner la mesa, que veo que tú no lo piensas hacer.

—Espera, mamá. No te retraso, si solo son unas preguntas de nada…

—Que no voy a responder. Porque no me da la gana y porque no creo que debas meterte en estos asuntos. Tendrías que dejar trabajar a tu padre, o incluso a tu abuelo.

—Mamá, me tienes bailando, sabes que estoy mucho más capacitada que ellos para encontrar a quien haya hecho esto —responde Florencia.

—No, no lo sé. Yo no soy policía, pero no me refería a eso.

—¿A qué te referías entonces?

—Me voy a hablar con tu abuelo, hija. Ya hablaremos. O no. Pero no te metas en líos, hazme el favor.

Verónica le da un beso en la frente y se marcha, sin mirar atrás.

—Mamá, solo una preguntita. Es sobre Míriam y tú, es una cosa un poco random, sobre el trabajo en el…

Verónica se aleja escaleras arriba y deja a Florencia con un palmo de narices. Mi chica no se lo toma a mal. Nunca lo hace.

—Interesante. Sigamos. Hay que buscar sangre, ¿no?

El comedor muestra una extraña apariencia de normalidad. Quique y Emilio están sentados a la mesa tomando una cerveza y algo de queso.

Los ojos de mi suegro nos siguen mientras rastreamos manchas rojas como quien busca un pendiente perdido. No me puedo imaginar de qué habrán hablado estos dos, la verdad, pero, sea lo que sea, compadezco a Quique, no puede haber sido interesante.

—¿Qué hacéis, chicas? ¿Podemos ayudaros?

—Nada, no os preocupéis —respondo yo.

—Buscamos manchas de sangre —dice Florencia—. Por si el asesino pasó por aquí.

—¡Anda! Qué peculiar, ¿no? —contesta Quique, que tampoco ha destacado nunca por su ingenio conversador.

—Yo busco, si queréis. Soy muy bueno encontrando cosas, tengo un séptimo sentido —se ofrece Emilio.

—No hace falta, gracias, podéis seguir hablando —les digo, con firmeza.

Quique suspira, consciente de que tiene que volver a charlar con Emilio. Florencia parece que se va a agachar a mirar debajo de un armario cuando se gira hacia su padrastro, pensativa.

—Quique, ahora que estamos aquí, hay una cosita que sí te quería preguntar, ¿con quién hablabas anoche? Escuché que se llamaba Charlie, pero nada más.

—¿Ayer? ¿Por la noche, dices?

—Sí, ¿quién es esa persona con la que hablaste durante tantísimo tiempo? ¡Que a lo mejor es un amante y te estoy poniendo en un compromiso! Lol. ¿Te imaginas? Si es así, prometo no decírselo a papá.

—Es un cliente —responde él, empezando a incomodarse.

—¿Qué cliente? ¿No me vas a decir nada más sobre él? ¿Es un secreto profesional como el de los curas y los psicólogos? Me estás generando hype de gratis.

Quique suelta una risa espástica, un «¡JA!» que sale mal, está nervioso. ¿Oculta algo? Me pregunto si Florencia sospecha de él. ¿Y yo? También soy policía, a veces tendría que ser más proactiva. ¿Yo sospecho de él?

—¿Y este interés repentino por mi trabajo? —responde Quique—. Jamás me has preguntado sobre lo que hago, y lo entiendo, ¿eh? Es aburrido. Yo me aburro. ¿Qué más te da quién fuera mi cliente? Que yo te lo digo, pero…

—¡Quiquito! ¿Te estás poniendo nervioso? ¿Tienes algo que ocultar?

—En absoluto. Carlos Bermúdez, de una ONG. Se llama Carlos Bermúdez, ¿te vale?

Emilio se incomoda por la repentina tensión del momento e, inconscientemente, redistribuye el peso del cuerpo sobre la silla, alejándolo lo más posible de Quique. Supongo que es la reacción normal de quien de pronto teme estar tomando el aperitivo con un asesino. Florencia se acerca a su padrastro y le da palmadas en la espalda.

—Chill, Quique, chill. No te acuso de nada, si literal que te estábamos viendo a la hora del crimen…, ¿o no? ¿Vosotres le visteis?

—Yo sí, varias veces —respondo, y Quique me lo agradece con un gesto.

—Es imposible, implausible como poco —repite Florencia—. Además, que no eres un asesino y eres el único que no conocía de nada a la tía Míriam, puedes estar tranquilo.

—Estoy muy tranquilo —responde él, pero es obvio que miente.

—De locos.

Florencia parece que va a soltar la presa, pese a que Quique empieza a dar señales de que está a punto de derrumbarse. Sin embargo, cuando mi suegro ya estaba recuperando el resuello, Florencia levanta un dedo índice al aire, en otro gesto sobreactuado.

—Lo único es que… veo algo un poco random en todo esto. ¿Por qué hay un señoro que te llama en plena Nochebuena? Durante media hora, además. No es que seas médico, tu trabajo no es a vida o muerte, siempre puede esperar, ¿no?

Quique tarda en responder, tremendamente incómodo.

—¿De qué habla un contable? —insiste Florencia—. De pasivos y de activos, ¿no? Este tenía que ser un pasivo agresivo, pero mucho.

Florencia me mira buscando mi respuesta y yo sonrío, pero quien se parte de risa es Emilio. Al momento, noto cómo mi chica se arrepiente de su ocurrencia. La calidad de un chiste se puede medir viendo quién se ríe de él. Este no podía ser muy bueno, a juzgar por el resultado.

—Bueno, es que aunque no fuera un asunto a vida o muerte, como dices, sí que era más o menos urgente... —contesta Quique—. Ya sabes que se está cerrando el año fiscal y Carlos se va la semana que viene a casa de sus suegros y allí no podrá trabajar. Bueno, como hemos hecho los tres que estamos aquí, ¿no?

—Y que lo digas. ¡Equipo cuñao! Vamos todos, no me dejéis con la mano en alto —nos propone Emilio.

Nos vemos obligados a chocar los cinco con él. Somos el equipo cuñao, ¿qué le vamos a hacer? Al menos me considera ya parte de la familia.

—O sea, que lo de la llamada era una buena acción, el espíritu navideño —resume Florencia.

—Bueno, yo solo hago números.

—Pues ya estaría. Ya me lo has explicado y no me quedan más dudas. Muchas gracias, Quiquito. Y nosotras seguimos buscando, ya nos toca ir al salón.

—¿Estáis seguras de que no podemos ayudar? —pregunta Emilio.

—¡Pues mira, sí!

—No hace falta —digo yo, al mismo tiempo que mi chica—. Es un asunto policial.

—No es para buscar sangre, chill. Dadme un minuto, que voy a comprobar una cosa y estoy de vuelta. Tú puedes ir picando algo con el equipo cuñao mientras tanto.

Florencia me guiña el ojo, vacilona, y desaparece por el pasillo. Y así, como quien no quiere la cosa, me quedo atrapada junto a Quique en una conversación con Emilio. Ahora empatizo más con el padrastro de mi chica, ha debido de sufrir mucho antes de que llegáramos nosotras.

—¿Vosotros sabéis cuál es mi queso favorito? —nos pregunta Emilio, y negamos, ni lo sabemos ni nos importa—. El emmental, mi querido Watson.

Emilio empieza a reírse solo. Nosotros sonreímos educadamente.

—Con vosotros no tiene gracia, que no sois Watson, pero ayer fueron unas buenas risas con Richard, tendríais que haberle visto la cara. Se descojonó el viejo.

—¡Hola! ¿Me oís bien? —grita Florencia, su voz viene del salón.

—¡Hola! Sí, te oímos —respondo.

—¡Hola! ¿Me oís bien? —repite Florencia, en un tono mucho más bajo, casi imperceptible.

—¡Amor! ¿Qué haces? Claro que te oímos.

Florencia aparece por la puerta luciendo una sonrisa que ilumina la sala. Bah, no sé si todo el mundo lo habrá percibido de la misma manera. Para mí ha sido como ver un amanecer, pero no soy imparcial.

—Estaba comprobando la coartada de Emilio, que, a diferencia de las demás, es cien por cien sonora y no visual. No sé si lo recordaréis, pero un segundo después de que cayera la lámpara, con el ruido tremendo que hizo, se escuchó a Emilio gritar desde el salón.

—Me desperté de golpe. Me llevé un buen susto.

—Pero ¿se me ha escuchado bien? ¿Era como Emilio ayer o habéis notado algo diferente?

—A mí me ha sonado igual —digo yo, y matizo—. Aunque la segunda vez has hablado mucho más bajo.

Florencia nos muestra su teléfono móvil, como si significara algo. Es propio de ella, primero espera a ver nuestra cara de desconcierto y luego ya nos lo explica:

—Eso es porque la primera vez era mi voz en directo y la segunda la reproducción de una grabación —nos dice y nos lo vuelve a poner—. ¡Hola! ¿Me oís bien?

—¿Qué necesidad había de comprobar nada? —pregunta Emilio.

El creador y cabeza visible del equipo cuñao comienza a ponerse nervioso, tal y como hizo Quique un minuto antes.

—Porque si todos tenemos coartada es que alguna tiene que ser fake. Y falsear la imagen de uno mismo es casi imposible, pero la voz...

—Yo estaba ahí. Lo juro. Y se ha demostrado que no sonaba igual, ¿no? Esto me descarta como sospechoso.

—No era igual porque sonaba más bajo, no porque supierais que era una grabación. Yo lo he hecho con mi móvil, que es una castaña, pero si tuviera algún aparato más chetado...

—¿Y de dónde lo iba a sacar yo? Si no sé ni pagar con Bizum.

Emilio empieza a sudar, le caen gotas por la cabeza y Florencia se apiada de él.

—Tienes razón, de dónde ibas a sacar un reproductor, ¿verdad? Es absurdo.

—Ridículo —concuerda él.

—Puedes estar tranquilo, tío Emilio. Nadie dice que fueras tú. Es solo que tenía que comprobarlo, nada más. Y ahora, si nos disculpáis, Ainhoa y yo vamos a mirar aquella sala más a fondo.

Abandonamos el comedor, dejando atrás a Quique y Emilio y ya no pienso que mi suegro esté preocupado por la compañía del cuñado por excelencia. Ahora creo que solo siente alivio de alejarse de mi chica. Florencia está sembrando el pánico en la familia.

Al entrar en el salón, me doy cuenta de que Florencia no me ha traído aquí para buscar más manchas rojas. En esos breves segundos en los que ha estado a solas en el salón ha pasado algo, ha hecho un descubrimiento importante y me lo quiere revelar en privado. ¿Ha resuelto ya el crimen?

—No hace falta buscar manchas, no lo necesito, sé que aquí hubo sangre. En grandes cantidades, además, pero ya no está.

—¿No?

—¿No lo hueles?

Aspiro y no noto nada raro. El mismo aroma desagradable de antes a vinagre y limón. Y entonces me doy cuenta.

—Alguien ha fregado hoy.

Florencia da una palmada, emocionada.

—¿Es una pistaza o no es una pistaza? Seguro que había sangre.

Mi chica ha levantado la voz más de la cuenta y yo, sin pensar en ello, la chisto.

—¿No ves que está dormida? —le digo, y señalo a Juana, que descansa plácidamente a un paso de nosotras.

Florencia parece comprenderme, se gira hacia la inspectora y la zarandea:

—¡Juana! ¡Juana, despierta!

En ese momento, Verónica abre la puerta y ve a su hija abofetear a la inspectora. Se le intuye una ligera sonrisa en la cara. Es de esas personas que disfrutan viendo el mundo arder.

—Chicas, la comida está casi lista. Vuestro abuelo está poniendo ya la mesa y creo que no va a colocar un plato para Juana, no tenéis que preocuparos por ella.

—Gracias, mamá. Vamos en un minuto.

Verónica cierra la puerta y veo que Florencia se sonroja ligeramente.

—Pobre Juana. Es un ser de luz, en verdad. Aunque seguro que le gustaría estar despierta. No me he pasado, ¿no?

—No, seguro que te lo agradecería, soy yo la que ha cometido un error al pedirte que bajaras la voz —le digo, aunque es más por calmarla que porque lo piense—. ¿Crees que hay algo aquí? Una pista que se nos haya pasado. En esta sala puede estar la clave.

—Puede ser. No creo que encontremos nada después de la limpieza, pero no perdemos nada por intentarlo.

Nos repartimos la tarea. Ella mira la zona de los regalos y el árbol, y yo la del belén y la caja enorme de la estatua de Richard. No hay nada relevante. Me fijo en las pequeñas figuritas que tengo ante mí. Los Reyes Magos quizá no se hayan enterado porque están todavía lejos del belén, pero los pastores, que miran en mi dirección, estoy convencida de que saben quién es el asesino.

—OMG, ven aquí —me dice Florencia.

—¿Has encontrado algo?

—Hay un regalo que alguien ha abierto y luego ha vuelto a cerrar. El papel está roto.

Me acerco y me encuentro a Florencia estudiando en detalle lo que parece un libro.

—¿Para quién es?

—Para Berni.

—¿Y qué libro crees que es?

—Ni idea.

—¿Y qué implica esto? ¿Crees que tiene que ver con el caso?

Florencia no responde en palabras, pero me sonríe.

—¿Sabes lo que significa? ¿Es importante? —insisto.

—Puede serlo.

—¿No me vas a decir qué es?

—Todavía no, no hasta que lo tenga claro, pero me vas a acompañar a hacer una visitilla al cubo de la fregona. ¿Qué te parece?

No me da tiempo a contestar, porque antes de que me dé cuenta estamos en el pasillo, caminando a contracorriente y esquivando a los familiares de mi chica, que no dejan de cruzarse con nosotras. Vamos claramente en dirección contraria. Todo el mundo se dirige al comedor menos nosotras, somos unas kamikazes.

En la cocina solo queda Agnes, que está a punto de sacar la lasaña del horno.

—¿Qué hacéis aquí? Está ya todo el mundo en la mesa.

—Yaya, una cosa antes de nada, ¿dónde tienes el cubo de la fregona?

Agnes la mira con un cansancio extremo. Florencia se echa a reír, dándose cuenta de que puede haber un malentendido.

—No he manchado nada, ¿eh? No es por fregar, es por comprobar una cosa.

—Está detrás de la puerta, donde el almacén.

Nos lo señala y yo al menos me siento absurda, se veía desde aquí. Habría bastado con mirar.

—¿Es donde la dejas siempre? ¿O está colocada de una manera un poco distinta? ¿Tú qué crees, yaya?

—Está donde la he dejado esta mañana, después de fregar la sangre del salón.

Su respuesta nos deja heladas. Yo no sé qué pensar, pero me doy cuenta de que mi chica está tanto o más sorprendida que yo, lo cual no es nada habitual.

Me acerco al cubo y veo que todavía hay algún resto de sangre. Es sorprendente que estuviera a la vista de todos y no nos hubiéramos fijado.

—No hay asesinos en esta casa. Ya lo he dicho y lo vuelvo a repetir. Si no llego a fregar eso, habríais acusado a alguien inocente y no quiero que sufran más personas, ¿está claro?

—Más o menos —dice mi chica.

—Clarísimo —respondo yo.

—Y ahora, a comer.

Agnes coge la lasaña y sale de la cocina. Florencia se queda quieta, reflexionando.

—Tu abuela no estaría nunca involucrada en el crimen, amor —le digo.

—Literal que confío más en ella que en ti, pero… ¿mi yaya sería capaz de mentir para proteger a otro de sus hijos?

No respondo porque no tengo respuesta, aunque no me sorprendería en absoluto que Agnes hiciera algo así.

—Entonces, ¿qué significa esto? —pregunto—. Estamos incluso peor que al principio. Tenemos una prueba más que antes, pero tiene tan poco sentido como todas las demás.

—No te creas, sabemos que el asesino fue de la habitación de Míriam al salón, donde solo estaba Emilio.

—¿El asesino puede ser Emilio? ¿Eso quieres decir?

—Sería una fantasía que fuera él. No lo sé, habrá que presionarlo, pero con discreción —me dice, y se pone seria.

—¿A qué te refieres? Esto tenemos que contárselo a tu padre y a tu abuelo —le digo y Florencia me sonríe, negando—. ¿Por qué no?

—Porque ya no hay nada en el salón y porque no quiero que nos estén estorbando. No vamos a compartir información hasta que tengamos alguna prueba firme, ¿vale? Prométemelo.

—Vale, confío en ti, pero no estoy de acuerdo.

Mi chica me toca la nariz y se aleja de camino al comedor.

—Vamos, que se enfría la lasaña.

Cae un rayo de información, el trueno se hace esperar

RICHARD

La luz de un rayo ilumina el dormitorio y Richard, de manera inconsciente, se pone a contar. Siempre lo hace. Seis, siete, ocho… y con el nueve llega el trueno. Está a tres kilómetros, metro arriba, metro abajo. A Richard no le sirve de nada conocer la distancia a la que se encuentra la tormenta. No va a actuar de ningún modo diferente, no es una información que le vaya a servir, pero aun así le interesa saberlo. No todo debe estar ligado a una utilidad, ni debe obedecer a razones lógicas.

La nevada es más fuerte de lo habitual, rara vez vienen acompañadas de aparato eléctrico, pero parece que hoy todo lo que les pueda pasar les va a pasar. Richard reflexiona sobre el hecho de que, a solo tres kilómetros de donde están, seguramente haya un árbol calcinado, un ser vivo que hace unos segundos existía y ya no, y todo por una simple cuestión de azar.

—La vida no atiende a razones, la muerte menos.

Nadie le escucha, casi ni él mismo. Está a solas en su dormitorio, donde reina la calma y lo rodea un silencio mentiroso. A sus ojos, los actos violentos se parecen al impacto de un rayo. Ambos descargan su ira en un golpe brutal y van aparejados de consecuencias inevitables, la tormenta va acompañada del sonido del trueno y la violencia del dolor. La diferencia es que podemos medir cuándo vamos a escuchar el trueno, es una cuestión física, pero el dolor es imprevisible, puede hacer acto de presencia de inmediato o permanecer escondido durante meses antes de salir a la superficie. A él todavía no lo ha golpeado con fuerza, pero está seguro de que llegará.

Richard abre el cajón de su ropa interior y bucea entre sus calzoncillos, mete la mano hasta el fondo hasta que encuentra lo que busca: una llave. No contaba con volver a usarla, aunque no se siente mal al tenerla entre las manos. La utiliza para abrir una caja, escondida a su vez dentro del armario en el que guarda sus camisas.

Al desbloquear la cerradura, se reencuentra con sus herramientas de trabajo. Hacía tiempo que no las veía. No solo Eugenio utiliza unos utensilios concretos para investigar, Richard también tiene sus propios cachivaches: un sombrero negro de tela, una grabadora de audio con cinta de casete, su pipa y su otra pipa. Los coge todos y saca también una caja de cerillas. No tiene tabaco, tendrá que pedírselo a Verónica o no podrá cargar su pipa. De la otra pipa sí tiene cargador y procede a rellenarlo.

—Deja eso donde estaba, haz el favor —le dice Agnes, a su espalda.

—No estoy para favores —contesta Richard.

—Te vas a hacer daño, no tienes edad.

Richard suspira y accede a dejar una de las pipas, la que afecta a sus pulmones; la otra, la que tiene el potencial de perforarle cualquier órgano vital, la guarda bajo su ropa. Ata la funda alrededor de su cuerpo utilizando su vieja correa de cuero y descubre que sigue realizando el gesto de forma automática. Han pasado años desde la última vez, pero el cuerpo recuerda cómo se coloca sin pedir ayuda al cerebro.

—¿De verdad la necesitas? ¿A quién pretendes disparar a estas alturas de la vida?

—Tranquila, no es tanto para disparar como para apuntar, que es para lo que se usa la mayoría de las veces.

—Para eso no necesitas balas.

—También puede pasar que esta sea una minoría de las veces. Crucemos los dedos para que no sea así.

Richard se gira hacia su mujer, ya con el sombrero calado. Agnes se echa a reír y no para, pese al gesto adusto de su marido.

—Estás ridículo, cariño. No te pega nada de esto.

—Me alegra ser motivo de diversión. Ya sabes lo que dicen: lo importante es que hablen de ti, aunque sea mal. Y que se rían, aunque sea de ti.

—Nadie dice eso. Nadie más que tú y te lo acabas de inventar —responde Agnes y lo abraza—. Haz lo que quieras, si te sientes bien cargando con tu pistola, llévala, pero no la uses. No es necesario, ni aquí hay asesinos ni tú eres inspector de policía. Ya no.

—Ojalá fuera cierto. Cualquiera de las dos cosas.

—Tú sabrás lo que haces. Eres mayorcito. Cada vez más.

—Como todos. Menos tú, que estás como siempre.

Agnes nunca ha visto la edad como un defecto y, por tanto, no tiene la pretensión de no envejecer. De todas formas, le sonríe con agradecimiento. La intención es lo que cuenta.

—He venido para decirte que vamos a comer en unos diez minutos. La comida está ya hecha, son sobras de ayer y solo tengo que calentarlas, así que no te entretengas.

—Dame cinco minutos y pongo la mesa.

Agnes se marcha, girándose a mirar de reojo a su marido. Le gusta verlo así. No tanto por su aspecto actual como por el aspecto que tenía hace años. Lo conoció con el sombrero puesto. Esto le recuerda que no siempre es malo recordar, por mucho que hoy duela tanto.

Richard espera a que Agnes cierre la puerta y se sienta frente a su escritorio. Cambia las pilas de la grabadora, se toma unos segundos para reflexionar y comienza a hablar al aparato, convirtiendo sus pensamientos a formato casete.

—Míriam ha muerto asesinada. No voy a entrar a valorar mis emociones, este no es el canal ni el momento. Dispongo de una lista de sospechosos muy concreta, pero no encuentro móvil aparente. Ha tenido que ser un hermano o hermana, un sobrino o sobrina, o un cuñado. No sé gran cosa de ninguno de ellos, ya no. Tampoco procede ahondar en mis sentimientos sobre ese asunto aquí, el hecho es que no sé de ellos y punto. Y aquí incluyo a Míriam. No la conocía como antes. Sé cómo era su espíritu, su carácter y personalidad, pero no estaba al día de sus preocupaciones, ambiciones, amores o desengaños.

Se escuchan voces en el pasillo y Richard intuye que ya deben de hablar de él y que Agnes está criticándolo a sus espaldas por no poner la mesa. La única razón de que no le piten sus oídos es que ha perdido los tonos más agudos con el paso de los años. Decide continuar:

—Su estado de ánimo cambió en un momento, fue como pulsar un interruptor. Un segundo era feliz y al siguiente estaba preocupada. ¿Es algo que vio en su dormitorio? ¿El reencuentro con alguno de sus hermanos? ¿Alguno de sus cuñados? Sea como fuere, la actitud de Míriam cambió. Durante la cena daba la sensación de querer contar un secreto sin ser capaz de encontrar el momento adecuado o a la persona indicada para ello. Sigo con la sensación de que hay algo ahí que vi, pero que todavía no he procesado. No me lo quito de la cabeza.

Richard pausa de nuevo la grabación. Está en el mismo lugar en el que, esta misma mañana, reflexionó sobre este asunto. Mirando a través de la misma ventana. Han pasado unas horas y es como si hubiera ocurrido años atrás, puede que en otra vida. ¿Qué intuía él entonces que ahora le es tan esquivo? ¿Es posible que hubiera decodificado la información en sueños y la haya vuelto a codificar al despertarse?

—El resto es lo que he comentado a Juana. Ahora sabemos que se perdió la partida de pocha porque había sido previamente envenenada por su asesino. No es que no quisiera jugar. No sé si eso significa algo, quizá lo signifique todo. Sabemos que no durmió de inmediato porque a los pocos minutos saltó la alarma de la puerta y ahí estaba ella, con el teléfono en la mano. Dijo que buscaba privacidad y lo comprendo. No formábamos parte de su vida, lo lógico es que tuviera un novio por ahí suelto. No sería raro y, sin embargo, algo me dice que esa llamada tuvo relación con…

Llaman a la puerta y Richard detiene la grabadora. Es Verónica, su exnuera. Cierra la puerta a su espalda, como si temiera que pueda abrirse sin su permiso.

—¿Te manda mi mujer? Dile que bajo ahora. Nada es tan urgente como para justificar este acoso. Hasta la Navidad puede esperar un minuto.

—Ahora se lo decimos los dos, pero antes me gustaría hablar un momento contigo. En privado.

Verónica no espera a que Richard responda y se sienta en la cama, a su lado. Richard, de inmediato, se da cuenta de que viene con respuestas ante preguntas que todavía no se han hecho.

—¿Es sobre Míriam?

—Es sobre todos nosotros, pero principalmente sobre mi hija… y sobre mí —responde Verónica.

—¿Habéis hecho algo de lo que os arrepintáis?

—No va por ahí, Richard. Es mejor que me permitas hablar y te dejes de elucubraciones, no hay tiempo que perder.

Richard se echa atrás en su silla, disfrutando de la conversación. Verónica está hablando en su idioma.

—Como quieras. ¿Te importa que lo grabe?

—En este pueblo las paredes tienen oídos, lo último que necesito es añadir una grabadora. Es un error haber venido aquí, perdona.

Verónica hace ademán de marcharse, pero Richard la retiene, agarrándola de la muñeca. Suelta la grabadora sobre la mesa, apagada.

Verónica mira a su espalda y después por la ventana, temerosa de que puedan escucharlos. Esto llama la atención de Richard, con el temporal sería una locura que alguien los espiara desde el exterior y, sin embargo, Verónica necesita comprobarlo. La cosa va en serio.

—No sé mucho, pero sí sé que lo poco que sé fue la causa de la muerte de Míriam. Y yo no voy a ser como ella, porque soy consciente de lo que son capaces.

—Ha sido Gerardo, ¿verdad? —pregunta Richard, y se arrepiente al momento—. Perdona, nada de suposiciones.

—Debes tener cuidado, Richard. Si lo comparto contigo es porque tengo miedo de que mi hija lo descubra antes que vosotros y se meta donde no la llaman.

—Podías haber hablado con tu exmarido.

—¿Para qué? Él está más preparado para analizar pruebas de laboratorio que para enfrentarse a la mafia. Tú sabes defenderte. Y tampoco me importa que mueras. No me entiendas mal, no tengo nada contra ti, es solo que no somos los mejores amigos.

Richard no lo rebate porque es cierto. O lo era hasta hace un minuto. Verónica siempre le pareció insustancial y, por caprichos del destino, es ahora, cuando ya no tiene que soportarla en aburridas comidas familiares, cuando empieza a caerle bien.

—Has venido al lugar adecuado. ¿Por qué murió mi hija?

—Porque había descubierto la identidad y el paradero del Oso Amoroso.

Verónica baja la voz al pronunciar ese nombre, pero retumba en los oídos de Richard como si fuera una bomba atómica. Ella lo observa con terror.

—¿Sabes quién es? ¿Por qué? No serás…

—No soy yo, pero tengo razones para creer que un tal Oso Amoroso es el asesino. Míriam le estaba escribiendo una carta amenazando con revelar su identidad en el momento del crimen. La carta quedó a medio escribir. ¿Quién es? ¿Está relacionado con la ampliación de las pistas?

—¿Esto lo sabe mi hija? No me gusta. No. No es seguro —dice Verónica, poniéndose en pie y dando vueltas sobre sí misma.

—Ella ha leído la carta, y les he dicho que seguramente tenga que ver con la recalificación de los terrenos porque tenemos la estación de esquí repleta de carteles de los ecologistas hablando de los malditos osos. Pero no se lo ha tomado en serio.

—Si tú sospechas, ella tendrá las mismas teorías y alguna más. Tienes que darte prisa.

—Me estabas hablando de quién es el Oso Amoroso y dónde está.

—Yo no conozco su identidad. Lo único que sé es que es el líder de los ecologistas y que está haciendo la vida imposible a Gerardo y a sus amiguitos. Es una especie de espía, una leyenda. Sabe cosas que nadie debería saber, tiene datos internos y parece ser que está chantajeando a todos los socios involucrados en la ampliación de la estación, aunque especialmente a Gerardo. Tiene enemigos poderosos y parece que está consiguiendo detenerlos.

—¿Y dónde está ese Oso?

—Ayer estaba aquí, en esta casa. Se lo escuché decir a Míriam mientras hablaba por teléfono, después de la cena. Ella pensaba que estaba sola, no contaba con que yo estaría fumando en el baño.

—Eso está prohibidísimo —responde Richard—. No sabes cómo se pone Agnes.

—Da igual si está bien o mal, el caso es que lo hice. Y a lo mejor tampoco debería haber escuchado la conversación, pero me pudo la curiosidad.

—¿Con quién hablaba?

—¿Y yo qué sé? ¿Con Gerardo? No escuché gran cosa, porque bajaba la voz y se acercaba y se alejaba de mí, pero estoy segura de que dijo que el Oso Amoroso estaba aquí y pedía consejo sobre cómo actuar. Escuché algo de unos documentos, pero no logré adivinar qué son ni qué pensaban hacer con ellos. Lo siguiente que supe es que Míriam había muerto. Por eso necesito tu ayuda, porque temo que, si mi hija lo descubre, el Oso Amoroso la intente matar. Puede ser cualquiera, yo no...

Verónica se calla porque se abre la puerta. Es Eugenio:

—Papá, la comida está lista y la mesa no se va a poner sola. Mamá insiste en que se lo prometiste.

—Ya voy —responde él—. ¿Nos das un minuto?

—No hace falta —se apresura a responder Verónica—. Ya me has resuelto mi duda.

—¿De qué hablabais? —pregunta Eugenio, suspicaz.

—Del regalo de Agnes. No he traído nada para ninguno de vosotros y no sabía qué regalar a tu madre.

—Yo podía haberte ayudado.

—¿En serio? Me regalaste una brújula en nuestro aniversario, Eugenio.

—Estaba grabada y era de plata, ¿no te gustó?

Verónica sale de la habitación junto a Eugenio, pero Richard sigue sin ponerse en pie, dándole vueltas a la cabeza.

—Papá, ¿no vienes? Mamá te va a matar.

—Dame un segundo. Ahora os sigo.

Eugenio pone mala cara, pero no dice nada. Se los escucha alejarse por el pasillo hablando de regalos. Pronto, el silencio invade de nuevo la habitación. Richard pone en orden sus ideas y enciende la grabadora:

—Yo tenía razón. La ampliación de la estación está en el centro del misterio. ¿El Oso Amoroso es un hombre o una mujer? ¿Trabaja cn el hotel o es la pareja de alguien que lo hace? ¿Verónica me ha dicho todo lo que sabe? ¿Quién puede saber más sobre este asunto que yo?

Richard suelta la grabadora y mira una vez más al exterior. Piensa que el paisaje nevado representa a la perfección el momento en el que se encuentra el caso. Allá donde pose la mirada encuentra lo mismo. Nieve y hielo. Él sabe que debajo hay mucho más, hay plantas y hay piedra y hay asfalto y alguna mierda de perro sin limpiar. Todo permanece oculto por ahora. Pronto, el paisaje volverá a su estado original, sacando a la luz aquello que ahora se esconde. Por desgracia, Richard no tiene tanto tiempo. Tendrá que romper el hielo.

¿Dónde está la bechamel?

AINHOA

Lo que más raro me parece cuando llegamos a la mesa es que comamos todos como una familia en un momento así. Lo siguiente es que no haya una silla para Míriam. No sé, supongo que esperaba que dejasen un hueco, un plato sin comida y un vaso vacío, a modo de recordatorio. Pero llevaba años sin comer con sus padres y no tenía un sitio asignado en la casa. Y somos muchos, en realidad somos demasiados, así que dejar un espacio para ella significaría estar apretados a la mesa sin ningún motivo, y eso sería quizá aún más extraño.

Me sientan al lado de Florencia, por suerte, con Julia al otro lado. Y eso no es tanta suerte, teniendo en cuenta que la mujer, si en un día normal repite las mismas frases sin control, mucho más en esta situación. Está nerviosa, tocándose la cicatriz de su mejilla instintivamente, como si quisiera ocultarla, pero haciéndola más visible aún. Es un gesto muy suyo, en realidad. Sea como fuere, está en un tono diferente al resto, todavía inmersa en una fiesta de la que no ha podido salir. Por supuesto, ya apesta a alcohol a la hora de comer. No sé de dónde lo ha sacado. ¿Lo traía de casa o se lo ha robado a sus padres?

—Acuérdate de decirle a Eugenio que está riquísima su bechamel, ¿eh? —me dice, y me golpea con el codo, cómplice—. Que es lo que más le gusta en el mundo, que se lo digan, vaya matraca con la bechamel, todo el día con el punto de la bechamel, con que no lo distraigas con la bechamel…, aunque la bechamel no sea la mejor. ¡Eugenio! ¿Dónde está la bechamel?

—En la lasaña, Julia, sigue estando en la lasaña.

—¿Dónde está la bechamel? Díselo, dile que te ha gustado, niña, que así entrarás con buen pie en la familia.

Julia se ríe mucho y yo no digo nada de eso, tan solo miro a Eugenio y, aunque creo que él está harto de su hermana, siento que me compadece.

—Qué sosa, niña, qué aburrida. ¿Dónde está la bechamel, Eugenio?

—¿Dónde está la bechamel, papá? —dice Florencia, y a Julia le hace la tarde.

También a Alvarito le hace gracia, pero no sabe por qué se ríe. Cosas de niños. Agnes sirve el último pedazo de lasaña, en un plato que pasa de mano en mano y se genera un alboroto alrededor de la abuela, todos diciendo que ahí, ahí, ahí está la bechamel. Es obvio que la pobre no entiende por qué lo dicen, pero se nota que le alegra ver a su familia unida y distraída sea por la razón que sea. Quizá se conforma con poco. Por otro lado, ¿quién soy yo para decir a una madre cómo afrontar su duelo?

—Un momento —dice Richard—. No probéis nada todavía.

Richard se levanta y da un golpe con el bastón en el suelo. Nos quedamos quietos todos, salvo Emilio, que pega un respingo que a Florencia le resulta encantador, porque aplaude, una sola vez.

—¿Qué pasa? —pregunta Emilio, sintiéndose observado—. ¿Ahora vamos a rezar antes de comer? Pensaba que éramos ateos.

—Cada uno será lo que quiera ser —responde Agnes—. Aquí no imponemos nada a nadie.

—Todo lo queréis imponer ya, no hay libertad ni para rezar —dice Susana, y nos deja a todos preguntándonos cuál es su religión, o si solo habla por hablar.

Eugenio, Florencia y Richard intercambian miradas. Es evidente que este secreto no pueden guardarlo un segundo más. Eugenio también se pone en pie.

—Papá nos pide que no comamos porque hemos descubierto que Míriam y Juana fueron envenenadas. Y no sabemos cómo ni con qué.

Se hace un silencio, la calma que precede a la tormenta de preguntas indiscriminadas.

—¿Míriam murió envenenada?

—¡Por favor! No se habla de esto en la mesa —dice Agnes, en una batalla perdida.

—¿Juana está en peligro?

—¿Estamos en peligro?

—Tenemos que comer algo, mejor correr ese riesgo que morir de hambre.

—¿Me estás diciendo que la bechamel de Eugenio puede estar envenenada? —pregunta Julia, con gesto serio.

A nadie le hace gracia ya lo de la bechamel. Ni a Florencia, ni a Alvarito, ni siquiera a Emilio.

—Os olvidáis de mí —dice Emilio, convencido—. A mí también me pudieron envenenar, también me quedé dormido en el sofá y eso no fue normal.

—Bueno, eso no está comprobado, hay opiniones dispares… —acierta a decir Eugenio, hasta que es interrumpido por Florencia.

—En serio, a mí me están grabando. ¿Estamos locos? ¿Quién te va a querer envenenar a ti?

Richard se sienta, confundido, y Eugenio resopla otra vez. Mi chica ya los está sacando de sus casillas y eso que no saben que les está ocultando que hemos encontrado un montón de sangre en el salón. Yo misma admito que no comprendo por qué Florencia se jugó sus cartas de Pokémon a que Emilio había sido envenenado si ahora va a defender a ultranza lo opuesto. Pero ella es así, o lo tomas o lo dejas. Y yo hace tiempo que he decidido tomarlo, de un trago si es necesario.

—Eso es algo que se sabe, que se nota —se justifica Emilio.

—Habías bebido, era de noche, habías tenido un día muy largo, te quitaste el disfraz en plan siesta de pijama, te tumbaste en el sofá… ¿Qué te hace pensar que estabas envenenado?

—Yo aguanto muy bien el alcohol. ¿Y vosotros qué sabéis de mí? A lo mejor tengo insomnio y no es tan fácil que me duerma así como así.

—¿Tienes insomnio?

—A lo mejor tengo insomnio, sí.

—Yo tengo insomnio —dice Verónica—. ¿Qué haces tú para conseguir dormir?

—Cuento ovejitas. ¿A ti qué te importa?

—No tienes insomnio —dice Richard.

—No, pero podría tenerlo, ¿o no? Y estaríais hablando por hablar.

—No nos hagas perder el tiempo, por favor —le pide Eugenio.

—Eso, no nos hagas perder el tiempo —repite Susana—. Ya es suficiente con lo que tenemos. Hay que dejarles trabajar y priorizar. Yo insisto en que la clave es encontrar a quien me haya robado mi tarjeta ionizada. Si alguien tiene información sobre el tema, es importante que la comparta, ¿vale? Solo digo eso.

Berni abre la boca, pero no habla, tan solo acaricia el brazo de su mujer y ella lo aparta. Definitivamente, las cosas no van bien entre ellos. Javi se tapa la cara con vergüenza, Alvarito lo imita. Nadie responde a Susana, creo que nadie ha entendido del todo qué es una tarjeta ionizada ni para qué sirve, sería absurdo que alguien quisiera robarla.

—Pero, volviendo a lo de antes, que no me ha quedado claro. ¿Por qué querrían envenenarte precisamente a ti, Emilio? O, mejor dicho, ¿para qué? —dice Florencia.

—Por favor —interrumpe Agnes—. No hablemos de esto en la mesa.

—Eso me pregunto yo —responde Emilio, sin escuchar a Agnes—. ¿Piensas que también querían matarme y no les dio tiempo?

—Literal que nadie piensa eso —responde Florencia y mira a la gente a la cara—. ¿Alguien? ¿No?

—Entonces, ¿me envenenaron por placer?

—No queda claro que te envenenaran —dice Eugenio.

—A mí sí —responde Emilio.

—Por favor —interviene Agnes.

—Pues pudo ser por error —concede mi chica.

—Se enfría la comida, envenenada o no —señala Javi.

Tenemos los platos delante y no comemos. Esta comida familiar puede ser muy larga.

—A ver, esto es fácil. Hubo veneno, pero no sabemos dónde. Y todos comimos lasaña —dice Florencia—. ¿Alguien no la tomó? Que levante la mano quien no la probara.

No se levanta ninguna mano. Respiramos aliviados. Podemos comer. Y comemos y callamos. No está envenenada, pero tampoco rica. Está fría y se nota que es recalentada de ayer, la pasta está pasada. Y la bechamel…

—¿Dónde está la bechamel, Eugenio? —pregunta Julia.

—Muy rica —digo yo—. Está muy buena la lasaña.

Recibo una mirada de mi chica que es la perfecta combinación de cariño y respeto, es decir, un careto.

—Así me gusta, que hagas la pelota a tu suegro —valora Julia.

—¿Y los langostinos? —pregunta Florencia—. Si están envenenados, me parece que Javi puede hacer la dormición durante varios días.

Javi tiene uno entre las manos, lo está pelando. Se queda congelado, cagado de miedo.

—Ni Juana ni Míriam comieron langostinos —apunta Berni, y es lo primero que dice en la comida—. Puedes comerlos, tranquilo.

—Pero yo sí que comí langostinos y me envenené igualmente —insiste Emilio.

—¡Por favor! —grita Agnes otra vez.

—Hay que saber cuándo parar, Emilio —dice Richard—. Me estoy empezando a cansar de la tontería.

Se hace un silencio. No sé si es porque teníamos hambre y priorizamos comer o porque no hay más que añadir. Veo que Alvarito levanta la cabeza y duda antes de hablar. Tiene algo en la cabeza que le preocupa. ¿Conocerá alguna clave del caso? No creo que nadie le haya preguntado. ¿Ha visto algo? Por fin, se atreve a abrir la boca:

—¿Cuándo vamos a abrir los regalos de Papá Noel?

—Luego, Alvarito.

—Espero que no nos haya regalado comida, porque se puede estar poniendo mala —suelta el niño, y se nota que es un Watson. A mí no se me había ocurrido.

—Nos la vamos a tener que jugar, cielo, hay cosas más importantes ahora —dice Quique.

—Bueno, venga, dinos, si no es la lasaña ni son los langostinos…, ¿te envenenaron el whisky, tío Emilio? —pregunta Florencia.

Miro a mi alrededor y noto cómo la insistencia de mi chica con Emilio indigesta al resto de los comensales más que cualquier potencial veneno.

—Imposible. Estaba sellado cuando lo traje. Puse mucho trabajo en ese whisky, ¿sabes? En pocas cosas he trabajado más en toda mi vida.

—Trabajaste más de dos horas, eso seguro —dice Julia, en su fiesta particular. A su marido se nota que no le hace gracia, pero se ríe mucho.

—¿Cómo se trabaja en un whisky? —pregunta mi chica, que ha cogido carrerilla—. ¿Bebiéndolo gota a gota? ¿Por qué necesitabas a Gerardo? No me quedó claro anoche.

—Es una historia muy larga y no tiene final feliz.

—Tenemos tiempo —responde mi chica y se echa hacia atrás en la silla. Alvarito la imita.

Emilio mastica con la boca abierta y muy rápido, no vayamos a arrepentirnos de escucharle hablar.

—Es la mejor idea que he tenido en mi vida. Sin duda. Y mira que he tenido ideas y proyectos. Pero esta se lleva la palma. Pues resulta que en la ladera de la montaña, de esta montaña, donde Gerardo tiene los terrenos y quieren hacer la pista de esquí, hay unos musgos que solo salen aquí. Son únicos en todo el mundo, ninguno es igual. Nos interesan sobre todo los

Catoscopium nigritum y los *Pseudoleskeella rupestris*. Veréis que me importa esto, que me he aprendido los nombres en latín.

—Veo que estás en tu era de aprendizaje.

—Llevo meses haciendo pruebas, buscando inversores, soñando con ello.

—Está muy pesado —dice Julia—. Todo el día hablando de whisky y de musgo, me tiene frita.

—Pues bien que te lo bebes, mi amor.

—No todas las pruebas salen tan bien.

—La actual es cojonuda. La habéis probado, os di un chupito anoche, ¿os gustó?

—Estaba bueno —concede Berni, siempre tan amable.

Julia me golpea con el codo.

—Cojonudo.

—Cojonudo, sí —convengo yo, y recibo un abrazo extraño, como en un espasmo, de Julia. Todo en ella es desordenado; en ese sentido, es una persona absolutamente coherente.

—Es que he encontrado la manera de hacerlo único. Bueno, yo no, con mi amigo Ricardo, que sabe mucho de musgo y de whisky y de estas cosas. Y el whisky ahumado es la siguiente historia, los niños ricos van a dejar de tomar gin-tonic, los señores igual…, todos van a tomar whisky ahumado, eso dice Ricardo y Ricardo sabe de estas cosas.

—Y de whisky y de musgo —añade Florencia.

—El musgo se quema para hacer la turba del ahumado. Se llama así. Imaginad que yo, o que Gerardo y yo, o que nosotros, toda la familia, fuésemos los únicos con acceso a ese *Catoscopium nigritum* y al *Pseudoleskeella rupestris*, los únicos que pudiésemos hacer el whisky ahumado de esa manera. Imaginad el dinero que podríamos obtener. Yo solo le pedí a Gerardo que no diese los terrenos para la pista de esquí y que los usase para recolectar el musgo. Si hay esquí, no hay musgo ni hay whisky, y los niños pijos y los señores beben otras marcas, que son los que se hacen de oro. Escoceses y gente así.

No sé qué opinan estos Watson ingleses de los escoceses, si les caen bien o mal, más allá de Scotland Yard.

—¿Y qué dice Gerardo de este planazo?

—Por ahora creo que no está convencido. Hay que darle tiempo.

—Estos proyectos llevan tiempo, por supuesto —responde Florencia—. ¿Cómo te dijo que no estaba convencido? ¿Fue muy claro o dejó una puerta abierta? No, mejor, ¿le puso el tapón, o dejó la botella abierta?

—A ver, no, mira, es que no me respondió él, Gerardo me dijo que él de esos temas no se ocupaba y me mandó a hablar con Míriam, que es la que se ocupa de todo, por lo visto.

—¡Cobarde! —grita Richard—. No es capaz ni de hablar con Emilio.

—¿Alguien quiere repetir? —pregunta Agnes—. Venga, que ha sobrado muy poquito y no se va a quedar ahí. Eugenio, toma un poco más, que estás muy flaco.

A Eugenio no le queda más remedio que pasarle el plato a su madre.

—¿Dónde está la bechamel, Eugenio? —repite Julia.

—¿Y qué te dijo Míriam? —insiste Florencia.

—Míriam fue muy clara. Dijo que la pista de esquí se va a hacer lo quiera yo o no, y que la decisión no depende de un montón de musgo, de la población entera de osos pardos o de un buen whisky, por mucho que sea ahumado.

—Sí que fue clara —responde Florencia.

—Pero en cuanto Gerardo me oiga, y entienda el plan, no va a querer otra cosa.

—Es posible —concede Florencia y continúa, con retintín—. Parece que has tenido suerte y ahora lo vas a tratar directamente con él.

Emilio se atraganta y Agnes golpea la mesa con fuerza.

—Ya está bien.

—¿Qué pensáis del té? —pregunta Richard—. Cualquiera puede haber envenenado el té.

—Papá, tú no seas como estos asustaviejas, tú no —dice Susana—. No participes de la cultura del miedo.

Florencia se acomoda en la silla. No es que no estuviera cómoda, es que va a decir algo que le resulta interesante.

—Si hubieran querido envenenar a Míriam para matarla, no habrían envenenado el té, que lo bebemos todos como si fuera agua. Tendría que ser si acaso su taza. Y la de Juana, y la de Emilio. ¿Quién ha tenido acceso a sus tazas?

—Todos hemos tenido acceso a las tazas en un momento u otro —responde Eugenio—. Antes se lo he comentado a papá y a Florencia, pero os lo repito a todos. Ahora mismo no tengo los medios para analizar la comida o buscar el veneno y no merece la pena que le demos tantas vueltas. El veneno no es mortal, ya lo hemos visto. Hay otras prioridades.

—¿Puede estar envenenada la mayonesa de los langostinos? —pregunta Javi, comiendo langostinos como si comer algo de ricos le fuese a hacer millonario.

—¿O los polvorones? —sugiere Quique.

—¿La bechamel? —pregunta Julia.

—Es verdad que el whisky estaba muy fuerte y sabía como a veneno —indica Susana.

—¡Ni de coña estaba envenenado! —responde Emilio.

—¡Por favor! —insiste Agnes, por enésima vez.

—¿Dónde estaba la bechamel, Eugenio? —pregunta Julia, y todos miramos los platos vacíos.

Ya no queda bechamel ni queda lasaña y hemos comido, aunque parezca mentira. Hemos sobrevivido a la comida de Navidad.

—¿Y ahora vamos a abrir los regalos o todavía no?

—Todavía no.

Pinta, colorea y analiza pruebas

Antes de empezar el procedimiento, Eugenio mira por la ventana de la biblioteca para asegurarse de que aún nieva y siguen incomunicados. Todo es nieve virgen, como esperaba. Josema no les va a dar un respiro. Lo acompaña Alvarito, que no pierde detalle de su padre trabajando. No tiene nada mejor que hacer en la tarde de Navidad. Estas fechas para Eugenio nunca habían sido así y no quería esto para Alvarito. Pero ¿qué más podía hacer? Al menos así está entretenido y le echa una mano con la preparación del laboratorio improvisado. En realidad, Eugenio se ha pasado la mayor parte del tiempo tratando de que Alvarito no destruyese el material o comprometiese las pruebas con sus propias huellas. Ambos llevan guantes de látex, pero aun así había riesgo de que se le cayese cualquier cosa o manchase todo de tinta. Por suerte, Eugenio siempre ha tenido mucha paciencia y empatía y han conseguido prepararlo todo en poco tiempo. En el fondo, aunque no quiera reconocerlo, a Eugenio le encantaría compartir su pasión por la investigación forense con su hijo, se dedique a ello o no, poder comentarle lo que hace en el trabajo y que Alvarito lo entienda y lo disfrute. Lo intentó antes con Florencia y solo salió bien a medias. Es una gran inspectora, pero con un interés nulo por lo técnico y forense.

Mira la mesa camilla que ha preparado y recoloca las tiras de papel. No porque estuvieran mal colocadas, sino por darse seguridad a sí mismo. Son doce trozos embadurnados en la solución que ha preparado con la sangre seca recogida junto al cuerpo de Míriam, uno por cada integrante de la familia, incluido él. Uno por cada sospechoso. Es como un test casero de antígenos, o una prueba de embarazo. El funcionamiento es el mismo, una reacción química distinta a la presencia de un tipo de sangre o de otra. No le ha resultado nada sencillo preparar la solución, ha tenido que repasar sus apuntes, buscar información en internet, elaborar una lista con todas las soluciones posibles y hacer pruebas con varias de ellas. Lo que es un trabajo científico, de laboratorio, lo que hacía para algún trabajo de clase cuando estudiaba para ser inspector. No es que lo hicieran así el resto de sus compañeros, pero por eso él iba un paso por delante. Toda su carrera lleva oyendo que es genial, que es especial, que es un gran inspector de policía, cuando él lo único que hace es tomarse las pruebas en serio y dejar que estas hablen. Y ser creativo, tal vez, en la manera de conseguir hacerlas hablar. ¿Entenderá eso Alvarito? ¿O pensará que todos los policías son así, menos su hermana y su abuelo?

El trabajo ha sido extremadamente técnico y complicado e, incluso ahora, duda de si le dará los resultados esperados. A falta de los productos químicos necesarios para generar una reacción que permita conocer el grupo sanguíneo, ha buscado por toda la casa algo que le pudiera servir. Primero miró en el botiquín, y quizá le hubiera podido servir algún medicamento, pensó en las aspirinas y el ibuprofeno, pero nada le convencía. Tiró, de paso, algunas medicinas caducadas que seguían guardando sus padres, casi como un recuerdo. Así que siguió buscando y lo siguiente que miró fueron los productos de limpieza. Lejías, detergentes..., solo podían quemar y borrar la sangre. Nada de eso le servía, sin duda, al menos por el momento. Luego le vendrían bien para limpiar el cuarto de Míriam, cuando hubieran dejado de investigar y hubieran retirado el cuerpo de su hermana. Tratando de no pensar más en esa imagen, se dio una vuelta por la casa con mirada crítica, haciendo un barrido y tratando de ver qué podía hacer reacción. Una mirada sin juicio, casi infantil, limpia. Así valoró el té, que no iba a ayudarlo, las cortinas tampoco, la nieve quizá, y entonces su mirada se posó en el acuario. Esos peces siempre le han resultado simpáticos, aunque también le ha preocupado su encierro. Claro que, en estas circunstancias, ellos, los humanos, no estaban menos atrapados que los peces. Tenían mucho que aprender de ellos, de su aguante y su resignación, dando vueltas todo el rato a la misma pecera sin perder la calma. Y ahora le ofrecían la solución al problema. El indicador de la alcalinidad del acuario, para ser más exactos, contiene verde de bromocresol, un elemento que, utilizado de la manera adecuada, le permitirá comparar una sangre con otra y dictaminar si pertenecen al mismo grupo sanguíneo.

¿Y todo para qué? Así no podrá descubrir de quién era la sangre derramada en la habitación de Míriam, no se pueden hacer milagros sin el equipo adecuado, pero sí puede averiguar de quién no es. Al conocer el grupo sanguíneo, tanto de esa sangre como de la sangre de todos los sospechosos, pueden acotar la lista de posibles asesinos. Supone un avance importante en la investigación, una gran oportunidad a la que han llegado con las pruebas, no con la violencia de su padre ni con la magia de su hija. Algunos podrán pensar que es un genio. Él se planteará cómo no lo pensó antes, el verde de bromocresol presente en el indicador de la alcalinidad del acuario de los peces de sus padres le indicará el grupo sanguíneo. Elemental.

Alvarito ha escrito los nombres de los doce sospechosos familiares y juntos los han colocado presidiendo cada tira de papel impregnado de bromocresol y el compuesto derivado de la sangre del supuesto asesino. A su lado, otros doce pedacitos de papel cuadrado y pequeño, limpio, junto a un tintero improvisado que él mismo ha fabricado usando la tinta de un bolígrafo recién roto y un cuenco que ha robado de la cocina. Servirán para las huellas. Y, con cuidado tanto para no pincharse como para no perderlas, doce agujas que previamente han metido en agua hirviendo, durante unos veinte minutos, para esterilizarlas. Eugenio pensó hacerlo de nuevo en la chimenea, pero le pareció mala idea, con Juana durmiendo al lado y Alvarito pudiendo quemarse. La cocina era un lugar más seguro. También necesitaba demostrarse a sí mismo y al resto que no solo entraba a la cocina para hacer bechamel. Han colocado doce nubes pequeñas de algodón junto a las agujas para tapar los pinchazos, aunque sea innecesario, así acalla las quejas más que probables al sacarles una gota de sangre. También han traído cinta aislante para que los más exagerados puedan vendarse el dedo a conciencia. Eugenio y Alvarito se miran. Ya no hay nada más que preparar. Lo tienen todo listo.

—Hemos hecho un buen trabajo, Alvarito. Gracias por tu ayuda. ¿Te apetece salir y decirles a todos que ya pueden entrar? Diles que de uno en uno.

—¿Quién quieres que entre primero?

—Me da igual, el primero que pilles. Tengo que pinchar a todos.

—No les hagas mucho daño, ¿vale, papá? Si acaso a Javi, que no me hace ni caso.

—Lo tendré en cuenta, Alvarito.

Y el niño sale de la habitación con una misión. Eugenio se pregunta si eso no será trabajo infantil, y por tanto explotación, y rechaza la idea enseguida. No es momento para más crímenes, ni para que él sea el villano de la historia. Tampoco hará mal a un niño ayudar a su padre a resolver un asesinato. La idea empeora cuanto más la piensa. Afortunadamente, Alvarito entra pronto con el primer sospechoso: su padre Quique.

—Pues tú me dirás, mi amor —dice Quique, incómodo. Está acostumbrado a tratar con Eugenio como un igual, y que estas situaciones se las cuente en la sobremesa, hablando de otras personas.

—Puedes sentarte, Quique, será solo un minuto.

—A sus órdenes —dice Quique.

—Alvarito, ¿puedes encargarte de tener a alguien preparado para cuando acabe con papá?

—A sus órdenes —contesta el niño, y sale raudo por la puerta, a cualquier sitio.

—Ya quieres tener a alguien preparado para cuando acabes conmigo…

—Es la vida del forense. Nadie nos dura mucho. Acerca una mano, anda.

Quique acerca su mano y Eugenio se la agarra con firmeza, y al mismo tiempo con suavidad.

—Podríamos probar un día a que te dejes los guantes puestos cuando vuelvas del trabajo —dice Quique—. Hay mucho que analizar.

—No sería muy profesional, ¿no crees? Quizá haya tocado antes muertos, o asesinos, no suena muy provocativo.

—No, la verdad es que no. ¡Ay!

No esperaba que Eugenio le pinchase el dedo y pusiese una gota en un papel.

—Juegas muy fuerte para mí, con sangre y todo. Podías avisar.

—¿A qué creías que venías? ¿A que adivinase tu grupo sanguíneo por tu sonrisa?

—No lo sé, Alvarito solo ha dicho que teníamos que hacer unas pruebas de unos dibujos y colores y laberintos, si lo sé no vengo.

—Sí, le he explicado cómo funciona y se ha quedado con la parte buena.

—¿Qué son los laberintos?

Eugenio le enseña el cuenco con tinta.

—La huella dactilar. Un laberinto distinto para cada persona, del que nadie puede salir nunca. Dame la otra mano, dedos pulgar e índice.

—No estoy seguro de que le estemos dando una educación adecuada —dice Quique mientras Eugenio planta su dedo índice en el papel cuadrado, justo después de mojarlo en la tinta como si fuera un pico de pan en una salsa.

—Es la mejor educación que podemos darle. —Eugenio coge el dedo pulgar de Quique y lo mete en el cuenco—. Mierda. Eso es lo que dicen mis padres.

—Y no has salido mal del todo, ¿no te parece?

—Eso también lo dicen.

Eugenio apoya el pulgar de Quique al lado de donde puso el índice. Lo mueve un poco a izquierda y derecha, lo aplasta ligeramente contra el papel para que salga el dibujo entero.

—En cualquier caso, me acabas de cortar el rollo hablando de tus padres, sin faltarles al respeto, pero no es lo que uno espera cuando su pareja mete su pulgar en tinta.

—¿Estabas en esas? Yo solo estaba haciendo mi trabajo. Es parte de mi educación. Piensa que mi padre es sir Richard Watson, ¿qué crees que me enseñó? Cualquier mínimo detalle que tenga con Alvarito y con Florencia tendrá más cariño y humanidad que toda una vida con mi padre. Y quiero resolver este caso. Por mi hermana, claro.

—Y por hacerlo mejor que tu padre y que tu hija.

—No, yo no.

—Tú no, las pruebas.

—Eso es. Ellas hablan…

—Tú las traduces para que el resto las entendamos.

Sin quitarse los guantes, Eugenio da un pañuelo a Quique para que se limpie la mano.

—En un cuarto de hora sabremos si tu sangre es compatible con la encontrada en el escenario del crimen. Y en unas horas espero saber de quién es la huella en las gafas de Míriam.

—¿Había una huella en las gafas de Míriam? ¿Es profesional que me cuentes información sobre el caso?

—Eres mi pareja. Los policías hablamos con nuestras parejas de vez en cuando sobre nuestros casos y sobre lo que nos preocupa.

—No creo que tu padre lo hiciera mucho.

—No, yo también escuchaba a mi mujer, porque su día a día era tan importante como el mío —dice Richard, que ha entrado en la habitación—. Me ha dicho el crío que soy el siguiente. Te has buscado un buen ayudante, Eugenio. Tiene a todos en fila ahí fuera.

—Te veo luego, Eugenio —dice Quique.

—Y yo a ti. Te quiero —responde Eugenio, guiñándole un ojo.

—Bueno, bueno, bueno, yo también os quiero, pero esto es una investigación criminal. Centrémonos. ¿Dónde pongo mi dedo?

—Aquí, papá. Tengo que pinchártelo primero, no puedes hacerlo tú solo, no sabes dónde va, confía en mí.

—Confiaré en ti cuando seas mayorcito. ¿Tú crees que esto nos va a dar algún resultado?

—Espero que sí.

—Y los peces también lo esperan, hijo, que les has dejado sin cacharro para comprobar el estado del agua.

Y Eugenio se centra y saca la gota de sangre a su padre. Y a Emilio, que entra nervioso y sale nervioso. Y a Julia, que felicita a Eugenio por ser tan apañado. Y a Susana, que se resiste a creer en la ciencia, pero lo hace obligada. Y a Javi, que mira las subidas y bajadas de sus criptomonedas mientras le sacan sangre, en un estado de indiferencia quizá fingido, quizá real. Y a Berni, que es tan amable como siempre y pregunta si necesita más sangre, que se la da, si necesita más huellas, más tinta, más ayuda, y se va dando las gracias, las gracias por qué, por nada, pero las da en cualquier caso. Y a Verónica, que no quiere estar allí y se lleva bien con su exmarido, pero no le gusta que le haga pruebas, que la considere una sospechosa, una posible criminal, aunque entiende el procedimiento y lo sigue a rajatabla. Y a Florencia, que es Florencia todo el tiempo y casi estropea la muestra en su caos, porque no es fácil guardar una huella suya sin que salga movida. Y a Ainhoa, que se ofrece a procesar la información de algún modo, cosa que Eugenio casi acepta, y no lo hace porque puede hacerlo él solo, y Florencia necesita a Ainhoa a su lado, tener a alguien que la distraiga, que la mire, que la entretenga, que le haga pensar, porque en el fondo es muy sensible, muy sentida, y puede pasarlo mal si es del todo consciente de que es su tía a quien ha perdido, aunque no la viera desde hace años y quizá no la recordase, o no la quisiera; y por último a su madre, que es como si no estuviera ahí, como si no se enterase, ni le duele el pinchazo, ni se limpia bien la tinta, aunque venía con las manos recién lavadas, como Poncio Pilatos, y a ella le recoge las muestras por no faltarle al respeto, porque está convencido de que ella no le haría daño a su hija, pero sabiendo que ha de ser justo con todo el mundo; tanto que se hace la prueba a sí mismo, aun sabiendo el resultado que iba a dar.

Termina así las pruebas a su familia y las deja ordenadas y clasificadas, preparadas para ser analizadas, pero eso será más tarde. Antes necesita tiempo, cerrar alguna herida abierta, darle a su hermana el reposo que merece. Ya han sacado todo lo que necesitaban de su cuerpo y de su cuarto. Si hay más pruebas, no las ha encontrado. Lo ha hablado con sus familiares y lo han preparado todo. Ya es hora de llevar a Míriam al cobertizo del jardín, donde se podrá conservar mejor su cuerpo, con el frío, y se podrá mantener apartado de la casa, para que no tengan que dormir sabiendo que el cadáver de su hija muerta, de su hermana muerta está en la habitación contigua. Nadie merece eso. Paso a paso. Ya tiene las muestras. No va a huir ningún sospechoso, ni aunque lo intente. Ya habrá tiempo para analizar la sangre.

A la salida de la biblioteca lo esperan su padre, su madre, su hija con su novia, su marido con su otro hijo y Berni. Agnes aprieta una sábana doblada contra su pecho, como si se agarrase a ella. Caminan juntos escaleras arriba, en silencio, salvo por algún sollozo, Eugenio cree que de su madre, pero podría ser de cualquiera. No se gira para mirar. En la puerta de Míriam, Florencia y él quitan el precinto policial y lo dejan a un lado. Ya lo recogerá él para analizar si hay más muestras. Ahora no es el momento. Agnes le da la sábana y se queda esperando en el pasillo junto a Alvarito, agarrado de su mano. Ella no tiene por qué entrar. Entre Quique y Eugenio han decidido que su hijo podía estar presente, que no era necesario evitarle las penas y los sufrimientos o esconderle la muerte. Otra cosa es que le estén hablando de ello todo el tiempo. Quieren que tenga una

Navidad familiar, pese a todo. Entre Ainhoa, Florencia y Eugenio extienden la sábana en el suelo, junto al cadáver. Quique y Berni levantan a Míriam como pueden, Quique de las piernas, Berni de los brazos, y les cuesta hacerlo, porque pesa, porque ofrece la resistencia de un cuerpo que ya no reacciona a los estímulos de manera natural. Aún no huele demasiado mal. Aún parece ella. Ponen el cuerpo sobre la sábana y Richard resopla, quizá para no llorar todavía. Cogen la sábana desde las esquinas, se miran a los ojos y la levantan con un gesto, sin tener que hablar. No sin dificultades logran pasarla por la puerta y llegar al pasillo.

Agnes mira la habitación ya vacía. Lo estuvo durante años y no tocaron nada, la mantuvieron como Míriam la había dejado, en parte porque querían que se sintiera a gusto y en casa cuando se decidiera a volver a ver a sus padres, y en parte porque no necesitaban ocuparla y no sabían qué hacer con los trastos. Quizá esperasen que fuese ella la que decidiese qué se guardaba y qué se tiraba, si DiCaprio se iba a la basura, si el osito de peluche podría encontrar un nuevo niño, no suyo, porque nunca se le conoció pareja estable, y ya era mayor para ser madre, pero quizá un sobrino o sobrina. Eso ya no pasará. Alvarito le aprieta la mano, o es ella la que le aprieta la mano a Alvarito.

—Mamá —dice Eugenio—, tenemos que bajar.

Agnes sale de su ensoñación, mira a su hijo, y camina como si tuviera diez años más de los que tiene. Alvarito camina junto a ella con mucho cuidado, temiendo que su abuela se pueda romper en cualquier momento. ¿Cuáles serán sus aprendizajes de estos días?, se pregunta Eugenio, ¿qué sacará Alvarito de todo esto? ¿Qué recuerdo le quedará? ¿Su padre haciendo pócimas en la biblioteca?, ¿los regalos que nunca se abren?, ¿dónde está la bechamel, Eugenio?, ¿su tía Míriam, a la que apenas conocía, muerta en el suelo de su cuarto?, ¿o la mano de su abuela sujetando la suya, agarrándose a él para no caer? Solo el tiempo lo dirá. Para eso necesitan cerrar bien esta fase, descubrir al asesino y seguir con el duelo sin impedimentos.

Abajo se encuentran a Julia, a Emilio, a Verónica, a Susana y a Javi, esperándolos con el abrigo puesto y la mirada perdida. Verónica abre la puerta y se enfrentan al frío y a la nieve, que los golpea con calma. Ellos, los que vienen del piso de arriba con el cuerpo, no llevan abrigo, pero nadie se queja. Caminan como pueden por la nieve, hundiéndose en ella, el corto trecho que los separa del cobertizo, un pequeño almacén de no más de cinco metros cuadrados que se proyectó como garaje y acabó sirviendo para los trastos del jardín. Florencia corre a abrir la puerta y a despejar la mesa de tijeras podadoras, motosierra, guantes y abono. Material más que de sobra para cometer otro asesinato, piensa Eugenio. Quizá lo piensen todos los policías de la familia. Eso él no lo sabe. Dejan el cuerpo sobre la mesa y lo tapan con la sábana. Y en ese momento no saben qué hacer. Desde luego, no rezan, porque no son creyentes. Nadie se siente en la responsabilidad de decir unas palabras. Tan solo esperan ahí, muertos de frío, y se les viene encima toda la tristeza que han estado evitando con investigaciones y juegos, y hasta Berni, que no es tan de la familia, llora.

—Creo que puedo maquillarla un poco —dice Florencia—. Algo he aprendido sobre el tema en la academia, cuando hablamos con los forenses. Y así podemos venir a verla en algún momento, ¿os parece?

—Te traigo maquillaje y un abrigo y te ayudo —sugiere Ainhoa—. Aunque no sé nada de cosmética.

Todos lo aceptan. Eugenio abraza a su hija y el tiempo pasa, es difícil decir cuánto. Los familiares se van yendo, uno a uno, sin urgencia, con la esperanza de volver a despedirse como es debido. Eugenio sabe que en la biblioteca le esperan unos análisis, unos que le van a decir quién es sospechoso y quién no. Pero eso será más tarde. Ahora no es el momento.

Todos castigados hasta nueva orden

RICHARD

La familia se congrega alrededor de Agnes en el comedor. Todos salvo Florencia y Ainhoa, que se han quedado maquillando a Míriam. Agnes, cansada de obedecer órdenes de inspectores, toma la voz cantante y trata de organizar un plan conjunto para acabar la Navidad con buen pie. Richard observa desde una esquina, manteniendo un intimidante silencio. Observando a sus familiares desde una pretendida distancia.

—Yo lo único que digo es que los regalos están ahí y que Papá Noel hizo el esfuerzo de traerlos pese a la nevada —dice Agnes, guiñando un ojo.

—Y Rudolph, que es el que más se esforzó —añade Alvarito.

—¿Quién es ese? ¿Ahora son dos?

—Es el reno, mamá —contesta Eugenio—. Y hay que reconocer que su labor también ha tenido mérito, no solo han llegado hasta aquí pese a la intensidad de Josema, es que han sido capaces hasta de sortear el sistema de alarma de papá.

—A lo mejor fue Papá Noel el que mató a Míriam —dice Emilio.

La sonrisa del hombre se apaga de inmediato al ver las reacciones de la gente a su alrededor. Richard carraspea y, aunque no dice nada, su mirada expresa la poca gracia que le hace el comentario. El silencio en el comedor es generalizado. Nadie sabe qué contestar y es la propia Julia quien toma la palabra:

—Es un poco pronto para hacer bromas, cari.

—Ni pronto ni tarde, nunca va a ser buen momento para bromear sobre esto —dice Richard.

—Por supuesto que no, no me refería a eso. Es que como Eugenio ha dicho lo de la alarma... —intenta justificarse Emilio, sin éxito.

—No fue Papá Noel, ¿verdad que no?

—No, Alvarito, no fue él —responde Richard—. Fue alguien de los que estamos aquí.

Alvarito levanta la mirada, asustado, buscando encontrar la cara de un asesino entre sus tíos y tías, y Agnes golpea la espalda de su marido con el dorso de la mano. Es un toque, más sonoro que doloroso, que sirve como advertencia al resto.

—No fue nadie de aquí. Y no se habla más de ese tema en casa. Está terminantemente prohibido a partir de ahora. El que diga algo de asesinatos delante de mí o de Alvarito se va a la calle y me da igual que nieve o que truene, ¿entendido?

—En realidad, no. Nadie se puede ir a la calle, es mejor que estemos todos localizables hasta que descubramos... —dice Eugenio, y se detiene al ver la mirada de su madre—. Lo que sea que queramos descubrir.

—¿Y cuándo va a ser eso? —pregunta Verónica—. Yo no puedo quedarme en vuestro sofá indefinidamente. Esta no es mi familia, no creo que vaya a ocurrir nada porque pase la noche en el hotel.

—No puedo retenerte, no tengo autoridad para tomar ese tipo de decisiones, pero es preferible que sigamos todos aquí —responde Eugenio.

—Pero ¿cuánto va a tardar? —pregunta Susana—. Porque no has respondido a la pregunta. En dar rodeos y tratar a la gente por gilipollas sois todos unos expertos. Pero ya no vale con soltar generalidades, ahora los ciudadanos de a pie estamos bien informados, basta con encender un móvil para saber lo que cuestan las cosas.

Eugenio intenta armarse de paciencia:

—Pero ¿qué te van a decir en el móvil que no te podamos contar nosotros? Sabes a lo que nos dedicamos, ¿no?

—¿Lo ves? Sigues sin responder —contesta Susana, luciendo una amplia sonrisa de superioridad.

—Porque no podemos saber cuándo vamos a descubrir algo, cada proceso es distinto y tiene sus tiempos. Pero no es que haya una conspiración, ni una élite que te manipule, ni nada que se le parezca —replica Eugenio—. De todas formas, ya que insistes, deberíamos tenerlo resuelto antes del fin de año.

Los reunidos reaccionan con hastío. Es obvio que esperaban que les diera un plazo menor.

—Si no hemos encontrado al… —dice Richard, que se calla y corrige al recibir un codazo de su mujer—. A la persona que estamos buscando hoy o mañana, sería para darnos de… —mira de nuevo a Agnes— collejas hasta que se nos salgan los ojos de las órbitas. Y a mí me gustan mis ojos como están, le dan un nosequé a mi cara.

—Entonces, ¿qué hacemos mientras tanto? ¿Se puede ayudar? —pregunta Julia.

—¡No! —responden Eugenio y Richard al unísono, y continúa solo Eugenio—. Ya somos muchos, gracias. Preferiría que os quedaseis todos aquí, tranquilitos. Es cuestión de esperar a los resultados.

—Y vivir la Navidad —añade Agnes—. Está claro que no es como queríamos que fuera, pero estamos juntos. Lo mejor que podemos hacer es superar las desgracias unidos, con la mayor normalidad que seamos capaces de aparentar. Y por eso digo que tendríamos que abrir esos regalos. Ya sé que está la chiquilla ahí dormida, pero puede entrar alguien y sacarlos.

La propuesta es tomada con frialdad en líneas generales, salvo por Alvarito, que se pone a aplaudir y a canturrear, sin ritmo alguno:

—¡Re-ga-los! ¡Re-ga-los!

—A mí me han regalado una caja enorme, ¿cómo la vamos a sacar de ahí sin hacer ruido? —plantea Richard.

—Es del tío Gerardo, ¿lo llamamos? —dice Susana.

—Se ha ido a la ciudad, me ha escrito hace un rato —responde Julia.

—Y yo tengo que trabajar, o si no papá se va a sacar los ojos a collejas. No querría perderme ese momento, mamá —responde Eugenio—. ¿Por qué no jugáis a algo mientras estoy en el laboratorio?

—¿Otra vez?

—Es buena idea —aprueba Richard—. Tenemos pendiente hacer un registro de la casa, habitación por habitación.

Si la sugerencia de Agnes fue mal recibida, la de Richard por poco no provoca un motín. Eugenio trata de calmarlos:

—Bueno, bueno. Eso no es decisión tuya, papá. Yo tengo que hacer mis análisis, eso no puede esperar.

—Pues lo hacemos después, yo sí puedo esperar. Pero el que sea inocente no tiene nada que ocultar, y podemos encontrar alguna pista. Yo, por mi parte, voy a hacer todo lo posible para encontrar a quien haya hecho esto, no sé tú.

Eugenio no contesta. Ante esos términos tramposos que ha establecido su padre, no es sencillo oponerse, aunque no está de acuerdo en llegar tan lejos. Richard tampoco cree en sus propias palabras. Ha dicho lo que ha dicho para ganar tiempo, pero no cree que el registro pueda esperar. Hay unos documentos incriminatorios en la casa y debe encontrarlos antes de que el asesino se desprenda de ellos. Richard aprovecha la indecisión de su hijo para seguir hablando:

—Hasta entonces, que nadie se mueva del comedor.

Vuelve la algarabía y cada uno de los Watson tiene algo que decir. A Richard le es indiferente si chillan o patalean, pero está muy interesado en analizar sus reacciones y trata de no perderse una sola respuesta. Cruza una mirada con Verónica, que se muestra visiblemente tensa y la comprende, esto puede poner en alerta al Oso Amoroso. Siendo alguien tan peligroso, es mejor no presionarlo. Emilio parece sobrepasado, como si estuviera a punto de desmayarse. Se dedica a respirar con intensidad y palparse la cabeza, secando sus sudores fríos como el criminal que limpia una escena del crimen. Julia se pone a gritar y a insultar sin ton ni son, feliz de encontrar una manera de canalizar su frustración. Su hermana Susana reacciona de forma similar, aunque al menos argumenta sus objeciones, ella siempre tuvo argumentos para todo, aunque fueran absurdos:

—¿Y dónde quedó la libertad? Tú no eres nadie para registrar mis objetos personales y mi ropa interior. Eres un dictador.

—¡Eso es! Todos los funcionarios sois iguales —añade Javi—. El Estado siempre busca lo mismo, controlarnos y tenernos vigilados. Pero somos más y se os va a acabar el chollo.

—Seguramente encontremos el colgante en el registro, Susana —responde Richard.

—Ah —concede Susana—. Eso es otra cosa, eso es hacer tu trabajo. Teníais que haber empezado hace un rato a buscar, pero está claro que no os interesaba.

—¿De verdad, mamá? ¿Ese es tu precio? —responde Javi—. ¿Te vas a dejar pisotear por tan poco?

—Aquí nadie se deja pisotear, Javi —interviene Berni—. Esa tarjeta es un asunto muy serio para tu madre, deberías empezar por respetarla a ella.

—Puedo defenderme yo solita, gracias.

—¿No podemos tener la fiesta en paz? —dice Agnes—. No ganamos nada discutiendo entre nosotros. Y sigue siendo Navidad.

Richard toma nota del cambio en la actitud de Susana hacia su marido, es evidente que ha pasado algo entre ellos. Quizá esté relacionado con el crimen, aunque puede tratarse de un problema derivado de la pérdida del dichoso colgante. Richard piensa que, ya sea placebo o realidad, Susana está descontrolada desde que lo ha perdido. Por otro lado, la pérdida de su tarjeta ionizada podría ser la excusa perfecta para mostrar sus nervios ante todos nosotros sin resultar demasiado sospechosa. Se podría pensar que la razón de su exaltación es que ha perdido su amuleto, y no que está tensa por haber matado a alguien.

—Pero si encuentras al asesino con los análisis tampoco será necesario el registro, ¿no? ¿Eugenio? —balbucea Quique.

—Por supuesto que no. Aunque seguramente sí que registraríamos la habitación del sospechoso, no lo sé —admite Eugenio.

Richard se detiene a observar a Quique en detalle, tratando de ver a la persona que se esconde detrás del personaje con el que todos actuamos. Quizá sea la primera vez que le intenta mirar de este modo y es posible que haya tardado más de lo debido en hacerlo, a fin de cuentas se trata del marido de su hijo. El caso es que, entre que Eugenio es ya mayorcito para saber lo que hace y que el aspecto de Quique no podía ser más anodino, Richard lo aceptó en su vida como a quien le regalan un imán y lo pega en la nevera. Siempre está ahí, lo ves cada mañana al desayunar, pero nunca te paras a pensar qué significa, si es bonito, o si tiene algún valor personal. Sencillamente está. Ahora Richard mira a Quique, y lo nota tembloroso y temeroso. Hay un asesino en la casa, mucha gente podría asustarse en una situación así, pero lo de Quique parece algo más. Puede que sepa o que esconda algo.

—Entonces, ¿no podemos salir de estas cuatro paredes? ¿Somos prisioneros? —pregunta Emilio.

—Si quieres decirlo así… —responde Richard.

—¡No! No sé si utilizaría esa palabra, lo que dice mi padre es que quiere teneros situados, más que nada. No es una detención —contesta Eugenio.

Sus palabras suenan peor de lo que él debe de haber imaginado y generan una nueva reacción en contra. Richard lo comprende, su hijo es increíblemente torpe tratando con gente, aunque sea su familia. Construir las frases desde el negativo es un error de principiante. La gente tiene una capacidad de comprensión limitada, les da lo mismo que antepongas la palabra «no», que si escuchan también «detención» no tienen oídos para nada más. Eugenio trata de arreglarlo, sin éxito:

—No tenéis que tomarlo a la tremenda, repito que no estáis encerrados y tampoco sabemos si vamos a hacer el registro —insiste Eugenio—. Pensad que estáis en el comedor sin que os hayan forzado a ello. Podéis jugar a algo, tomar turrón o poner villancicos. No es tan terrible.

—¿Y qué pasa si tenemos que ir al baño? —continúa Emilio—. Como no podemos salir…, ¿hay que levantar la mano como en el cole?

Richard considera que su cuñado está más insoportable que de costumbre, lo que no hace sino reforzar su condición de sospechoso. Hay esperanza en que él sea el asesino. Sí, no cabe duda de que tiene que comenzar el registro por la habitación que comparte Emilio con Julia.

—No, no hace falta levantar la mano. Basta con que informes a los demás —responde Richard.

—¡Qué divertido! Es como en el cole —dice Julia y se acerca a su sobrino Alvarito—. ¿Tú también lo haces? ¿Levantas la mano?

—Claro, como todos.

—¡Qué gracioso! ¿Y cómo lo haces? ¿A ver cómo lo haces?

Alvarito mira a su padre, sin saber cómo reaccionar, y Eugenio asiente, incitándolo a que levante la mano. Richard lo ve sensato, con Julia lo mejor es seguirle el juego o no habrá manera de hacerla parar. El niño acaba por obedecer y Julia aplaude y lo imita. Alvarito está perdido con ella, ya tiene edad para comprender que su tía Julia actúa sin control ninguno. Richard cree que quizá la haya superado en cuanto a sensatez y saber estar. ¿Es posible que alguien como ella pueda ser el Oso Amoroso? Es su primera opción. Es la única de los presentes que trabajaba en el hotel junto a Míriam, quitando a Verónica. Podría haber tenido acceso a todo tipo de documentos y cuenta con la ventaja de que nadie sospecharía de ella. No da con el perfil de espía, y quizá eso haya permitido que llegue más lejos que nadie. Sea como fuere, tiene que descubrirlo y no hay tiempo que perder. Debe hallar los documentos de los que le habló Verónica antes de que Eugenio registre la casa, y debe hacerlo solo.

Richard se levanta mientras su mujer les pone villancicos en la disquetera. No son los clásicos, es jazz en inglés. Tampoco se trata de una costumbre española ni británica, pero a Richard le gustan. Lo calman, y le molesta perdérselos, pero tiene tarea. Se dispone a salir del comedor tras Eugenio, y Emilio lo detiene:

—Abuelo Watson, ¿a dónde vas? No has levantado la mano.

—Es mi casa. Y soy yo quien va a hacer el registro.

—Empezamos bien. Esto no puede ser, todos tenemos que cumplir las mismas normas. Todos somos iguales ante la ley —dice Susana—. ¡Eugenio! ¡Que papá se va!

—No puedes irte, papá. Tienen razón.

—Tengo que ir al baño, ¿vale? Y no me da la gana publicitarlo cada cinco minutos. Cuando tengáis la próstata de un hombre de setenta años lo comprenderéis.

Richard se marcha junto a Eugenio, sin esperar respuesta. Al salir se cruzan con Ainhoa y Florencia, que regresan del exterior:

—¿Qué pasa, papá? ¿Dónde están todos?

—Los ha detenido tu abuelo y los tiene de prisioneros en el comedor —dice Eugenio, y continúa antes de que ellas repregunten—. A mí no me miréis, están todos ahí. Podéis ir a ver.

Las dos chicas corren hacia el comedor, y se las escucha reiniciar la conversación. Richard no se detiene, no le sobra el tiempo. Se dirige al piso de arriba, porque es ahí donde empezará a buscar y porque coincide con su coartada. Ha dicho que va al baño y resulta creíble que se dirija al que está situado contiguo a su dormitorio, esas cosas se suelen hacer cuando se tienen invitados. Esto le aporta un par de minutos más, tres a lo sumo, pero quizá no sea suficiente. No se tarda tanto en mear como en registrar varias habitaciones, por mucho que tengas problemas de próstata. Otro habría subido las escaleras corriendo, Richard no. Él sabe que alguien puede verlo desde la puerta del comedor, así que opta por subirlos muy lentamente, poniendo todo su peso en el bastón. Cualquiera que lo vea pensaría que los años están haciendo estragos en él y que va a tardar veinte minutos entre la ida y la vuelta. Y eso es justo lo que él pretende.

En cuanto cruza la esquina, ahora sí, Richard comienza a correr. Mueve su anciano centenar de kilos con la ligereza de un adolescente. La coordinación del movimiento de sus piernas con el apoyo del bastón solo puede ser comparable a las patas de un caballo de competición. Es un movimiento fluido. Recorre los metros necesarios en pocos segundos y se introduce como una exhalación dentro del dormitorio de su hija Julia.

El lugar es un desastre, como no podía ser de otra forma. En la mayoría de las parejas, si uno de los dos es desordenado, el otro tiende a compensar. Esto no sucede con ellos. La ropa de Julia y la de Emilio aparece mezclada, situada en los lugares más inverosímiles. ¿Cómo puede acabar un calcetín encima de la lámpara? Richard sonríe para sí, imagina que fuera Julia quien hubiera muerto y que esta fuera la escena del crimen:

—Eugenio se retira solo de pensar cn clasificar pruebas en esta pocilga.

Mira su reloj, no tiene mucho tiempo. Lo que busca son unos documentos, lo más probable es que estén escondidos en un armario o en la propia maleta. Richard abre los cajones, donde no encuentra nada de interés: papeles de su hija de cuando estudiaba, antiguas fotografías, una peonza o cajas de condones de marcas que seguramente ya ni existan. Sin embargo, todos estos objetos parecen llevar años ahí guardados y no revisten interés para la investigación. Richard se centra ahora en la maleta, que está cerrada con candado, es de llave.

—Interesante.

En las maletas los candados suelen ser de combinación, aunque no es la opción más segura; las contraseñas muchas veces constan tan solo de tres cifras. Para desbloquearlo no hace falta conocer el número o ser un genio de las matemáticas, basta con ir probando y tener paciencia. Su hija ha debido de poner un candado de llave para asegurarse de que nadie la abra, y, paradójicamente, es una buena noticia para Richard. Él tiene la paciencia, pero no el tiempo necesario para encontrar la combinación, aunque conociendo a Julia es posible que fuera 123. Con llave no hay problema, un inspector de la vieja guardia tiene recursos de sobra para abrir una cerradura.

El anciano coge un pendiente de su hija, que ha visto sobre la mesilla hace un minuto, lo introduce en el pequeño candado y, haciendo vibrar sus manos en la justa medida, consigue desbloquearlo. Lo que encuentra en su interior es interesante para la investigación, pero no es lo que esperaba.

No hay rastro de documentos de ningún tipo, aunque la maleta está manchada de sangre en su interior. Con razón Emilio sudaba y Julia gritaba, tenían mucho que ocultar. Richard, en un gesto que habría puesto malo a un inspector de hoy en día, como su hijo, toca la mancha con sus dedos desnudos. La sangre es reciente. ¿De dónde viene? ¿De quién es?

Richard mira a su alrededor, buscando el origen. Al levantar prendas del suelo, encuentra más manchas de sangre. Debajo de un jersey, de unos pantalones o de un zapato. Resulta que el desorden tenía su razón de ser, después de todo. Estaban ocultando pruebas. ¿Dónde está el origen? Es complicado de decir, y menos con el poco tiempo del que dispone. Mira su reloj y ya lleva cinco minutos en el piso superior. Pronto van a empezar a cuestionarse dónde está, debe darse prisa. En su contra juega el hecho de que esta sea la habitación de infancia de su hija, porque los niños a menudo crean lugares ocultos donde esconden sus objetos de valor. Los adultos no suelen ser así, a no ser que tengan joyas u objetos caros, aunque muchas veces esos no tienen valor, solo precio. Richard continúa poniendo patas abajo lo que estaba patas arriba, hasta que se fija en una mancha en la puerta del armario empotrado. En la junta parece haber algo más. Se acerca, hay espuma, como de jabón.

Antes de que pueda buscar el origen de las pompas en el interior del mueble, escucha pasos apresurados que llegan desde el pasillo. Alguien corre hacia esta habitación del mismo modo que lo hizo Richard hace cuatro minutos. En un impulso, el anciano se esconde bajo la cama. En un nuevo alarde de agilidad, Richard se cuela bajo el colchón sin casi hacer ruido. La puerta se abre. ¿Quién lo sigue? ¿Lo estaban siguiendo? ¿Es el Oso Amoroso que viene a por él?

Desde su posición, pegado al suelo, puede ver los pies de su hija Julia. Pese a que Richard lo ha removido todo y se ha dejado la maleta abierta, ella pasa de largo y se dirige directa al armario. De su interior extrae un barreño con agua y, sin perder tiempo, lo saca de la habitación. Richard está tentado de detenerla, pero prefiere ver a dónde se lo lleva. Hace la croqueta, rodando sus más de cien kilos de peso fuera de la cama. Se incorpora con ayuda del bastón y sale al pasillo. Ahora sí cojea por el esfuerzo. Ahora sí aparenta tener la edad que tiene.

Va tras Julia con discreción mientras ella camina pesadamente a causa del cubo, repleto de agua, jabón y algo más que no alcanza a ver. Se dirige hacia la habitación de Susana. ¿Qué pretende? ¿Están compinchadas? Julia se gira justo antes de entrar y por poco no descubre a su padre. El anciano inspector se esconde tras el marco de la puerta justo a tiempo, hay habilidades que no se pierden nunca.

Escucha una ventana abrirse y se oye a Josema, todavía dando guerra. Los copos no suenan al caer sobre el suave manto de nieve, pero el viento es atronador. La tormenta no cesa, ni dentro ni fuera de la casa. Richard llega a la puerta de la habitación de su otra hija a tiempo de observar a Julia justo cuando se dispone a volcar el contenido del cubo por la ventana.

—¡Detente, jovencita!

Julia pega un grito y deja caer el cubo al suelo, pringando el parquet de agua, sangre y jabón. Con el cubo también cae ese otro objeto que antes no podía ver: el traje rojo de Papá Noel, empapado y pesado.

—¿Qué ha pasado ahora? ¿Estáis bien? —grita Eugenio desde el piso de abajo.

—¡Todo bien! ¡He chocado con el cubo de la fregona! ¡No hace falta que vengas! —responde Richard, a gritos.

—Papá, no es lo que parece.

—Parece lo que parece, es lo que es y está como está.

—¿Y qué es lo que te parece?

—Ese es el problema, que no sé qué demonios parece, pero me lo vas a contar.

—Soy inocente.

—No digo que no, ni tampoco que sí. Por ahora no te estoy acusando de nada, esto ni siquiera es un interrogatorio y yo no soy inspector. No aquí y no ahora, así que lo suyo es que te calmes y te lo tomes como una charla padre-hija, porque no es más que eso.

Richard golpea con suavidad el colchón, invitando a Julia a sentarse junto a él. La cama de Susana y Berni está perfectamente hecha. Richard piensa que al menos uno de los dos miembros de esta pareja sí que debe de ser ordenado. Julia obedece, cada vez más nerviosa. No tienen charlas padre-hija a menudo. No las han tenido nunca, a decir verdad, así que la perspectiva de tener una ahora mismo resulta casi más intimidante que un interrogatorio.

—Dime qué ha pasado. Estoy aquí para escucharte —dice Richard, forzando una sonrisa.

—¿Qué ha pasado? Que soy inocente, y Emilio también. No es lo que parece, papá. Te juro que no es lo que parece.

Richard inspira profundamente, pero solo encuentra aire cuando lo que buscaba era paciencia. Esto va a ser más complicado de lo que creía. Evita repetir que no sabe qué es lo que parece, porque eso sería entrar en un bucle, como suele suceder con Julia. Llega a la conclusión de que con su hija es mejor no andarse con rodeos:

—La sangre, ¿cómo ha llegado al disfraz?

—No lo sé. Nadie lo sabe.

—Apareció sola, entonces. El perro se ha comido mis deberes y ha empapado en sangre el traje de Papá Noel de mi marido.

—Papá, no te rías. Es un asunto grave —le dice Julia, seria por primera vez en meses—. Emilio se encontró la sangre cuando se despertó, pero no fue él. Alguien le está intentando incriminar, ¿comprendes?

—¿Quién es el Oso Amoroso?

—No sé de qué hablas.

—Eres tú, ¿verdad? Puedes confesármelo, no me va a parecer mal, estoy a favor de que ataques a tu tío Gerardo.

—¿Un oso ataca al tío Gerardo? ¿Qué pasa?

Richard se toma una pausa, utilizando uno de sus viejos trucos. Hace como que va a decir algo y luego la observa fijamente a los ojos. Pausadamente, saca el vapeador del bolsillo y aspira. En sus buenos tiempos utilizaba su pipa, pero las cosas cambian. Julia tampoco se rompe como solían hacer los delincuentes. Donde hay confianza no hay miedo. O eso, o su hija es inocente y está cometiendo un error.

—Papá, ¿me dices qué pasa?

—Tú no eres el Oso Amoroso, es Emilio.

—Emilio no es un oso, casi no tiene pelo. Ni en la cabeza ni en el cuerpo. Es un horror, papá.

—Puedes confesármelo, no te preocupes —responde él, obviando contestar a los comentarios de Julia sobre el aspecto físico de su marido. Es mejor no abrir esa puerta—. Emilio ha utilizado tus credenciales para acceder a documentos que nadie más podría ver, ¿verdad?

—Emilio no está interesado en esas cosas.

—Su idea para hacer whisky depende de que no consigan esa licencia de obra. ¿Te está utilizando, Julia?

—Emilio me lo cuenta todo. Me dice hasta las cosas que no quiero saber.

—No debes tener miedo, no olvides que soy tu padre y no un inspector extraño que no sabe quién eres. Te conozco. Ahora dime dónde ha escondido Emilio los documentos y habrá acabado todo.

Julia se levanta, y se dirige a la puerta. Cada vez más nerviosa, repitiendo su tic de tocarse la cicatriz de su mejilla. Richard se siente culpable por haber presionado a su hija hasta este límite, pero no había otra manera de llevarla al punto en el que fuera capaz de confesar. Sigue estando en forma.

—No me gusta nada el tono de esta conversación, papá. Emilio tiene un corazón de oro, y no tenía problemas con Míriam.

Otros sí que los tenían y no les dices nada. Y todos nos callamos porque somos así de buenos y de tontos.

—Nadie tenía problemas con ella.

—¿Y Verónica? Ayer se puso como una loca, gritándole en medio del hotel. Fue justo antes de que viniéramos a casa, además. Montó un buen escándalo. Que si era una irresponsable, que si estaba jugando a dos bandas con lo de la recalificación de los terrenos, que no tenía palabra…, no sé qué más dijeron porque Míriam cerró la puerta, pero si tienes que mirar a alguien aquí es a ella. No a mí.

La revelación consigue lo impensable, coge desprevenido a Richard. Se plantea si es posible que Verónica le haya mentido, o que haya estado jugando con él, alejando la atención de ella. Sería un movimiento inteligente, sin duda. Demasiado inteligente, quizá. Por ahora lo que tienen es un traje lleno de sangre, y eso no lo explica el hecho de que Verónica riñera con su hija.

—Mientes, Julia.

—¡No! Míriam era mi hermana, no protegería a Emilio si creyera que es culpable.

Richard empieza a cansarse de la conversación. Los criminales y sus cómplices nunca colaboran, ni siquiera cuando tienen todas las pruebas en contra. Es parte de la condición humana.

—Hija, yo quiero creerte, pero, si lo que dices es cierto, ¿por qué no lo has confesado antes?

—¡Eso! Justo eso es lo que le dije yo a Emilio, pero él está seguro de que no nos hubierais creído. Yo le insistí en que se equivocaba, porque la verdad siempre sale a la luz, ¿verdad? La policía no es tonta, ¿o sí?

Richard no contesta, es preferible callar que mentir o, peor aún, que adentrarse con su hija en un debate sobre el funcionamiento del mundo. Julia toma su silencio como una acusación.

—Me tienes que creer, papá. Antes has dicho que quieres creerme y para creer no hacen falta pruebas físicas, basta con sentirlo. Mira la gente que cree en Dios, no se necesita más.

—Pero para resolver crímenes sí que se necesita algo más, hija. Y nada de lo que me has dicho tiene fundamento, más allá de tu fe en tu marido. Lo siento, pero tengo que detenerlo, a no ser que tengas algo que añadir.

Julia se le queda mirando, pero no salen palabras de su boca. Su padre está a punto de detener a su marido acusado de asesinar a su hermana. ¿Qué se dice en un momento así?

Richard entra en el comedor, seguido de Eugenio. Ambos mantienen un semblante firme, Eugenio sostiene el disfraz ensangrentado, con los guantes puestos. Por supuesto, la sangre casi no se ve, es la ventaja de vestir de rojo intenso. Recorren la estancia sin mediar palabra, su expresión lo dice todo. Vienen a por alguien.

—Emilio Montenegro, estás detenido por el asesinato de Míriam Watson —dice Richard.

—¿Yo? No he hecho nada. Estaba dormido, lo juro.

—¿Es este tu disfraz? —pregunta Eugenio.

—Esa sangre no es mía —responde Emilio mientras Richard le sostiene las manos a la espalda y se las ata usando unos cordones.

—No podéis detenerlo —dice Agnes—. Estoy segura de que es inocente. Lo conocemos desde hace años, es imposible…

—Eso lo veremos, por ahora va a acompañarnos y el tiempo dirá si hemos acertado o no —replica Richard.

—¿Dónde os lo lleváis? —pregunta Julia.

—Al baño del pasillo. Es el único sitio en el que sabemos que va a estar controlado y donde va a poder hacer sus necesidades si lo necesita —contesta el abuelo—. Aquí no hay nada más que ver, podéis seguir jugando.

La familia al completo los observa marchar, en silencio. Todos menos Florencia:

—OMG. ¡Qué fantasía!

Ojalá

EUGENIO

Nadie sabe —ni Quique, ni lo supo nunca Verónica, ni se lo ha contado a sus hijos, ni que decir tiene que tampoco a sus padres— que a Eugenio le gusta concentrarse, cuando trabaja en un caso con material delicado, escuchando a Silvio Rodríguez. Alguna vez lo intentó con Amaral, e incluso con La Oreja de Van Gogh, y no salió bien. Nunca entendió por qué. Tal vez Amaral le removiese demasiado y La Oreja de Van Gogh demasiado poco, o viceversa. Por un tiempo probó con los Beatles, por aquello de sentirse más inglés, y los resultados fueron nefastos. También hay ingleses que no terminan de conectar con los Beatles, se consuela Eugenio, no está solo en eso. Con Silvio Rodríguez entra en una extraña zona de confort. Más allá de la investigación, su música no le interesa, no la escucha, no la disfruta. Es su música de investigar. Así que, con los auriculares puestos, Eugenio manipula los test de la sangre que ha sacado a sus familiares, con la mirada constante y la palabra precisa.

No es el mejor laboratorio en el que ha tenido la oportunidad de trabajar, pero sí quizá en el más bonito. Por la ventana de la biblioteca entra una luz melancólica, a él le resulta así, e ilumina los libros viejos que ya nadie más va a leer y las pruebas de sangre y las huellas de sus familiares, tan rojas y tan negras que impactan contra la suavidad del polvo que ya no se puede limpiar, del blanco más blanco de la nieve, y parece que todo encaja si lo quiere ver así, y es el caso, con la música y con su estado de ánimo. En este contexto no va a empezar por el test de Emilio. No va a empezar por el principal sospechoso, lo había pensado, pero esa idea le vuelve a la cabeza como un ruido de camino cansado. No, empieza por el test de su madre porque necesita entrar en la investigación a través de alguien a quien no considera sospechoso bajo ningún concepto. Si comete algún error de cálculo no será grave, y un resultado positivo no le resultará tan abrupto y violento. Revisa el test paso a paso, el lugar donde ha dejado caer la sangre, el progreso por el papel, la línea de control, que se marca, y la línea de positivo, donde ha colocado la carga de antígeno, limpia. La sangre de su madre no coincide con la encontrada en la habitación de Míriam. Lo esperado. Está haciendo bien su trabajo. Está listo para pasar a otra prueba.

Deja que su cuerpo se meza a ritmo, de manera sutil, como si no bailara, porque no baila, tan solo generando en sus caderas el mínimo movimiento necesario para que el caos no provenga de los gestos que deben ser precisos. Quien lo viera no sabría lo que está ocurriendo, a no ser que lo viera tanto, a no ser que lo viera siempre. Es importante para él mantener unas rutinas, y que estas no estén siempre dentro de lo académico. Le hace sentirse más libre. El problema de seguir una investigación siguiendo las normas y los procedimientos con precisión es que es sencillo huir de la ortodoxia en algún alarde, por aburrimiento. Así que estas pequeñas rebeldías, como bailotear al manipular pruebas, lo ayudan a que la investigación se mantenga dentro de los cauces de la monótona legalidad.

El resultado de Julia es positivo, sin lugar a dudas. Una raya fuerte y firme divide la tira de papel de manera horizontal. Su sangre es compatible con la del asesino. Comparten tipo sanguíneo, como millones de personas, así que no procede venirse arriba con el resultado. Tan solo dejarla en la lista de los sospechosos. Siempre ha tenido cariño a Julia. Es decir, no la soporta, pero lo cierto es que nadie lo hace. Desde mucho antes de casarse con Emilio. Ella es así. La persona con la que más jugó de niño, la más cercana. Su querida, cruel, egoísta y herida hermana mayor. No le gustaría nada que fuera la asesina. Sería como si un pedazo de su infancia se rompiese. Por ahora solo sabe que la sangre coincide y que hay probabilidades de que haya asesinado a Míriam, es un dato a tener en cuenta y registrar. Eugenio hace una foto con flash al test de Julia, una luz cegadora, un disparo de nieve, y aparta el test a un lado. Ya no lo necesita.

Turno de Quique. Todo correcto en su prueba, sangre, antígeno, suero, líneas. Es positivo, del mismo grupo sanguíneo. A veces las pruebas hablan y Eugenio no puede entender su idioma. No es grave, sigue sonando Silvio y le dice que ojalá se muera antes de resolver el crimen. No escucha la letra. Quizá no diga eso. El caso es que, cuando no puede entender el idioma de las pruebas, sigue descifrándolas. Quizá el contexto ayude. Y el contexto le dice que Quique se va al grupo de los que siguen siendo sospechosos, que no lo puede descartar. Bueno. Es un resultado que no le dice nada y no le quiere decir nada. Es igual que con Julia.

La canción se acaba y Eugenio no baila, sin saber si no lo hace porque no hay música o porque no hay ganas. No contaba con que la sangre de Quique pudiera ser compatible. De pronto, piensa en si realmente conoce a su pareja, piensa en si habría podido matar a Míriam y por qué iba a hacerlo, en que no puede descartarlo, aunque convivan desde hace años y nunca antes hayan hablado de su hermana, piensa en todo lo que no sabe aún de Quique y quizá nunca sepa, en qué ocupa gran parte del día, mientras trabaja, y no tiene que avergonzarse de ello porque Eugenio está orgulloso de ser de esas parejas modernas que no quieren controlar ni saberlo todo, pero ¿puede Quique ser un asesino sin que él lo sepa? ¿No se habría enterado antes? Y claro que sería injusto que no lo investigase por ser su marido, sería un trato de favor, pero ¿cómo iba a ser un asesino ese hombre que lo abraza al dormir, que cuenta cuentos a Alvarito al acostarlo, que es un pedazo de pan? Y entonces, como en meditación, no lucha contra esos pensamientos intrusivos, esas imágenes mentales violentas, sino que deja que sigan su curso, como si no fueran con él.

Comienza otra canción y se obliga a moverse mientras descubre que la sangre de su padre también es positiva. Y su padre no es sospechoso para él. Por Richard sí que pone la mano en el fuego sin dudarlo. Bueno, Eugenio no es de poner la mano en ningún fuego, el que actúa como un machito es su padre. Y Richard no mataría nunca a su hija. Es curioso que afrontar las pruebas lo ayude a descubrir sus prejuicios. Él, un hombre moderado, tiene prejuicios. El primer paso es reconocerlo.

La sangre de Ainhoa también es compatible. Es una fiesta de la compatibilidad. Podrían quedar a hacerse transfusiones unos a otros. Como no podía ser de otro modo, Eugenio se siente culpable por haber dudado de Quique, por haberlo imaginado matando. Por suerte, el pensamiento intrusivo se ha ido como ha venido. Apunta a Ainhoa como sospechosa. Estuvo con ella y con Florencia la mayor parte de la noche, jugando a la pocha, no se imagina cuándo pudo alejarse y matar a Míriam. Además, cayó la lámpara y ella estaba ahí, a su lado. Pero la apunta, porque es un profesional.

También Javi da positivo. Y, aun siendo su sobrino y habiéndolo visto crecer, siendo aún casi un niño, no le importaría que fuese el asesino. No le importaría verlo en la cárcel y odiarlo sin remordimiento durante el resto de su vida. En la cabeza de un adolescente absorbido por el ego es posible imaginar un odio primario hacia una tía que apenas ha conocido y que ha rechazado contratarlo en el hotel. No es suficiente. Pero se puede investigar. Y de verdad que sería una solución aceptable que él fuera el asesino. No sería una gran pérdida para Eugenio. No sabía que tenía esos sentimientos hacia Javi. Por suerte, no se deja llevar por las emociones. Parece que este tipo sanguíneo es muy común en la familia.

Y en lo que no es su familia del todo, porque Verónica también comparte el mismo tipo de sangre.

No cree que fuese Verónica, por mucho que trabajara con Míriam. En esos entornos se pueden construir enemistades capaces de provocar un asesinato. No sería la primera vez que lo ve. Pero, si está mal dudar de tu marido, está fatal incriminar a tu exmujer. Sobre todo si la ruptura fue amistosa y así debe seguir siendo.

Florencia, tan especial ella, no se salva de esta coincidencia. Y en su caso tiene que ser eso, una coincidencia. Él mismo tiene ese mismo tipo de sangre. Está cantando demasiadas líneas y ningún bingo. Hay demasiadas personas que pudieron sangrar en la habitación de Míriam. Por ahora solo su madre se salva. Pero no es un dato de interés, a ella no iba a investigarla, cualquiera lo vería, ella y Alvarito estaban fuera de toda duda. Está teniendo mala suerte, al menos hasta que Berni da negativo y acaba con la racha de sospechosos. Su sangre es definitivamente diferente a la encontrada en el escenario del crimen. Un hombre tan amable, tan simpático, no pudo matar a Míriam. No es imaginable.

Metido en faena, en un buen ritmo, revisa el resultado de Susana y, como el de la mayoría de sus hermanos, es de la misma tipología que la sangre encontrada. A diferencia de Julia, a Susana, la pequeña, siempre le costó entenderla, y su deriva hacia el negacionismo y las teorías de la conspiración la ponen en un lugar imprevisible, radical, no le cuesta tanto imaginarla siendo culpable. En cualquier caso necesitaría un motivo para atacar a Míriam. ¿Y por qué iba ella a matarla? Sospechosa, en cualquier caso. Una más a la lista.

Al ver los resultados, Eugenio se ha descubierto como el seguidor de un deporte animando a unos o a otros para que su tipo sanguíneo coincida o no. Le recuerda a cuando era niño y tenía que elegir entre dos opciones que le importaban exactamente lo mismo y lanzaba una moneda al aire solo para averiguar, al sentir alivio o decepción por el resultado, que en realidad sí tenía una preferencia por alguna variable. Por lo demás, no ha logrado grandes resultados con este proceso. Le falta solo Emilio, la prueba que quería revisar desde el comienzo. El principal sospechoso. Se remanga, respira hondo, se hace uno con Silvio, con la luz que entra por la ventana, ya más crepuscular, con la biblioteca reconvertida en laboratorio, y toma el último test como si fuese un bien preciado.

Negativo. La sangre de Emilio no coincide con la encontrada. No era suya la sangre hallada en la habitación de Míriam y es lógico suponer que tampoco le pertenece la del traje de Papá Noel. Bueno. No se va a frustrar. Para otro investigador esto supondría una sorpresa. Para él todas las opciones son esperables, porque confía en la objetividad de los hechos. No, en realidad, si es sincero consigo mismo, sí que le sorprende un poco que no sea su sangre. Le molesta. Desde luego, que la sangre del disfraz y la sangre de Emilio no coincidan es un inconveniente. Se podría decir que lo descarta. Tenían una sola prueba contra él, el disfraz manchado de sangre. Y ahora nada. Les va a tocar trabajar más para entender lo ocurrido. Hubiera sido muy sencillo que coincidieran y que se le pudiera investigar a él directamente como sospechoso principal.

Tiene más información que antes, y sigue sin entender qué le dicen las pruebas. La sangre de Berni, Emilio y Agnes no es la encontrada en la habitación de Míriam. El resto de las sangres sí pueden serlo. Cualquiera de ellos pudo estar en la habitación a la hora de la muerte. Eso si es que la sangre se derramó durante la muerte de Míriam, que parece que sí. Algo debe dar por sentado o se va a volver loco.

Eugenio apaga la música, silencia a Silvio sin siquiera pedirle disculpas. Necesita silencio y claridad. Piensa. Mira sus manos, apretadas en un puño. Está tenso. Tiene que relajarse. Respira hondo. Aún le quedan pruebas por hacer. Su trabajo tan solo acaba de empezar. Tiene las huellas. Y las huellas señalan a una sola persona, que puso su dedo en las gafas. Ya han comprobado que esa huella no es de Míriam. Hay que analizarlas, una a una.

—Bonito desaguisado has montado aquí —dice Richard, a la espalda de Eugenio, en la puerta—. Más te vale dejarlo todo como estaba.

—¿Y eso, Abu? —responde Florencia, convertida en su sombra—. ¿Si no lo hace él te va a tocar a ti, o le vas a dejar toda la limpieza a la abuela, como siempre?

—¿Habéis venido a discutir o queréis saber el resultado de las pruebas? —pregunta Eugenio, y ambos callan.

Eugenio se apoya en la mesa camilla y mira con orgullo su trabajo, aun después de que no le haya dado los resultados esperados. A la ciencia se la venera aunque nos lleve la contraria.

—He terminado de revisar los análisis de sangre —añade.

—La sangre de Emilio no coincide.

—¿Y el disfraz? —pregunta Richard—. ¿Qué cojones...?

—Claro que no coincide —se ríe Florencia—, es de primero de investigador.

—Pues lo podías haber dicho antes, investigadora —dice Eugenio—, que eso sí es de primero de compañera.

—A toro pasado —dice Richard— todos somos...

—¿Una vaca en celo? —responde Florencia.

—Manolete.

—Por favor —tercia Eugenio, y siente que ha heredado el rol pacificador de su madre.

—No rentaba decir nada, no me habríais hecho caso —suelta Florencia con un deje de indignación—, preferí que lo descubrierais vosotros. Si os lo doy todo hecho os apalancáis, y necesito que estéis despiertos.

—No te pases, niña —dice Richard—. ¿Y tú estás seguro de que lo has hecho bien? ¿No los habrás mezclado?

—Estoy seguro, papá. Soy metódico.

—¿De quién es la sangre, entonces? —pregunta Richard y señala la mesa con su bastón, como una extensión de su brazo.

—No lo sé.

Richard se queda mirándolo.

—No lo sabes.

—Puede ser de cualquiera menos de Berni, de mamá y de Emilio.

—Entonces puede ser casi de cualquiera. ¡Menudo éxito, hijo!

Ojeando los libros de la biblioteca, como si no estuviera en la conversación, Florencia ríe.

—Nadie dijo que fuera a hacer un milagro —contesta Eugenio, molesto con la actitud de ambos—. Este hallazgo es firme y sólido. Es el único camino.

Richard expulsa el humo de su vapeador sobre la cara de Eugenio mientras lo mira fijamente a los ojos. Su hijo baja la cabeza sin vergüenza ninguna, no está por la labor de participar en un duelo de miradas.

—No me manches el aire con la suciedad de tus pulmones, papá. Esto es un laboratorio ahora.

—Es lo que es, no lo que quieras que sea. Las bibliotecas son como los inspectores de policía: pese a que se les dé otro uso, su naturaleza permanece intacta, no se puede cambiar ni aunque se quiera.

—Pues no enturbies la biblioteca en la que este inspector va a trabajar, ¿eso lo puedes aceptar?

Eugenio señala las marcas de las huellas que ha recogido anteriormente. Richard las observa como quien se encuentra con un texto en japonés. No sabría ni cómo empezar, seguramente hasta las leyera del revés.

—Has analizado ya la sangre y no ha servido de mucho —dice Richard—. ¿De verdad quieres perder tu tiempo mirando rayajos?

—Suenas como Susana.

—Me alegro, pensaba que tendría la voz más cascada.

—Lol —dice Florencia, disfrutando como si esto no fuera con ella.

Eugenio ni contesta, se limita a sentarse tras la mesa que ha convertido en su escritorio.

—No sé, ¿qué otra cosa podemos hacer? No le veo sentido a seguir con todo ese jaleo de los registros, papá.

—Es ahí donde están las respuestas, hijo. Solo tenemos que ir a buscarlas.

—¿Como con Emilio? Nos ha servido de mucho —ironiza Eugenio.

—¡Boom! Menudo zasca, di que sí, papi.

—No es un zasca —matiza Eugenio, conciliador—. Es la realidad. No sabemos ni lo que buscamos, no hay un arma homicida porque el asesino seguramente usó la almohada. A no ser que haya algo concreto que buscar, lo vamos a cancelar, ¿vale?

—Tengo razones para creer que hay pruebas esenciales para la resolución del crimen escondidas en algún rincón de esta casa —dice Richard.

—¿Qué razones?

—Las mías.

Richard cruza sus piernas y vuelve a expulsar el humo de su vapeador, dando a entender que esas preguntas no van a recibir respuestas.

—Papá…, ¿de verdad? Ya estás como mi hija.

—¡Eh! Un momento, yo no he hecho nada ahora.

—Los dos sois iguales. No entendéis que, si no compartimos la información, no vamos a ninguna parte.

—La información es que sospecho que hay pruebas escondidas. No necesitas saber más, y yo lo único que necesito es que me permitas hacer un registro a fondo. No tendrías que acompañarme, puedes quedarte aquí con las pinturitas esas —dice Richard, señalando las huellas—. Esto puedo hacerlo solo.

—Lo siento, papá. No puedo retener a nuestra familia en el comedor sin motivos.

—Si los dejas salir, van a destruir las pruebas. Y lo sabes.

—A lo mejor podemos pedirles que sigan ahí un rato mientras esperamos el resultado del cotejo de las huellas. Así podríamos registrar solo al sospechoso que encuentre Eugenio —media Ainhoa, que habla cuando hay que hablar.

—Eso lo acepto —dice Eugenio—. ¿Podemos limitarnos a eso? Solo os pido que estéis quietos hasta tener el resultado, ¿es posible?

Richard asiente, pero no dice nada. Se limita a incorporarse de forma fatigosa, cansado por el esfuerzo del día, y se recoloca el cinturón.

—No quiero que te enfades conmigo —continúa Eugenio, que se toma confianzas y apoya la mano en la espalda de su padre —¿Por qué no te relajas, papá? Ya verás como esto lo resuelvo con las pruebas. Ha sido un día largo, la situación es demasiado dura para todos. Incluso para ti. Yo me pongo ahora con las huellas, a ver si nos aclaran algo más. Nos vemos en un rato, si os parece bien.

Y les parece bien y se separan, y la biblioteca se queda en silencio, con el silencio de la música que ya no suena. Eugenio comienza a recoger los test de antígenos, con la sensación de quizá no estar más cerca del asesino, pero desde luego no más lejos.

El turno de Ainhoa

AINHOA

Salimos al pasillo y nos sentimos tan desprotegidos como si estuviéramos a la intemperie. Nos encontramos a cubierto, en un lugar donde cada rincón transmite amabilidad y cercanía y, sin embargo, el espacio nos agrede y nos quiere expulsar. Bah, miento. Es lo que percibo yo, no tengo la menor idea de cómo se sienten Richard y Florencia ahora mismo. Con ellos nunca se sabe, aunque yo diría que no pueden estar contentos: nuestra investigación se ha arruinado en un segundo porque a Emilio le ha salido la carta que le deja libre de la cárcel. Volvemos a la casilla de salida.

Ambos se quedan parados junto a la puerta cerrada de la biblioteca porque no tienen un sitio mejor al que ir. Yo me quedo a su lado porque tampoco lo tengo.

No dicen nada y ni siquiera se miran entre ellos. Por supuesto, tampoco me miran a mí. Se puede decir que tienen los ojos abiertos, pero no ven hacia fuera, sino hacia dentro. Intuyo que por sus mentes estarán circulando las ideas más brillantes imaginables. Ojalá pudieran llegarme a mí. Estoy a su lado, ¿sería mucho pedir que una sola de sus ocurrencias decidiese quedarse conmigo en lugar de viajar directa a sus cerebros? Si las soluciones a los problemas tuvieran un origen concreto en el espacio y se movieran por el aire a la velocidad de la luz hasta materializarse en las cabezas de la gente, ahora mismo estarían pasando justo a mi lado, casi rozándome. Es como cuando la megafonía te avisa de que el tren que te va a llevar a casa no efectúa parada en tu estación. Solo te queda esperar y verlo recorrer las vías a toda velocidad ante tus narices. Aguantas la frustración mientras escuchas el ruido infernal de sus ruedas patinando sobre los raíles y respiras el viento sucio que arrastra a su paso y que agita todo tu cuerpo. Así es como me siento, ¿por qué no se me puede ocurrir a mí la solución del caso?

Viendo que no reaccionan ni tienen visos de hacerlo, trato de sacarlos de su ensimismamiento con la realidad del presente:

—Pues habrá que liberar a Emilio, ¿no?

Richard y Florencia salen a desgana del lugar de privilegio en el que se deben de encontrar. No les gusta escuchar mis palabras, es obvio que no tienen ninguna gana de sacar a Emilio de donde está y tener que soportar sus chistes ridículos y su sonrisa de superioridad al saberse inocente.

—Eres una party pooper, amor —me dice Florencia.

—Que sea inocente del asesinato de mi hija no significa que no sea culpable de ser un gilipollas esférico —me contesta Richard—. Pero sí, habrá que sacarlo de ahí. Yo voy a activar ya la alarma porque viendo cómo está la cosa fuera es obvio que nadie va a salir de casa y menos ahora, que la noche se nos ha echado encima casi sin avisar. ¿Podéis liberarlo vosotras?

—Lo hago yo si quieres, pero me lo tienes que pedir por favor. Más que nada porque literal que es un favor —dice Florencia.

—No estoy de humor para jueguecitos, Florencia. Es lo más práctico, no un favor.

—La excusita de la alarma no se sostiene, abu. Tardas cinco segundos en ponerla. Los hombres de tu edad tenéis unas cosas… ¡No hay que avergonzarse de pedir favores! No eres menos duro por hacerlo.

—Mira, niña, yo no tengo que demostrar que soy duro a nadie, porque no quiero ni pretendo ser… —comienza a responder Richard, cuando se da cuenta de que está perdiendo los nervios y reinicia su respuesta—. Da lo mismo. Por favor, querida nieta, ¿podrías soltar tú a tu encantador tío Emilio?

—Claro que sí, abu. Aunque a lo mejor tardo un ratillo, que primero quiero ir a por el cargador del móvil, que lo tengo en mínimos desde hace horas. ¿Te parece bien?

—Fetén —responde él, tratando de cerrar la conversación.

—Real que tú tardas menos con lo de la alarma que nosotras con lo del móvil..., pero no te preocupes, he dicho que lo haría yo y lo voy a hacer. Y si el tío Emilio tiene que esperar, que espere. Está en el baño, tampoco es el peor lugar del mundo. Si le entran ganas de hacer pis, por ejemplo, está justo ahí. Y también tiene agua. En verdad va a estar mejor ahí que nosotras encerradas en el comedor.

Richard obvia su conversación banal y se encamina directamente a la puerta. Nosotras lo seguimos, sobre todo porque a Florencia le pilla de camino a su habitación para coger su cargador, y yo la acompaño a todas partes como un perrito faldero. Pasamos al lado del baño donde está Emilio, sería muy fácil abrir la puerta y quitárnoslo de encima, pero ellos prefieren dejarle sufrir un rato más y yo no soy quién para decirles nada. Florencia continúa hablando, como si no fuera consciente de que su abuelo no le contesta:

—Yo, si tuviera que quedarme encerrada en una habitación de la casa, creo que el baño sería mi segunda opción. La cocina es la primera, porque tienes la comida a mano, y luego iría el baño. ¿Cuál sería la vuestra?

—Yo me quedaría el día en la cama. O en el salón, viendo la tele debajo de una manta —respondo.

—¿Sin comer y sin ir al baño? Es una locura. Si quieres ponerte cómoda, siempre puedes llenar la bañera, piénsalo. Es un sitio genial para estar —insiste mi chica.

—Espero que Emilio no haya tenido el cuajo de darse un baño de sales mientras estaba detenido —dice Richard.

Florencia se ríe y se abraza a su abuelo. Y él sonríe con ella. ¿Cómo no va a hacerlo? Mi chica derrocha alegría.

Nos alejamos de Richard escaleras arriba mientras él activa la alarma, colocando sus anchas espaldas entre nosotras y los números de la clave, evitando que pudiéramos descubrir la combinación. Mi instinto me dice que es una precaución excesiva, pero la realidad dice lo contrario. No está la situación para fiarse de nadie.

—Me resulta tan raro que active la alarma… —le digo a Florencia—. Más que nada porque el peligro no está fuera, sino dentro.

—Lol. La alarma sirve para protegerlos a ellos de nosotros, y no al revés —me responde—. No es mala idea, ¿eh? Eres brillante.

No lo soy, lo que he dicho era una tontería. Aun así, y aunque sea únicamente por educación, da gusto escuchárselo decir.

—Real que eres brillante —insiste, como leyéndome el pensamiento—. Tienes mucho talento, más del que te atribuyes habitualmente y una cabeza bastante más estructurada que la mía.

—Gracias, pero no hace falta que digas estas cosas. Soy feliz como soy.

—Ya sabes que no soy una simp, hablo en serio. No sabes la de veces que he envidiado tu capacidad para organizarte y clasificar cada detalle del caso en su sitio. Mi mente está más desordenada que mi armario, créeme.

Según me lo dice, entramos en su habitación, que está manga por hombro, como siempre. Llevamos aquí una noche, casi no hemos pisado el cuarto desde que llegamos y ya está inhabitable. Ella es así, un torbellino. Por eso mismo, la afirmación que acaba de hacer es bastante atrevida, su armario no tiene ni pies ni cabeza, así que es difícil creer que su mente sea más caótica todavía. Por otro lado, es de justicia reconocer que, pese al desorden, Florencia se las apaña cada día para encontrar la ropa que busca en cada momento y jamás va mal conjuntada. Como si me demostrara que ese método le funciona, mete la mano debajo de un jersey tirado debajo de la cama y saca su cargador del móvil. ¿Cómo ha podido saber que estaba ahí? Para mí es imposible de comprender, pero mi chica es así.

—Venga, dime qué piensas del caso. Tú trabajas de esto también y muero por saber qué conclusiones estás sacando —me insiste.

Florencia se sienta sobre la cama cruzando las piernas y me mira, esperando una respuesta. Nuestra relación no necesita de validaciones de ninguna clase, aunque admito que me haría ilusión que por una vez la admiración fluyera desde ella hacia mí y no al revés. Es paradójico, en el trabajo lucho por conseguir que me den más voz para exponer mis teorías y, ahora que de verdad hay alguien dispuesto a escuchar, me da reparo hablar. Hubiera agradecido que me avisara con antelación y tener tiempo para preparar una respuesta bien trabajada. En fin, supongo que la vida es así y las oportunidades nunca aparecen cuando las pides, lo hacen cuando le da la gana al universo. Me siento a su lado, aunque yo con los pies en el suelo y la espalda recta.

—Es, sin lugar a dudas, un caso extremadamente complicado y lleno de matices —le digo, ganando tiempo a base de soltar obviedades—. Es evidente que la coartada en cadena, como la has llamado tú, nos lleva a un callejón sin salida.

—Calle cortada. Total —me responde y me regala unos segundos extra para armar mi discurso.

—Por eso, creo que lo mejor es obviar ese problema y pasar a otros asuntos. ¿Sabes cuando tienes una pregunta complicada en un examen y decides dejarla para el final? Pues aquí igual.

Me doy cuenta de que estoy exponiendo mi discurso con el tono ligero de Florencia, seguramente para impresionarla. La verdad es que yo nunca hablaría así delante de Eugenio. Ni siquiera pienso en estos términos, pero a lo mejor ese es el problema. Si utilizara razonamientos tan informales como los de mi chica, quizá podría ser tan genial como ella. Lo dudo, en realidad.

—Luego está el charco de sangre, la otra gran prueba, pero tampoco nos ayuda mucho. ¿Por qué ha aparecido tanta sangre si la víctima no presenta heridas visibles? ¿Tiene algún sentido que ninguno de los sospechosos aparente estar herido? ¿Cómo es posible que el disfraz que llevaba Emilio apareciera empapado en sangre y que luego no sea suya? Es verdad que sabemos que había sangre en el salón, pero al no ser suya tiene menos sentido aún. Son demasiadas preguntas sin respuesta fácil. Tuviste una gran idea cuando sugeriste que la sangre puede estar colocada para despistarnos, eso al menos tendría lógica. El asesino sabe que está matando a alguien bajo el mismo techo en el que están los tres mejores inspectores de Homicidios de España, sería coherente que plantara alguna pista falsa, para confundiros.

—Tres inspectores y tú, que eres una agente excelente. ¡Vaya! Ha rimado. Lol.

—Ya me entiendes. Lo que me incomoda de este asunto es que, si la pusieron allí…, ¿por qué a Emilio? ¿El asesino iría al salón específicamente para colocarle la sangre? Es un poco absurdo. Que ya sé que todos tenemos ganas de que sea él el asesino, pero no hay nada en su contra más allá de ser insoportable, ¿no?

—No es poco. Hay estudios que dicen que un alto porcentaje de los asesinatos son cometidos por personas insoportables —bromea Florencia.

—De todas formas, a lo mejor ese tampoco es el camino y no debemos obcecarnos con encontrar un móvil, o no por ahora. Aunque sean tu familia, tú no sabías cómo se llevaban entre ellos y yo desconozco por completo las dinámicas que hay entre vosotros. Entonces creo que tendría sentido pensar en cómo pudo hacerse… Y tampoco es sencillo de comprender. Emilio asegura que le drogaron y, de ser cierto, eso reforzaría la teoría de que le colocaron la sangre para incriminarlo. Suponiendo que el asesino lo durmió para tener la oportunidad de señalarlo, ahora nos queda averiguar quién pudo hacerlo y cuándo. Y tampoco es sencillo. El caso es que Emilio estuvo haciendo visitas al mismo baño en el que se encuentra encerrado ahora, seguramente para mear todo el alcohol que bebió, y que en el pasillo estuvo Quique al teléfono, y Verónica, Alvarito y Agnes estuvieron moviéndose de aquí para allá toda la noche. Y nadie recuerda que entrara nadie en el salón, nadie que no fuera Emilio.

Florencia reacciona con un ruidito muy suyo. No hay duda de que está emocionada al escuchar mis palabras. ¿Qué he dicho que tenga sentido? ¿He resuelto el caso sin querer? Lo dudo, pero de todos modos no tengo mucho más que decir, así que trato de terminar antes de meter la pata:

—Y yo creo que ahí está la clave. No es tanto si el asesino «plantó» la sangre en el disfraz de Emilio, sino cómo lo hizo. Y cuándo.

Mi chica empieza a aplaudir. No sé si se burla de mí o es sincero. Ambas opciones son muy suyas.

—Eres la GOAT de este caso, amor. No sé cómo no se me había ocurrido antes, pero has dado en el clavo. Todo tiene sentido —me dice.

—¿En serio? ¿Sabes qué ha pasado?

—Me hago una idea. Me falta todavía cerrar un par de detalles, pero sin ti no habría podido avanzar. Estás on fire.

—Ya, bueno, gracias, lo único es que… me sienta fatal admitirlo, pero no sé qué es eso tan genial que he dicho. ¿Me puedes decir de qué me he dado cuenta sin darme cuenta?

Florencia se levanta de la cama de un salto, plena de energía.

—Vamos, tengo que comprobar algo —me dice.

—¿No me lo vas a decir? Tengo derecho a conocer mis aciertos.

—No te voy a spoilear nada todavía. Solo te puedo decir que eres la mejor. Venga, sígueme.

Florencia sale de la habitación sin esperarme y yo la sigo. Como siempre, aunque esta vez casi me choco con ella porque se detiene en lo alto de las escaleras sin previo aviso, llevándose las manos a la cabeza y acompañando el gesto con un gritito corto y agudo, como cuando alguien sale de casa y se da cuenta de que se ha dejado las llaves del coche en la mesilla de la entrada.

—Se me había olvidado lo de liberar a Emilio. Mierda. Mira, vamos a hacer una cosa. Lo libero yo sola y luego bajas conmigo y hacemos lo que tenía pensado, ¿ok?

No sé qué es eso que tiene pensado.

—Podemos liberarlo las dos —respondo.

—Ya…, pero es un marrón. Y es mi tío. Lo hago yo, y mientras tanto tú puedes llamar a tu familia, que no has hablado con ellos todavía, ¿no? Venga, hacemos eso.

Antes de que pueda dar una respuesta, mi chica ya está bajando las escaleras a saltitos. Algún día se va a caer. Y le va a dar lo mismo.

La escucho alejarse y saco el teléfono, con pereza. Hay un motivo por el que no he llamado antes, y es que me da pánico decirles a mis padres que ha habido un crimen y que estoy conviviendo con el asesino, que puede ser cualquiera. Intuyo cómo se van a poner *ama* y *aita*, y no va a ser una conversación agradable. No es que ellos sean particularmente protectores, saben que sé apañármelas y, como no suelo meterme en problemas, nunca les he dado razones para preocuparse por mí... Lo que pasa es que, por lo que sea, algo me dice que todos los padres del mundo se agobiarían en una situación así.

Después de dar un par de vueltas de un lado al otro del pasillo, decido que no puedo relegarlo más y marco el número de *ama*, da un par de tonos y escucho su voz, festiva:

—¡Ainhoa! ¿Qué tal estás? ¡Pensábamos que ya no llamarías!

Ella sigue hablando, pero no escucho una palabra más porque, de pronto, la casa de los Watson se convierte en un guirigay. Otra vez. Es la alarma, como la noche anterior. Desde el piso de arriba suena a todo volumen, no puedes no oírla. Cuelgo a *ama* y bajo los escalones de tres en tres, sin saber quién ha podido abrir. Ni lo sé ni pienso en ello, porque con este ruido es imposible pensar, así que solo corro hacia allí.

Y me encuentro a Alvarito junto a la puerta. Él me mira, desconcertado. Yo miro afuera y cierro. En ese momento sale al pasillo el grueso de la familia, liderados por Richard:

—¡Todo el mundo a cubierto! Niña, aléjate de la puerta —me grita.

Me aparto tirando de Alvarito. Le obedezco porque es su casa y porque utiliza un tono tan firme que es imposible negarse. La mayor parte de los tíos de Florencia, que dos segundos antes habían abandonado alegremente su encierro en el comedor a toda carrera, ahora se echan al suelo y se esconden detrás de los muebles. Richard apoya una mano en su bastón y con la otra saca un arma reglamentaria, o lo que sería reglamentario en el siglo pasado, y la levanta al aire. Eugenio sale de la biblioteca y pega otro grito:

—¡Deja eso, papá! Vas a hacer daño a alguien.

—Hay un asesino suelto, por si no te habías dado cuenta —responde Richard.

Agnes le da una colleja y le quita la pistola de las manos.

—¡En esta casa no se habla de esas cosas! ¿Cómo lo tengo que decir?

—Lo siento mucho, cariño, pero, por mucho que insistas, alguien ha tenido que hacerlo. Y alguien ha abierto la puerta, y no sé por qué. ¿Quién ha sido?

Alvarito se echa a llorar y salto yo en su defensa, no me queda otra:

—Lo siento, Richard, me temo que he sido yo. Se me había olvidado que estaba cerrado, estaba hablando con mi madre por teléfono...

Alvarito me mira, con sorpresa, pero se calla. Es obvio que no quiere cargar con la culpa, y hace bien. Los niños no tendrían que pasar por estas cosas. No sé por qué querría salir al exterior, pero estoy segura de que no escondía ninguna maldad.

—No deberías haberlo hecho, en este momento tenemos que cuidar la seguridad de todos más que nunca, ¿lo comprendes? —me interpela Richard, paternalista.

—Eso es cierto, Ainhoa —me dice Eugenio—. Es un error que no puede permitirse alguien con tu experiencia y formación. Me decepcionas.

Alvarito me agarra de la mano y me la aprieta. Se agradece, me estoy llevando una buena bronca por su culpa. Espero que haya aprendido la lección y con lección no me refiero a no abrir puertas con alarma, sino a que lo correcto es proteger al indefenso, aunque para ello haya que hacer sacrificios.

—Lo lamento, de verdad —les respondo—. No estaba pensando en lo que hacía.

—No ha salido nadie ni entrado nadie, ¿verdad? —pregunta Richard.

—Deja en paz a la chiquilla ya, Richard. Volvamos al comedor —lo reprende Agnes—. No hace falta que contestes a sus preguntas impertinentes de viejo chocho.

—Lo siento, Agnes, pero me temo que es importante que nos lo asegure, para estar tranquilos.

—No ha entrado ni salido nadie, ¡hombre ya! —le responde su mujer, en mi nombre. Y luego me pregunta—. ¿O me equivoco?

—No. Solo he abierto la puerta y no ha pasado nada más. Podéis estar tranquilos —respondo.

Es mentira. No puedo saberlo con certeza, nadie puede, salvo Alvarito, y él no me lo va a responder porque su abuela se lo lleva al comedor:

—Ni caso a tu abuelo, le gusta llamar la atención.

—¿Como a Florencia? —pregunta él.

—Más o menos. No lo había pensado, pero creo que eso lo ha heredado de él —le dice ella.

La familia se aleja de nuevo, cada uno a su sitio; Eugenio vuelve a su laboratorio y el resto regresan a su encierro. ¿Y yo? ¿A dónde voy yo? Mi mente rebobina hasta recordar qué narices estaba haciendo cuando sonó la alarma y me llevo las manos a la cabeza y acompaño el gesto con un gritito corto y agudo. Me doy cuenta de que no he visto a Florencia por ninguna parte. Ni a Emilio. ¿Y si resulta que él era el asesino? ¿Y si ha hecho daño a Florencia para fugarse?

Recorro los pocos metros que me separan del cuarto de baño en dos zancadas y abro la puerta a toda prisa. Por primera vez en mi vida, me alegro de ver a Emilio. Nunca me imaginé que me haría tanta ilusión ver a este hombre sentado sobre un retrete. Al menos lleva los pantalones puestos y la tapa está bajada. Me mira, nervioso:

—¡Ainhoa! ¿Qué ha pasado? Era la puerta, ¿no? ¿Se ha escapado alguien? Eso demuestra que soy inocente —me dice, de forma atropellada.

—Sí, ahora te suelto, la sangre no es tuya y…

Mientras deshago los nudos que lo mantienen retenido, él trata de avasallarme a preguntas, pero yo no lo escucho. No paro de pensar en Florencia. ¿Dónde está? ¿Se habrá fugado? Imagino que pronto tendré respuestas, porque me llama. Termino de soltar al cuñado más cuñado de los Watson, que sale a toda prisa del baño y, cuando estoy a solas, cojo la llamada.

—Ven al salón —me dice Florencia.

Y me cuelga. No se puede ser más dramático que ella. Salgo al pasillo y escucho el recibimiento a Emilio en el comedor. Por su tono de voz, intuyo que está contando uno de sus chistes. Celebro en silencio mi suerte por no estar allí ahora mismo y entro en el salón, donde Florencia me recibe con un beso apasionado. Es raro besarse así estando a dos metros de Juana, pero la inspectora sigue durmiendo, bajo los apacibles efectos del veneno, y, si no le ha despertado la alarma de la casa, no lo puede hacer un beso, por muy apasionado que sea.

—Eres la GOAT, te lo dije. Lo que has hecho cargando con la culpa en nombre de Alvarito es top —me dice.

—¿Cómo lo sabes?

—Porque estaba a tu lado. Ven conmigo, anda.

Por enésima vez, me fuerza a perseguirla por la casa. Y yo la sigo, como siempre. Me lleva a la puerta y señala el perchero, rebosante de abrigos. Debe de haber al menos uno por cada miembro de la casa y tanto Richard como Agnes deben de tener colgados varios. Florencia no se detiene cuando llega y, de un paso ligero, se cuela detrás, pegada a la esquina. No se la ve.

—Estaba aquí. He abierto la puerta y me he metido en un segundo. ¿Qué te parece?

Me cuesta procesarlo. ¿Ha abierto ella la puerta? Y yo defendiendo a Alvarito, desde luego no estoy acertada. Florencia sale de su escondite. Está radiante.

—Mi hermano no me ha visto de milagro, pero me renta que estuviera yendo al baño justo en ese momento, ha quedado de locos, ¿no crees? Tú estabas exactamente donde estaría Míriam anoche, lo que significa que pudo pasar exactamente lo mismo.

Mi teoría es que alguien abrió la puerta, el asesino corrió a esconderse tras el perchero y luego Míriam, que no vio a la persona que entraba, pero sí a la que abrió la puerta, tuvo el detalle de cargar con la culpa. Sin saberlo, decidió proteger a su propio asesino.

Es demasiada información, así que trato de organizarla en mi cabeza.

—Entonces, ¿el asesino no estaba en la casa?

—Bueno, por ahora es una teoría, pero daría lo mismo. Tan culpable sería quien la mató con sus propias manos como quien le dejó pasar. La clave es que de esta manera todo encaja. El asesino pudo esconderse tras el perchero hasta que tuvo vía libre hacia el salón, donde cogió el disfraz de Emilio para pasearse por la casa sin que nadie se diera cuenta de que había un extraño. Las primeras veces sería Emilio quien fue a mear al baño, pero la última de ellas sería el asesino. Pudo pasar delante de Quique y de mi madre sin que nadie pensara que no era mi tío. Es verdad que lo vieron salir y no regresar, pero ¿quién piensa en esas cosas? Ellos estarían a lo suyo. Además, como escuchamos la voz de Emilio viniendo desde este mismo salón cuando sonó el ruido de la lámpara, todos dimos por hecho que el Papá Noel habría vuelto.

—Eso explicaría la coartada en cadena, desde luego. Y que nadie muestre heridas visibles.

—Dilo, reina. La sangre sería del asesino, que solo tuvo que esperar escondido en algún rincón de la casa y, cuando el abu quitó la alarma por la mañana, pudo salir corriendo.

—¿Y quién pudo abrir la puerta?

—Esa es la pregunta. Pudo abrir mucha gente: Verónica estaba por allí, Quique, que hablaba por teléfono, Julia creo recordar que iba camino del baño… y el propio Emilio, que estaba en el salón y que apareció junto a la puerta cuando nosotros llegamos. No sé si te acuerdas de que el abu tenía miedo de que alguien le diera el cambiazo con alguna carta al levantarnos de la mesa y nos obligó a hacerle una foto a la mesa antes de salir. Tardamos demasiado como para saber quién llegó primero. Sea quien sea, Míriam decidió protegerlo.

Las ideas de Florencia son rebuscadas, pero tienen lógica. No me atrevería a afirmar que se equivoca. De todos modos, lo que propone, aunque explica varios enigmas, no soluciona el caso. Seguimos sin saber quién pudo ser el culpable, entre otras cosas.

—Se lo decimos a tu padre y tu abuelo, ¿no?

—¡No! —me grita, y después baja la voz—. No podemos hacer eso. ¿Y si nos equivocamos? Menudo cuadro. Todavía no estoy segura de si es cierto. No tengo pruebas y sí algunas dudas. Lo único que tengo es mi experimento y eso no es nada. Si pudiera encontrar el escondite…, podría demostrar que el asesino vino de fuera.

—Pero en esta casa hay mil escondites posibles.

—Exacto. Además, también me gustaría investigar quién es el asesino, y, para eso, antes tengo que hablar con mi tío Gerardo. A lo mejor mañana lo llamo o le hago una visita a su casa, de tranquis, para cotillear. Una de dos. No sé por qué, pero estoy segura de que está implicado en todo esto.

No me parece una buena idea y no es nada profesional. En el trabajo, jamás osaría esconder información a mis superiores, estamos todos en el mismo equipo. Sin embargo, entiendo que aquí hay tres equipos, y me da la sensación de que los motivos de Florencia para callar tienen que ver con que ella quiere ganar el partido.

—Porfi, amor. Si lo piensas bien, no tenemos nada de nada. Te prometo que, si surge alguna nueva pista en esta dirección, lo utilizamos, pero no merece la pena hacerles perder el tiempo si no estamos seguras. ¿Ok?

Me mira imitando el gesto de un gatito pidiendo comida. Es monísima, no me queda más remedio que aceptar. Si algo me está quedando claro es que lo mejor que puedo hacer es seguirla a donde vaya. Al fin y al cabo, las ideas geniales no llaman a mi puerta y, si lo hacen, se quedan escondidas detrás del perchero, que viene a ser lo mismo.

Las mentiras tienen las patas muy robustas

RICHARD

Richard se refugia en su dormitorio. Si Eugenio ha tomado la biblioteca, él tiene que encontrar su propio centro de operaciones y no hay otro mejor y más tranquilo que este. Se sienta sobre su escritorio, con una pierna apoyada en el suelo y la otra colgando. Es un gesto chulesco, de otra época de su vida.

El anciano inspector aún le da vueltas a la prohibición de su hijo a la hora de registrar los dormitorios. Si hay algo que le molesta especialmente es la educación con la que se lo ha dicho. Interpreta que la aparente suavidad esconde condescendencia y piensa que es absurdo que un hijo muestre paternalismo hacia su padre. Entiende que las motivaciones de Eugenio son buenas. Pensará de manera sincera que su padre está sobrepasado porque es un hombre ya mayor, y porque la muerte de una hija es un hecho que se comprende, pero no se asimila. Richard entiende que Eugenio haya llegado a esa conclusión, aunque es evidente que olvida quién es su padre. Él es inspector de policía, lo lleva dentro y no puede dejar de serlo, no podría ni aunque quisiera. Por eso mismo no puede descansar hasta encontrar al asesino.

Levanta de nuevo su grabadora y habla con ella:

—Las horas pasan y el caso se estanca. No tengo permiso para registrar la casa en busca de los documentos y creo que puedo descartar que Julia sea el Oso Amoroso. Eso no significa que no pueda ser Emilio. Es cierto que la sangre no es suya, pero tendría motivo y oportunidad para ser el Oso. La oportunidad se la da mi hija Julia y sus recursos para acceder a todo tipo de documentos en el hotel. Podría haber conseguido llaves, claves, lo que sea. Su motivación es obvia, si Gerardo sigue adelante con la ampliación de la estación de esquí, los sueños de Emilio de convertirse en millonario gracias a ese whisky asqueroso se desvanecen. El problema es que Verónica se refiere al Oso Amoroso como si fuera una suerte de espía legendario, alguien capaz de poner en riesgo una compleja trama mafiosa a través de chantajes y amenazas veladas, y también desveladas. Intuyo que el Oso es una persona inteligente, fría y carente de compasión, y ese no es Emilio. Tampoco es Julia. ¿Puede ser Verónica?

Según la menciona, Verónica abre la puerta y entra en la habitación. A simple vista podría parecer que la ha invocado al pronunciar su nombre, aunque la realidad es más prosaica que todo esto. Richard la estaba esperando porque le ha escrito un mensaje hace un minuto, pidiéndola que se presentara en su dormitorio.

—¿Qué quieres, Richard? No tengo más información que darte, vas a tener que apañarte con lo que tienes —le dice, con cansancio.

—¿Te han seguido?

—No digas tonterías, haz el favor, que ya no estás para estas cosas. Les he dicho que iba a fumar y nadie ha hecho más preguntas. Solo te importa a ti que salgamos o no del comedor. Venga, dime, ¿para qué me has llamado?

—Siéntate, tenemos que hablar.

Richard utiliza la pierna que tenía levantada para dar una patada a la silla, ofreciendo asiento a su exnuera. Verónica no oculta su hastío hacia Richard y su gestualidad anticuada, pero cierra la puerta a su espalda. Se acerca a Richard y saca un pitillo.

—¿Puedo?

—No, no puedes. Está prohibido en esta casa, ya lo sabes.

Verónica hace caso omiso, pasa de largo de la silla, abre la ventana y enciende su cigarro. Richard no se lo reprocha, él también desobedecería esa orden si no viniera de Agnes. Verónica suelta el humo y se dirige a él, lacónica:

—No tengo nada más que decirte. Es más, ahora me arrepiento de haber hablado antes.

—No deberías, hiciste bien. Es lo único que has hecho bien.

—¿Yo? ¿Soy yo la que hace las cosas mal?

Richard levanta el culo del escritorio y se aproxima a Verónica, para hablar más cerca de ella. Aprovecha para sacar otra vez el vapeador. Se toma su tiempo antes de contestar:

—Te lo acabo de decir, pero, como veo que lo necesitas, te lo repito. Lo único que has hecho bien es hablar conmigo.

—No soy yo la que ha retenido a todos en el comedor y se ha puesto a hablar de registros. ¿Qué ha sido eso? Es obvio que el Oso sabía que hablábamos de él, estás jugando con fuego. Cuando ha saltado la alarma hace unos minutos he pensado que se había acabado todo, que mi hija habría muerto. No te llamé para que nos pusieras en peligro.

—Me llamaste para encontrar al Oso Amoroso.

—Te equivocas otra vez. Te llamé para que, si lo encontrabas, te enfrentaras a él. Si fuera solo por encontrarlo, hubiera llamado antes a mi hija… o incluso a Eugenio. Ya no eres lo que eras, Richard. Mírate.

—Estoy en la flor de la vida. Una flor rara y exclusiva. Deberían exponerme en el jardín botánico.

Verónica apaga el pitillo en la nieve apilada sobre el hueco de la ventana y lo mira de arriba abajo, con lástima.

—Eres una flor seca, Richard. Ya no estás para estos trotes y creo que deberías asumirlo.

—Me lo apunto en la agenda.

Verónica se aleja de la ventana y del frío y, ahora sí, utiliza la silla que antes le ofreció su exsuegro.

—No has encontrado al Oso, ¿verdad? No estás ni cerca. Joder, ¿cómo pude confiar en ti a estas alturas? Qué error…

—El error no es contármelo, es mentirme.

—¿Cómo?

Richard recoge la colilla de Verónica y la mete dentro de un papel. No tiene papelera en su dormitorio, casi nadie la tiene, a no ser que vivas en un piso compartido.

—Mira, si te divierte puedes llamarme anciano, acabado, o incluso tiquismiquis, pero si hay algo que no me gusta un pelo es que me mientan. ¿Qué le voy a hacer? Manías de uno. Ya sabes, los viejos tenemos muchas manías. Y la mentira me molesta especialmente cuando se supone que me están dando información valiosa sobre el caso de la muerte de mi hija.

—¿De qué hablas?

—¿No discutiste con Míriam ayer antes de venir a casa?

Richard vuelve a sentarse sobre el escritorio, manteniendo una posición de superioridad ante ella. Verónica calla, sabe que la ha descubierto.

—Has hablado con Julia, ¿no?

—La verdad puede tener muchos mensajeros, pero es única e inmutable. Discutiste con mi hija Míriam a gritos pocas horas antes de que muriera, y dejaste testigos. Eugenio mismo os vio desde la calle, viniendo hacia aquí. Bueno, te vio gritándole a alguien, aunque él no sabía que era Míriam.

—Yo nunca dije que no hubiera discutido con ella. Por tanto, no mentí.

—¿Eres tú el Oso Amoroso?

Verónica se pone en pie y Richard interpreta que ya está a punto de confesar, si es que tiene algo que confesar.

—Chocheas —le dice Verónica.

—Tienes acceso a los documentos que necesitaba el Oso, la frialdad necesaria para hacer chantajes y, por lo visto, también una motivación para enfrentarte a ellos.

—¿Cómo que la motivación? Discutí con Míriam, pero eso no hace que quiera matarla.

—¿Por qué discutíais?

—Tú estás discutiendo conmigo ahora y no por eso me vas a matar —dice Verónica, evitando contestar a la pregunta.

—¿Por qué discutíais?

Richard golpea el suelo con su bastón y Verónica no contesta. Richard camina alrededor de ella, hablando pausadamente, con firmeza.

—Ya que no respondes, déjame que comente en voz alta una idea que se me está pasando por la cabeza. Es solo una idea. Imaginemos que Míriam te descubrió. Te pilló con las manos en la masa confabulando contra la expansión del hotel y llegó a la única conclusión posible. Que tú eres el Oso Amoroso.

—¡No! ¿Qué dices? ¿Por qué te inventas las cosas?

—Y por eso la mataste.

—Richard, es tarde y empiezas a decir chorradas. Yo me voy. Y tú también deberías. Se acerca la hora de la cena y, si no quieres problemas con Agnes, esta vez deberías poner la mesa a tiempo. A este paso tiene pinta de que te va a tocar dormir en el sofá y ya lo tiene cogido Juana.

—Ahora vamos, no te preocupes. Hay tiempo para todo. Estabas a punto de confirmarme que tú mataste a Míriam.

Verónica le dedica una mirada cansada y se dirige hacia la puerta sin responder. No lo considera necesario. El hombre no deja de hablar, haciendo caso omiso de su performance:

—Es solo una idea, pero sería un plan perfecto, eres la única persona que no iba a venir a la cena, no contábamos contigo. Nadie pensaría que todo era parte de un plan trazado hace mucho tiempo.

—¿Yo planeé la mayor tormenta de la historia de Aragón? ¿De verdad? Tengo poderes, por lo visto.

—Si no hubiera sido Josema, habría sido otra cosa.

Verónica se ríe, frustrada, y olvida su intención de abandonar la habitación durante un momento.

—Sería graciosísimo si no fuera muy peligroso. No puedes pensar eso, Richard. Lo vas a estropear todo. Yo no soy el Oso y, si crees que lo soy, no vas a dedicar tu tiempo a buscar al verdadero. Y necesitas dedicar toda tu atención a esa tarea, porque no lo estás logrando.

—¡Te lo pregunto por enésima vez! ¿Por qué discutíais? —responde Richard, utilizando a su favor el nerviosismo de Verónica para sacar una respuesta.

—Porque era una dictadora, ¿te vale? —contesta ella en un arrebato. Verónica se calma y continúa—. Porque Míriam era la peor jefa del mundo. Yo quería acortar mi jornada en el hotel ante la previsión de que se nos echara encima la tormenta y ella no me dejó. Se empeñó en que cumpliera todas mis horas. Y me dijo que podía venir aquí, que vendría Florencia y estaría con mi hija…, y me enfadé. Mucho. Porque tengo mi propia familia; padres, hermanos, tíos…, todo el pack. Por eso y porque os odio a todos. A todos, Richard. Siempre me disteis pereza y no quería volver a pasar por esto. ¿Es suficiente con esto? ¿Podemos irnos ya a cenar?

Se hace un silencio. Richard se sienta en la silla, satisfecho de haber sacado una respuesta, que ya verá si es sincera o no. No sabe aún qué pensar de Verónica, sigue siendo una sospechosa sólida ante sus ojos, y no está seguro de que le haya contado todo lo referente a la discusión. De todos modos, no gana nada confrontándola directamente ahora. Es mejor que Verónica se sienta fuera de toda sospecha, relajada:

—Nos odias a todos, ¿eh? No sé qué puedes tener contra Agnes.

—No tengo nada contra ella —admite Verónica con culpabilidad—. Me he venido arriba. Tampoco tengo nada contra mi hija ni contra Ainhoa, que es una chica estupenda… Incluso Eugenio es aceptable, pese a que casarse conmigo sin decirme que era gay fue un mal detalle.

—Sí, no me gustó a mí tampoco.

Verónica apoya su mano en el hombro de Richard, lo que le hace plantearse que quizá el paternalismo hacia él se puede estar convirtiendo en tendencia. No le gusta, en cualquier caso.

—No soy el Oso, Richard.

—No tenías que haberme mentido.

—No tenía que haberte dicho nada. Ya no sabes lo que haces y nos estás poniendo a todos en peligro.

En ese momento, el teléfono de Richard suena y se ilumina, mostrando el nombre de quien llama: es Jandro, el esbirro de Gerardo.

—Tengo que cogerlo. Ve yendo al comedor.

—¿Te llama a menudo?

—¿Tú qué crees?

—Joder, Richard. Merezco saber qué es lo que quiere.

—Ya hablaremos, Verónica. Gracias por venir, has sido útil.

Verónica se resiste a marcharse y el teléfono no deja de sonar. Richard espera pacientemente, sin mover un músculo hasta que ella se va y cierra la puerta a su espalda. Es entonces cuando Richard responde a la llamada:

—Hola, Jandro. Feliz Navidad.

—No sé tú, pero yo no estoy para bromas.

—¿Y yo sí?

—No lo sé, Richard. Dímelo tú.

Richard aparta el teléfono de su oreja, había supuesto que Gerardo se lo habría dicho, pero ahora es consciente de que Jandro quizá no sepa que Míriam ha muerto.

—¿Por qué no estás para bromas?

—Richard, no me jodas.

—No tengo interés, no eres mi tipo. ¿En qué puedo ayudarte?

—Te llamo para advertirte. Sea lo que sea lo que estáis haciendo, si es que estáis haciendo algo, dejad de hacerlo. No sabéis con quién estáis tratando —dice Jandro, y cuelga.

Richard vuelve a sentarse en el escritorio, dejando colgar una pierna. Vapea y piensa, piensa y vapea. Y le habla a su grabadora:

—El Oso Amoroso está poniendo nerviosa a mucha gente que no suele estar nerviosa. Están dando palos de ciego y temen que yo pueda estar involucrado. Ya ha supuesto un gran sacrificio cruzar unas palabras con Gerardo después de tantos años de éxito evitándolo, pero no me va a quedar más remedio que rendirle otra visita mañana. No hay nadie mejor que él para ayudarme a descubrir quién es este Oso. En fin, la Navidad une a las familias, ¿qué le vamos a hacer?

Richard baja la grabadora y piensa un poco más sobre el tema. Parecen pensamientos profundos:

—Antes de que salga el sol me paso por su casa. Con un poco de suerte tiene roscón y, si en lugar de poca tengo mucha, lo mismo también tiene té. No caerá esa breva.

Perdido en el laberinto de una huella dactilar

EUGENIO

Laberinto a laberinto, todos diferentes, Eugenio se guía por los surcos de los dedos de sus familiares, como un pitoniso tratando de leer el futuro en las hendiduras de sus manos. Aunque en realidad trata de leer el pasado. Porque del futuro no hay restos, del pasado sí, y todo lo que hacemos queda registrado en la memoria del planeta. O, sin tanto misticismo, dejamos indicios, pruebas, a nuestro paso. Algo tan íntimo y tan desconocido como la forma de los dedos puede cambiar el curso de una investigación. No hay dos iguales. Todos somos diferentes. Y solo uno es el asesino. O dos, tal vez, si hay cómplices. No debería haberlos. Respira hondo. Suena Silvio. Le da fuerzas.

Se encuentra en su lugar en el mundo, sentado a solas tras una mesa, analizando pruebas, observando y catalogando los detalles minúsculos que esconden las grandes verdades. Se va a tomar su tiempo. ¿Quién sabe cuánto puede tardar? Pueden ser horas y no le importa, más bien al contrario, lo reconforta. Cada indicio merece su atención total, su dedicación de artesano y no está dispuesto a renunciar a nada. Se merece este momento de paz después de todo lo que le está ocurriendo.

Pasa por los recovecos de las manos gastadas de su madre, muy distintos a los de las gafas de Míriam; recorre la violencia antigua de las manos de su padre y no hay nada que ver ahí. Se sorprende por la finura de las líneas de Emilio, sinuosas y sutiles, y concluye que tampoco tocaron las gafas. Emilio se puede sentir a salvo pese a haber manchado su disfraz de sangre que no era suya, no se sabe cómo: no tocó las gafas. Las pruebas no mienten.

Eugenio toma aire, bebe un sorbo de té y no se envenena, porque evidentemente el veneno no estaba ahí, y se pierde en los surcos de Florencia, que se entremezclan y llevan a sitios distintos por los mismos caminos. Nada. Los dedos jóvenes y fuertes de Ainhoa tampoco tocaron las gafas, se libra de esta. Siente que se acerca al sospechoso, que ya le van quedando menos dedos, menos manos, y, si la lógica impera, ese dedo marcado en el cristal es uno de los que quedan por revisar. Cualquiera diría que Susana se habría quemado las huellas dactilares, borrando esa herramienta de control por parte del Estado y de la Policía, negando la posibilidad de maniatarla en el sistema. Pero no. Sus huellas son normales. Nada destacable. Bueno, sí, el hecho de que no son las que busca. Una menos. Y de Susana pasa a Julia, de una hermana a otra, y ambas le dejan huella, ¿qué tendrá él de sus hermanas? ¿Qué dirán ellas de él? ¿Cómo verían sus huellas, sus dedos, su personalidad? La huella de Julia se ha impreso con fuerza, hubo que pedirle que la repitiera, que no empapase tanto el papel, porque unas líneas se mezclaban con otras. Y lo hizo de nuevo y casi no tocó el papel, y movió el dedo y se emborronó, así que lo hicieron una tercera vez, que sirvió, también marcada con fuerza y decisión. No es ella. Quedan tres, sin contarse a sí mismo. Javi, Berni y Quique.

Con miedo, mucho miedo, Eugenio mira la huella de Quique y piensa en su marido de nuevo como un posible asesino, no como un amante, como un apoyo, como un amigo, y revisa su rastro, sus líneas, esa huella que se ha posado tantas veces en su propio cuerpo, acariciándolo, apretándolo, palpándolo, y eso es lo que desea pensar, en esas manos como deseo y como sostén, no como peligro, y se da cuenta de que no conoce esa huella, sabe de memoria su número de teléfono, su DNI, su fecha de nacimiento, pero no su huella única, que lo separa del resto, y no, tampoco él tocó las gafas, y menos mal. Se gana otro trago de té. Es de noche.

Hace tiempo que se fue el sol, pero es indudablemente de noche. Berni o Javi. O el imposible. O el error.

La huella de Javi es pulcra y es joven, firme, concienzuda o crédula según se mire, un laberinto que parece un jardín afrancesado, el Versalles de las huellas, todo ordenado, y es increíble cómo pueden coincidir la huella y la personalidad. Eugenio se para un segundo a pensarlo. Después de tanto tiempo revisando huellas lo daba por hecho. ¿Acaso nuestra personalidad incide en todo lo que somos, en todo lo que nos representa y nos hace personas? ¿O es la forma íntima de nuestras huellas lo que nos hace ser lo que somos, lo que influye en nuestra manera de sentir y de pensar? Y no, claro que no coincide con la huella de las gafas.

Queda Berni. Si la huella no es suya, ¿de quién? Pero ¿Berni puede ser el asesino? Hay que escuchar a su huella. Y la huella habla despacio, como todas, línea a línea, de fuera a dentro, y es una huella interesante por lo impredecible. Tan impredecible que es la misma huella que hay en las gafas, y por tanto, se puede afirmar que Berni tocó ese cristal con su dedo gordo y a Eugenio no se le ocurre nadie que pudiera predecir este resultado. Pero la ciencia es la que es.

Berni estuvo en la habitación de Míriam y tocó el cristal de sus gafas con el dedo pulgar.

Berni es el principal sospechoso del asesinato de Míriam.

Pero la sangre no es de Berni.

¿Puede ser de Susana o de Javi? ¿Un crimen de esa parte de la familia? Tal vez su mujer o su hijo matasen a Míriam, quedando heridos por un arma blanca cuyo paradero es desconocido, y él los esté encubriendo. No se entiende, en ese supuesto, por qué tocó las gafas. Quizá se agachó para tomarle el pulso a Míriam en el cuello, una vez asesinada, para confirmar su muerte, y a ella se le cayeron las gafas en el acto, y él las cogió y trató de ponérselas, tan buen tipo como es, antes de darse cuenta de que ya nunca más iba a usarlas. Es una idea extraña pero factible.

O bien es el asesino. Se hace raro. Un tipo tan entrañable, que siempre saluda. Y, si es el asesino había alguien más en la habitación, alguien que está herido y que sangró.

Apaga la música. Afuera es noche cerrada. ¿Han cenado? No lo recuerda. Ni siquiera sabe si tiene hambre. Mete ambas huellas en un sobre en el que escribe su nombre, la dirección y la fecha y la hora, las diez y cinco de la noche del 25 de diciembre. Hora de dormir en Inglaterra. Ha pasado casi todo el día de Navidad trabajando. Se descubre cansado, le pesa todo el cuerpo y sabe que aún queda mucho que resolver. Y no soporta la idea de enfrentarse en este momento a las ocurrencias de su hija o a la violencia de su padre. Pero trabaja con ellos y tiene que comunicarles su descubrimiento.

En el salón, toda su familia está sentada a la mesa, con las ensaladeras llenas y los platos aún vacíos. La mirada de Eugenio se dirige a Berni, que mastica un pedazo de pan con sobrasada, con la boca cerrada, y una pequeña mancha de grasa le cae por la comisura del labio. Se la limpia rápidamente, la esconde. Podría ser el acto de una persona culpable. O de alguien que ha empezado a comer antes que el resto.

—Te hemos llamado, cariño —dice Quique—. ¿No nos has escuchado?

—No he oído nada.

Quique acaricia el brazo de Eugenio, que se apoya en el respaldo de su silla.

—Hemos dado por hecho que estabas muy metido en tu trabajo y estábamos a punto de cenar sin ti.

—Has venido atraído por el olor, ¿a qué sí? —dice Emilio, disfrutando de su reciente libertad—. Cuando aprieta el hambre se agudizan los sentidos que da gusto, ¿o no?

—¿Te pongo un plato? —dice Agnes—. Tienes tiempo para comer ahora con nosotros, ¿no?

—No lo sé.

—¿No lo sabes?

—Papá, ¿me puedes ayudar? Ya tengo los resultados.

Su semblante es firme y Richard comprende que el momento va a ser complicado. Se pone en pie con diligencia y se sitúa detrás de su hijo. Todos los miran, dejan los cubiertos, las servilletas y los vasos. Esperan al nuevo veredicto, en completo silencio. Ya saben cómo va. Emilio coge aire y no parece que lo suelte. La situación le trae malos recuerdos. ¿Y si vuelven a por él? No le ha dado tiempo ni a comer caliente, no va a poder disfrutar de su última cena. Pero Eugenio, seguido de Richard, pasa de largo y se sitúa junto a Berni. Eugenio teme que la situación se complique, que Berni monte un escándalo, que no se deje detener. Sabe que su padre está deseando que ocurra y verse obligado a poner al principal sospechoso del asesinato de su hija a inspeccionar el parquet con un golpe de su bastón. Por suerte, eso no sucede, no por ahora, y Eugenio se queda, de hecho, muy contento con la expresión que se le ha ocurrido, piensa que a su padre le gustaría decir eso de inspeccionar el parquet.

—Bernardo Junquera, estás detenido por el asesinato de Míriam Watson.

—¿Yo? No la he matado, tiene que haber un error. ¿Por qué me detenéis?

—Tus huellas estaban en las gafas de Míriam —dice Eugenio—. Tenemos que detenerte, Berni.

—Ni siquiera sabía que Míriam llevara gafas ayer. Pero respeto mucho tu trabajo, el de los tres, y entiendo que no es sencillo, os ayudaré en todo lo que pueda y colaboraré para resolver el malentendido.

Berni se levanta y echa las manos hacia atrás, para que Richard se las pueda atar, usando unos cordones como hicieron con Emilio.

—Pero ¿cómo vais a detener a Berni? —dice Agnes—. Estoy segura de que es inocente. Lo conocemos desde siempre, y es un amor.

—No podemos saberlo. No sería la primera vez que detenemos a alguien por error. Pero por ahora es así. Si nos equivocamos, mala suerte.

Susana no dice nada. No mira a su marido a la cara. Javi sí lo hace, sus ojos muestran odio, decepción. Sus reacciones carecen de sentido para Eugenio. Están deteniendo a su marido, a su padre. Y no son gente de quedarse callada ante las injusticias. Qué menos que gritar, que patalear, que porque me están sujetando que si no yo les arranco la cabeza. Eso sería lo normal en Susana, y quizá también en Javi. Aunque con Javi sería distinto, a él no podrían sujetarlo. La familia al completo observa la procesión salir de la habitación, salvo Florencia, que se pone en pie y los sigue. Hace señas a Ainhoa para que los acompañe.

—Tú mejor quédate aquí, Ainhoa —le dice Eugenio—. Y controlas un poco la situación mientras acabamos con este asunto.

La chica mira a Florencia, que se encoge de hombros.

—Así al menos podrás ir cenando —dice ella.

Los tres inspectores escoltan a Berni en dirección al baño del pasillo. Eugenio reflexiona sobre esta nueva fase de la investigación. Tienen que interrogar a varias personas. Tienen que registrar la habitación de Berni. Eugenio se pregunta si esta vez habrán acertado o no y si tienen ya al asesino. Pero también se pregunta cuándo y qué va a cenar, y cuándo podrá acostarse un rato.

—Qué canteo —le dice Florencia—. Aquí hay mucho que rascar. Y estoy convencida de que Berni no es el asesino.

Una certeza que es mejor no saber, una duda que hay que comprobar

AINHOA

Las cenas del día de Navidad suelen ser bastante aburridas. Al menos en mi familia. Todos se han dicho ya lo que se tenían que decir y no queda claro si todavía es noche de celebración, o si es momento de descansar y estar cada uno a su aire. Esta ha sido aún peor. Algunos estamos todavía asimilando la noticia de que Berni es el principal sospechoso, aunque su mujer y su hijo no parecen muy afectados. Teníamos que estar juntos en familia, después de la desgracia, y no habíamos podido decir chascarrillos ni ponernos al día. A mí no me conocen. Si hubiéramos tenido una Navidad en condiciones tal vez me habrían hecho las preguntas típicas, si estoy viviendo con Florencia, si vamos en serio, si queremos tener hijos, a qué se dedican mis padres... Pero no ha ocurrido y se da por hecho que no va a ocurrir y hemos pasado directamente al momento incómodo en el que a todos nos sobra el resto de las personas y queremos estar solos, ver una serie, escuchar música, leer un libro y cagarnos en la Navidad al menos hasta el año que viene.

Al final me he atrevido a llamar a mi familia y no ha sido para tanto. Sencillamente no se lo creían. *Ama* no ha parado de preguntar si podía salir de aquí de algún modo. Y yo lo haría encantada, me iría con Florencia muy lejos, pero no solo tenemos que resolver el caso, es que, además de todo, soy sospechosa. Cuando mi chica se ha ido con Richard y Eugenio nos hemos quedado en silencio y hemos comido lo que nos entraba. Ni siquiera estaba bueno. Picoteo y restos. Las albóndigas del táper que ha utilizado Eugenio para guardar pruebas. Pan de ayer con cosas. El plato con mayor elaboración era una tortilla francesa con queso y tampoco sabía del todo bien. Esta gente se empeña en cocinar con mantequilla en lugar de aceite y no estoy acostumbrada. Y eso que Agnes es maña de toda la vida.

Así las cosas, he agradecido infinito a Florencia que me salvase de la mesa y que me permitiese ir con los inspectores Watson a ver qué ocurría. Y lo que ocurre es que no han encontrado nada en el registro de la habitación de Berni y que a mi novia no le convencen las pruebas y necesita algún apoyo.

Nos alejamos por el pasillo hacia el salón, donde aún duerme Juana, y hablamos susurrando, conspirando. Y eso que somos los buenos.

—Hay que liberar a Berni, pero no me escuchan. ¿Tú qué piensas, Ainhoa?, ¿te parece normal tener al hombre atado en un baño? ¿Crees que sería capaz de matar a una mosca? Díselo, amor.

—Es una situación difícil —digo yo, tratando de no decir nada. No me corresponde tomar ese tipo de decisiones.

—Yo estoy de acuerdo en que Berni no ha podido hacerlo solo, la sangre no es suya, pero algo ha hecho, donde hay huella hubo dedo —opina Richard—. Y lo digo yo, que no soy un fanático de los forenses, ya lo sabes.

—No puede ser que las pruebas solo te sirvan si respaldan tus intuiciones, Florencia —señala Eugenio, paternalista.

—¿Por qué no? Apoyémonos en lo que nos sirva y desechemos el resto, no estamos para perder el tiempo.

—El trabajo policial no es así. No me he pasado toda la tarde mirando manchas de tinta para que las descartes porque no sale el sospechoso que te interesa.

—Venga, no las descarto. ¿Cómo puedo convenceros de que no ha matado a Míriam?

—Explícanos cómo han llegado sus huellas a las gafas —responde Eugenio.

—No puedo.

—Entonces es sospechoso, nos guste o no. Y hay que investigarlo —dice Eugenio—. Y es cierto que la sangre no es suya, así que actuó con alguien. Ese es el camino que debemos seguir. Nuestros primeros sospechosos, por lógica, tienen que ser Javi y Susana, que son los más cercanos a él y los únicos que pudieron convencerlo de hacer algo así.

—Porque la sangre solo puede ser de alguien de dentro, ¿no? —pregunto yo.

Prometí a Florencia que no diría nada sobre sus sospechas hacia el intruso que entró por la puerta o el descubrimiento de la sangre en el salón, pero nada me impide darles pistas.

—Ya lo hemos hablado, amor. Nadie podría evitar la alarma —me explica Florencia, y me advierte con una mirada que no diga nada más.

—Yo creo que ya es hora de presionar a los sospechosos y averiguar qué motivos pudieron tener Berni, Susana o Javi para matar a Míriam. Tenemos que interrogarlos, revisar sus cuentas... apretarles las tuercas, en general—indica Richard.

—Desde ya os aviso que no os va a gustar lo que estáis buscando, darlings —nos dice mi chica.

—Otra vez con esto. ¿Nos estás ocultando cosas, hija? —pregunta Eugenio—. ¿Sabes algo que no hayas compartido con nosotros?

—Tengo una certeza que no queréis conocer y una duda que necesitaría comprobar —responde Florencia.

Ahora mismo agarraría a mi chica de las solapas y la zarandearía hasta que abandone su secretismo. Lo peor de todo es que algo me dice que no solo oculta datos a Eugenio y Richard, me da que hay mucho que yo todavía no sé. Parece muy segura del asunto de las huellas, ¿qué sabe ella que desconocemos el resto? ¡Qué rabia me da!

—No podemos actuar solo confiando en ti, hija. Tienes que darnos algo.

—Oki doki. Entonces, si queréis hablamos con Susana, con Javi y con Berni, vamos al cuarto de Míriam a recrear cómo pudo ocurrir y, cuando veáis que tengo razón, pasamos a otra cosa. Pero ya os digo que no os va a gustar. ¿Es eso lo que queréis?

—Es lo que quiero, lo que necesitamos y lo que hay que hacer —dice Richard.

—Si estamos todos de acuerdo, hagámoslo. ¿Primero Berni? —pregunta Eugenio.

—Susana, sin duda —afirma Richard—. Y luego el niño. Berni para comprobar lo que digan después.

—Y me dejáis a mí llevar el peso y terminamos antes, ¿vale? —dice Florencia.

—No, lo hago yo, que es lo mío —replica Richard, sin dudarlo—. Llevo cincuenta años sacando información a gente. Hijo, díselo.

—Lo tendría que hacer yo, pero, como no me vais a escuchar, prefiero que lo dirija Florencia —concluye Eugenio—. Lo siento, papá, pero, si no lo hacemos así, ella es capaz de no decirnos lo que sabe.

—Vosotros veréis —concede Richard, rindiéndose de manera definitiva—. Pero lo hacemos ya, que me temo que esta noche ni ceno ni duermo.

Pobre hombre. Cualquiera diría que se va a quedar dormido sobre el bastón. Pero allá que vamos, de nuevo al comedor, donde se hace el silencio al llegar nosotros. ¿De qué hablarían cuando no estábamos? ¿Hablarían? Nadie se ha ido a dormir y eso que dicen que son ingleses y que se van a la cama temprano. Esperan nuestros siguientes pasos, tal vez nuestro veredicto, están a expensas de nosotros para conocer la verdad. Qué vulnerabilidad.

—Susana, ¿puedes acompañarnos a la biblioteca, por favor? —le pide Eugenio—. Queremos hacerte unas preguntas.

—Yo no tengo por qué responder a nada. Soy tu hermana, Eugenio, no eres mi superior ni mi jefe ni nada.

Me suena al típico «tú no mandas» de cuando éramos niños. Supongo que con los hermanos nunca terminamos de ser mayores del todo.

—Te lo estoy pidiendo por favor. Sé que no soy ninguna figura de autoridad.

—¿Qué es una figura de autoridad, papá? —dice Alvarito, a punto de quedarse dormido, sentado sobre las piernas de Quique.

—Nada, Alvarito, una tontería. Un señor que manda mucho.

—Entonces sí que eres una figura de autoridad a veces.

—Puede ser. Pero no con la tía Susana.

Eso parece convencer a Alvarito. Y a Susana.

—Voy, voy —nos dice, como perdonándonos la vida—, vaya numerito os habéis montado para convencerme. Os ayudo, pero con la condición de que os comprometáis a ayudarme a encontrar mi tarjeta ionizada.

En la biblioteca yo me siento en el suelo, apoyada contra las estanterías porque no hay suficientes sillas y estoy cansada, al lado de Susana. Al otro lado están los tres policías mirándola como si fuera solo una conversación y siendo consciente de que es un interrogatorio. Yo no cabía junto a ellos, y no me parecía razonable estar cuatro frente a una.

—Es muy extraño lo de la huella de Berni, ¿verdad? —dice Eugenio, siempre tan conciliador.

—Sí, puede ser extraño, si crees en que se puede identificar a alguien usando las huellas. Porque eso es una mentira y lo sabes. Todos tenemos huellas muy parecidas y además nos van cambiando con los años. Es una herramienta de control del Gobierno.

Eugenio suspira, creo que ya se acuerda de que habla con Susana, y eso no parece sencillo. Florencia parece estar disfrutando más, juega con un bolígrafo, pasándolo entre los dedos de la mano como si supiera hacer trucos de magia que en realidad no conoce.

—Hacía mucho que no veíais a Míriam, tú y Berni, ¿no? —dice mi chica.

—Yo no la veía desde hace muchísimo tiempo, como a ti, Florencia. O más.

—He crecido mucho desde entonces, ¿verdad? De niña jugaba a resolver crímenes y aquí me tienes. Y Berni tampoco veía a Míriam desde hace años, claro —añade Florencia, como si no fuera relevante. Eso significa que lo es.

—Supongo. No controlo a quién ve y a quién deja de ver, yo no soy ninguna figura de autoridad para mi marido.

—Ni él para ti, hermana.

—Nadie es una figura de autoridad para mí, sobrina.

Florencia suelta un gritito de los suyos y se le cae el bolígrafo sobre las piernas. Tan grande es su emoción al escucharla. Lo recoge y sigue jugando. Es una persona adulta y no lo es.

—Nunca os habéis llevado mal, que yo recuerde, más allá de que se fuera con Gerardo y perdierais el contacto —dice Eugenio.

—Ninguno de mis hijos os habéis llevado mal entre vosotros.

—Bueno, abu, a ver…

—¿Qué tendríais tú o Berni contra ella? —pregunta Eugenio.

—O Javi, no lo olvides —completa Richard.

—Es verdad, Javi quería trabajar con Gerardo y Míriam no lo ayudó mucho —dice Eugenio.

—Le dio tremendo zasca, si no recuerdo mal —corrige Florencia.

—¿Queréis dejarla hablar? —pregunto yo—. Que para eso la habéis traído.

A Florencia se le vuelve a caer el bolígrafo de la sorpresa de que yo les corte la mala educación y, cuando va a recogerlo del suelo, Richard lo lanza al otro lado de la habitación con un golpe de bastón. Y no me parece mal, me gusta verla jugar, pero también puede llegar a agotar.

—¿Y qué queréis que os diga? —contesta Susana—. ¿Que éramos íntimas y que Míriam era una persona estupenda? Pues, mira, no era la mejor hermana del mundo, pero tampoco la peor.

Florencia se levanta y cruza la sala en dirección al bolígrafo, obstinada como es ella. Lo recoge, agachándose sin flexionar las piernas, como una pin-up de las de toda la vida, y me guiña un ojo. En realidad, la adoro.

—Hay una cosa que no entiendo, bueno, no la entiendo yo ni creo que la entienda nadie de los que estamos aquí —dice Eugenio—. ¿Podrías explicarnos por qué no te ha ofendido que detuviéramos a Berni? Se supone que lo quieres, que estáis muy unidos.

—Eso son cosas tuyas.

Florencia se queda quieta, al escucharla, haciéndose la sorprendida. Eugenio tampoco sabe qué decir. Creo que Richard está a punto de quedarse dormido. Sigue con gesto de hombre fuerte, porque él es así, pero sospecho que en su cabeza solo hay cansancio.

—¿Son cosas mías que lo quieres y estáis muy unidos, o que no te ha molestado? —pregunta Eugenio—. Yo admito que esperaba que tirases la cena al suelo cuando he pronunciado su nombre.

—Soy una persona civilizada y la procesión va por dentro.

—¿Y por qué no pareces muy triste tampoco por la muerte de Míriam? —dice Florencia—. Pareces triste, un poquito, pero enfadada sobre todo.

—Expreso así mis emociones, lo que pasa es que no me conoces tanto, sobrina.

—¿Y por qué crees que Javi tampoco ha reaccionado con la detención de su padre? —insiste Florencia.

Noto a mi chica entrando en su zona de confort. Ya se acomoda en el sillón, como hace ella, meneando el culo como tratando de hundirse en el asiento, levantando los pies del suelo. Ya no la van a parar en este interrogatorio.

—No lo sé —dice Susana—, no soy mi hijo.

—¿Cómo crees que llevó él que Berni tuviera una aventura con Míriam? ¿También se enfadó, como tú?

Eso era. La bomba que estaba preparando. La certeza que su padre y su abuelo no iban a querer descubrir. Los ojos de Richard se han abierto de verdad. Eugenio ha sonreído al oírlo, como si no lo entendiera, como si no lo creyera y pese a todo tuviese todo el sentido del mundo, y aún sigue sonriendo como un bobo. Y Susana, ¿qué hace? Quieta, congelada en la silla, mirando al infinito. Solo Florencia se mueve, juguetona, activa, dando golpecitos con el bolígrafo en la mesa camilla, como una concursante de un programa de la tele después de acertar una pregunta y esperando la de los muchos millones. Y la situación está muy bien hasta que Susana salta de la silla y se enfrenta a Florencia. Ni que decir tiene que me toca levantarme y sujetarla para proteger a mi novia, por mucha razón que tenga Susana en enfadarse.

—No te voy a consentir que hables así de mi marido, de mi hermana y de mi hijo, niñata.

—Pero es verdad, ¿o no es verdad?

—Niña, esta es una acusación muy grave. ¿Puedes explicar por qué has llegado a esa conclusión? —interviene Richard. Para según qué generaciones puede ser un asunto casi tan serio poner los cuernos a tu pareja como matar a alguien.

—Y no vale responder con conjeturas, hija. Es momento de darnos algo —añade Eugenio.

—Pufff, ¿por dónde empiezo? —dice Florencia, y me mira—. A ver, lo primero de todo, tenemos que confesar que Ainhoa y yo sabemos algunas cositas que era mejor no decir…, como que la abuela encontró un montón de sangre esta mañana en el salón y, en lugar de decírnoslo, se puso a fregar como una loca para que nadie lo viera.

—¿Cómo? ¿Es esto cierto, Ainhoa? —me pregunta mi jefe, responsabilizándome del secreto.

—El salón apestaba a vinagre y limón, y hemos visto el cubo de la fregona, en la cocina —respondo—. Estaba rojo de sangre. Agnes lo ha confesado.

—¿Por qué? Ella no ha participado en el crimen —afirma Richard.

—¿Tienes pruebas de eso? —pregunta mi chica, tensando la cuerda.

—Yo, como tú, también tengo una certeza que no puedo explicar, y es que quien se atreva a acusarla de algo se las va a ver con mi puño derecho hasta perder el ojo izquierdo —responde Richard, y se luce con la frase, supongo que podría ser cualquier ojo, pero el hombre ha buscado la musicalidad, y no lo culpo. En cualquier caso, el mensaje ha llegado con claridad.

—Chill, abu, ya sabemos que no ha sido ella. Pero no creo que nadie dude de que la yaya sería capaz de encubrir a cualquiera de los que estamos aquí. Bueno, no a cualquiera. Especialmente a un nieto u a otro de sus hijos… o hija. ¿Verdad, Susana?

—No sé de qué hablas.

—Claro que no, y no mientes —dice Florencia, sin mostrar un ápice de ironía—. No sabías que habías pintado de rojo el suelo del salón con las huellas de tus preciosos zapatos de tacón. ¿Cómo lo ibas a saber? Ni siquiera viste el charco, era de noche y no encendiste las luces para no llamar la atención. Y tampoco te enteraste de nada al quitarte los zapatos porque las suelas también son rojas. Imitación de Louboutin, ¿verdad?

—No sé si son imitación de nada, son bonitos.

—Me juego mi entrada para el concierto de BTS a que, si fuéramos a verlos ahora mismo, podríamos comprobar que aún están manchados de sangre, pero no hará falta, ¿no?

Susana ya ni confirma ni desmiente, solo asesina a su sobrina con la mirada.

—Lo importante aquí es que la yaya sí que sabía que tú eras la única que llevaba tacones ayer, así que no tuvo problemas en identificar de quién eran esas huellas y pensó que podías haber cometido una estupidez, pero también tenía la certeza de que tú no podías haber matado a tu hermana, por el mismo motivo por el que el abu sabe que la yaya es inocente. Por amor. No quería que te detuviéramos y te protegió, como haría cualquier madre.

—Todo esto es muy cuqui y muy díver, pero no tiene nada que ver con tu acusación. Berni nunca me ha puesto los cuernos —dice Susana.

—¡Buen dato! Ahora viene la fantasía. Es un error de lo más tonto. Yo lo descubrí porque en el salón no había nada fuera de lo normal. El suelo estaba perfectamente limpio, con todas las pruebas que pudiera haber ahí destruidas —dice Florencia, y veo a Eugenio suspirar—. Nada fuera de lo normal…, salvo una cosita. Había un regalo cuyo envoltorio de papel había sido abierto y vuelto a cerrar. Un regalo destinado a Berni, para ser más precisos.

Susana baja la cabeza, admitiendo su culpabilidad.

—En cuanto lo vi supe que era para Berni porque estaba en la pila con el resto de sus regalos… y porque su nombre estaba escrito sobre el papel que lo envolvía. Y reconocí la letra, era la misma que había en la carta de la escena del crimen, la letra de Míriam.

Me cago en la mar. Yo he visto lo mismo que ella, ¿por qué no me entero yo de estas cosas?

—Y por eso supe que fuiste tú. ¿Qué otra persona podía tener interés en abrir el regalo que Míriam le hizo a Berni? Podría haber sido el propio Berni, pero la yaya no se habría tomado tantas molestias en protegerlo a él, por mucho que sea un amor. No, tenía que ser alguno de sus hijos o de sus nietos. ¿Y cuál de ellos podría estar interesado en el regalo? ¿Por qué justo ese y no otro? Si además era un libro, que no daba nada de curiosidad. Pensé que tendría que haber una relación entre ellos dos que no conociéramos, porque nadie querría stalkear el regalo entre dos personas casi desconocidas. Ahora, si fueran dos amantes…, ¡menuda fantasía! La cosa cambia. Y entonces pensé que había algo muy random en vosotros dos. Estabais muy serios y pasasteis mucho tiempo hablando a solas en la cocina. Era obvio que había beef entre vosotros y que tenía que ser por algo que había pasado aquí, porque no estabais así desde el principio, para nada. Cuando te pregunté sobre esto me dijiste que era porque habías perdido el colgante con tu tarjeta, pero eso no explicaba que Berni estuviera tan afectado; me daba la vibra de que era algo mucho más heavy. Y me acordé de que tu actitud hacia él cambió de golpe desde el momento en que llegó Míriam. Ni antes ni después. Cuando llegó Míriam. A partir de ahí le empezaste a tratar fatal y todavía sigues. Tendrías que verte… Al pobre no le permites ni que te dé la mano.

—Me puso los cuernos con mi hermana, ¿tú qué hubieras hecho?

—Joder —dice Richard, aceptando que Florencia tenía razón. No quería descubrirlo.

—Pero es nuestra vida, no la tuya —continúa Susana—. Y, si te informaras antes de hablar, sabrías que eso ya se acabó hace un tiempo, que no hay que remover las mierdas del pasado, porque te manchas igual.

—Yo he avisado, ¿eh? No quería decirlo, han sido ellos, que han insistido.

—Que no se entere la abuela, no necesita saber nada de esto —acierta a decir Richard.

—Pero entonces todo tiene sentido, Javi o Susana pudieron matar a Míriam, o incluso Berni. Hay un móvil —dice Eugenio.

—Hay un móvil, pero no suena —responde Florencia—. Ya lo verás, papá, no te adelantes.

—Un móvil es un móvil y hay que investigarlo, ya veremos si suena o no.

—¿Sabes lo que pienso de los móviles que no suenan? Que deberían volver los politonos. En mi generación no hemos tenido, y los merecemos, en verdad.

Ahí se ha crecido mi chica. Por ahora sus extravagancias las dejan pasar con una mueca, un apretar de los labios, como acaba de hacer Eugenio, y un seguir adelante. Espero que la cosa no cambie y empiecen a responder de malas maneras. ¿Qué politono tendría Eugenio en el móvil? ¿La Oreja de Van Gogh? ¿Amaral? Quizá Silvio Rodríguez, ahora que lo pienso.

—¿Por qué iba a matar yo a Míriam? Si acaso mataría a mi marido, ¿no? Es él quien me puso los cuernos. Con ella dejaría de hablarme y punto.

—Y así fue como ocurrió —interviene Eugenio.

—Exacto, Eugenio, eres un lince.

Me fijo en mi jefe y lo veo suspirar. Es una pena, con lo que le gusta su trabajo, cuando está cerca de su padre y su hija lo pasa fatal.

—Qué horror —dice Richard—. Mis niñas.

—Y esta era la primera vez que os veíais desde que pasó lo que pasó —aventura Florencia.

—Yo sí, Berni creo que también.

—¿Se pudieron reencontrar ayer y que se reavivase la llama? ¿Es posible que un impulso irrefrenable los llevase al uno junto al otro?

—No, no me parece. Qué peliculera eres.

—Una, que es policía, pero podría ser influencer.

Florencia pone morritos y Susana sonríe, por educación, supongo. Tengo la sensación de que otra persona se asustaría y mentiría en este momento, pero Susana no tiene miedo a que la metan en la cárcel, o bien no es consciente de lo sospechosa que resulta su situación y habla sin tapujos sobre lo que sea que le pregunten.

Eugenio carraspea y se pone firme, serio y profesional:

—Muy bien, por recapitular, os reencontráis años después de que tu marido te fuera infiel con ella, os dais dos besos, comentáis cualquier cosa sin importancia, Míriam rechaza contratar a tu hijo y a la mañana siguiente aparece muerta, con una huella de tu marido en sus gafas. ¿Me dejo algo?

—Que yo no la maté. Estaba con Berni en la cocina cuando pasó todo, precisamente hablando de esto. Es lo que ha dicho tu hija, por eso tardé tanto en tomarme el chocolate. Y nos vio mamá, que estaba limpiando el baño por el desastre que había hecho tu hijo con el ambientador, y nos vio tu exmujer, que estaba fumando en la escalera. Yo no fui.

Richard suspira, siempre llegan al mismo punto:

—¿Y sabía Javi lo de la aventura?

—No lo sé. Por mí no, yo nunca lo hablé con él.

—Pues habrá que saberlo —afirma Eugenio.

Y así, tal cual empezó el interrogatorio a Susana, se termina. Son casi las once de la noche y estamos todos agotados. Pero llamamos a Javi para que venga a responder a unas preguntas.

—Responderé solo con una copa de whisky del bueno, el que guardan los abuelos para las ocasiones especiales.

Qué hostia tiene, con perdón. Pero en toda la cara. Como me pasa con su tío Emilio, es de esa gente que, no sabes bien por qué, genera ese deseo de marcarle los dedos en la mejilla sonrosada cada vez que habla, aunque te pida que le acerques el agua. Y más cuando se comporta así. Florencia, Eugenio y Richard se miran. Richard se encoge de hombros. Florencia lo imita. Y con la mirada deciden que le toca a Eugenio salir a complacer sus demandas. No sé por qué lo hacen. No cumple ninguna normativa ni Javi tiene derecho a pedir nada. Creo que están muy cansados y sin ganas de discutir, pero algo me dice que Juana no aprobaría esta decisión.

—¿Sabes dónde está? —pregunta Richard a Eugenio.

—Donde siempre, supongo.

—Eso es. —Richard golpea el suelo con su bastón.

Eugenio se para en la puerta y se gira sin ganas.

—¿Cuál es el whisky bueno, papá? Yo casi no bebo, ¿recuerdas?

—Ponle de cualquiera, que no va a notar la diferencia.

—Ponle del whisky ahumado de Emilio, que nos va a sacar de pobres —dice Florencia, y todos reímos, sin excepción.

—El del fondo a la izquierda, según abres el armarito. Sabrás cuál es —dice Javi, que ha estado estudiando—. Con un par de hielos, por favor.

—¿Con hielo? Lo vas a destrozar.

—Yo lo tomo así.

Richard niega con la cabeza.

—Voy —se ofrece Eugenio, que sigue aquí—. Haced el esfuerzo de no torturarlo hasta que vuelva.

Y se va sin escuchar la respuesta de su sobrino.

—Me vais a tratar bien y voy a responder a lo que me plazca. No estoy detenido.

—Tú no. Tu padre tal vez —dice Florencia—. Así, entre nosotres —utiliza el neutro entre otras cosas porque sabe que no le va a gustar a su primo, estoy convencida—, ¿crees que mató a Míriam?

—No lo sé.

Javi sonríe como los malos de las películas. De verdad, es que qué ganas de cruzarle la cara. Por suerte, tengo unos valores.

—No parecías muy sorprendido, ni muy molesto porque lo detuviéramos. Yo pensaba que os queríais.

—Yo no soy mi padre. Él hace su vida y yo me preocupo por la mía. Es un hombrecillo entrañable al que me gusta ver por casa, pero no me supone nada más. Todo lo que he hecho en la vida me lo he ganado solito, sin ayuda de él ni de nadie. No veo por qué me iba a importar que lo hayáis detenido.

—Te ha quedado precioso. Meritocracia a muerte.

—Aquí tienes tu whisky.

Eugenio le entrega un vaso quizá demasiado lleno de whisky y dos hielos. Javi los remueve con el dedo, como si supiera lo que hace.

—Veo que manejas una técnica depurada para mezclar hielo con alcohol. ¿Envenenaste así a Míriam y a Juana? —pregunta Richard.

—No sé de qué me hablas. Si acaso, Eugenio puede haberme envenenado a mí, sabe de química y sabe que soy el más inteligente, así que podría tratar de deshacerse de mí.

—¿Qué? —exclama Eugenio.

Javi bebe un trago de whisky y tose. No quiere toser, pero tose.

—¿Por qué tardaste tanto en salir del baño? Julia estaba esperando fuera, llamando a la puerta.

—Estaba firmando unos papeles, ya me entendéis.

—¿Así os limpiáis el culo los jóvenes de hoy? —dice Richard, sin entender nada.

—No me creo que estuvieras todo ese tiempo haciendo aguas mayores —rebate Florencia—. Has venido aquí para decirnos la verdad y beber whisky, cumple tu palabra.

—Tenía cosas que hacer que no importan a nadie más.

—¿Estabas haciendo cosas de mayores tú solito? ¿Viendo porno?

—No serás capaz de ponerte a ver porno con tu tía Julia al otro lado de la puerta, ¿no? —pregunta Eugenio, incrédulo.

—Que no se entere de esto la abuela, repito —nos pide Richard.

—Puedes contárnoslo, no saldrá de aquí —dice Eugenio.

¿A quién le vamos a contar esto? ¿Por qué íbamos a hacernos eso? No esperaba que la conversación girase en torno a la masturbación del primo postadolescente de Florencia. Podíamos pasar sin ello. A veces las investigaciones criminales pueden ser desagradables.

—No estaba viendo porno. Estaba vendiendo, ¿vale? —nos reconoce Javi—. Vendiendo a saco.

—¿Qué vendías? ¿Por Wallapop o algo así? —pregunta Florencia, empática—. ¿Qué tienes tú?

—Las criptos del perrito cayeron anoche. Ya sabéis, las del perro Shiba, el del meme, que es muy gracioso. Pues se desplomaron y estaba perdiendo mucho dinero. Muchísimo. Y tenía que resolverlo cuanto antes.

—¿Por qué no podías hacerlo en el salón?

—Estaba muy nervioso y era importante tomarme mi tiempo, respirar y hacerlo bien. Y no quería que nadie más se enterase. Mis padres no son conscientes del volumen de la cartera que manejo. Y os hubierais reído de mí.

—No nos podemos reír de algo que ni siquiera entendemos —dice Richard.

—Yo pensaba que los tíos duros «holdeabais» —apunta Florencia—. Y tú fuiste al baño a soltarlo todo. Te debiste de manchar bien.

—¿Lo veis? Os ibais a reír de mí.

—Perdona, perdona.

—¿Has perdido mucho dinero? —pregunta Richard—. Había oído hablar del mal de las apuestas, pero no sabía que lo tendría tan cerca. Qué inútil.

—Perdona también al abu.

—Perdí todas mis ganancias y algo más, pero no todo. Estoy volviendo a empezar, pero no hay que perder de vista el objetivo cuando tienes un bache en el camino, eso es de losers. Este año no me iré de viaje y punto.

—¿Y no es una opción dejarlo? —pregunta Eugenio y no recibe respuesta.

—¿Y por qué crees que tu padre mató a Míriam? Porque yo creo que es inocente, pero tú no —dice Florencia, directa.

—Él sabrá —responde Javi.

—¿Y tú? ¿Qué sabes? ¿Por qué eres tan importante para la investigación? ¿No nos has dicho que lo eres?

Javi vuelve a sonreír, se toma su tiempo, se pasa la lengua por los labios y no suelta el whisky ni un segundo, como si quisiera calentar los hielos con la fuerza de sus dedos, como si quisiera reventar el cristal en mil pedazos y evitar así que siga el interrogatorio.

—Está muy bueno, abuelo, está mereciendo la pena. Sabe a roble.

—En absoluto, chaval —corrige Richard.

Ahora tengo curiosidad por saber a qué sabe.

—Podrías responder —dice Florencia—. ¿Qué problema podría tener Berni con Míriam?

—Ninguno, que yo sepa.

—¿Y Míriam con él?

—Menos aún.

—¿Menos?

—Sí, menos.

—Menos que nada es muy poco. Dicho así, parece que se llevaran muy bien entre ellos, vamos, mejores amigos, confidentes, almas gemelas.

—A lo mejor sí.

—Y tú sabes de eso porque…

—Porque se pasaron años teniendo una aventura y creo que solo lo sé yo. Y ahora vosotros.

—No me lo puedo creer —miente Florencia, y lo hace de maravilla.

—¿Veis como ha merecido la pena traerme el whisky? —se pavonea Javi.

Eugenio vuelve a coger fuerzas, Florencia ya ha hecho el trabajo sucio y es su momento de retomar el pulso al interrogatorio.

—¿Eres consciente de que todo esto te hace sospechoso? Ella te negó la propuesta de trabajar para el hotel.

—Tengo otras opciones. Manejo otros contactos. —Javi bebe de nuevo. Creo que va demasiado rápido, el alcohol solo se toma deprisa en las películas. Supongo que es su principal referencia.

—También sabías que tu tía se acostaba con tu padre. Eso podía parecerte humillante para tu madre. Y verla aquí y que todos estuviéramos tan contentos con ella... Hay quien podría pensar que no te gustó la idea y que la mataste cuando creías que dormía, que ella te clavó algo y que tu padre os encontró así, te ayudó, comprobó que Míriam tuviese pulso y en ese proceso se le cayeron las gafas y las dejó lo mejor que pudo en el suelo, a su lado. Eso encajaría con las pruebas encontradas. ¿Qué nos puedes decir a eso?

—Podría decir muchas cosas, pero mejor os demuestro que la sangre no es mía y punto, que me renta más.

Javi deja al fin el vaso sobre la mesa camilla, se levanta y se quita el jersey, y después la camiseta, y no hace frío, pero tampoco para hacerse nudista en este preciso instante. Consigue quitarse los zapatos sin desatar los cordones y tira de los calcetines hasta que se los saca. La verdad es que no es un genio desvistiéndose. Se quita el cinturón, se desabrocha el pantalón y se baja tanto el pantalón como los calzoncillos. Va al gimnasio, sin duda, pero se salta el día de piernas a menudo. Tiene un tatuaje de Bitcoin en el muslo y otro del Tío Sam en la espalda. Vaya joyita. Lo que no tiene es ninguna herida, por ningún sitio. Da una vuelta lentamente, con los brazos en alto, para que lo podamos comprobar. Bebe un trago de whisky, aún desnudo. No sé qué placer puede encontrar en estar desnudo delante de su abuelo, su tío, su prima y su cuñada lesbiana.

Richard lo mira a los ojos. Eugenio decide no hacerlo, con los ojos fijos en la mesa y Florencia lo observa de arriba abajo, con detalle, aunque creo que bastante aburrida y eso que la situación es de todo menos aburrida. El chaval se depila la entrepierna, pero no las piernas, y hay una línea absurda que marca el límite de los pelos que considera oportuno quitarse. En realidad, da cierta ternura, aunque sigo con ganas de cruzarle la cara, es inevitable.

—De locos, Javi —dice Florencia—. Ya puedes volver a vestirte.

Y el niño se viste, medio achispado por el alcohol e igual de torpe que antes.

—También pudo ser Susana quien la matara, contigo presente. Y que Berni llegase más tarde. O todos juntos —sugiere Eugenio.

—Bueno, papá, me gusta cómo piensas, en serio, pero, si no parece que pudiera haber nadie, ¿cómo iba a haber de pronto tres personas en la habitación de Míriam?

—Quizá sea más fácil que hubiera tres personas que una, por eso de la coartada compartida.

—El camarote de los hermanos Marx —define Richard, tirando de hemeroteca.

—Los hermanos Watson —dice Florencia, pero creo que sabía a lo que se refería su abuelo.

—Se me ha acabado el whisky, Eugenio. Más. Quiero más.

Y los tres investigadores deciden que ya basta. Así que lo echamos de la biblioteca, borracho y loco, antes de que ocurra un terrible accidente. Qué tensión. Y, antes de darme cuenta, estamos saliendo de la sala, yo pensaba que íbamos a interrogar aquí a Berni, pero han debido de hablar algo entre los Watson. Florencia llama a la puerta del baño que hace las veces de celda. Se abre la puerta y Berni nos mira con cara de haber estado llorando. No es para menos.

—Nos vamos a la habitación de Míriam otra vez, ¿vienes? —dice Florencia.

—¿Ahora?

—¿Otra vez? —pregunta Eugenio, agotado.

Y allá que vamos, entramos todos en la habitación sin saber muy bien qué va a pasar, siguiendo la iniciativa de Florencia, que ha tomado el control y quiere poner a prueba la duda de la que hablaba antes.

—Mira, Berni, sabemos que te acostabas con Míriam, y que dejaste de hacerlo. Lo primero de todo es decirte que eso está muy feo. Engañar a tu mujer no mola —me alegra que piense eso—, y ya si lo haces con tu cuñada… ¿En qué estabas pensando?

—Es difícil de decir —responde Berni—. Yo…, es difícil de decir.

—Ya lo hablaremos, Berni —responde Florencia.

—No hace falta hablar de nada de esto —opina Richard.

—Lo importante es que os acostabais y que lo sabían Javi y Susana —dice Eugenio.

—¿Lo sabía Javi? No tenía ni idea.

Berni no puede manejar tanta información, y lo entiendo.

—De verdad, hay mucho de lo que hablar, pero no ahora —interrumpe Florencia—. Y es real que tienes mucho pelo en tu cuerpo, y que se podría pensar que eres el Oso Amoroso de la carta.

—¿Qué carta? —dice Berni—. ¿Qué Oso?

Florencia no hace caso de Berni, ya ha cogido carrete y no la vamos a parar hasta que termine de ser brillante.

—Aquí hay quien piensa que tú podrías ser el asesino, despechado porque Míriam ya no quisiese estar contigo y, ciego de pasión o, mejor, bajo la amenaza de ella de contar lo vuestro, la envenenases y vinieses después a ahogarla, pero, claro… ¿Puede alguien sentarse en esa silla, por favor?

Nadie se mueve. ¿Tendré que hacerlo yo? Tendré que hacerlo yo.

—Gracias, Ainhoa, te adoro, eres lo puto más. Siéntate aquí, eso es, y recuéstate sobre la mesa. Vale, entendéis que ella es Míriam y yo soy Berni.

No la veo, porque estoy recostada sobre la mesa, pero entiendo que va a recrear el asesinato conmigo. No me parece el mejor paso para nuestra relación, pero es que está en trance investigador. Qué torpe puede llegar a ser para los temas románticos.

—Voy a actuar como vosotros creéis que sucedió y que vais a ver que es casi imposible. Si yo soy Berni, me acerco por detrás, sigiloso, sabiendo que Míriam duerme, con la almohada en las manos, convencido de que será sencillo. Pero, mientras estoy en ello, entra alguien en la habitación. ¿Un cómplice? ¿Un testigo? Alguien que va a resultar herido, ya sea por acción de Míriam o de Berni, que podría estar en plan killer total, en esta historia. Disculpa la crudeza, Berni.

—Disculpada.

—Lo que sí que sabemos es que Berni no puede ser el herido porque la sangre no coincide, dato que conocemos gracias al gran esfuerzo de papá. Sin ti nada de esto sería posible. Te amo. Sigamos.

Veo aparecer y desaparecer las manos de Florencia por delante de mi cara, supongo que interpreta que me ahoga. Ay.

—Y, en este punto, Míriam cae al suelo, en un forcejeo y a Berni se le escurre la almohada y toca las gafas de Míriam. Pero ¿cómo? Cáete al suelo, amor.

Me dejo caer de la silla, sin gracia, sin poner nada de ilusión a mi actuación.

—Muy bien así, Ainhoa, Míriam tampoco debió de caer con mucha energía, pero mirad, si estoy detrás de ella, ¿cómo puedo poner el pulgar en sus gafas?

Florencia me manosea la cara, con todos los dedos. Me dejo hacer.

—No puedo, ¿veis? No parece posible que fuera él el asesino. Así que pudo ser cómplice, pensaréis. O primero testigo y luego encubridor, y por tanto cómplice.

—Eso es —dice Richard, que sigue atentamente todo lo que dice su nieta.

Los veo a todos desde el suelo, mirándome con mucho interés. Se parecen bastante los tres investigadores Watson. Richard más enjuto y doblado por la edad, y Florencia resplandeciente, pero veo esos mismos rasgos comunes, esa nariz respingona, esos pómulos huesudos, esos ojos saltones. Tres generaciones de Watson sobre mí.

—Y pongamos que es posible que Javi y Susana fuesen a matar a Míriam, ya que, como hemos visto, tienen un móvil.

—Eso es —dice Richard, que está tan cansado que quizá ya no sea capaz de cambiar de palabras.

—Pongamos que tal vez la envenenaron para venir a matarla, y que vinieron cuando creían que nadie los iba a echar en falta. ¿Puedes acercarte, papá? Vas a ser Javi, y yo Susana.

Eugenio se acerca a Florencia, y yo me vuelvo a sentar en la silla sin que me diga nada, lo que conlleva que Florencia me premie con una sonrisa y un beso lanzado.

—Y en este supuesto la fueron a ahogar, cuando Míriam se revolvió e hirió a su hermana. Revuélvete, Ainhoa.

No sé qué hago, pero lo hago.

—Genial, mi amor. Javi terminó de matarla con la almohada, en el suelo… En el suelo, Ainhoa, eso, y, en ese momento, llegaste tú, Berni, y viste el percal, y lo primero que hiciste fue acercarte a ver si respiraba, entonces te agachaste a mirar su pulso, yo ahora soy Berni también, ¿eh? Tengo dos papeles, pero no quiero obligar al abu a actuar, y tampoco a Berni, por motivos obvios. El caso es que se te cayeron sus gafas, por lo que las intentaste recolocar en sus ojos, sin éxito.

Florencia vuelve a toquetearme la cara sin ninguna gracia. Vamos a necesitar muchas caricias para reconducir esta situación.

—Agarrándolas de una manera muy difícil, poniendo el dedo pulgar en el cristal. Solo ese dedo. ¿A nadie más le resulta complicado de imaginar? Esa fue mi primera gran duda, la que me llevó a otras. Y es que Míriam estaba medio drogada, dormida, eso está bastante claro; fuera lo que fuese que le echasen, algo la hizo dormir sobre la mesa. Pero, aunque la gente no se quita siempre la ropa, se suele quitar las gafas antes de dormir. Suena feo todo esto, ¿no os parece? Improbable. Y voy a ir más allá, porque puedo. Las gafas han sido una prueba principal. Pero ¿recordáis que la tía Míriam llevase gafas?

—De toda la vida ha llevado gafas —dice Richard, con confianza absoluta—. Yo mismo he ido con ella al oculista cientos de veces.

—Ya serán menos, abu, pero debéis tener en cuenta que yo a Míriam apenas la recordaba. Yo no tenía recuerdos de ella de hace años. Así que, cuando la vi venir sin gafas a la cena, pensé que era así de normal.

—¿Vino sin gafas? —pregunta Eugenio.

—Ainhoa —me dice Florencia—, ya puedes levantarte de la silla, hemos terminado con esto. Tú no conocías a Míriam. ¿Llevaba gafas?

—Creo que no —respondo, levantándome—. No lo recuerdo.

—Una buena investigadora… —empieza a decir Richard, pero lo interrumpe mi chica.

—Una buena investigadora no piensa que la tía de su novia va a morir esa noche, relaja la raja, abu. Dicho esto, considero que ayer pudo llevar lentillas. Diré más, quedarte dormida con lentillas puede ser un horror, pero, comparado con unas gafas, es más fácil que no te las quites por pereza para dormir, porque tienes que ir al baño a quitártelas y es un rollo. O porque las olvidas. Las gafas se quitan en un segundo. Plin. —Lo escenifica—. Gafas quitadas. Puede que esa incomodidad en los ojos hiciera que no se durmiese tan profundamente y que ese duermevela le permitiera herir a alguien cuando trataban de matarla. Pero eso ya es aventurar demasiado. No sé cómo puede afectar la sequedad en los ojos al sueño, no soy científica.

—Entonces, si bajamos ahora a ver el cuerpo de Míriam —dice Eugenio—, y abrimos sus ojos, veremos unas lentillas, que descartan que Berni fuera el asesino.

—Eso es lo que iba a proponer —responde Florencia.

—Entonces, ¿por qué nos has hecho subir al segundo piso?

Eugenio no entiende nada, y yo tampoco. Así son los genios como Florencia.

—Necesitaba que me creyerais, que me entendierais. No es tan fácil.

—¿Y de dónde sale entonces la huella de Berni? —dice Richard.

—Es lo que comenté de la sangre. Quien sea que matara a Míriam sabía que estaríamos los tres aquí. También debía de haber descubierto que eran amantes, lo que no parece que fuera tan complicado si lo sabían su mujer y su hijo, justo las únicas personas que no debían saberlo bajo ningún concepto.

—Añade ahí a Agnes. No debe saberlo —repite Richard.

—Así que el asesino —dice Florencia— logró que Berni tocase las gafas y las guardó hasta asesinarla, momento en que las colocó en el lugar del crimen para despistarnos. Es, sin duda, un crimen muy bien planificado.

—Es factible —dice Eugenio—. Yo qué sé ya.

—Entonces no soy sospechoso —deduce Berni.

—Solo infiel —responde Richard—. Nos caías bien, chaval.

—Y no podemos descartar nada todavía —concluye Eugenio—. Hay que comprobar lo de las lentillas, que sin esa prueba todo esto que ha dicho Florencia es solo cháchara.

De nuevo volvemos a las escaleras, donde dejamos a Berni, y lo liberamos.

—Disculpa, Berni, por este mal trago —le digo yo.

—Cosas que ocurren en una investigación —explica Eugenio—. Y, si querías a Míriam de verdad, y no era solo un rollito temporal, siento mucho tu pérdida. Estarás devastado.

Berni no responde y se va, devastado, supongo. Nos ponemos los abrigos, miramos la hora, cerca de la medianoche, y salimos a la intemperie, al terreno de Josema, a hundirnos en la nieve, con las pocas ganas que tenemos ya de eso. Qué cansancio. Entramos en el cobertizo y ahí sigue Míriam, que, medio congelada por el frío, se mantiene muy bien y apenas huele. La hemos dejado bastante guapa, tengo que decirlo. Rodeamos el cuerpo y esperamos a que alguien tome la iniciativa, aunque sabemos que ha de ser Eugenio, que es el especialista en estas lides. Él, que es un hombre sin prisa, suspira emitiendo una nube de vaho por su boca, saca las manos de sus bolsillos y, tembloroso por el frío y la pena, las pone sobre los párpados de Míriam. Encuentra fuerzas de algún lado y, en un movimiento profesional y certero, logra abrirle el ojo, que ya no parece que mire, ni siquiera da impresión. Y saca una lentilla reseca.

—Tenías razón —dice Eugenio, a su pesar—. Esto lo cambia todo.

—Os lo dije. Que iba a levantar historias que no os gustarían y que este no era el camino. Pero había que hacerlo, ¿no?

—He tirado la tarde —dice Eugenio.

—Qué va, papá —responde Florencia—. Estamos más cerca.

—Eso espero.

Eugenio cierra los ojos a Míriam, le da un beso en la frente, suelta una lágrima, y nos vamos otra vez a la casa, a pensar en todo lo ocurrido; a pelearnos con la cama, con la almohada, que nos recordará a un arma homicida; a enfrentarnos a nuestros fantasmas, a nuestras teorías y al miedo de no encontrar al asesino en esta ocasión. Y, después de eso, si logramos deshacernos de ello, podremos dormir un rato y compartir esas caricias que Florencia me debe, por favor.

El perro se llama Flauta

Richard observa por su ventana la más absoluta negrura. La nieve debe de seguir cayendo, pero es imposible de saber en estas condiciones, no hace ruido y a estas horas todavía no hay luz ni se la espera pronto. Este es uno de los días del año en que más tarde amanece, y aquí, protegidos por las montañas, el sol tarda aún más en hacer acto de presencia. Richard no envidia su trabajo, que es casi la maldición de una tragedia griega. Cada día, sin perdonar uno, y sea cual sea la meteorología, haga frío o calor, el sol tiene que escalar la montaña y aportar algo de luz a sus vidas. Una y otra vez. El caso es que todavía faltan unas cuantas horas para que complete la tarea, pero Richard no puede esperar más. Vestido y vapeando, farfulla:

—Si la luz no viene a Formigal, Formigal irá hacia la luz.

Richard agarra su bastón y, como cada mañana, recorre los pasos que lo separan de la puerta con extremo cuidado, buscando el silencio pese a que su corpulencia pide pasos firmes y sonoros. Esta vez, Agnes no se despierta. Esa era la intención de Richard, ha dedicado una gran cantidad de esfuerzo por conseguirlo y, sin embargo, lo decepciona. Le hubiera reconfortado cruzar unas palabras con ella y que lo riñera por salir de casa en medio de un temporal siendo todavía de noche. Por supuesto, él no le haría caso y saldría a resolver el misterio de todas formas, pero aun así le gustaría escuchar a Agnes decirle que se equivoca.

El anciano observa sin prisa ni pausa a su mujer antes de salir. Es consciente de que, si sigue adelante con esto, Agnes se va a despertar sola, incapaz de encontrarlo a su lado en la cama. Después de todo, quizá sí que tendría que volver a meterse bajo las sábanas y quedarse con ella. La verdad es que le duelen todos los músculos debido al cansancio acumulado. Bueno, a eso y a la pena que arrastra. Si se quedara junto a Agnes, les daría a ambos una oportunidad de apoyarse mutuamente, compartir su luto. La noche anterior, antes de echarse a dormir, Agnes y él se abrazaron y lloraron. Sí, lloraron los dos y fue un momento tan catártico como breve. Richard podría haber pasado horas así, es lo que le pedía el alma; sin embargo, su cuerpo necesitaba reponer fuerzas con la esperanza de que el nuevo día fuera mejor que el anterior. Era una esperanza pobre, pero se le habían acabado las ricas. Podría quedarse aquí, olvidar sus responsabilidades y centrarse en sus emociones. Nadie lo iba a culpar por hacerlo, ni siquiera él mismo, como nadie lo obliga a salir a enfrentarse a Josema, a un criminal escurridizo y a un enigma cada vez más enrevesado. Florencia y Eugenio quizá sean capaces de resolverlo sin él. Lo duda, pero no lo descarta:

—Cosas más raras han pasado, aunque yo no recuerdo ninguna.

No se olvida de Juana, la investigadora oficial del caso. También ella tendrá que despertarse en algún momento, aunque Richard la considera una incompetente que estorba menos dormida. Sí, podría quedarse en la cama junto a Agnes y, sin embargo, Richard abre la puerta y se marcha. Está convencido de que no es lo más sensato, aunque también tiene la certeza de que una persona no debe luchar contra su naturaleza o acabará desconociendo quién es. Y a Richard cada célula de su cuerpo le pide que resuelva el caso cuanto antes, no escuchar esa llamada sería como negar su propio ser.

El pasillo de su casa se presenta ante él como el inicio de un largo camino que no ha empezado a recorrer y ya le tiene exhausto. No ha descansado bien. No es capaz de dormir a pierna suelta sabiendo que comparte techo con un asesino. Los ruidos que llegaban de fuera, provocados por el viento y las ramas de los árboles que cedían ante el peso de la nieve, amortiguaban cualquier sonido proveniente del interior de la casa. Inmerso en una duermevela incómoda, discernir unos sonidos de otros era casi una cuestión de fe, y Richard nunca fue ni creyente ni crédulo. Por eso mismo, no puede asegurar que no haya sucedido nada y no está dispuesto a repetir la experiencia del día anterior. Hoy no pueden quedar dudas ni sensaciones incómodas.

Richard abre, una a una, las puertas de las habitaciones de sus hijos y nietos. Eugenio y Quique duermen en armonía, sus respiraciones se acompasan y sus cuerpos reposan en posturas cómodas. Julia y Emilio son lo opuesto, ella tiene una pierna encima de su marido y él, como no podía ser de otra manera, ronca. Susana y Berni se dan la espalda mutuamente, cada uno en un extremo del colchón. Él ocupa media cama, ella solo una cuarta parte. Richard se plantea si su distancia será consecuencia de los trapos sucios de Berni, que nunca fueron limpiados como es debido. Lo más probable es que siempre duerman así.

—El amor no tiene nada que ver con dormir abrazados o no, aunque unos pasarán más calor que otros —se dice a sí mismo y casi despierta a Berni.

El despacho que utilizó durante tantas tardes y noches, investigando los crímenes de un mundo que entonces parecía más sencillo de comprender que el actual, ahora está ocupado por Javi y Alvarito. Richard no quería juntar a sus nietos, más por compasión hacia el hijo de Eugenio que por otra cosa, pero lo cierto es que no tenían una alternativa mejor. Era eso o meter a uno de los dos jóvenes a dormir con sus padres. Alguien tenía que joderse y aguantar a un extraño en su habitación, y el mundo funciona así; ante la duda, siempre pringan los ancianos y los niños. Javi duerme a pierna suelta en la cama, Alvarito respira con calmada profundidad en un colchón colocado en el suelo. Javi no parece tan imbécil con los ojos y la boca cerrados, y Richard no pierde la esperanza de que cambie, aún es joven.

—Cosas más raras han pasado, pero muy pocas.

Sus nietos no reaccionan lo más mínimo, su sueño es más profundo que el de los adultos. A esas edades se descansa más, Richard supone que será porque soportan menos preocupaciones. Las últimas que le quedan por visitar en este piso son Florencia y Ainhoa, en la habitación de invitados. Ainhoa duerme tranquilamente, ¿y Florencia? ¿Dónde está? ¿Le ha pasado algo?

—Abu, ¿qué haces? ¿Sales ya? —le dice ella embutiéndose en un segundo jersey, sentada en una silla en una esquina.

Richard hace un gran esfuerzo para reprimir su impulso natural de pegar un grito, y se alegra de haberlo conseguido, no habría sido una reacción a la altura de su leyenda. El precio a pagar es que no tiene aire en sus pulmones para contestar con normalidad, así que se limita a mirarla adoptando el gesto más respetable que es capaz de fingir.

—Estoy bien, tranquilo —dice Florencia.

—Nadie ha dicho que no lo fueras a estar.

—Yo también acabo de hacer una ronda y todos están de chill —le dice ella—. También mi madre y Juana, porque supongo que todavía no has pasado por el piso de abajo.

—No, y habría sido más sensato que me dejaras esas cosas a mí. Si te pilla Susana, habría puesto el grito en el cielo y más allá. Ya sabes, su derecho a la privacidad y esas cosas.

—Soy una ninja.

—Una niña ninja —responde él jugando con las palabras, seguramente inspirado por su nieta.

—Lol —dice Florencia, aunque no se ríe—. Oye, ve bajando a desactivar la alarma. Yo me pongo las botas de nieve y estoy.

—Solo voy a comprar el pan, no hace falta que me acompañes.

Florencia le guiña un ojo y responde:

—A estas horas, ¿eh? Yo también quiero comprar el pan. Y no te voy a molestar, te lo prometo. A lo mejor hasta pillo un roscón de Reyes.

—Ya lo he pensado, pero no creo que Gerardo tenga de esas cosas. Te espero abajo —dice Richard y cierra la puerta tras de sí.

Richard se ajusta la bufanda y la coloca sobre su nariz, de tal forma que tan solo sus ojos quedan al descubierto bajo el sombrero. Va tan preparado como acostumbra, con sus botas de nieve y sus pantalones de agua y, aun así, es cuestionable que esta vez vaya a ser suficiente para protegerlo del frío. Josema no está por la labor de ponérselo fácil y las articulaciones de Richard no son lo que eran, el último resfriado lo postró en la cama durante un día entero. Si se tiene en cuenta que hoy no ha descansado bien y que nunca se ha enfrentado a una nevada de este calibre, la empresa es extremadamente temeraria. Sabe cómo sale, pero no cómo va a volver. Y no le importa.

Florencia se une a él, y su atuendo es opuesto al de su abuelo. Ella viste como una turista que esquía por primera vez. Lleva demasiadas capas y los colores de su abrigo, pantalones, gorro, guantes y botas compiten en estridencia. Hay rojos, amarillos, morados, verdes y azules. Pese a todo, de alguna forma, logran combinar y convivir en una armonía chillona.

—Si nos perdemos, nos van a encontrar rápido, incluso de noche —le dice Richard.

—Yass. Estoy estrenando casi todo, ¿te gusta mi outfit, abu?

Florencia da una vuelta sobre sí misma, lo abultado de su ropa le ha quitado tanta movilidad que parece un bolo del *Grand Prix*. Richard contesta con un gruñido y se pone en marcha, haciendo uso de su bastón y adentrándose en la oscuridad que rodea la casa. No ven casi donde pisan, aunque con luz no sería muy distinto. Lo que hace tan solo unos días fue un cuidado jardín, repleto de plantas, hoy no es más que una planicie de nieve. Florencia ilumina el suelo con su móvil y sigue a su abuelo, porque él conocería el camino con los ojos cerrados. Vistos desde la lejanía se asemejan a dos canicas sobre un fondo blanco; una es grande y negra, la otra pequeñita y de colores. Una avanza pesada, a un ritmo constante, la otra va dando saltitos irregulares.

—¿Ainhoa no quería venir?

—Es muy temprano, abu. ¿O es tarde? Da igual, la cosa es que se le han pegado las sábanas. Si estamos cerca cuando terminemos, a lo mejor se suma.

—¿Cuando terminemos qué? —pregunta Richard—. Porque yo sé lo que busco, de ti no sé nada.

—OMG. ¿Eso es que tienes alguna pista? ¿Estamos siguiendo un rastro como dos sabuesos? Venga, cuéntamelo, abu. No se lo digo a nadie, te lo juro…

Florencia se bambolea hasta golpear el brazo de Richard con suavidad, en un gesto tierno incluso para un témpano de hielo como es él. No es suficiente para hacerle hablar, en todo caso:

—He preguntado yo primero, jovencita. Y cuando pregunto es porque me interesan las respuestas. ¿Qué quieres averiguar de Gerardo? Es un hombre desagradable con el que es mejor no hablar, a no ser que busques algo en concreto.

—Pues alguna cosa hay, pero no quiero hacerte spoilers hasta tenerlo seguro.

—No me importa que me lo destripes, soy de los que leen las últimas páginas de las novelas para saber si merece la pena empezarlas.

—Uno: estás muy loco, me gusta. Y dos: es buen intento, pero va a ser que no. No quiero meter la pata, y todavía no estoy segura. Lo que sí digo es que no creo en las casualidades, si el tío Gerardo vuelve a casa por Navidad después de tantos años y justo ese día muere Míriam…, es que algo pasa. ¿O no? ¿Tú qué piensas? ¿Por qué vas tú?

—No quiero hacerte spoilers —responde, sardónico.

En la acera, frente a la mansión de Gerardo, encuentran aparcado el famoso todoterreno oruga. Junto a la puerta hay un montón enorme de nieve apilada. A juzgar por lo que ven, resulta obvio que alguien trabajó para limpiar la entrada, pero se rindió ante la evidencia de que era misión imposible, habrían necesitado una excavadora. Por el contrario, la puerta pequeña para peatones, situada al lado del portón automático, sí que parece libre de nieve. De un vistazo, ambos Watson han reconstruido en sus cabezas un proceso que debió de requerir varias horas de la vida de una persona y, sin embargo, no lo verbalizan. No les parece necesario.

—Tiene que ser un lujo tener minions que hagan todas estas cosas por ti, ¿eh? —dice Florencia.

—Yo prefiero encargarme de mis propios asuntos.

Richard llama al telefonillo. Ambos esperan una respuesta y, como le sucedió el día anterior a Juana, esta no llega. Florencia vuelve a tocar el timbre, con la diferencia de que ella deja el dedo pulsado varios segundos más de la cuenta, en un gesto que resulta incordioso:

—Estará dormido —se justifica.

Pese a que en el interior de la mansión debe de reinar el estruendo, en la calle tan solo se escucha un silencio terco. Gerardo no hace acto de presencia.

—Es imposible que no lo escuche, no me creo que nos esté haciendo ghosting —dice Florencia—. Porque no será capaz de ir al hotel a pata, ¿no?

—Gerardo coge el coche para todo, no ha ido andando al hotel ni en pleno verano y no está la noche para experimentos.

—Entonces, ¿qué hacemos? ¿Nos damos la vuelta o compramos el pan de verdad?

—Yo iba en serio con lo del pan, pero no vamos a hacer ni lo uno ni lo otro. ¿Cómo te ves para saltar?

Richard señala con la cabeza el muro a su lado. La nieve está a más de un metro de altura, así que el salto, que en un día normal sería irrealizable para Florencia, ahora no parece una locura.

—Estoy living contigo, abu. Estás loquísimo. ¿Es en serio?

—Lo haría yo mismo, pero tú has venido acolchada, si te caes no te vas a hacer daño —dice Richard, y continúa forzando un tono de decepción—. Aunque, si no te atreves, no te voy a insistir. Dejamos a Gerardo en paz y nos quedamos sin escucharlo. No es el fin del mundo.

—No, no, me renta. Lo hago.

Florencia se sopla los guantes con la vana ilusión de que ese gesto sirva para calentar sus manos y se lanza sobre el portón. Es como si participara en una prueba extraña de *Humor amarillo*. La chica gira sobre sí misma, empujada por su abuelo hasta caer como un peso muerto al otro lado. El golpe suena amortiguado por la nieve y Richard escucha a su nieta reírse a carcajadas. Bueno, en realidad, de tan histriónica que es, a él le resulta complicado discernir si ríe o llora.

—¡Florencia! ¿Estás bien?

—De locos. Tendrías que probarlo, abu. Es superdivertido.

—Me vale con que me lo cuentes. Escúchame, la puerta estará cerrada, así que a lo mejor tienes que…

Richard se calla, porque Florencia le abre la puerta pequeña antes de que termine la frase.

—El tío Gerardo es más confiado que tú, abu. Estaba abierta por dentro.

—Los mafiosos son así. Hasta el más tonto sabe que, si te encuentras un Ferrari con las llaves puestas, lo mejor es mantenerse lejos de él. En esta vida solo se dejan tocar los intocables.

—Y la gente normal también, abu, que te has rodeado de criminales y policías toda tu vida, pero la mayoría de las personas dejan que te acerques y hasta que los abraces. El mundo es más alegre de lo que crees.

—Ojalá tuvieras razón.

Ambos se adentran en el jardín del cacique hotelero y pasan junto a la estatua de Gerardo, que los recibe levantando su mano a modo de saludo.

—Buenas noches, tío Gerardo. Vas a coger frío —dice Florencia.

Richard no habla con la estatua, se limita a bajarse la bufanda y escupir al suelo. Su escupitajo, caliente, derrite la nieve y se hunde hasta perderse de vista.

Cuando llegan a la puerta, a cubierto bajo un porche, se retiran la nieve acumulada sobre sus abrigos y llaman al timbre. Esta vez están más cerca y pueden escuchar su sonido.

—El timbre funciona. Si Gerardo no lo oye es porque no quiere.

—Pues yo ya no puedo saltar ninguna puerta…

—No te preocupes por eso.

Richard saca de su abrigo una navaja multiusos y estudia la cerradura con atención.

—Flipo. Esto es delito, más todavía que antes. Nos pueden detener.

—Que venga la policía es el menor de mis miedos, niña. Ahora, yo si fuera tú me apartaría de la puerta. No sabemos de lo que es capaz Gerardo, esto se puede convertir en una ensalada de tiros en un santiamén y no te lo recomiendo como desayuno. El plomo puede hacerse pesado en el estómago.

Florencia obedece a su abuelo, aunque no puede ocultar su sonrisa de oreja a oreja.

—Qué fantasía, abu. ¿Eres siempre así?

Richard abre la puerta en dos movimientos certeros y quien los recibe no es Gerardo, sino sus dos perros. Se trata de dos mastines enormes que, si quisieran, podrían suponer una amenaza incluso para el veterano inspector, lo que pasa es que no quieren. Están más por la labor de dar saltos y repartir lametones. Florencia se lanza a acariciarlos sin miedo, ni a ellos ni a Gerardo. Su abuelo, por el contrario, ha desenfundado su pistola y entra en la casa preparado para lo peor.

—¡Gerardo, sabemos que estás aquí! No queremos hacerte daño, sal con las manos en alto.

No hay respuesta. Según entran, van descubriendo la mansión, que nada tiene que ver con la humilde casa de Richard. Recuerda más bien a la guarida del villano en una película de James Bond. Todo está construido a lo grande, denotando gusto por el exceso sin mostrar excesivo gusto. Las paredes están cubiertas por cuadros imponentes, lámparas llamativas y estanterías repletas de libros. No hay un patrón estético más allá de que los elementos decorativos no solo son caros sino que deben parecerlo. Los amplios ventanales están cubiertos casi en su totalidad por la nieve caída, pero resisten sin romperse.

—Esos cristales deben de ser gruesos como paredes —dice Richard.

La casa se mantiene a una temperatura agradable, la calefacción está al máximo, lo que indica que alguien la habrá encendido. Y hay más animales, además de los dos mastines; se encuentran con dos gatos y un loro, que se mueve libre por el salón y les dice:

—Oso Amoroso. El Oso Amoroso.

—Osos es justo lo único que no hay aquí —señala Florencia—. No sabía que el tío Gerardo tuviera tantas mascotas.

—El hombre no tenía amigos y yo nunca le conocí conquistas, tendría que compensar por algún lado —responde Richard.

Florencia se agacha a acariciar a uno de los gatos mientras Richard camina entre las puertas de las habitaciones contiguas, registrando el lugar con el arma en alto.

—Son cariñosos y confiados, no me pega nada con el tío Gerardo. O sus animales no se parecen a él o nos tiene engañados a todos.

—¡Hijos de puta! —exclama el loro—. Os voy a matar, cabrones.

—Esto sí me cuadra más. Oye, ¿tú crees que tienen hambre? —pregunta Florencia.

—Yo no me preocuparía por eso ahora mismo. ¿Dónde está este hombre?

—¿Queréis comer? —pregunta la chica a los animales y estos le responden con alborozo—. Les voy a dar de comer, abu.

Richard asiente y se adentra en la casa. Intuye que el dormitorio se encontrará al fondo del pasillo y se dirige allí derecho. Gerardo tiene que estar ahí dentro, ¿estará dormido? El inspector retirado avanza apoyando su bastón con una mano y apuntando su arma hacia la puerta con la otra. Hace años que no dispara y su pulso ya no es tan firme como solía. Richard trata de no hacer ruido con el objetivo de no desvelar su posición, pero, por mucho que lo intente evitar, el bastón resuena a cada golpe contra el suelo. Aunque conoce todos los conceptos, Richard ya no es capaz de ejecutar los movimientos con la precisión requerida.

—Esto es lo que hay. Y si me matan, pues no habrá nada. Y punto.

Al llegar a la puerta la abre de una patada sin detenerse un segundo y se echa hacia atrás, protegiéndose tras la pared.

—Gerardo, solo quiero hablar. No dispares.

De nuevo, no hay respuesta. Richard, aún a cubierto, decide lanzar su bufanda al aire, ofreciendo así un objetivo móvil al previsible disparo de su archienemigo. La bufanda cae plácidamente al suelo. Richard, por fin, se decide a entrar en la habitación de un salto que por poco no le provoca una fractura de cadera. En el interior, encuentra la cama hecha y vacía. Gerardo no está en la casa.

Richard renquea hasta la mesilla, donde encuentra la agenda personal de su cuñado. Mira hacia el pasillo para comprobar que su nieta no lo vea, y la abre. Está convencido de que Florencia aprobaría sus métodos, pero prefiere mantenerla al margen. A estas alturas de la vida, le cuesta enfocar la vista para leer, pero se ayuda de unas gafas de Gerardo que encuentra en la mesilla.

—Los buenos, los malos, los gilipollas y los genios, todos estamos en las mismas.

En el día 25 de diciembre aparece anotada su cita en Madrid a las doce de la mañana con el «Doctor Silva», a las nueve de la noche hay otra en el hotel Sancho, con una anotación: «Reunión definitiva entre M., S. y A.». El hotel Sancho se encuentra en la misma estación de esquí, justo enfrente del hotel de Gerardo. Está regentado por Samuel, el socio de su cuñado en el nuevo plan para ampliar las pistas. Hay una tercera cita apuntada con letra temblorosa. Aunque aparezca en último lugar, tiene lugar a las ocho de la tarde, una hora antes que la anterior. Esta iba a celebrarse en su propio hotel, el A&G, y junto a la hora se puede leer: «Oso Amoroso. ¿RIP?».

Richard arranca la hoja de la agenda y trata de reflexionar sobre los planes de Gerardo, aunque no tiene tiempo para ello porque le sorprende el estridente sonido del telefonillo. Es evidente que su cuñado lo tendría que haber escuchado si hubiera estado en la casa. ¿Quién visitará a Gerardo a estas horas?

Richard sale de la habitación con la pistola preparada. Esta vez no se preocupa por el ruido y trota hacia la puerta como un caballo viejo y herido. Un caballo que muchos criadores sacrificarían sin dudar.

—¡Florencia! Déjame a mí y escóndete —grita Richard.

El anciano baja las escaleras al galope, está cerca de caerse. Escucha la puerta de la entrada abrirse y acelera aún más el paso. Debido al enorme esfuerzo, su campo de visión se limita al metro que tiene frente a él, no hay tiempo para mirar más adelante.

—¡Florencia, apártate! —grita.

—¡No, abu! Quieto.

Richard se tira al suelo en una pirueta impropia de un hombre de su edad y aterriza con la barriga pegando con el suelo y sus manos sosteniendo la pistola, que nunca deja de apuntar al frente. Está dispuesto a apretar el gatillo…, pero no tiene ante sí a un posible agresor. Lo que ve es a Ainhoa protegiendo a Florencia usando su propio cuerpo como escudo. El anciano se da cuenta del error antes de que sea demasiado tarde y se relaja, bajando el arma. Florencia grita, emocionada:

—OMG, bebé. Te has jugado la vida por mí. ¡Qué fantasía!

—No me llames bebé, por favor —contesta Ainhoa—. No delante de tu abuelo, al menos.

—La próxima vez avisad de estas cosas. Si yo hubiera sido diez años más joven, podría haber apretado el gatillo un segundo antes, y entonces no habría próxima vez.

Richard se arrastra por el suelo hasta que alcanza su bastón, y se apoya en él para incorporarse, no sin dificultad.

—Ha sido espectacular, abu. Estás en tu prime.

—Estoy, que no es poco.

—¿Habéis descubierto algo? —pregunta Ainhoa.

Los dos Watson se miran. Richard no quiere confesar nada y, a juzgar por la reacción de su nieta, sospecha que ella está en las mismas. Sea lo que sea que haya podido encontrar Florencia, seguramente no sea tan relevante como lo suyo. No pregunta porque con su nieta ser directo puede ser contraproducente, es preferible no presionarla. Richard opta por compartir la información imposible de ocultar y confiar en que ese gesto la ablande lo suficiente como para que ella le confiese algo en contraprestación.

—Yo sí, he estado en el dormitorio de Gerardo —dice Richard—. No está en casa y tiene la cama perfectamente hecha.

—Yo he descubierto que nadie ha dado de comer a sus mascotas —indica Florencia—. Así que, entre una cosa y otra, algo me dice que no ha pasado aquí la noche.

—Entonces estará en el hotel, ¿no? —deduce Ainhoa—. Pero ¿por qué iba a estar allí y no en su casa?

—¿Cómo vamos a saberlo? Yo no soy adivino, ¿tú lo eres? —pregunta Richard a Florencia y su nieta niega—. No, es lo que me temía, aquí no hay adivinos, lo siento.

Richard nunca ha mostrado paciencia con los policías jóvenes, y Ainhoa no es una excepción. Hay quien diría que se trata de una estrategia para mantenerlos concentrados e incentivar su esfuerzo, pero la realidad es que Richard sencillamente desconfía de ellos. No cree en los nuevos métodos de la policía, ni en cualquier método diferente al de su época, en general.

—Bueno, bueno, abu —salta Florencia, defendiendo a su novia—. No lo sabemos, pero es una buena pregunta. Es la que hay que hacerse. Y que tendrá que responder Gerardo, ¿no? Muy bien, Ainhoa.

—No hace falta que me des ánimos, no me lo he tomado mal.

—Y olvídate de interrogar a Gerardo, no vamos a poder hablar con él —responde Richard—. Si él no quiere vernos, no lo va a hacer. En el hotel se encuentra protegido, su despacho es como un fuerte, de difícil acceso. Quizá sea por eso que está allí y no aquí, porque no quiere enfrentarse a nuestras preguntas.

—Entonces sí que sabías la razón de que estuviera en el hotel, ¿no? —dice Florencia—. Y todo sin ser adivino.

—Déjalo, Florencia. Por favor —insiste Ainhoa—. Richard y yo somos compañeros, es así como hablamos en el gremio.

Richard sonríe. Considera que la chica ha demostrado mano izquierda al tratarlo como si aún estuviera en activo, aunque sigue lejos de probar que está capacitada para el trabajo. Hacer la pelota es quizá el único arte que pueden dominar incluso los más torpes. Por supuesto, esto no lo dice. Cuestión de modales.

—Vámonos, aquí no hay más que ver —dice Richard—. ¿Has descubierto algo más, niña?

—Yo no, ¿y tú?

—Menos.

Richard se queda con la sensación de que ambos se siguen mintiendo. No le importa, por ahora tiene suficiente con tirar de su propio hilo, no necesita saber lo que sea que haya encontrado su nieta.

Continúa siendo de noche cuando abandonan la mansión. Las chicas se encaminan de vuelta a la casa familiar, y se sorprenden de que Richard no las siga.

—Ni siquiera habrán hecho pan hoy, abu —pregunta Florencia—. ¿De verdad merece la pena ir hasta allí?

—Esto es una estación de esquí. Les da igual que nieve o truene, el pan se hace cada día.

Florencia se queda mirando la calle, mal iluminada y repleta de nieve. Es un terreno peligroso donde es difícil saber dónde se pisa. Las farolas dejan ver, en pequeñas islas de luz, una larga fila de coches sepultados bajo un manto blanco. Es más, pueden saber que son coches porque los vieron el día anterior cuando llegaron, de otro modo podrían haber pensado que no eran más que pequeños montículos.

—Señor Watson, sé que no es asunto mío, pero no me parece buena idea hacer un camino tan largo con la calle en este estado —dice Ainhoa—. Puede ser peligroso.

—¿Me lo dices porque soy un anciano? ¿Crees que no soy capaz de sobrevivir a un paseo de medio kilómetro?

—¡No! Estoy segura de que, si alguien puede, ese es usted —responde Ainhoa.

—Entonces, ¿crees que no puede nadie? —pregunta Richard.

—Abu, no seas pesado —dice Florencia—. Ainhoa tiene razón, es una locura salir con la que está cayendo y la que ha caído, pero está claro que, si quieres hacerlo, vas a hacerlo. Allá tú.

—Eso es. Y, como quiero, lo hago —afirma él—. Os aviso cuando llegue y así os quedáis más tranquilas. ¿De acuerdo?

Las dos chicas asienten y Richard, sin esperar más, sale camino del hotel. Obviamente no va a la panadería, pero eso ellas no tienen por qué saberlo.

Richard avanza calle arriba, enfrentándose al viento y a las bolas de nieve que no deja de lanzarle Josema, recordándole que está viejo y que las bravuconadas son cosa del pasado. Corre el riesgo real de no lograrlo esta vez. Le gustaría darse la vuelta, descansar y esperar a que amaine para interrogar a Gerardo. Puede hacerlo mañana, o en dos días. Está convencido de que es lo más sensato, sabe que no está obligado a tomar tantos riesgos y, sin embargo, no puede negar su naturaleza.

Richard se pierde dentro de la tormenta a paso lento, sin detenerse. Tiene una misión que no puede rechazar porque, si lo hiciera, ya no sería Richard Watson.

Cotillear un móvil ajeno es delito

AINHOA

Richard se aleja de nosotras, adentrándose en la oscuridad como un descubridor que parte en una expedición hacia los confines del planeta, aunque la épica no viene dada por la grandeza de la gesta, sino por su propia debilidad. Es absurdo que un señor de su edad, que camina apoyado en un bastón, tome este tipo de riesgos. Nosotras lo observamos marchar desde la entrada a la mansión, manteniendo un silencio respetuoso. La verdad es que ver a Florencia mostrando una actitud tan solemne me tiene sorprendida, debe de estar realmente preocupada por su abuelo.

—¿Quieres que le impidamos seguir? ¿Crees que le va a pasar algo?

—¿Estás loca? Vamos a esperar a que se marche y volvemos a entrar. No quiero que nos vea —me dice.

Así que era eso, estaba actuando. Richard se gira para despedirse, o quizá incómodo porque le clavamos nuestras miradas en la espalda. Florencia hace el teatrillo de volver a casa de los Watson y yo voy tras ella. Nuestro gesto parece convencer a su abuelo, porque sigue adelante hasta perderse en la noche.

—Va, rápido, que me congelo —me dice Florencia.

Las dos corremos de vuelta a la mansión y yo todavía no sé por qué. Florencia se quita uno de los guantes de color amarillo fosforito y, con su mano desnuda, saca del bolsillo unas llaves que yo no podía ni sospechar que ella llevaba encima y abre la puerta.

—¿Me vas a explicar de qué va todo esto? —pregunto.

—Quiero comprobar una teoría, ¿te importa que hablemos dentro?

—¿Y cómo vamos a entrar? ¿También tienes la llave de esa puerta?

No me da tiempo ni a terminar la pregunta cuando mi chica selecciona la susodicha llave. Le cuesta acertar a introducirla en la cerradura, hace mucho frío y sus manos están agarrotadas. Lo termina consiguiendo pese a la dificultad, y lo celebra emitiendo un grito de alegría de esos tan suyos.

En pocos segundos nos encontramos otra vez a cubierto, rodeadas de animales que nos reciben con alegría entre maullidos, ladridos y algún que otro insulto.

—¡Ganapanes! ¡Perroflautas! —grita el loro.

Mientras tanto, entre semejante alboroto, nosotras empezamos de nuevo el ritual de quitarnos la ingente cantidad de prendas de abrigo que llevamos encima: los guantes, el gorro, la braga, el abrigo y el polar. Si llego a saber que no íbamos a movernos de aquí, no hago el esfuerzo de ponerme y quitarme todo, es un trabajo y no me gusta trabajar gratis. Ahora que lo pienso, llevo trabajando gratis toda la Navidad porque nadie me va a abonar las horas dedicadas a esta investigación. En fin, no quiero ni pensarlo, espero que Papá Noel se haya portado bien o la Nochebuena me va a salir a pagar.

—¿Ya me vas a contar qué hacemos aquí? Has encontrado algo, ¿verdad? Has vuelto a ocultar información a tu abuelo —le digo.

—Y él a nosotras, ¿qué te has creído? Sabe más Richard Watson por viejo que por Watson.

Florencia se adentra en el salón, rodeada por todos los animales, que no sé si le han cogido cariño o es que todavía tienen hambre. Elijo creer que es lo del cariño, más que nada porque esa es mi razón para seguirla y, si los animales y yo estamos juntos en esto, quizá compartamos un objetivo común. Por otro lado, debo confesar que yo también tengo algo de hambre, la diferencia está en que yo no albergo esperanzas de que Florencia me dé de comer.

—¿Me vas a decir qué es lo que sabes o prefieres seguir ocultándomelo todo? No soy tu abuelo, te lo advierto. A mí no me da igual —le digo.

—Eres una ansias. Iba a decírtelo ahora mismo, amor.

Florencia me lleva hacia la mesa del comedor, donde Gerardo ha colocado un ordenador de sobremesa. A primera vista se hace raro que haya puesto un armatoste en el mismo sitio donde come, lo lógico sería pensar que un hombre de su envergadura tuviera un despacho propio, y más viviendo solo en una casa tan grande. Aunque pensándolo bien, y basándome en lo poco que lo conocí, me da la sensación de que no es el tipo de persona que acostumbre a recibir invitados para comer, así que tampoco resulta tan extraño que haya decidido hacerlo todo en el mismo lugar. Es más cómodo y además el loro está en esta habitación, así puede hablar con alguien.

—El secreto está aquí —dice y señala el ordenador—. Sí, lo digo, he estado bitcheando con el ordena de mi tío Gerardo.

—¿Cómo? ¿No tiene contraseña?

—¿En serio? El señoro este trabaja con un puto ordenador de consola en pleno siglo XXI, ¿de verdad creías que iba a poner contraseña?

—Yo qué sé, tampoco es tan raro tener uno de estos, ¿o sí?

—Ya, puede que no. La verdad es que he probado por si acaso… y se ha encendido. Y mira lo primero que he visto. Ojete al dato.

—Para ser tan ideal a veces dices unas cosas tan feas…

—Yo creo que es la casa, que se me pega la ranciedad —me contesta—. Pero mira, anda. Esto lo cambia todo.

Lo que me enseña es un documento de Word guardado en el escritorio. Es el único documento en su escritorio, el resto está en carpetas, perfectamente ordenado. En eso, al menos, es de los míos. El documento está titulado «Confidencial: abrir solo en el caso de encontrar mi cadáver». Florencia busca sus metadatos.

—Los últimos cambios se guardaron el día 24 de este mes, antes de ayer —dice Florencia—. Mi tío abuelo pensaba que lo iban a matar.

—No lo sabes, a lo mejor lo que le pasa es que está enfermo. No lo habrás abierto, ¿no?

Florencia me mira con cara culpable, aunque es evidente que no se arrepiente de nada.

—¿Cómo has podido? Eres lo peor, el cadáver que hemos encontrado no es el suyo, precisamente.

—El tío Gerardo no es mi dueño, no tengo por qué hacerle caso, ¿no? Además, no me digas que no es interesante. ¿No quieres leerlo tú también? A mí no me ha dado tiempo a llegar al final. ¿Y qué más te da? Ya es ilegal entrar en una casa sin permiso y encender el ordenador. Es solo un poco más ilegal, y punch.

—No está bien, no me puedes pedir tanto. Te recuerdo que yo estoy en activo, podría perder el trabajo por esto.

Florencia vuelve a ponerme ojos de gato y morritos de bebé suplicante:

—Porfi, porfi…

Sé que es infantil, pero no puedo negarme ante esto. Asiento y mi chica hace doble clic en el archivo. La carta no tiene desperdicio. Está escrita con letras enormes, lo que dificulta la lectura para cualquiera que no sea un hombre mayor con problemas de presbicia. Tan solo caben unas cuantas palabras en la pantalla. Florencia la lee en voz alta mientras va bajando con el ratón:

—«Si estáis leyendo esto es porque ha aparecido mi cadáver. En primer lugar, aseguro que yo, Gerardo Pérez Parra, estoy en plenas facultades psicológicas y la muestra de ello es que me he mantenido en activo hasta el mismo momento en que he sido asesinado. No he sido coaccionado por nadie para escribir estas palabras y lo hago en pleno ejercicio de mi libertad. Como víctima que soy, quiero comenzar exigiendo que la investigación del crimen no sea liderada por mi sobrino Eugenio Watson, de quien no me fío ni considero que tenga la capacidad ni el talento requeridos para dicha labor». —Florencia se detiene y me mira—. Lol. El hombre es un imbécil, pero aquí le doy mis dieces.

—Te recuerdo que yo trabajo en el equipo de tu padre, amor.

Florencia se ríe y me planta un beso.

—Tu talento está desperdiciado, y lo sabes. Va, seguimos —dice mientras hace scroll para continuar leyendo—. «Ni que decir tiene que mi cuñado, Richard Watson, tampoco está cualificado para esta misión y, por tanto, espero y deseo que mantenga sus manos alejadas de mi casa y de mi cadáver. Richard siempre fue un hombre mediocre, que ha alimentado durante años un odio irracional hacia mi persona».

Florencia vuelve a parar, entre risas y aplausos.

—¿De ti no dice nada?

—No sé. Yo he llegado hasta aquí antes, que justo bajaba el abu. No sabes lo que me ha costado callarme con él. ¿Te imaginas que me funa a mí también? Sería una fantasía. Me estoy poniendo nerviosa, no sé si quiero seguir.

—¿De verdad? No podemos detenernos ahora.

—Ahora quieres leer, ¿eh? ¿Y si ahora soy yo la que se niega? ¿Cómo me vas a convencer?

Florencia está disfrutando como una niña el día de su cumpleaños. No la culpo, este es el tipo de investigaciones que a ella la motivan, y después del palo de la muerte de su tía, se merece un momento como este. Me toca esforzarme y entrar en su juego. Abro mucho los ojos y saco los labios todo lo que puedo. Intuyo que mis ojos son más de besugo que de gato, pero a Florencia no parece importarle.

—Porfi —digo, y sé que la hago feliz porque continúa leyendo de inmediato.

—«Es más, me gustaría que ningún inspector estudiara el caso. Esa y no otra es la razón última de que escriba estas palabras».

—Eso es ilegal, da igual lo que diga la víctima. Los crímenes se investigan —digo, y Florencia me chista.

—«Soy consciente de que es una petición inhabitual, pero insisto en solicitar que se detenga la investigación de inmediato. En este aspecto, me gustaría recordar que he pagado más impuestos que nadie en este país. Entiendo que muchos compañeros empresarios hayan decidido buscar fórmulas alternativas ante los abusos de los gobiernos bolivarianos que nos ha tocado sufrir, pero yo, por una decisión de puro patriotismo, he optado por reducir al máximo mis tributos en paraísos fiscales» —dice Florencia, y se echa a reír—. ¡Míralo qué majo! Casi no defraudaba nada.

—¡Oso Amoroso! ¡Matar al Oso Amoroso! ¡Hijos de puta! —chilla el loro.

—«Ni que decir tiene que siempre me he destacado por mi apoyo incondicional a las Fuerzas y Cuerpos del Estado, aportando generosas donaciones» —continúa leyendo Florencia—. «Espero que todas estas cuestiones sean tomadas en consideración a la hora de deliberar sobre la cuestión planteada».

—¡Será sinvergüenza! La Justicia es igual para todos —suelto, sin poder contenerme.

—Qué inocente, cariño. Pero es bonito —me dice, y sigue—: «Exijo que las actividades internas de mi empresa queden fuera de la investigación. No puedo enfatizar este punto lo suficiente, es vital que se respete el normal funcionamiento de una empresa que ha traído tanta riqueza a la zona. Por ello, solicito que cualquier referencia al Oso Amoroso o al supuesto espionaje industrial sean retiradas de cualquier informe y no se hagan públicas bajo ningún concepto. Resolver este asunto era mi responsabilidad como CEO y fundador de la compañía, y de nadie más. Por ello, no se puede sino concluir que el último y único culpable de mi asesinato soy yo mismo. La persona que haya apretado el gatillo (o lo que sea que hayan tomado a bien hacerme) es, por tanto, inocente. Espero que mis últimas voluntades sean respetadas. En Formigal, a día 24 de diciembre de 2024».

Ambas tenemos la misma idea a la vez, porque levantamos la mirada y vemos que, junto a la impresora, hay un sobre tamaño

DIN-A4 relleno con una pila de folios en su interior. En el sobre se lee, escrito a mano, el mismo texto que titulaba la carta: «Confidencial: abrir solo en el caso de encontrar mi cadáver». La palabra «cadáver» no le cabía bien porque la frase era muy larga, así que ha tenido que añadir un guioncito después de «cadá» y continuar en una línea abajo con «ver». Es casi tierno.

—Joder, estaba delante de nuestras narices —dice Florencia—. Esto no se lo decimos a nadie, ¿eh? Será nuestro secreto.

Florencia abre el sobre antes de que yo pueda objetar de nuevo. Y hace bien, porque me habría rendido, como la vez anterior, y hubiéramos perdido el tiempo. Todos y cada uno de los folios están firmados, incluido el último.

—Bueno, pues ya estaría, ¿no? —dice Florencia—. Si no nos queda claro con esto, yo ya no sé…

No respondo porque mi cabeza está a punto de explotar, necesito tiempo para madurar la información y tratar de darle sentido. Este caso está siendo tan intrincado que ha llegado un punto en el que me da miedo descubrir nuevos datos, porque cuanto más sé menos comprendo. Me esfuerzo por no parecer perdida ante sus ojos y deambulo por el espacioso salón comedor sin rumbo fijo.

—Todavía no sabemos quién es el asesino, pero es un paso, ¿no? —me dice.

Amo a mi chica con todo mi ser, pero en este instante también la odio. ¿Por qué entiende lo que está sucediendo? Busco ayuda a mi alrededor y solo ahora me doy cuenta de que, en mi caminar sonámbulo, he acabado sentada en un sofá junto a un mastín precioso, que me mira con sus enormes ojos marrones a escasos centímetros de los míos. Inspira paz y me devuelve a la tierra, al aquí y al ahora. Su actitud reposada me dice que todo está bien y que mis problemas no son para tanto. ¿Quién quiere pastillas contra el estrés cuando puedes perderte en la mirada de un perrazo de setenta kilos?

—Ya es hora de confesar, Florencia —digo—. No soy buena inspectora, no como tú. Y no pasa nada por admitirlo. Estoy totalmente superada con esta investigación, que para ti es muy obvia. Ya sé que ayer me dijiste que era la mejor y que tratas de animarme, pero no puedo vivir fingiendo que sé lo que hago. Es un peso enorme sobre mis hombros y no lo quiero. Es mejor que me veas como realmente soy, una policía normal. Ni buena ni mala.

Florencia se ríe. Se carcajea de mí en mis narices y se tira al sofá, con nosotros. Si esto me lo hiciera otra persona, seguramente lo tomaría como una burla, con ella es distinto. Está claro que he hecho mal en preocuparme.

—¿No te da bajón saber que soy una fracasada? —insisto.

—Pero ¿qué dices, amor? Real que no he conocido a nadie que sea tan crack como yo en esto. Si siguiera tu razonamiento, toda la gente del planeta, menos yo, serían fracasados. Además, no te quiero por eso, me da igual que no seas Sherlock Holmes. Casi prefiero que sea así, ya he tenido que soportar muchas burlas por eso de apellidarme Watson. Si creyera que eres mejor investigadora que yo, lo más probable es que me generaras un trauma y casi seguro que tendría que dejarte.

—Entonces, ¿se podría decir que estamos juntas gracias a que no soy tan lista como tú?

—Justo.

Florencia me planta un beso y mis preocupaciones me abandonan de manera definitiva.

—¡Perroflautas! ¡Os voy a matar! ¡Piojosos! —dice el loro.

—A ver, ¿qué es lo que no comprendes? —me pregunta mi chica.

—¿Por dónde empiezo? Lo primero, ya sé que ambos eran un equipo, y que Míriam era parte esencial del entramado empresarial de Gerardo. Es normal pensar que, si uno estaba en peligro, el otro también lo estuviera, pero me confunde leer una carta en la que tu tío abuelo da por hecho que va a ser asesinado, y que luego sea Míriam la que ha muerto.

—Supuestamente —me contesta.

—Supuestamente mis ovarios, Míriam está muerta. ¿O no?

—Por desgracia, sí. Me refiero a que no sabemos si Gerardo está vivo. Yo lo que sé es que no ha dormido en su casa y que su coche todoterreno está aquí.

—Entonces, ¿está muerto? —pregunto.

—Tampoco he dicho eso. Lo que digo es que no lo sé —responde Florencia, y se queda pensando en lo que ha contestado—. ¡Qué bien suena eso! No lo sé. Es algo que no digo mucho, ¿verdad? En las investigaciones, me refiero. Si me preguntas cuál es la capital de Kuala Lumpur, te lo digo sin problema: no lo sé. Pero así, en medio de un caso, decir «no lo sé» suena raro en mi boca. Me da buenas vibes.

—Ya, yo casi preferiría que lo supieras, fíjate —le digo.

—Pues no. Admito que no sé si mi tío Gerardo está muerto, si está escondido en su hotel, protegido en alguna habitación como un búnker o si de quien se esconde es precisamente de la gente de su hotel. Las tres cosas pueden ser.

No puedo evitar soltar un suspiro y me abrazo a mi amigo el mastín. Florencia tiene dudas que a mí ni siquiera se me habían ocurrido. Es peor de lo que pensaba. Intento aclararme, otra vez:

—Pero hay algo que no me cuadra. Gerardo estaba en el AVE camino de Madrid cuando le escribí por WhatsApp para informarle de la muerte de su sobrina. Supuestamente él iba a tener una reunión allí y luego iba a volver el mismo día, hasta ahí normal. Una paliza, pero normal. Lo que no entiendo es que decidiera seguir adelante con su plan. La carta la escribió la noche anterior, así que ya estaba sobre aviso de que había un riesgo grande y, aunque Gerardo pensaba que era su vida y no la de Míriam la que estaba en el alambre, aun así es raro que volviera sabiendo que sus temores estaban fundados, ¿no?

—Nop. Tú misma lo has dicho. Él mismo, cuando escribió esta carta, ya daba casi por seguro que iba a morir, y le dio lo mismo. Siguió haciendo su vida como si nada.

—¿Por qué? A nadie le da igual que lo asesinen.

—No lo sé —dice Florencia, y se le escapa una risita—. Otra vez que no lo sé, ¿ves lo que te digo? Este caso es el padre de todos los casos. Lo que está claro es que escribió la carta y acto seguido vino a la cena. ¿Es porque pensaba que lo iban a matar ahí? No lo sé. ¿Por qué no huyó muy lejos si sabía que lo iban a matar? Tampoco lo sé.

—La casa de tu abuelo era un lugar muy seguro, en realidad. Había muchos inspectores en esa casa, a lo mejor por eso decidió acudir a última hora. Eso resolvería otro misterio.

—Tendría sentido… si fuera una decisión de última hora. Lo que pasa es que mi tío Gerardo encargó una estatua a tamaño real de mi abuelo. Y eso no se hace en dos días, lleva meses de preparación. Pero vas bien, me gusta tu rollo. Vamos a dar ideas, a lo loco. ¿Por qué alguien como el tío Gerardo desistiría de luchar por su vida?

Tomo aire y busco inspiración en mi chico, el perrazo sentado a mi lado. Lo malo es que ya no me mira y se limita a ofrecerme su barriga para que lo acaricie y yo lo hago. Resulta que no era un perrazo, sino una perraza. Aprecio su sororidad previa, aunque ahora me haya dejado sola. Suelto lo primero que se me pasa por la cabeza:

—Es un hombre importante. Esta gente muchas veces valora sus negocios más que nada en el mundo. Puede que tuviera algo especialmente relevante entre manos y considerara que merecía la pena jugarse su vida para conseguir sacarlo adelante.

Florencia empieza a dar vueltas por la sala. Se ve que está pensando con mucha intensidad, y que está disfrutando con el reto.

—Lo veo. Es un señoro muy pro, obvio. Como Jimin, pero en empresario, para que nos entendamos —me dice, aunque yo lo entendía igual antes—. Lo que pasa es que, si eres tan poderoso como Jimin, ¿a quién temes? No, lo que pasa es que él no es Jimin, eso sería Amancio Ortega, por ejemplo. Gerardo es más bien un idol de una banda con una carrera larga, que llenan conciertos, pero que no son famosos fuera de su barrio de Busan. Y, si ese idol tuviera un beef con BTS, entonces sí que estaría acabado. Eso puede ser. Mi tío Gerardo trata con gente de la élite, no podemos descartar que hubiera enfadado a alguien demasiado poderoso, tanto que fuera inútil enfrentarse a él.

Yo asiento, es evidente que su cabeza funciona de un modo totalmente distinto al mío, aunque siempre logra adquirir sentido al final.

—Venga, más ideas —me sugiere.

—¿Y si está enfermo terminal? —contesto—. Es un señor mayor, no sería tan raro y explicaría que le diera lo mismo ser asesinado. Habrá quien piense que es mejor morir de un balazo en un segundo que sufrir dolores durante cuatro meses postrado en una cama.

—Oh, yasss. Bien pensado. Cuidado, que vas a reventar los medidores de putoamismo.

—Es una chorrada, amor. Yo lo vi estupendo y aquí no hay ningún aparato médico. Podemos buscar medicinas, pero no creo que sea eso —replico, rebajando sus expectativas sobre mí—. No soy Sherlock Holmes, no hace falta que dejes de quererme.

Esperaba una reacción alegre, un «lol» o una risa exagerada, pero Florencia ya no está en esta sala, al menos no físicamente. Su cabeza ha volado al mundo de las ideas geniales e intimidantes.

—Yo lo que no dejo de pensar es que, en la carta, insiste mucho en proteger a su asesino. Mi tío Gerardo es como un productor musical, esa gente es capaz de usar a su propia madre si eso le fuera a dar beneficio. Es raro que se preocupe por nadie que no fuera él mismo, y eso es justo lo que no entiendo, ¿por qué actuaría así un cabrón sin escrúpulos? —se plantea Florencia.

—¡Matar al Oso! ¡Panda de inútiles! —chilla el loro.

Se hace un silencio producto de la frustración de Florencia y decido ponerme y dar vueltas alrededor de la sala.

—Venga, voy a ver si puedo pasar todo esto a limpio en mi cabeza para saber qué tenemos y qué nos falta —le digo—. Lo primero es que podemos confirmar que en el centro del enigma del asesinato hay un espía al que todos conocían como Oso Amoroso. Yo imagino que tenía contactos en el hotel y que su objetivo era frenar la ampliación de las pistas de esquí. Sabemos que este topo no era Míriam y que había amenazado de muerte a Gerardo, pero que a quien acabó asesinando es a la propia Míriam. Aunque puede que esté relacionado porque seguramente habría que matar a los dos para frenar el proyecto de ampliación de las pistas.

—Y no sabemos si mató a Gerardo también, no lo olvides —me dice mi chica.

Florencia recorre el salón conmigo mientras pensamos, aunque ella camina en sentido opuesto. Nos cruzamos dos veces en cada vuelta alrededor del salón comedor ante la atenta mirada de todos los animales. Por lo que sea, no están acostumbrados a presenciar este tipo de coreografías sin sentido.

—Cierto —respondo—. Gerardo no sabemos dónde está, puede que muerto, puede que escondido, pero sí tenemos la certeza de que conocía al Oso Amoroso y de que no le deseaba ningún mal.

—Y eso es raro porque Gerardo no quería a nadie más que a sí mismo. Y a lo mejor un poco a Míriam —apunta Florencia.

—Además sabemos que Míriam también conocía la identidad del Oso Amoroso, pero que ella no se quedó ahí, sino que estaba intentando escribirle una carta para chantajearlo cuando este la mató. Lo que todavía desconocemos son los motivos de Gerardo para regresar a la estación después de tener noticias del crimen y, por supuesto, la identidad del Oso. Y no sé si me dejo algo más.

—Lo más importante —concluye Florencia—. La razón por la que estamos aquí. Descubrir quién abrió la puerta en medio de la noche.

—¿Seguimos pensando que eso es una opción? ¿No es muy complicado? Si el Oso estuviera dentro de la casa, no necesitaría abrir la puerta, ¿no?

—Da lo mismo, no habría podido hacerlo —me responde—. Por paradójico que parezca, sería mucho más difícil de explicar. Habría que resolver el problema de la coartada en cadena, la sangre que no es de nadie… De esta manera solo tenemos que encontrar el escondite. Además, hay un candidato ideal para cometer el asesinato. Sí, uno perfecto.

La miro, esperando que lo diga, pero eso no sería propio de ella. Demasiado fácil. Me toca preguntarlo:

—¿Quién, si puede saberse? ¿El esbirro de tu tío?

—¡Perroflautas! ¡Malnacidos! —chilla el loro.

—El mismo. Jandro.

Mi amiga la perraza gruñe al escuchar ese nombre. A ella tampoco le cae bien. Me la quiero llevar a casa, no hay nada que haga mal.

—Vale, tiene pinta de ser capaz de matar. Y es posible que tu tío le tuviera cariño, pero ¿el perro sería capaz de matar a su amo? Con perdón, chica —le digo a la perraza—. Ha sido una mala comparación, no sois de la misma especie. Él es claramente de los nuestros.

—Claro que sería capaz. Es como los guardaespaldas de los idols, que se juegan la vida por ellos, pero porque es su curro. A veces me he fijado en sus caras y se los ve hasta las narices, seguro que muchos los tratan como si fueran basura. Y son seres humanos, hasta Jandro lo es.

La perra vuelve a gruñir, demostrando que la primera vez no fue casualidad. Florencia sigue hablando:

—Lo que no me cuadra es que él sea el Oso. Me pega más como ejecutor que como planificador. Así que el espía tiene que estar en la casa. ¿Quién es? No lo sé.

—La opción obvia es Julia, que trabaja en el hotel y podría estar resentida porque la toman por el pito del sereno, así que esta sería su venganza —digo.

—No sabemos si el tío Gerardo la quería, me parece raro que lo hiciera y es más extraño todavía que ella fuera capaz de algo así, pero es una opción —me responde Florencia.

—Podría ser Emilio usando el contacto de la propia Julia para infiltrarse. El tipo es un imbécil y sus motivaciones son las que más claramente están alineadas con la labor del espía. Es el más interesado en parar la ampliación porque quiere fabricar whisky con el musgo de la zona.

—Me sigue pareciendo que esto lo supera. Es demasiado imbécil.

—¡Pagafantas! —chilla el loro.

—Tu madre también trabaja en el hotel y ella sí que estaría capacitada para hacer esto. Lo que pasa es que no conocemos su móvil… y no me la imagino matando a nadie —digo.

—¡Menuda es ella! No podemos descartarla, aunque no tenemos móvil.

—Por eso no podemos olvidar a Susana y a Javi. Ellos sí que tienen móvil, al menos para matar a Míriam. Susana estaba celosa, y Javi la odiaba por haberle rechazado su ofrecimiento de trabajar en el hotel. Lo que pasa es que ellos lo que no tenían era acceso al hotel. Es posible que conocieran a Jan… —digo y me detengo antes de pronunciar ese nombre y provocar un nuevo gruñido—. Al esbirro, y que utilizaran su contacto, pero no tenemos pruebas de que tuvieran relación alguna con él. Esta vez no me dejo nada, ¿no?

Florencia me planta otro beso.

—Lo has dicho todo.

—Entonces, ¿cuál es el siguiente paso? —pregunto—. ¿Volvemos a la casa y los investigamos con esto en mente? ¿O vamos al hotel a ver al esbirro?

—Ni lo uno ni lo otro. A casa vamos luego y al hotel no merece la pena ir, porque el abu ya está encargándose de eso.

—¿No iba a comprar el pan? —pregunto y me arrepiento al instante. He sido muy ingenua.

—Yo lo que te propongo es hacer un pequeño juego. ¿Te apetece?

Florencia me coge de la mano sin esperar mi respuesta y me guía otra vez a la mesa del comedor, al ordenador de sobremesa. Siento que esto ya lo he vivido.

—Vamos a escribir a Jan…, al señoro este, y nos vamos a hacer pasar por Gerardo. Así sabremos si lo ha matado o no. ¿Te apetece?

—No entiendo…, ¿cómo? No tenemos su número y nunca se creería que somos Gerardo. Es ridículo.

Mis palabras nacen viejas porque, antes incluso de que yo termine de hablar, Florencia me enseña la pantalla y en ella aparece, reluciente y verde, el dibujito de la aplicación del WhatsApp en el ordenador. Gerardo tiene un ordenador de sobremesa de hace diez años y en general es más rancio que desayunar con un sol y sombra, pero aun así se mensajea con sus amigos a través del ordenador. En fin, el futuro ya está aquí. Ni corta ni perezosa ni discreta, Florencia agarra el ratón, hace doble clic sobre el icono y, en cuestión de un segundo, tenemos ante nuestros ojos las últimas conversaciones de Gerardo. Un registro en primera persona de los últimos pasos del hombre investigado, esto es el sueño de cualquier inspector que se precie y también del que no se precie.

La primera de todas sus conversaciones es con Jandro. Es decir, es el último con el que ha hablado. La penúltima soy yo misma, pero esa conversación ya la conozco y la tengo en mi móvil, así que seleccionamos la del esbirro.

El último de los mensajes ha sido enviado hace tan solo unos minutos. Dice:

> Qué cojones está pasando? Tengo que estar al día. Ayer no te presentaste a la reunión, necesito verte y hablar o no respondo de mis actos

Florencia y yo nos miramos. No sé lo que pensará ella, pero a mí me han surgido más preguntas que respuestas, lo que, por otro lado, es normal. Las conversaciones de este estilo tienen la peculiaridad de que se leen de atrás adelante, en orden cronológico inverso. Decidimos subir hasta el último mensaje enviado por Gerardo, es del día de ayer al mediodía, poco antes de recibir el mío. Dice:

> Todo marcha como es debido, aunque me voy a retrasar más de lo previsto. Seguiré informando

A partir de aquí, una retahíla de mensajes de su empleado sin respuesta, repartidos a lo largo de las siguientes horas:

> Ok, yo voy en hora

> Jefe, estoy en tu casa y salvo este perro que no me deja en paz no hay nadie aquí

> Dónde estás?

> Jefe, perdona por insistir, pero empiezo a preocuparme. He escrito a Míriam y ella tampoco me contesta

—¡Para, para, para! —exclamo, impidiendo que sigamos leyendo—. ¿Jandro no sabe que Míriam ha muerto? Eso tira por tierra todas nuestras teorías, es imposible que la matara él si dice esto.

—Amor, ¿no ves lo que está haciendo? Nadie en su sano juicio confesaría un crimen a su siguiente víctima —me explica Florencia.

—Claro, es lógico. Estaba mintiendo, ni se me había ocurrido —digo—. Bueno, no vamos mal, hemos descubierto que Gerardo no ha muerto, al menos no a manos de su esbirro porque lo está buscando. Sigue leyendo.

Solo nos quedaba un mensaje sin leer, también de la noche anterior, que dice:

> Voy a llamar a tu cuñado

> No sé si te parece bien, pero no me queda otra opción

—¡Motherfucker! El abu habló con él, se lo tenía bien calladito —suelta mi chica—. ¿Qué sabrá él que no sepa nadie más? Tenemos que darnos prisa o lo va a resolver él antes que nosotras, y menudo cuadro. A ver con qué cara vuelvo a su casa el año que viene.

—¿Y qué podemos hacer? Es que no sé ni por dónde tirar —le digo.

—Solo hay un camino, pero es resbaladizo. A ver cómo lo hacemos…

Mi chica se remanga concienzudamente, como si fuera a hacer una complicada labor con sus manos desnudas. En lugar de eso, se sienta frente al teclado y comienza a escribir:

> Estoy en lugar seguro,
> pero debo andarme con ojo

> He encontrado al Oso

Borra la palabra «Oso» y la cambia por «espía». Se lo piensa un segundo y vuelve a poner «Oso». Y lo envía.

—¿Qué has hecho? —pregunto.

—No he podido resistirme a la rima —confiesa.

—Me refiero a lo que has puesto, ¿qué plan tienes?

—Si no podemos encontrar al Oso nosotras ni podemos presionar a Jandro para que nos diga quién es, tendremos que provocar que sea él mismo quien lo haga, por su propia voluntad.

Recibimos un mensaje:

> Estaba a punto de liarla
> para encontrarte

> Por qué no me has avisado?

Florencia sonríe y responde sin pensar mucho:

No es asunto tuyo

—Eres un genio del bien —le digo, porque de verdad lo pienso. No es por regalarle los oídos.

Jandro vuelve a escribir:

Cuál es el plan?

Aplazamos la reunión al día
de hoy, mismo lugar, misma hora?

Mi chica me mira, para esto no hay una respuesta inmediata.

—Estoy segura de que esa reunión es top —dice Florencia—. Pero no nos renta hablar de ella, lo que queremos es atraerlo a casa de mis abuelos, no prometer que Gerardo va a aparecer en ningún sitio.

—¿Y si aparece? —pregunto—. No sabemos dónde está escondido.

—Bien tirado. Le vamos a dar la vuelta a la tortilla.

Florencia vuelve a ponerse manos a la obra y responde:

No voy a ir, vas a venir tú.
Te espero en casa de Richard

Y me mira, poniendo una mueca enfatizando la locura de lo que acaba de poner. Yo grito y la perraza ladra.

—¡Ganapanes! Matar al Oso —dice el loro.

¿Qué haces allí? Es una locura

Lo que es una locura es lo que
me has hecho. Sé que sabes
que el Oso está en esa casa

Mi chica levanta las manos del teclado y espera respuesta, con nervios. La aplicación nos informa de que «Jandro está escribiendo un mensaje...», pero tarda en llegar. Debe de estar pensando mucho qué hacer en este momento.

—Aquí nos la jugamos —me dice Florencia—. Ahora mismo, él sabe que Gerardo sabe que lo ha traicionado. A partir de aquí, tiene dos opciones: o pone las cartas sobre la mesa y se enfrenta a mi tío abuelo, o se achanta y pide perdón.

El mensaje llega:

> Tenía que habértelo dicho antes.
> Es error mío

Florencia se pone a bailotear a mi lado. Empieza de un modo descontrolado y pronto se pone a perrearme. Está muy contenta; perrear no es su estilo. Jandro sigue escribiendo:

> Ok. ¿Quieres algo más?

> Cuando llegues, quiero que mantengas una conversación con el Oso y le dejes clara su situación

> Sin violencia, esa casa es un nido de policías

> Como quieras

Florencia se gira hacia mí y hace el gesto como de soltar un micrófono imaginario que tiene entre las manos y marcharse. Es un movimiento de chulería que ella reserva solo para los momentos más brillantes. Lo merece, desde luego.

—¡Qué tensión, joder! —exclamo—. ¿Qué hacemos? Podemos descansar un poco, ¿no?

—Nop, lo siento, amor, pero no está todo hecho. Lo ideal sería descubrirlo antes de que aparezca, que no tenemos ni idea de la hora a la que quedaron ayer, aunque no puede ser muy pronto, porque mi tío Gerardo estaba en Madrid. De todas formas, no podemos fiarnos, mi tío abuelo es capaz de aparecer en el peor momento. O eso, o ha estado todo el rato detrás de Jandro mientras le escribíamos y nos ha tomado el pelo. Es muy capaz de hacer algo así. No nos podemos relajar.

—Entonces, ¿volvemos ya a casa de tus abuelos?

—Nop. Tengo pensado algo mejor. Ven conmigo —me propone mi chica.

Vuelvo a seguirla y se me unen la perraza, el otro perro y los gatos. Todos menos el loro de los cojones. Nos dirigimos a la cocina y los animales se empiezan a poner nerviosos y a saltar. Creen que Florencia les va a dar de comer otra vez.

—Antes, cuando di de comer a todos estos, he visto que mi tío Gerardo tiene roscón de Reyes en la nevera. De los que llevan nata. Y he pensado que no hay tanta prisa por volver, ¿no? Aunque a lo mejor deberíamos llevar algo a casa de los abus, a Alvarito le hará ilusión.

Ahora soy yo la que se empieza a poner nerviosa y a saltar. Florencia me va a dar de comer.

Un cadáver a los polvorones

EUGENIO

Aún antes de que amanezca, Eugenio, que siempre ha sido muy de madrugar, se encuentra en la cocina con Susana. De todos modos, en casa de sus padres siempre se ha hecho de día muy tarde, con las montañas como visera, y si esperan a que el sol haga acto de presencia se les va la mañana. El tiempo está en su contra. Susana lleva una bata negra y rosa con tachuelas, de su adolescencia, que ha debido de encontrar en su cuarto. Nadie esperaba estar en la casa de Agnes y Richard a 26 de diciembre. Eugenio ya se ha duchado y va vestido de ayer, preparado para volver a trabajar. Ha dormido unas cuantas horas, mal, incómodo, culpable. Inocente del crimen, pero culpable de no solucionarlo. El día anterior no ha sido, desde luego, el más productivo para él. Pero ha descartado opciones y evidencias. Más de lo que ocurre en días enteros con otros casos. Así que se ha levantado y ha mirado por la ventana. Y había nieve. Ha bajado las escaleras y Juana seguía dormida. Respiraba bien, tan solo dormía. El caso seguía siendo suyo.

—¿Sigo siendo sospechosa? —pregunta Susana.

—Claro —responde Eugenio—. De eso no se libra nadie hoy aquí. ¿Has calentado agua?

—Por supuesto que sí —contesta Susana, ofendida—. Soy también una Watson y tomo té a todas horas, como los demás. No decido quién va a la cárcel y quién no, pero no me echéis todavía de la familia.

Susana mira al infinito, por la ventana, como si tuviera resaca. Eugenio está seguro de haberla visto en esa postura con esa misma ropa, muchos años atrás, cuando aún eran jóvenes y no estaban envueltos en crímenes.

—Gracias. —Eugenio se sirve una taza de té y comienza a dar vueltas por la cocina—. No hay pan.

—Ya.

De pronto, no sabe si por influjo de la superstición de su hermana, Eugenio se pregunta si podrá tener un buen día desayunando sin pan. No hay que forzar a la suerte.

—No nos podemos hacer tostadas.

—Hay galletas —responde Susana, masticando una con la boca abierta.

—Pues tendrán que valer, porque a ver quién es el guapo que sale a por pan con este temporal.

—Papá.

Eugenio se queda congelado, como si no hubiera entendido su respuesta.

—No jodas.

—Usa el bastón como quitanieves y sale a la aventura. Ya me dijo mamá que lo hacía.

—Un día le va a pasar algo.

Hay sitio para los dos en la mesita de la cocina y se hacen hueco uno al lado del otro, como antaño.

—Él sabrá lo que hace. Ya es mayorcito. Se ha ido con tu hija y su novia, por cierto. He ido a avisarlas de que iba a usar el baño por si necesitaban entrar ellas antes y no estaban en su habitación.

Con tanta noticia, Eugenio se olvida de comprobar si estaba caliente y se quema con el té.

—Pero ¿qué hora es? —dice Eugenio—. Pensaba que habíamos madrugado.

—Somos Watson. Todos madrugamos. Ayer escuché el tanque del tío Gerardo saliendo a las seis de la mañana.

—Él no es un Watson.

Susana chasquea la lengua. O mastica una galleta. Tampoco está cómoda.

—También es verdad —admite—. ¿Habéis sabido algo de mi tarjeta ionizada? Me noto las energías raras.

—Nada.

Eugenio moja una galleta en el té y se la come. Enseguida se arrepiente. La siguiente se la toma seca. No es el desayuno que necesitaba.

—¿Has dormido con Berni? —le pregunta.

—Sí, ¿qué querías que hiciera?

Al poder saborear el té, Eugenio descubre que Susana lo ha dejado demasiado tiempo en el agua hirviendo. Le suele ocurrir. Amarga. Sí, un mal desayuno. Como los de entonces.

—Después de todo lo que ha pasado no sabía cómo te lo ibas a tomar —dice Eugenio.

—Lo que pasó fue hace mucho tiempo, está ya hablado y resuelto entre nosotros. No fue fácil, pero está cerrado.

—¿Cómo sabes que se quedó ahí y no volvieron a verse? Puede que siguieran quedando. Eso sería un motivo de asesinato.

—Tengo fe en que es así. Lo sé. ¿Tú cómo sabes que Quique no te engaña? ¿O Verónica, antes?

Susana da por terminado su desayuno, pone su taza en la pila y se remanga para fregar.

—No puedo saberlo —responde Eugenio, tras meditarlo—. De verdad que no. Solo puedo creer que es así y confiar.

—Mentira. Lo sabrías. Eso se sabe. Y eres un policía de la leche.

—Así que reconoces que soy bueno en lo mío.

—Bah. Seguro que puedes comprobar las llamadas de teléfono de una y de otro, los mensajes, lo que sea, y no lo has hecho. Ya te digo que no quedarían por paloma mensajera.

—Lo de la paloma mensajera es más de alguien tan negacionista de la ciencia como tú —señala Eugenio, con inesperado cariño—. A veces me alucina lo que entiendes de mi trabajo, que no creas en las huellas y el ADN, pero sí pienses que tenemos acceso ilimitado a los teléfonos de la gente.

—Si pueden hacerlo los novios tóxicos, podéis hacerlo vosotros. No sois tan distintos.

Por supuesto que podrían o deberían haber intentado ya mirar el teléfono móvil de Míriam para descubrir si alguien la había amenazado o si tenía algún problema con alguien. Pero no es tan sencillo entrar en un teléfono sin la contraseña, sin dedicarse a eso, y además necesitarían una orden judicial que no les pueden dar así como así, si ni siquiera saben que están llevando ellos mismos la investigación. Claro que el mayor impedimento suele ser el interés de la familia en que no se revele la intimidad de la fallecida, y eso ya está ocurriendo.

—Y, aunque pudiera ver sus mensajes —dice Eugenio, sin embargo—, ellos podrían haberlos borrado.

Susana, por fin, comienza a fregar, dando la espalda a Eugenio, hablando sin mirarse, siguiendo con su vida. Eso siempre era así cuando convivían.

—Acepto que Berni pudiera querer hacer eso, pero una mujer soltera e independiente como Míriam, ¿por qué iba a hacerlo? ¿Tú crees que le importaba mucho que alguien supiera con quién se acostaba?

—Lo hablaré con mis jefes, les voy a pedir permiso para mirar sus mensajes, pero no te puedo prometer nada, ¿te sirve? Si tienes razón, serás menos sospechosa.

—Eso estaría muy bien.

El chorro de agua sobre su taza interrumpe la conversación y el vapor que baña las manos de Susana da envidia a Eugenio. Quizá porque en esa bruma todo es posible y la eterna búsqueda de la verdad se diluye. Y seguro que porque el calor en las manos es un bien escaso en las Navidades del Pirineo. Bebe el último trago de té amargo y la espera para fregar también él su taza.

—Podrías haber contado conmigo cuando supiste lo de Berni y Míriam —dice Eugenio—. Creo que te habría apoyado.

—No somos tan cercanos, Eugenio. ¿Cómo me habrías podido ayudar? Ya estaba hecho.

Susana se seca las manos. Sin prisa. Se ha mojado, pese a arremangarse, su bata rosa y negra con tachuelas.

—No lo sé —responde Eugenio—. Estando.

Y friega él su taza, sin prisa. Sigue sin amanecer, y el fregadero se llena de vaho. Sienten la Inglaterra de sus ancestros en la cocina.

—Además, tú siempre fuiste más cercano a Míriam que yo. ¿Qué querías? ¿Que te dijera que tu querida hermana mayor se acostaba con mi marido? ¿Qué iba a cambiar eso?

—Habrías tenido a alguien en quién apoyarte. A veces viene bien que te escuchen.

—¿Tú me llamaste cuando acabó tu relación con Verónica?

—Te lo conté.

—Meses más tarde, cuando te vi con Quique por la calle, de la mano. Eres un ejemplo de comunicación.

Eugenio cierra el grifo y pone la taza a secar, junto a la de su hermana.

—No éramos tan cercanos, no —reconoce Eugenio.

—Ni siquiera hablé con Míriam, la muy hija de una hiena, como para hablarlo contigo.

Susana se acerca a la puerta, con las manos en los bolsillos, y no mira a la cara a Eugenio, pero tampoco se va. Son sus dinámicas de toda la vida entre hermanos.

—Se supone que hay que hablar bien de los muertos —dice Eugenio—, cuando acaban de morir al menos.

—No ayuda para dejar de ser sospechosa, desde luego —admite Susana.

—Desde luego. Y todos nos estamos llevando una opinión peor de ella a medida que pasan las horas. Me asusta que dentro de un rato descubramos que es la responsable del hambre y de la guerra en el mundo.

—¿Y qué crees que hacía en el hotel? Cargarse el Pirineo con eso de la pista de esquí y hacerse rica a toda costa. Bien por ella, pero no era para darle un premio a la mejor persona.

—El tío Gerardo no era la mejor influencia —responde Eugenio.

—Déjate de tíos Gerardos. Se acostó con mi marido. Anda que no habrá hombres. ¿Tú crees que me pidió disculpas? ¿Que intentó arreglarlo? Siguió con su vida como si no hubiera pasado nada.

Eugenio asiente, apoyado en la mesa de la cocina. Visto así, no encuentra muchos caminos para defender a Míriam. Coge una mandarina, la pela, y da un par de gajos a su hermana, que los acepta sin decir nada.

—¿Crees que pudo afectar a Javi? —pregunta Eugenio—. Sabía de esta infidelidad y no lo habló ni contigo ni con Berni. Se lo quedó todo para él, a una edad tan decisiva. Quién sabe lo que pasaría por su cabeza, pobre chico. Quizá ese silencio, esa ira y esa distancia con Berni y contigo le hizo centrarse más en temas de criptomonedas y cosas raras, muchos chavales buscan validación por esas vías para sentirse más fuertes.

—No hables de lo que no sabes. Javi siempre ha sido así. Ya de niño le dabas un hielo y una pieza de fruta y trataba de vender limonada en el parque, tú te acuerdas de eso, seguro.

—Sí, es verdad.

—Especulaba con su propia merienda sin que nosotros le inculcásemos nada. Salió así y lo queremos como es.

—Pero por eso mismo. Míriam era igual, los dos lo sabemos. Dos tiburones de los negocios. Y Javi, probablemente odiándola y sabiendo lo que había pasado con Berni, se ofreció a trabajar en el hotel, con ella. Cualquiera pensaría que Míriam no podía negarse, que intercedería por él ante Gerardo, qué menos podía hacer después de lo que había supuesto para vosotros como familia. Y no dudó en rechazarlo.

—Javi sabe cómo funciona el mundo del dinero, no te preocupes por él.

—No es por él por quien me preocupo.

—No mató a Míriam. Y si lo hizo no lo puedes demostrar ni yo sé nada. Déjame en paz, ¿quieres?

—Claro, perdona. La mandarina al menos estaba buena, ¿no crees?

—Las he tomado mejores.

Susana se dirige a la puerta, esta vez sí, para irse.

—Oye, Eugenio, ¿esto ha sido un interrogatorio o una conversación entre hermanos?

—No estoy seguro. Eres sospechosa, pero también eres mi hermana. ¿Puede que un poco de todo?

—Puede.

—Estoy aquí para hablar cuando lo necesites. Como hermano.

Esta muestra de apoyo deja fuera de juego a Susana. El resto de la dinámica entre ellos podía remitir a la infancia que compartieron, pero este detalle no, porque entonces iban cada uno a lo suyo y no estaban para ayudarse entre sí, ni mucho menos para escucharse. Sin dar las gracias, porque quizá eso sea demasiado pedir para ella, se va definitivamente de la cocina, dejando a Eugenio atrás. Eso sí, con un gesto más amable y benévolo que cuando comenzó a desayunar. El mundo se cambia con pequeños gestos, piensa Eugenio.

Por suerte, sin su padre y sin su hija se siente más cómodo. Ambos fuera de casa dejan de ser una molestia, un impedimento para investigar por su cuenta. Son ruido. Y ahora tiene calma. No entiende bien por qué un inspector de policía tendría que salir de una casa en la que están todos los sospechosos. En su recién elegido optimismo piensa que aún le queda mucha casa que investigar. Que el asesino pudo dejar algún rastro que no están teniendo en cuenta.

Y, como buen inspector que es, mira a su alrededor, porque la cocina es un lugar tan bueno como cualquier otro para investigar. Pero ¿qué le puede ayudar con la investigación? ¿Qué es lo que no está viendo? ¿Escuchando tal vez? ¿Sintiendo? ¿Oliendo? Está en la cocina. Eugenio piensa. Siente. Eugenio tiene que saborear. Quizá sea una tontería. Quizá siga teniendo hambre. ¿Qué se puede saborear? Quizá pueda resolver qué envenenó a Míriam y a Juana y quizá a Emilio. Eso ayudaría con la investigación.

No es el té. Si lo fuera, ya estarían todos dormidos. Es más, les da energía. Y no es de seres muy inteligentes tratar de dormir a una persona con una bebida estimulante. Si los hubieran dormido con pan ya no puede saberlo, porque no queda. Aún le molesta que hayan llegado hasta ese punto. Josema se lo está poniendo muy difícil. En cualquier caso, todos comieron pan, así que prefiere descartarlo y olvidarlo, al menos hasta que lleguen Florencia y Richard. Las galletas no son. Ni el chocolate, Susana y Berni lo asaltaron la noche en que murió Míriam y están ambos muy despiertos. De la cena del 24 ya no queda nada, se comieron los restos entre todos el día anterior. Por suerte, eso implica que su madre no tuvo que cocinar, con todo lo que tenía encima. Quizá no sea posible descubrir cómo los envenenaron. O quizá se les esté escapando algo.

¿Qué es lo que Eugenio no ve, o no escucha o no huele o no siente? ¿Qué es lo que no saborea? Aquello que no le gusta. ¿No está claro? Es muy evidente. ¿Y qué no le gusta? Si él siempre ha comido de todo. Su madre presumía de ello. Sus hijos comían siempre de todo. No solo *fish and chips* y una taza de té de vez en cuando. Las bromas que les hacían de críos se mantienen en la cabeza para siempre. Pero hay algo. Tiene que haberlo. Y lo hay. Lo hay. Polvorones.

Solo Míriam los toma, desde niños. No les gustan. A nadie más. Es un plan perfecto. Nunca tienen en casa, al menos desde que Míriam se separó del núcleo familiar, y antes tenía que comprarlos ella porque al resto se le olvidaba, incluso, su existencia. Una vez al año para ella. Ninguna para el resto. Tiene que ser eso, un asesino que la conociera lo sabría, sabría que no había riesgo de envenenar a nadie más y que ella los tomaría. Eugenio está pletórico, da vueltas por la cocina con un polvorón en una mano y otro en la otra, ni se percata de la presencia de su madre calentando más agua. Bailotea sin música, sin Silvio, y piensa en cómo cazar al que lo trajo. Desde luego, este día la investigación fluye mejor que el anterior. Polvorón eres y en polvorón te convertirás. Eugenio no es religioso, pero la mera idea de que la frase le venga a la cabeza lo divierte. Encuentra a su madre y la abraza.

—Te quiero, mamá —dice—. Buenos días.

—Yo también, Eugenio.

—No hay pan, han ido Florencia, Ainhoa y papá a comprarlo, quizá lleguen antes de que desayunes.

—Ya he desayunado, esto es para mi segundo té. Y sí, ya me ha contado Susana. Espero que no lleguen tan lejos y se den la vuelta. Es una locura.

—Ay, vaya. ¿Cuándo os habéis levantado todos? No respondas. Muy pronto. No entiendo nada.

Eugenio besa a su madre en la frente, como ha hecho cada vez que la ve desde que es más alto que ella, y se va de la cocina directo a su laboratorio, la biblioteca.

Por supuesto, Verónica ya se ha levantado y está en el baño. Todos los habitantes de esta casa parecen dispuestos a levantarse antes que el sol. Así que se puede sentar cómodamente en el sillón, dejando los polvorones en la mesa camilla. Para reflexionar. No tiene aún nada más que hacer. Sin el equipo pertinente, no puede analizar una muestra de polvorón. Hasta el momento solo tiene una suposición, como la tendrían su padre o su hija. Ahora necesita convertirla en una prueba. ¿Comieron polvorones Emilio y Juana? Juana seguro, cuando tomaba té con él en esta misma habitación, cuando aún era una biblioteca. Se comió varios, lo que, unido a su débil estado cercano a la hipotermia, podría hacerla dormir más de un día sin problemas. Y juraría que Emilio, en su incomprensible humor, imitó a Míriam al seguir el protocolo habitual de machacar el polvorón antes de comerlo. El muy estúpido se envenenó a sí mismo por error. Si es que de verdad el veneno está ahí. Probablemente el asesino haya espolvoreado alguna benzodiazepina triturada sobre el azúcar glas, los ansiolíticos pueden provocar mucha somnolencia, tanta como para dormir a alguien por unas cuantas horas, y más si se ha bebido alcohol. Además, mucha gente lo consume y lo tiene recetado. Cualquiera puede ser sospechoso. Al apretar o golpear el polvorón, se mezclaría con el ansiolítico, diluyendo su sabor amargo entre el dulzor. Sabiendo que Míriam es capaz de comer alrededor de cinco polvorones por Nochebuena, esta resulta una táctica infalible para mandarla a dormir.

Mientras busca soluciones para demostrar su hipótesis, guarda los polvorones en una fiambrera, pegando encima una nota con la fecha y la hora. Ya marcada como evidencia parece más real. No ha cambiado nada, pero se siente mejor policía. Respira hondo y mira la noche por la ventana. Debería estar durmiendo, en este día de vacaciones, durante al menos un par de horas más. Pero no tiene tiempo que perder, y no sabe de nada en la casa que pueda hacer reacción ante un fármaco o una droga y no lo haga ante cualquier ingrediente natural del polvorón. Eugenio sabe lo que tiene que hacer, aunque no quiera hacerlo. Y, como es un hombre responsable, vuelve a la cocina a por un vaso de agua, encontrándose allí, desayunando, a Verónica, Emilio y Javi. Pero no les hace caso, llena el vaso hasta arriba. Y, por las dudas, llena otro vaso y se va con los dos. No se deja distraer. No es desagradable con ellos, solo distante.

—Estoy investigando, por favor —les dice, respetuosamente—, hablamos en otro momento.

—Solo te estábamos dando los buenos días, Eugenio, pero ya lo haremos después, si te pones así. Ya sabemos quién se despierta de mal humor —responde Emilio, con toda la ofensa que es capaz de fingir.

En el laboratorio la fiambrera sigue en su sitio, ¿y a dónde se podía ir? Eugenio, sin embargo, habría deseado que la hubiesen robado, pero deja el vaso de agua ceremoniosamente y saca uno de los polvorones y lo aplasta sin ganas y sin gracia, como lo haría alguien que no quiere comerse un polvorón y no lo ha hecho en los últimos veinte años, por lo menos. Lo mira de cerca. Le parece un polvorón normal. Lo huele. Quizá un poco extraño. Quizá un poco amargo. ¿Dijeron algo Míriam, Emilio o Juana sobre el sabor? No lo recuerda. Todos lo tomaron acompañado de champán, de whisky o de té. Eso cambia la percepción, sin lugar a dudas. Debería saber raro, pero no recuerda el sabor de un polvorón. No tiene con qué comparar. Y no puede probar más que unas migas, lo justo para no caer en un sueño como el de Juana. Ponérselo en los dientes, quizá, como los agentes de narcóticos de las películas con la cocaína. En la realidad no lo hacen, claro, pero quizá tampoco sea la peor de las ideas. Podría dárselo a probar a alguien, poner a dormir otra vez a Emilio, o a Berni, a cualquiera que no vaya a ser tan importante como él mismo para pillar al asesino. Eso, sin embargo, no sería ético ni de buen profesional. Y bajo qué pretexto obliga a alguien a tomar algo que no le gusta. No son niños pequeños. Y, claro, le viene a la cabeza la posibilidad de dárselo a probar a quien se deja obligar a comer, como Alvarito, y la mera idea de envenenar a su hijo lo avergüenza. Tiene que ser él mismo. Una dosis mínima no le hará daño.

Arranca un pedazo de polvorón con dos dedos y se lo lleva a la boca, lo mastica con asco, lo saborea con la punta de la lengua y lo mueve al paladar, tiene una arcada que logra contener, vuelve a la lengua, se deshace en su boca, se mezcla con su saliva, lo traga al fin y sabe amargo, como él esperaba, pero ¿no se estará engañando? Bebe un vaso entero de agua, hace gárgaras, se maldice. Toma otro pedazo pequeño de polvorón y repite el proceso, toda una experiencia navideña. Definitivamente no sabe solo a polvorón. Hay algo más. Es amargo. Hay algo tóxico. El veneno estaba ahí. Así que se ha drogado de buena mañana, incluso antes de amanecer. Ni que fuera fumador. Eugenio camina hacia el baño, sin correr, porque le enseñaron que no había que correr por los pasillos, y está en la casa familiar, hay que mantener unas formas, pero se siente definitivamente sucio, sutilmente aparta a Javi, que se dirigía hacia allí a hacer pis o a vender unas acciones, cierra la puerta, se disculpa, abre la taza, se mete los dedos en la garganta y vomita. El día comienza con un hallazgo, pero no le resulta del todo placentero. Al menos puede estar tranquilo, ha expulsado cualquier sustancia nociva y sana de su organismo.

Solo tiene que saber quién trajo los polvorones a casa de sus padres, porque, sea quien sea, ha dedicado mucho tiempo a poner probablemente polvo de ansiolítico en cada uno de los polvorones. No se podía arriesgar a hacerlo delante de toda la familia. Tenía que traer los deberes hechos de casa. Y deshacerse de los polvorones que hubiera en la casa. ¿Cómo? ¿Los tiró a la basura? ¿Por el mismo retrete que ahora abraza?

Cuando sale del baño, Susana lo mira con desprecio, junto a Javi.

—No estaban tan malas las galletas, Eugenio —dice Susana—, eres un mimado y un exagerado.

De nuevo la sensación entre ellos es la de una vuelta a la niñez, con sus disputas por cualquier gesto, con sus envidias y sus celos, solo le ha faltado a Susana ir a chivarse a papá y mamá.

—No han sido las galletas —responde Eugenio, tratando de calmar el estómago con un masaje.

—Me da igual —responde Susana—. Ser policía no te da derecho a ir empujando a la gente por la vida. Pídele perdón a Javi.

—Me podías haber hecho daño, Eugenio.

—Disculpa el empujón, Javi, tenía cierta urgencia. Lo siento. Oye, necesito saber algo y sé que esto es personal, pero ¿alguno de vosotros toma ansiolíticos? No hay nada de lo que avergonzarse con la salud mental.

Susana pone los ojos en blanco. Es un gesto muy suyo, como si supiera más que el resto de las personas.

—La medicina tradicional es un engaño, Eugenio, pensaba que lo sabías. Una trampa para obligarnos a consumir.

Eugenio nunca entiende del todo cuál es la ideología de su hermana. Parece claro que la ciencia es el enemigo principal. Pero fuera de la medicina tradicional también hay somníferos potentes. Y amargos.

—¿Y fuera de la medicina tradicional?

—Pues a veces me tomo una tila, si no te importa.

—Lo siento, Susana, me importa. Pero necesito saber algo más que una tila. ¿Y tú, Javi?

—Deja a mi hijo en paz, Eugenio. ¿Y tú para qué quieres saber eso? ¿Necesitas uno? ¿Por eso vomitabas? Vaya policía, como para resolver ningún caso.

Eugenio se da cuenta de que hubiese sido más sutil pedirles uno y le hubiesen respondido a la primera. Florencia lo habría hecho así. Richard habría registrado todas sus pertenencias otra vez. Eugenio va de cara por defecto y en algunas ocasiones no es la mejor opción.

—Entonces, ¿tenéis algo? Me vendría bien.

No suena como esperaba. Su iniciación en la droga está siendo exponencial.

—No, no tenemos —dice Susana.

—Tener ansiedad es de perdedores —responde Javi—. Y yo soy un ganador —aclara después, como si su madre y su tío no pudieran entenderle.

—Suerte con eso. De verdad —responde Eugenio—. Disculpa de nuevo el empujón. Ya sabes, cosas de perdedores.

Necesita saber quién toma ansiolíticos y quién ha traído polvorones. La intersección entre ambas respuestas le puede dar un sospechoso claro. ¿Y quién puede saber mejor que una madre o una abuela las dolencias y vicisitudes de su familia? Y ahí está, entre fogones, apoyada contra la encimera, despeinada, más vieja que el día anterior y triste. Y muy fuerte.

—¿Ya estás haciendo la comida? —pregunta Eugenio.

—Sí, ya iba siendo hora. No os voy a dar restos todos los días.

—Bueno, mamá, permítete sentir.

Eugenio abraza a su madre, que se deja abrazar, pero no es de esas mujeres que llevan bien mostrar sus emociones.

—¿Tú sabes de alguien que haya estado con ansiedad o depresión? ¿Alguien a quien le hayan recetado pastillas?

Agnes se suelta del abrazo y sigue con la cocina, sin girarse a mirarlo, dando vueltas a un puchero.

—No sé por qué os empeñáis en removerlo todo —le dice—. Ya podíais quedaros quietos y en paz.

—Lo siento. Pero tiene que haber alguien. Y a ti te lo cuentan.

—¿Qué me van a contar a mí? Aquí se viene a comer, a pasar unos días en la nieve y a pedir dinero. Soy vuestra madre, no vuestra amiga.

—Mamá…

—Míriam seguro que tomó algo durante un tiempo. Tanto trabajo, tanto estrés… Verónica también, que lo dijo el otro día. Y no me sorprendería de Julia. Es ese trabajo.

—Gracias, mamá. Por cierto, ¿quién compró los polvorones?

—Yo los compré, claro. Cada vez que ha venido Míriam por Navidad ha tenido polvorones. Si se los comía a pares. Ahora ya no compraremos más, nadie los come.

—¿Y de qué marca eran? ¿Dónde los compraste?

Al tiempo que Agnes suspira, Alvarito entra corriendo en la cocina, seguido por Quique.

—No se corre por los pasillos —dice Agnes, olvidando los polvorones.

Amanece en el Pirineo y, justo con la llegada del primer rayo de sol, Eugenio bosteza a salvo.

¿Quién cena tortilla de camarones en Nochebuena en Huesca?

RICHARD

Las luces de Navidad, antes tendidas de las farolas, perfectamente iluminadas, ahora cuelgan de ellas y se balancean con el viento. Como no podía ser de otra forma, el cable que las sostenía ha cedido ante el peso de la nieve. Algunas están encendidas, otras se han roto. A estas horas tendrían que estar apagadas, pero Richard supone que quien sea que se encargase de apretar el botón de turno ha sido incapaz de hacerlo, a causa del temporal.

—La Navidad ha muerto con Míriam —murmura el anciano.

Richard avanza a duras penas y arrastrando las penas más duras, pero no se detiene ni varía su rumbo un ápice. Sabe a dónde se dirige y nadie puede frenarlo, salvo la muerte. No es descartable que lo haga, en cualquier caso. Su cuerpo se inclina hacia delante para compensar la fuerza del viento que lo empuja hacia atrás. Mantiene la cabeza inclinada con la vana intención de que el sombrero lo proteja de los proyectiles de nieve que el universo le dispara a la cara sin ningún tipo de compasión ni comprensión por la gesta en la que se encuentra inmerso. Guarda la mano derecha en el abrigo mientras se ve obligado a sacar la izquierda para apoyar el bastón, que se hunde y se hunde hasta tocar una superficie dura que debe de ser hielo, no tierra. Se esfuerza en levantar las rodillas en cada paso, intentando sacarlas por encima de la altura de la nieve. Algunas veces lo consigue, otras no. Su avance es lento pero imparable.

—Normal que la chiquilla no se despierte, después de ver esto yo tampoco tengo ganas de abrir los ojos en un buen rato.

No quiere abrirlos, pero lo hace. Él tiene cuestiones pendientes, imposibles de aplazar. Richard termina de subir la cuesta y aprovecha para levantar la vista por un segundo. Desde ahí puede ver ya los edificios de apartamentos para alquilar, todos con las luces apagadas, y al fondo los hoteles, totalmente encendidos y llenos de vida. No se detiene a regodearse en el hecho de que cada vez quede menos camino. Tampoco lo hace cuando se apagan las farolas ni cuando las nubes negras tras la cima de las montañas adquieren una tonalidad más brillante, dejando intuir la presencia del sol y la llegada del nuevo día. No puede regalar un esfuerzo ni detenerse un momento.

Al acercarse al hotel de Gerardo, se abren las puertas y del interior sale un chaval de piel blanquecina a la carrera. No va abrigado, y se tambalea como si estuviera gravemente herido. ¿Huye de algo? De la resaca. El joven no tarda en vomitar su cena sobre la nieve. Repite todo el rato la misma palabra y Richard sospecha que es alemán. Tiene más sentido que diga «nein» a que diga «nine», todavía queda un rato para que sean las nueve de la mañana.

—¿A quién se le ocurre tomar tortillas de camarones en Huesca en plena Navidad? —pregunta Richard, sin esperar respuesta.

No es la primera vez que se encuentra con un espectáculo similar, es casi una rutina de sus paseos matinales. A Richard esto le solía poner de mal humor, por la limpieza del lugar y por el absurdo de ver cómo los chicos y chicas jóvenes decidían desperdiciar sus años de plenitud maltratando su cuerpo. Ahora lo ve con cierto cariño. La vida sigue y no tiene mucho sentido. Así debe ser.

Richard, manteniendo el ritmo, pasa de largo del alemán y también de la puerta automática de la que salió y su promesa de una reconfortante calefacción. No se dirige al hotel de su cuñado, sino al de la competencia, al otro lado de la acera. Aún quiere recabar algo más de información sobre el caso antes de presentarse ante él. Sus piernas habrían hecho solas este camino, ya que es el que realiza todas las mañanas. Richard tiene por costumbre hacer una parada en el bar del hotel antes de comprar el pan.

La nieve empieza a estar pisada y eso la hace más resbaladiza y peligrosa, aunque también aligera sus pasos. Ya nada lo puede detener. Richard sube los escalones que conoce de memoria por simple inercia. Su cuerpo ya va solo. Tres pasos, dos, uno… y la calefacción lo golpea en la cara, casi quemándolo. Se tambalea hasta una silla en el lobby y toma asiento. Se queda ahí parado sin mover un músculo y, por unos segundos, pone la mente en modo avión. Es la manera más rápida de recargar energías.

Los recepcionistas no le prestan atención. Puede ser que estén tan acostumbrados a él que ni siquiera hayan caído en la cuenta de que hoy no es un día cualquiera y que ha tenido que caminar bajo el peor temporal de la historia para llegar hasta aquí. Otra opción es que ni siquiera se hayan percatado de que se trata de él y no de uno de sus clientes, porque hay montones de hombres y mujeres, ancianos y niños, entrando y saliendo de manera constante.

Richard mantiene los ojos cerrados, aunque le resulta imposible abstraerse del ruido que lo rodea. El hotel está más vivo que nunca. Son fechas en las que tradicionalmente estos alojamientos agotan sus reservas, hay muchas parejas que utilizan cualquier excusa para alejarse de sus familias y demás compromisos, ¿y qué mejor lugar para ello que uno rodeado de nieve en Navidad? La diferencia de este año con otros es que Josema impide la práctica del esquí, o cualquier otra actividad que implique salir al exterior. Se podría pensar que muchos habrían cancelado sus reservas ante los apocalípticos anuncios del hombre del tiempo, pero es evidente que no es el caso. Ya sea porque habían descartado contratar un seguro de cancelación, porque no tenían otro plan o, sencillamente, porque no creyeron oportuno comprobar la previsión del tiempo, la realidad es que están todos en el hotel.

El problema es que este lugar no está pensado para pasar en él las veinticuatro horas del día. No es más que un lugar de descanso en el que rellenar las horas en las que no se está disfrutando de la naturaleza o emborrachándose en una de las discotecas de la zona. Aquí no hay spa y piscina climatizada, tan solo tienen un futbolín y una mesa de billar. Aparte del bar, claro está. Y es ahí, a pocos metros de donde se encuentra Richard, donde se ha reunido la clientela prácticamente al completo, compitiendo unos contra otros por hacerse oír entre el barullo generalizado.

—Llegar hasta aquí han sido los preliminares, ahora sí que voy a estar bien jodido.

Richard es consciente de que si quiere encontrar respuestas se va a ver obligado a meter sus narices en una trama entre mafiosos, forzado a tratar con gente que es peligrosa todos los días de la semana, y nunca tanto como hoy. Richard no sabe exactamente qué hay en juego ni qué personas conforman cada bando, pero tiene la certeza de que el hielo se ha quebrado y que todos están huyendo del alud que amenaza con caer sobre sus cabezas.

Hace años este habría sido un escenario ideal para él. Su secreto era precisamente ese, se movía entre los criminales como un esquiador en la nieve, esquivando las piedras del camino con aparente ligereza, deslizándose a toda velocidad sin tener en cuenta los riesgos. Un kamikaze que siempre, de manera incomprensible, llegaba sano y salvo a su destino. Esta misión habría encajado con sus aptitudes hace décadas, pero no está seguro de ser capaz de realizarla ahora mismo. Se va a dar un minuto más antes de continuar y plantear bien la estrategia que pretende seguir, si hay un momento de descanso es este. Una vez que se ponga en marcha, el terreno va a ser resbaladizo y quizá ya no pueda parar a coger aire.

Richard se ajusta el sombrero como es debido, saca su vapeador de un bolsillo y su grabadora de otro:

—Alguien ha agitado el avispero y los bichos están que muerden. La muerte de Míriam no es el principio de esta trama, tampoco el final. Todo apunta a que el asesino de mi hija es el Oso Amoroso, un espía que amenazaba con cancelar los futuros negocios del hotel de mi cuñado… y también el de este. Samuel y Gerardo, Gerardo y Samuel. Esta montaña sería un lugar mejor si no existiera ninguno de ellos.

Richard se fija en que una niña nórdica lo mira divertida, sentada en el suelo junto a la puerta automática. Debe de creer que el anciano manda un mensaje de audio y que su móvil es prehistórico. El anciano se sonríe; si es eso lo que piensa, a la niña no le falta razón, o no del todo. Se centra y saca la hoja de la agenda que arrancó en casa de su cuñado. La estudia, entrecerrando los ojos y alejando el papel para leerlo correctamente. Ahora no cuenta con el apoyo de las gafas de Gerardo y ha dejado las suyas en casa.

—Gerardo había concertado tres citas. La primera era en Madrid, con un doctor. ¿Qué era tan urgente como para hacer un viaje de ida y vuelta hasta allí en plena Navidad bajo un temporal como este? Quizá sí que se esté muriendo, después de todo. ¿Eso explica sus disculpas y su arrepentimiento? No lo creo. Por ahora voy a dar por hecho que se encuentra cerca de la tumba y cruzo los dedos para que el médico no sea tan bueno como para salvarlo.

Richard vapea, pensativo. Levanta la vista y encuentra la mirada reprobadora de un matrimonio de unos cincuenta años, ambos vestidos con monos de esquí. Él es consciente de que vapear está mal, pero no lo considera tan grave como ir disfrazado de mamarracho sabiendo que las pistas no van a abrir hoy. Richard vuelve a entrecerrar los ojos y sigue leyendo.

—La tercera cita apuntada es la segunda por orden cronológico. Algo me dice que es la más relevante para el caso. Iba a tener lugar en el hotel A&G, del que era dueño, y va acompañada por una anotación compuesta por dos palabras y unas siglas. «Oso Amoroso. ¿RIP?». —Richard suspira—. «RIP» aparece entre interrogaciones. Lo lógico es pensar que Gerardo había descubierto la identidad del Oso y pensara matarlo, aunque no las tuviera todas consigo. Si de verdad está gravemente enfermo, tendría menos que perder, lo que lo hace aún más sospechoso de querer solucionar el problema a las bravas. También puede ser que sea una manera de hablar, que ese «RIP» no sea literal y se refiera a que iba a terminar con la leyenda de este espía de una vez por todas. La última reunión del día estaba convocada en este

274

mismo lugar, el hotel Sancho, y Gerardo iba a estar acompañado por tres personas asociadas a las iniciales M., S. y A. Es fácil inferir que la S pertenece a Samuel, el dueño del hotel, y supongo que la M es Míriam. La A es más intrigante, aunque algo me dice que pronto lo descubriré y no me parece tan relevante. Se sobrentiende que, una vez resuelto el asunto del Oso Amoroso, ya estarían en disposición de firmar los contratos. No sé qué pasaría en esa reunión, Miriam no acudió y Jandro parecía preocupado cuando me llamó. Tendré que averiguarlo.

Richard estira las piernas mientras se masajea la rodilla, tratando de recuperar la movilidad.

—Suponiendo que Gerardo hubiera decidido matar al espía, ¿Míriam estaría al tanto? No me gusta pensar que mi hija pudiera tomar parte en un crimen, aunque no lo puedo descartar. Ella y Gerardo eran un equipo, y Verónica asegura haber escuchado a Míriam decirle a un tercero, por teléfono, que el Oso Amoroso estaba en mi casa el día de Nochebuena. Podía estar avisando a un aliado de un peligro… o tratando de planificar un homicidio. Sea como fuere, es ella quien acabó siendo asesinada a manos del espía. No sé si matarla fue siempre parte de su plan o la manera que encontró el Oso de dar un golpe sobre la mesa, lo que está claro es que ha cambiado el guion previsto y ha puesto a todos en alerta. Verónica está convencida de que va a haber más muertes, Jandro me llamó por teléfono para amenazarme de forma preventiva y Gerardo ha evitado dormir en su propia casa, presa del pánico.

—Perdona, Richard, ya sabes que no se puede vapear aquí —lo interrumpe el recepcionista, y se justifica poco después—. Lo siento, hay clientes que se han quejado.

Richard suelta el vapeador y mira a su alrededor, buscando a los chivatos horteras. Los encuentra junto a la recepción y, por su gestualidad, parece que no han quedado satisfechos con su renuncia a seguir vapeando. Quizá quieren cárcel o un espectáculo de humillación pública, pero Richard no se inmuta. Está habituado al conflicto con gente mucho más peligrosa que ellos. Les devuelve la mirada muy fijamente y los invita a acercarse a él, con un gesto tranquilo pero firme. Es obvio que la sugerencia los impone, porque la pareja de esquiadores de interior se marcha, acobardada. El recepcionista también se aleja, aliviado por haber evitado un conflicto casi seguro.

El inspector se da unos segundos para concentrarse y vuelve a lo suyo:

—No sé qué papel representa Samuel en todo esto, y si él también está nervioso y escondido. El espía tiene que formar parte de uno de los equipos, el suyo o el de Gerardo. Es otro de tantos enigmas que me quedan por resolver. De lo que estoy seguro es de que no están en el camino de encontrar al Oso, los lleva mareando meses. Me va a tocar echarles una mano. Si no me encargo yo, no se encarga nadie.

Richard se guarda la grabadora en el bolsillo, se pone en pie para disgusto de sus rodillas y se acerca a la recepción.

—Niño, vas a hacerme un favor —le dice al recepcionista que se ha dirigido a él—. Vete a buscar a Samuel y le dices que Richard Watson está en el lobby y que quiere hablar con él.

—Lo siento, Richard, pero Samuel no está.

—Ya, no está y además no quiere visitas, esta ya me la sé —responde él—. Sé buen chico y hazme caso. Dile que tengo información valiosa sobre el Oso Amoroso.

Al escuchar la mención al espía, el gesto del recepcionista cambia de manera radical. Es obvio que Richard ha dado en el clavo, aunque el hombre trate de ocultarlo.

—No sé de qué oso me hablas. ¿Has visto uno por la zona? Hay que tener cuidado.

—Si se entera tu amo de que has rechazado esta información, te vas a llevar unos azotes. Y luego vendrán los lloros. Venga, levanta ese telefonito y no me hagas perder el tiempo.

El hombre se queda callado, consciente de que no existe una salida digna para esta situación.

—¿Sabes qué? Dame un minuto, seguro que puedo arreglarlo para que se acerque al hotel. Ahora que lo pienso bien, creo que me ha dicho que iba a llegar sobre esta hora —dice.

—Eso pensaba yo.

El recepcionista, en un arranque de orgullo, se mete en la trastienda a coger otro teléfono y no el que Richard le había señalado previamente. El anciano se sienta en un taburete colocado ante el mostrador, no le vendrá mal guardar fuerzas. Piensa en voz alta de nuevo:

—Cuidado con Samuel. El amigo de mi enemigo es doblemente enemigo.

—¿Qué dices de un enemigo? —le dice Beatriz, a su espalda.

Richard, de manera inconsciente, se estira al reconocer esa voz, incluso mete un poco la barriga. Beatriz es una mujer de su edad, que lleva con elegancia un traje tan *vintage* que casi es viejo. Ella actúa de manera similar ante Richard, se podría decir que incluso posa para él. Es evidente que se conocen.

—Que para amigas como tú, es preferible tener enemigos —responde Richard.

—Tú y yo nunca fuimos amigos. Podíamos haber sido otra cosa bien distinta si tú hubieras querido, pero la opción de ser amigos nunca estuvo sobre la mesa. De todas formas me alegro de verte.

Beatriz se sienta en un taburete junto a él y, al pasar a su lado, le toca el hombro con una caricia plena de significados obvios. Le susurra, muy cerca de su oreja:

—Mentiría si dijera que no tenía la esperanza de encontrarte por aquí.

—¿Has venido con tu marido? —responde él, casi sin mirarla—. Se llamaba Arturo, ¿verdad?

—Sabes perfectamente cómo se llama.

—¿Sigue siendo alcalde de Zaragoza?

—Ahora es el secretario de Urbanismo de Aragón. Es un puesto más tranquilo, que no reclama tantas atenciones y ofrece más… oportunidades, ya sabes.

—Sí, ya sé. Sois una pareja ideal. La última vez que os vi juntos juraste acabar con mi carrera.

—Hace treinta años de aquello.

—Hay cosas que se recuerdan como si fueran ayer y cosas de ayer que ya he olvidado.

—Mira, esto es noticia, ¿Richard Watson olvida cosas? Al verte, no pensaba que te hubieras hecho mayor, pero ahora me lo pienso dos veces.

Richard sonríe. Es obvio que Beatriz sabe cómo hablarle, se dispone a contestar, pero el recepcionista los interrumpe:

—El señor Gaitán ya te espera en su despacho. Te acompaño, si no te importa.

—Te reclaman —dice Beatriz—. Ya me contarás qué te dice Samuel.

—Espera sentada —responde Richard.

—Eso pensaba hacer, ahora mismo iba a buscar una silla en el bar —dice ella.

Richard sonríe y se aleja de ella, siguiendo al recepcionista. Camina muy recto mientras se apoya en su bastón, aunque no mira atrás ni cuando esperan al ascensor y no tienen otra cosa que hacer.

—Arturo, con la A —dice Richard.

—¿Cómo dices? —pregunta el recepcionista.

—Digo que te metas en tus asuntos, muchacho.

El ascensor pita anunciando su llegada y acto seguido se abren las puertas. De manera discreta, Richard acerca su mano a la pistola. Por suerte, no tiene que usarla. No había nadie en el interior. Richard se mete tras el recepcionista y, ahora sí, mira hacia atrás. Beatriz ya no está en la recepción.

El despacho de Samuel es lo esperado en un hombre de negocios de hoy en día. Tiene una mesa de despacho amplia y repleta de papeles, pero también un sofá rojo, comprado en la última tienda de diseño que se haya puesto de moda, y una mesita baja, que nadie habrá usado jamás. Al fondo, un ventanal desde el que se pueden ver las pistas. Samuel es un hombre de unos cincuenta años, que apesta a perfume caro y presume de tener un cuerpo esculpido gracias a pasar más horas en el gimnasio que en la oficina. Siempre lleva un traje impoluto y el pelo peinado hacia atrás, empapado en gomina.

Samuel espera a Richard dándole la espalda y mirando por la ventana, como si hubiera algo que ver, como si no estuviera ansioso por saber qué información tiene sobre el Oso Amoroso. Richard interpreta que el empresario espera a que sea él quien hable primero, para generar la sensación de que es el inspector quien más interés tiene sobre este asunto. No le va a dar ese placer. En su lugar, Richard se sienta en el sofá y mantiene un silencio que se alarga tanto que empieza a parecer ridículo. La situación se convierte en un reto para ver quién aguanta más y, por supuesto, es Samuel quien cede el primero. Se gira y aparenta sorpresa al verlo.

—¡Hombre, Richard! Ya estás aquí y veo que te has puesto cómodo.

—Estaría más a gusto tomándome un mojito en la playa, pero no me quejo.

Samuel se ríe como si Richard le pareciera graciosísimo, aprovechando para mostrar sus dientes perfectamente blanqueados. El hombre casi se dobla sobre sí mismo mientras toma asiento tras su mesa. Lo normal sería que Richard se hubiera sentado en alguna de las sillas que hay frente a la mesa y no en el sofá, así que ahora hay una distancia enorme entre ellos.

—Es un poco pronto para eso, pero he oído que los jubilados no tenéis horarios, ¿no? —dice Samuel—. ¡Qué demonios! Si quieres pido que te traigan uno.

—Corto de hielo, por favor.

—¿Vas en serio? Que lo pido, ¿eh? Que no me cuesta nada.

—Por mí como si te la pica un pollo, haz lo que te venga en gana —responde Richard.

El empresario vuelve a partirse de risa. Richard es consciente de que sus palabras no son tan divertidas y que la reacción de Samuel evidencia que no sabe gestionar la tensión.

—Como si te la pica un pollo..., ¿de dónde sacas esas expresiones? Me encanta, me la apunto —dice Samuel, pero no lo apunta y tampoco pide el mojito—. Bueno, venga, vamos a tener que parar un poco con el cachondeo, que si por mí fuera estaríamos todo el día chiste va chiste viene, lo que pasa es que ya sabes que soy un hombre ocupado, algunos todavía trabajamos, ¿sabes?

Richard no contesta, solo lo mira muy fijamente. El hombre continúa:

—Pues eso, ¿qué es tan urgente para que insistas tantísimo en verme? Cuéntame.

—Lo creas o no, vengo para ofrecerte mi apoyo. Tenemos un enemigo común —dice Richard.

—El Oso. El famoso Oso de los cojones, ya me han contado. Y no entiendo qué haces tú aquí, vas a tener que explicármelo en detalle.

—No sé qué hay que entender. Tenéis un problema, pero no sabéis cómo resolverlo ni estáis capacitados para hacerlo.

—¿Ah, no? —dice Samuel, y se levanta para pasear por la sala, nervioso.

—No. El secreto está en que las ratas abandonan el barco cuando se hunde, nunca antes. Y si no lográis cazar a la rata es porque ninguno de vosotros se atreve a hundir este barco. A mí, sin embargo, vuestro Titanic de baratillo me da lo mismo.

Samuel se detiene un momento, tratando de no perderse en la metáfora.

—Pero yo, aunque encontremos al espía, no gano nada si se hunde el barco, ¿o sí?

—Nada en absoluto.

Samuel vuelve a partirse de risa, esta vez de forma genuina. Richard le está sorprendiendo de verdad.

—Entonces no tenemos tanto en común, hombre. No tienes nada que ofrecerme. ¿Por qué me iba a interesar a mí hablar contigo?

—Porque yo no soy la única persona en esta montaña con dos dedos de frente. Tu socio puede haber llegado a la misma conclusión que yo, ¿qué le impide a él hundir este barco para sacar a la rata que tú tienes dentro?

—La rata no la tengo yo. No creo. Y Gerardo no me haría eso. Nos conocemos desde hace treinta años.

—Te fías de él. Es un sentimiento muy navideño, algo ñoño incluso.

Samuel se lo piensa, empieza a preocuparse. Da vueltas por la sala, como si quisiera huir de la conversación sin moverse del sitio.

—Admito que eso explicaría algunas cosas —dice Samuel, que se gira hacia Richard y lo mira como si acabara de verlo entrar en el despacho—. Y ahora entiendo por qué estás aquí. Quieres arruinar a tu cuñado.

—Eso sería tentador, no lo niego, pero estoy aquí por mi hija.

La cara de Samuel vuelve a evidenciar su más absoluto desconcierto. Richard suspira, no le gusta tratar con gente tan obtusa, lo hace todo más lento y pesado.

—¿Por qué por tu hija? —pregunta Samuel—. ¿Has hablado con ella?

—Obviamente no.

—Perdona, pensaba que…, se decía por ahí que os habíais reconciliado por Navidad.

Ahora es Richard quien evidencia desconcierto. Por una vez, es él quien se ha comportado de forma obtusa. Ha cometido un error, ha dado por hecho que Samuel sabía que su hija había muerto, aunque es lógico que no lo sepa. Si no está en contacto con el asesino, nadie lo ha anunciado de forma oficial.

—No, has escuchado bien —balbucea Richard—. Ha venido a casa por Navidad, es…

Richard no logra terminar la frase. No esperaba tener que enfrentarse a esta situación. Fingir que su hija sigue viva no le resulta sencillo, aunque es lo correcto para la investigación.

—¿Sigue allí? —pregunta Samuel.

—¿Cómo?

—¿Está en tu casa? ¿Es ahí donde está?

—No, mi hija ya no está ahí. No —dice Richard, triste, y reorienta la conversación—. Escucha, no he hablado con ella de estos temas porque no hemos tratado temas de trabajo, no era el momento…, pero la he notado preocupada, he investigado y he querido ayudarla. ¿Entiendes?

—¿Preocupada? Míriam. ¿Por qué?

—A ella le interesa encontrar al Oso tanto como a ti, ¿no?

—¿No sabes que ella ya lo ha encontrado?

Richard se queda mudo de nuevo. Jamás hubiera imaginado que una charla con un mindundi como este le cogiera fuera de juego dos veces en cosa de un minuto. Está más oxidado de lo que imaginaba, y el problema ha resultado ser más mental que físico. Él sabía que Míriam había encontrado al Oso en su casa, pero no tenía ni idea de que se lo hubiera contado a todos los demás socios y que fuera hace ya tiempo. Samuel pega un grito, sorprendido de que Richard no lo supiera. Está sobreexcitado.

—¡No lo sabes! Eso tiene sentido. Tío, es ella quien lo encontró y quien nos escribió a Arturo y a mí nos pidió que nos preparáramos para firmar los papeles de inmediato. No nos dijo su nombre, pero nos aseguró que lo tenía bajo control. Por eso estamos pasando la Navidad en la puta montaña y no tomando mojitos, como dices tú.

—Pero Míriam no se presentó, ¿verdad?

—No.

—Ni ella ni Gerardo.

—No.

—Pues a lo mejor el agua ya está entrando a borbotones en la línea de flotación de un barco —dice Richard, recuperando la compostura—. Y estamos ahora mismo en la proa, para más señas. Da lo mismo que las ratas sean tuyas o suyas, yo, si fuera tú, las estaría buscando como si no hubiera mañana, porque puede no haberlo.

Richard se levanta, apoyándose en el bastón. Casi se cae porque no le llegan las fuerzas, pero lo disimula aparentando que la flojera era un gesto enérgico.

—Gerardo no me haría eso, no puede hacerlo —dice Samuel—. El contrato siempre se redactó para las dos empresas, Arturo no firmaría solo con él.

—Depende de los datos que tenga a su disposición el Oso, supongo. Si te incriminan a ti, y también a Arturo, pero de pronto no tuvieran nada contra Gerardo...

Samuel ya no contesta, derrotado. No queda mucho del hombre risueño de hace un minuto.

—Ah, yo si fuera tú me daría prisa —añade Richard—. Si doy con él yo antes, no tendré reparo en utilizar la información que encuentre para mis intereses y no se me ha perdido nada para salvarte a ti. Tú sabrás lo que haces.

Richard cierra de un portazo y casi se cae al suelo del esfuerzo. Aunque sabía que le quedaba lo más duro, no imaginaba cuánto le iba a costar.

—La edad es solo un número, pero únicamente se puede contar hacia delante, nunca hacia atrás.

Nunca es tarde para hacerse hacker

EUGENIO

No es que a Eugenio le moleste la presencia de Florencia en casa de nuevo, es que le supone un problema que sea tan irritante. Siempre sabe lo que tiene que hacer. Otros llevan trabajando muchos años y no tienen esa audacia. Al menos traía un roscón de Reyes a medio comer.

Sin que su hija le haya echado de ningún sitio de manera explícita, Eugenio ha necesitado refugiarse en la biblioteca para tener un lugar donde escucharse pensar y planificar sus siguientes pasos.

Mientras está ahí, como tampoco puede quedarse quieto, revisa la bufanda de su padre que dejó como cerco policial. Si alguien se coló en el escenario del crimen después de que él la pusiera, es muy probable que haya dejado pelos o hilos de ropa en la cinta adhesiva con la que embadurnó la bufanda. Trucos de viejo investigador. Sabe que el asesino a menudo vuelve al lugar del crimen a limpiar alguna prueba, si no ha podido alejarse antes. No pierde nada por intentar descubrirlo.

Despliega la bufanda, recubierta de cinta americana, y la observa. A veces basta con eso. Hay un par de pelos castaños y largos, que pueden ser de Florencia, por ejemplo, o pueden haber sido de Verónica, o es posible que fueran pelos de Míriam que se han levantado con una racha de aire. No parecen una prueba, desde luego. Necesita algo más.

Necesita unos hilos marrones de lana, de exactamente el mismo color del jersey de Julia del día anterior. Eso significa algo. Porque Julia no tenía motivos para entrar en el cuarto de Míriam una vez puesto el cerco. Eugenio se recuesta en la silla y se regodea por un instante en lo buen policía que es, tan solo siguiendo el manual y aplicando un puntito de creatividad, solo lo justo.

Tras afrontar la posibilidad de encontrarse con Florencia y sus pintorescas investigaciones, Eugenio se decide a salir de la biblioteca para buscar a Julia, que tiene mucho que explicarle.

—¿Dónde te escondías, viejo truhan? —le dice Florencia, nada más cruzar la puerta—. ¿Has encontrado ya al asesino?

—Aún no, estoy en ello. ¿Y tú?

Florencia sonríe con sus mejillas sonrosadas por el temporal. Sigue llevando las múltiples capas de ropa de esquí y camina arrasando con todo por el pasillo, como una bola de nieve multicolor, como un arcoíris que se cerrase sobre sí mismo y rodase por la casa Watson.

—Casi —responde Florencia, girándose como puede para mirar a su padre al pasar junto a él—. Me faltan un par de detalles que tengo que encajar, pero estoy cerca. Supongo que como tú.

—Supongo, sí. Oye, échate crema en la cara, ¿vale? Que la nieve quema mucho. Y haz el favor de cambiarte de ropa, que lo vas a poner todo perdido.

—Ese es mi papi. Preocupándose por mi salud. Eres el mejor, ¿te lo he dicho?

Florencia abraza a Eugenio, y lo moja con los restos de nieve de su abrigo. Eugenio lo acepta como puede y apenas suspira.

—Bueno, me voy a hacer cosas —dice Eugenio.

—Claro, bro, yo también —contesta Florencia—. Queda raro decirte bro a ti. ¿Cómo he dicho antes? Viejo truhan. Me gusta mucho más.

Eugenio sigue su paso y se encuentra con Ainhoa, siempre un par de pasos tras Florencia y mucho más sutil, que se ha quitado el abrigo y las botas y camina con todo ello en los brazos de la mejor manera que encuentra.

—Hola, Ainhoa, ¿cómo estás? —pregunta Eugenio—. ¿Has dormido bien? ¿Te ha sentado bien el paseo a por el roscón?

—Hola, Eugenio, todo estupendo, con Florencia siempre es todo más entretenido.

—No lo dudo.

Eugenio se recuerda que quiere a su hija y sigue adelante, buscando a Julia. No la buscaba tantas veces en un par de días desde que tenían cinco años. Florencia podría estar cerca de encontrar al asesino, o al menos a un sospechoso. Se tiene que dar prisa o perderá la iniciativa. No le gusta la prisa, conduce a errores. Y además es desagradable. Por suerte, encuentra rápido a Julia, que está en su cuarto, sentada sobre la cama, sola. A su lado tiene un peluche. Pero no es suyo. Es un peluche de Míriam, su favorito de la infancia.

—¿Qué haces, Julia? Se supone que no puedes tener eso —dice Eugenio, sentándose a su lado.

—Y a ti qué te importa, pesado.

Julia no lo mira. Solo mira al peluche y le mueve las patas. No parece que sepa cómo se juega con un peluche. Alvarito lo hace a menudo, y no se parece a nada de eso. Aunque, claro, cualquiera es libre de elegir cómo jugar con un muñeco.

—Estaba en el escenario del crimen —dice Eugenio—, no se podía coger nada.

—Es un peluche, joder —responde Julia—. ¿Tú crees que he podido matar a mi hermana por un peluche?

No, claro que no lo cree. Pero tiene prisa. Y no se trabaja bien con prisa. Ha tenido que venir Florencia a fastidiarle la mañana y a traer roscón.

—Eso no puedo saberlo —responde, de todos modos.

—Vete a la mierda, Eugenio.

—Lo siento.

—Era muy difícil, ¿recuerdas?

—No, no recuerdo. ¿Qué tengo que recordar?

—A Míriam. Era muy difícil. No se podía jugar con ella, a no ser que fuera a lo que ella quería.

Julia hace caminar el viejo y feo osito hacia Eugenio, moviéndole las patas, hasta chocarse con sus piernas. Es un gesto tan tierno como extraño en una mujer adulta. Y lo que sostiene en sus manos es un elemento de la escena de un crimen, y es algo que no debe tocarse, y mucho menos jugar con él.

—Míriam era la mayor.

—Me da igual, Eugenio, yo era mayor que tú y no era así contigo, ¿a que no?

—No, tú no, pero ella era la mayor y era así.

Julia deja caer el osito, como si Eugenio lo hubiera matado con sus palabras. Y este, sabiendo y aceptando que la conversación se va a alargar, se quita los zapatos, porque hay modales que respetar, y se tumba junto a su hermana en la cama.

—No nos dejaba tocar sus cosas, Eugenio. Era una tirana. Decía que este muñeco era suyo y no se podía tocar. Pues mira ahora.

—Ahora ya es tarde para jugar con muñecos, ¿no?

—¿Te crees que no lo sé? Soy tonta, pero no tanto. Y, aun así, a lo mejor no es tan tarde para jugar.

—Ya.

Eugenio coge el muñeco y lo mira y lo mueve en el aire, como si volara por encima de ellos. Y, al mismo tiempo, es como si el espíritu de Míriam siempre estuviera por encima de ellos, como cuando eran pequeños, controlando y dominando la situación.

—Era muy mala, y al mismo tiempo era la más buena —dice Julia—. La que nunca daba problemas, la que sacaba mejores notas, bueno, también tú sacabas buenas notas.

—Como ella, pero es que estudiábamos mucho.

—¿Y qué? —responde Julia, incorporándose—. ¿Yo no estudiaba? Me mataba igual que ella, pero yo era tonta y ella además siempre estaba monísima y todo le quedaba bien. ¿Te acuerdas de lo bien que le quedaba todo? Luego me tocaba a mí ponerme su ropa y parecía un monito de feria.

Eugenio suspira. ¿Qué se responde a eso? Tiene claro que no es justo, que no lo era, pero a veces la vida es así. Julia tuvo que tener una infancia más complicada que ellos, con su cicatriz, que la hacía diferente del resto. Es complejo y es posible que odiase a su hermana perfecta. Pero ¿tanto como para matarla? Es un móvil. Sin embargo, no puede creer que ese sea el motivo por el que haya muerto Míriam. Se niega a creerlo.

—Vestías ropa usada, y la suya siempre era nueva —dice Eugenio—. Por eso parecía que le quedaba mejor, porque la compraban para ella, no para ti.

—Me da igual, Eugenio, no era por eso y lo sabes. Hay gente que nace elegante, que nace sabiendo mandar, que cae de pie en la vida. Todo el mundo tomaba en serio a Míriam, por mucho que mintiera o que nos fastidiara a nosotros, o que fuera una mala hermana.

—Yo no diría eso.

—Una hermana espantosa. ¿Tú recuerdas que hiciese algo por ti alguna vez? Todo era por ella.

Eugenio se cansa de jugar con el osito, en realidad no sabe qué más hacer con él. ¿Cuándo dejó de saber jugar con peluches? ¿Alguna vez supo? ¿Cómo lo hace Alvarito? Quizá está tan centrado en su trabajo y en sus preocupaciones que no tiene tiempo para verlo jugar tanto como quisiera.

—Éramos unos niños —dice Eugenio—. Cosas de niños.

—Qué dices, chico, hasta ayer mismo era así. Que tú no la veías, pero yo trabajaba con ella. Era capaz de pisar a cualquiera para conseguir lo que quería, era igualita al tío Gerardo en eso, así se llevaban de bien y trabajaban juntos todo el tiempo. Pero es que podía decir lo que quisiera que todo el mundo la iba a tomar en serio. Y a mí nadie me toma en serio, Eugenio. Conmigo se ríen a veces. Pero nadie me toma en serio.

—Eso es un motivo para matar, Julia, y yo soy policía. Esto que me estás contando…

—Te lo cuento porque no me quito de la cabeza una cosa y no sé cómo decírtela.

La confesión. El momento de la confesión. Eugenio se incorpora y toma las manos de Julia, no tanto para retenerla como para darle apoyo y cariño.

—Pues dímela a lo bruto, como siempre —le dice y le sonríe.

—¿Ves? Hasta en eso. Míriam no diría las cosas a lo bruto. Ella sabría cómo hacer que pareciese que dice lo que dice porque lo tiene que decir, porque es lo normal. Ella era lo normal todo el tiempo. Y yo no.

—¿Entonces?

—Pues que, si me hubiera muerto yo en lugar de ella, todo el mundo estaría menos triste.

—Qué dices.

Eugenio deja de acariciar las manos de Julia. Se queda petrificado. No necesitaba esta confesión. Pero, al mismo tiempo, sabe que Julia sí la necesitaba. Cosas de hermanos, claro. Y hay que estar ahí. No parece una asesina, desde luego.

—Que me tenía que haber muerto yo y no ella, porque yo no sirvo para nada y ella era la reina de todos los saraos. Y ahora está muerta y no tendría que estarlo. Tendría que estar aquí y hacernos rabiar mirándonos como si no estuviéramos mientras todo el mundo la admira.

—No era la reina de nuestro sarao, por lo visto. Estate tranquila, porque estoy descubriendo que no la admirábamos tanto como pensábamos. —Y sin embargo sus palabras no la tranquilizan, así que prueba otra cosa—. Mira, Julia, yo soy tu hermano y te quiero, y no me gustaría que te murieras. No sé qué responder mejor que eso.

Julia abraza al osito y comienza a llorar. Eugenio ya no sabe si es por la muerte de Míriam o por lástima de sí misma. La abraza también. Y al osito. Es extraño. Entra Alvarito, se les une y se queda con el peluche.

—No lloréis, anda —pide Alvarito, con voz impostada de osito, sorprendentemente aguda para un oso—. Tenemos que hacer una guarida para pasar el invierno, ¿me ayudáis?

Y así era como se jugaba con un osito, tal vez. O solo es la opción de su hijo. Eugenio le da un beso en la mejilla, otro a Julia y se levanta.

—Yo no puedo, a lo mejor la tía Julia y Alvarito te pueden ayudar, osito. Yo tengo que trabajar.

Se pone los zapatos y se va a la habitación de Míriam, tocado, superado por las emociones, y se pone a buscar el teléfono móvil, que no guardaron como evidencia cuando registraron la escena del crimen. ¿Error de novatos? Tal vez. Pero ahí está Eugenio para subsanarlo. No es difícil, sin embargo. Se lo encuentra enseguida, con el cargador puesto, encima de la mesa de escritorio donde estaba la carta al Oso Amoroso. Lo pasaron por alto, porque quizá un teléfono móvil ya no se ve. Es un elemento cotidiano que pasa desapercibido. Tantos años han dedicado esas empresas a diseñarlos para que nos resulten bonitos, deseables, y ahí está, encima de la mesa, invisible salvo para quien lo busque, un elemento más del decorado, intrascendente. Encendido. Perfecto.

Y entonces Eugenio recuerda una de las múltiples clases que recibe cuando tiene algo de tiempo libre, esos cursillos que le hacen ser un mejor policía, algunos dicen que mejor que el resto. Le dieron un taller sobre tecnología, sobre robos de teléfonos móviles, sobre cómo entrar a ver las aplicaciones sin conocer el patrón de bloqueo. Eugenio, antes de esa clase, en caso de querer revisar un teléfono móvil sin conocer la contraseña, habría comprobado las huellas de la pantalla, y muchas veces habría encontrado cómo desbloquearla. Eso lo haría un buen policía. Pero le explicaron que podía pulsar el botón de apagado del teléfono varios segundos hasta que apareciese la opción de reiniciar en modo seguro. Eso, en sí, no le daba la solución, porque no podría entrar en las aplicaciones externas al móvil. Pero sí le permitiría eliminar las aplicaciones de bloqueo del teléfono. Luego solo tendría que reiniciarlo y abrirlo sin problema. Hecho. Móvil desbloqueado y con acceso a todas las aplicaciones. A veces no hay que ser más listo, basta con ir a clase.

Eugenio se asusta del clasismo de esa idea que le ha venido a la cabeza, le gusta más pensar que él no es mejor que nadie y que estudiar no te hace mejor persona, pero descarta ese pensamiento enseguida y recoge el teléfono móvil y se lo guarda en el bolsillo. Tiene que revisarlo, pero siempre será mejor hacerlo en la biblioteca él solo que con Florencia fisgoneando por la casa.

Si lo viera en la habitación de Míriam revisando su teléfono móvil, tendría que compartir la información con ella, y su hija querría llevar la iniciativa y sacaría conclusiones a raíz del emoticono más usado por su tía, o alguna rareza del estilo. No quiere eso. Solo quiere saber cuándo fue la última vez que habló con Berni, o la última vez que se escribieron, o si tienen fotos juntos, o si mandó algún mensaje extraño la noche anterior. Porque ya saben que el asesinato fue premeditado. Quizá se percató en algún momento, o sintió miedo. Se le hace raro imaginar a Míriam sintiendo miedo. Y, mientras baja por las escaleras con las manos en los bolsillos y apretando el teléfono móvil de su hermana, no sabe si para que no se escape o para que nadie pueda verlo dentro de su pantalón, mágicamente se le aparece la idea de que quizá habló mal de ellos con alguien. Es posible que no le guste lo que va a encontrar; puede ser incluso personal. No va a ser fácil.

Con mucho cuidado y tratando de no dar un portazo, pero que tampoco se escuchen sus movimientos, Eugenio cierra la puerta y corre hacia el sillón, saca el móvil y lo mira como si fuera adicto a las pantallas. Primero las llamadas, busca el nombre de Berni. La última fue hace dos años. Nada por ahí. Entra en el chat y encuentra la conversación con Berni. El último mensaje es de Míriam y dice:

Ok

Con un punto al final. No le dice nada. Lee el anterior, que es de Berni.

> Tenemos que parar, Miri, lo nuestro no es posible. Hacemos mucho a daño a gente que quiero. Es curioso que querer tanto a alguien te haga hacer daño a otras personas que también quieres

No es un poeta. Pero el mensaje es triste. Escrito el 25 de agosto de hace dos años. Entonces la respuesta es demoledora: «Ok».

Míriam podía ser así. Eso, conociéndola, quizá quisiera decir que le dolía, que ella también lo quería, pero que no estaba preparada para mostrar sus sentimientos así de fácil, y menos en un momento en que están cortando la relación con ella. Quizá lloró y una lágrima cayó sobre el teclado. O quizá le dio igual y se centró en el trabajo, o en otro amante, o en cualquier asunto que tuviera entre manos.

Investigar la intimidad de una pareja ajena no es bonito. Eugenio sabe que es así. No quiere ver más. Tiene suficiente. Que lo revise Florencia si quiere. Que revise sus emoticonos más usados. Pero esta situación aleja a Susana y a Javi de cometer el asesinato de Míriam. Era lo que buscaba.

Y, sin querer rebuscar más en la intimidad de Míriam, y sin una orden policial, pero sabiendo que puede haber información importante de los últimos días, Eugenio comienza a trastear por sus mensajes. Entre los contactos de sus últimas conversaciones solo reconoce a Verónica y casi todos se apellidan «Hotel», o «Mantenimiento», o «Tinder» o «Gestor». Nada parece muy estimulante. Así que Eugenio va a la última conversación, con «Ana Hotel», en la que hablan de si van a cerrar las carreteras y lo que se puede hacer con las reservas, tanto de los que están en el hotel como de los que no llegan. A Eugenio le alegra leer que no se puede echar a la calle a los clientes que no paguen noches extra, pero Míriam pide que Ana Hotel se asegure de que no sepan que eso es así.

> Qué remedio

> No los vamos a dejar morir
> en la calle, que se nos cae el pelo

Cuando Ana Hotel se queja de estar incomunicada en el hotel en Navidad, Míriam también tiene respuesta:

> Imagínate yo, atrapada con mi familia de polis. Prefiero morir de frío en la calle

> Jaja. Bueno, tendrás que seguir trabajando y yo debería dormir algo

Podía dejarlos en peor lugar. Eugenio suspira asqueado. No quiere seguir leyendo. Sin embargo, debe hacerlo. De esa conversación no puede sacar más, pero hay otras de la noche de su muerte. Poco antes habló con «Jandro Mantenimiento».

Su último mensaje fue el contacto de un consultor. Eso no le dice nada. Va al comienzo de la conversación entre ellos del día de su muerte.

> Está aquí, Jandro

> En casa de mis padres

> Qué mierdas hace aquí? Crees que quiere algo?

> Te llamo

Jandro, como siempre, respondía lacónico, como si ya supiese que Eugenio podría leer esta conversación, desde el pasado.

Así que Eugenio, ante una prueba que tiene que ser importante, asustado, nervioso, envalentonado, comprueba las llamadas y esta con Jandro ocurrió a las once menos veinticinco, probablemente la misma hora a la que sonó la alarma de la casa, cuando se abrió la puerta y Míriam estaba en el pasillo, hablando por teléfono. Tenía que ser esta llamada. Se la veía molesta, aunque entonces interpretó que era la reacción normal al recibir una llamada de trabajo en Nochebuena.

¿Quién estaba aquí? ¿Alguien que pudiera amenazar a Míriam? ¿Cómo? Si en la cena son todos de la familia. Algo no encaja. Ese es su miedo. Esa persona es la peligrosa, la que pudo matarla. Tiene que seguir leyendo, por si han dicho algo más, Jandro o alguna otra persona de sus mensajes. Están conviviendo con alguien implicado en la negociación de las pistas de esquí, alguien que podría beneficiarse con la muerte de Míriam, y quizá con la de Gerardo.

Jandro, tras la conversación telefónica, le envió un contacto. ¿Quizá el número del sospechoso?

«Consultor Consorcio». Y no dice nada más. Puede ser un empleado de los inversores que iban a participar en la ampliación, y que está en la casa. Eugenio no sabe nada sobre temas económicos, pese a vivir con Quique, le aburren esos asuntos de dinero, tan abstractos. No sabe a qué se dedica un consultor ni tiene claro qué es exactamente un consorcio. Podría ser la persona que busca. Pero ¿quién puede ser ese consultor?

Se obliga a sí mismo a pensar fríamente en su siguiente paso. Su padre estará dando un paseo. Su hija está comiendo cruasanes. No tiene prisa en resolver nada. Respira hondo y se concentra en su respiración. Si el sospechoso está en la casa, él tendrá su número de teléfono, porque tiene el número de todos sus familiares. Saca su móvil del bolsillo con una premonición funesta. No le espera un buen rato, sea quien sea. Comienza a escribir las cifras del teléfono de «Consultor Consorcio» en su propio móvil, y hay varias coincidencias entre sus contactos, que se van reduciendo a medida que suma números, hasta quedar una sola coincidencia. Un sospechoso. Es, como no podía ser de otro modo, como no quería reconocerse a sí mismo, su marido, Quique. El consultor de un consorcio. ¿Por qué no? Eugenio no puede entender nada. Se le hiela la sangre, y no por el frío. Trata de concentrarse en la respiración de nuevo, pero se atraganta con su propia saliva y tose.

En ese momento se abre la puerta y entra Florencia con una sonrisa.

—Tron, necesito tu ayuda. ¿Vienes o vas a seguir tirado en ese sillón mirando al infinito? Lo de tron es un homenaje a tu época, ¿te gusta?

—Mucho —responde Eugenio, guardando el teléfono de Míriam en su bolsillo lo más casualmente que puede—. Vamos allá, tronca.

—¿Estás bien?

—Todo lo bien que se puede estar.

—Pues vamos, creo que te va a interesar.

Eugenio se levanta, sin haber tomado una decisión sobre si compartir con ella o no su último descubrimiento. Un buen policía comparte sus hallazgos. ¿Es él un buen policía? Si ni siquiera ha sabido ver que su marido estaba implicado. Si ni siquiera sabe a qué se dedica su marido. Consultor de un consorcio suena a empleo que podría olvidar mil veces. Pero no en esta ocasión. Ya no lo olvidará. Y, por el momento, no dice nada. Se descubre como un cobarde y, quizá, como un cómplice. Por tanto, no solo no sabía lo suficiente de Quique, no sabía nada de sí mismo, de que podía traicionar sus principios como inspector y caer tan bajo como para ocultar pruebas. El día comienza comiendo galletas en lugar de tostadas, y de ahí todo solo puede ir a peor.

La sesión de Mademoiselle Florence

Ainhoa

—Alguien nos la está liando desde dentro de la casa, amor, sí, lo digo —me suelta Florencia, con la boca llena y comiendo un pedazo más de roscón—. El Oso puede ser amoroso a ratos, pero también puede ser peligroso y un poco mala gente. El abu diría que es un hijo de la gran puta, así, muy vieja escuela. Más viejo que los boomers.

Es la tercera vez que desayuna hoy. No tiene control si le gusta comer algo. Y el roscón le encanta. Y diría que los nervios de la investigación le hacen engullir. Algún día aprenderá a controlarlo, supongo. Que haya un asesino suelto en la casa no ayuda.

—No puedo parar —me dice—. Y no es por encontrar el premio. Que también.

—Al que le toca tiene que pagar el roscón al año siguiente —explica Julia con una sonrisa enorme, como si las tradiciones la hicieran feliz de pronto. Viene del baño y aún se seca las manos en un gesto nervioso y se acaricia su cicatriz, como siempre.

—Tienes razón. El año pasado me tocó a mí en todos los roscones que me comí, y este año lo he comprado yo, aunque no pensase hacerlo —responde Florencia a Julia, y me guiña un ojo.

Quiere mantener la mentira de que lo hemos comprado por ahí, más como un juego que como parte de la investigación. O quizá sea la investigación. Me pierdo con ella. Todo se une en una mezcla imposible.

Comemos en silencio. No es incómodo, o no me lo parece, pero Julia se aleja un par de pasos.

—Bueno… —nos dice.

—¿Has desayunado? —le pregunto—. Por favor, coge algo de roscón antes de que se lo acabe Florencia, o le va a sentar mal.

—Para eso ya no hay marcha atrás —dice Florencia.

—Sí, he tomado algo antes, gracias.

Y se va por donde ha venido. Quizá no estuviera tan feliz como me ha parecido antes. Florencia la despide con un sencillo gesto de cabeza.

—Ha estado llorando, dejémosla tranquila —me cuenta—. Es pura emoción. Ni una pizca de inteligencia emocional en ese cuerpo achaparrado, le sale todo a lo bravo. La amo.

Florencia se limpia las manos y mira lo que queda del roscón. Se contiene, por ahora.

—Hay gente que no ha tomado —me dice—. ¿Será el Oso Amoroso uno de ellos? Es decir, podríamos estar haciendo un bien a la humanidad terminándonos el roscón nosotras solas, dejando al asesino sin dulce.

Acerca la mano y la aleja. Lo hace un par de veces. Deja escapar un gritito de los suyos. Suena forzado, actuado.

—Mis abus no han comido.

Está obviamente nerviosa. Creo que ahora no tiene tan claro el crimen, y eso la saca de su calma. En este momento es aún más impredecible, si es que eso es posible. Hemos llegado hace media hora y seguimos vestidas con la ropa de esquí dentro de casa. Podríamos cambiarnos ya, creo yo. Me parece que estamos dando el cante. No sé qué hacer con las botas y el abrigo. Podría irme al cuarto un rato. Pero no puedo dejarla sola en este momento.

—¿Has pensado en la posibilidad de que el Oso Amoroso sea el bueno de esta historia? —me pregunta—. No sé, alguien que debiera salvar a Míriam en el último momento, su última esperanza, y que no lo consiguiera. No tiene nombre de malo de la película.

Ella niega con la cabeza, como si se cansase a sí misma, como si supiese que se está pasando de rosca. Se quita un brazo del abrigo, sin bajar apenas la cremallera. Solo uno. Juega con la manga, cogiéndola desde atrás, al estilo de una marionetista, y parece que haya dos personas ahí, una de ellas, la manga, moviéndose sin control, chocando con todo. Es grotesco y magnético.

—El Oso Amoroso —me dice—. ¿Lo ves?

Yo no lo veo. No veo qué relación puede tener. Ella no para de mover la manga, aunque cada vez de una forma más mecánica.

—Tenemos que hacer algo —me susurra—, pero no sé el qué.

—Deberíamos cambiarnos de ropa —le sugiero—, darnos una ducha, descansar un rato y luego ver qué podemos hacer. Desde otro estado de ánimo.

Se para y me mira. Muy adentro. Suelta la manga.

—Tienes razón —dice—. Tienes que hacer eso mismo. Estarás agotada, no paro de meterte en líos, pobre.

Cuando se pone en este plan me desarma por completo. ¿Qué espera que haga? Por supuesto que estoy agotada, pero yo lo decía por ella, porque la veo al límite. Sin embargo, sienta muy bien ser vista por la persona a la que quieres, y abrazarnos y besarnos y saber que somos un equipo.

—Sube al piso de arriba, date una buena ducha calentita, descansa un rato y luego nos vemos aquí abajo. Necesito que estés en las mejores condiciones para resolver el crimen conmigo.

—¿Y tú?

—Yo no puedo descansar. ¿Crees que papá descansa? ¿Crees que el abu descansa? Si está por ahí dando tumbos por la nieve. No, amorch, yo me quedo.

Lo cierto es que me muero por una ducha caliente. Y que, esta vez, la creo. No parece ninguna estratagema de las suyas para hacer locuras por su cuenta. Estará aquí para cuando vuelva. Seguimos abrazadas con la manga colgando a nuestro lado.

—Voy a ir a ver al viejo truhan, a ver qué hace —me dice—. Quizá eso me ayude a aclarar ideas. Siempre está haciendo lo que debe, siempre tiene algo productivo entre manos.

—Es un buen poli —le respondo, y me alegra que tenga esa visión de su padre por una vez. A veces los veo enfrentados en una pelea muy de adolescente con sus *aitas* que no terminan de superar. Es más lo que los une que lo que los separa, en el fondo.

—Ya me jode, pero sí que es buen madero. —Suspira y se levanta, como si tuviera ochenta años y le pesara todo el cuerpo—. Venga, te acompaño hasta la biblioteca.

—Por favor, Florencia, querrás decir «el laboratorio».

—Ay, el laboratorio, cómo he podido cometer tal equivocación, disculpe, no volverá a ocurrir —me sigue el juego, y, sin embargo, lo hace por mí, porque me sienta bien, se le nota.

Llegamos a la puerta y me agarra de la muñeca con fuerza, en un gesto de cariño. Nos damos un pico y sigo mi camino escaleras arriba.

Es extraño, pero siento al mismo tiempo una pequeña liberación al saber que no va a haber emociones fuertes que cambien mi percepción de lo que veo, al menos por unos minutos, y al mismo tiempo me siento algo desprotegida, algo huérfana sin su presencia y su liderazgo. Florencia es mucho. La habitación sigue hecha un desastre, como ocurre con cualquier estancia que habite Florencia, pero por suerte encuentro rápidamente mi ropa seca y limpia. La que me pondría en un día normal de vacaciones. Finjo que nada de esto ha ocurrido, imagino que es un mal sueño y que solo estoy de vacaciones con toda la familia disfuncional de mi novia. No pienso en quién podría ser el asesino, no trato de resolver nada. Solo dejo que el agua caliente renueve mis ideas y mis poros. Afuera, el frío. Aquí, algo de paz. ¿Qué habrá de comer? ¿Necesitará Agnes ayuda en la cocina? Bloqueo también esa idea. No necesito más agobios. La vida puede ser así de sencilla. El cambio de ropa me sienta de maravilla. Lo necesitaba. Estoy guapa. Nada especial, pero alegra sentirse así. Escribo a mi familia, les mando besos, les digo que los quiero, que estoy bien. Me viene una canción a la cabeza. No la reconozco, pero dejo que suene. Bajo las escaleras como si flotara y pienso que, en el fondo, me han aceptado muy bien en esta casa. No soy como una más, pero tampoco lo es Florencia, eso no lo hace sencillo. Es especial. Tengo ganas de verla de nuevo, y no he pasado ni media hora sin ella. ¿Habrá resuelto ya el crimen? ¿Se encontrará mejor? Confío en que no esté haciendo ninguna locura.

—Amor, llegas justo a tiempo, le voy a tirar las cartas a mamá —me dice.

Y ahí están, la mayor parte de la familia en el comedor, con las cortinas cerradas, velas, un incienso que no sé de dónde han sacado y Florencia presidiendo la mesa de comedor aún vestida para la nieve. Al menos se ha quitado la chaqueta del todo y debajo llevaba una camiseta de un cantante de k-pop que le gusta, creo que es Jimin, no, seguro que es Jimin. No para de hablar de esta gente, aprendo por costumbre. Baraja las cartas del tarot sintiéndose una crupier y yo tengo la sensación de que no se hace así con este tipo de cartas. Así de rápido es como se me van la confianza y la tranquilidad. Volvemos al lío. A apagar fuegos.

—Susana tenía estas cartas y no podíamos desaprovechar la oportunidad —me explica Florencia—. ¿Has visto el ambiente que hemos creado? Mademoiselle Florence a su servicio.

—Le hemos dicho varias veces que no hacía falta nada de esto. Cerrar las cortinas y encender velas no sirve de nada, pero Florencia no entra en razón —me dice Susana, resignada.

—No entendéis que la luz nos impide ver lo que hay en las sombras.

—Es literalmente al revés —le apunto.

—Literal, sí, bien visto, mi amor —me responde—. No me cortéis las energías, estoy sintiendo una vibra negativa que no me gusta nada. Siéntate aquí a mi lado, amor, a ver qué sale de esta vaina.

Me siento y a la tenue luz de las velas, que no deben de haberse encendido desde el siglo pasado, veo las caras de Quique, de Susana, de Berni, de Javi y de Verónica, justo delante de Florencia. Sus rasgos parecen danzar con las pequeñas corrientes que mueven la llama de las velas. Miro alrededor y, en la otra punta de la sala, están Emilio y Julia, casi en la oscuridad, aunque la luz se refleja en la cabeza de él. Nos miran mientras beben cerveza. Ya a estas horas. No participan, pero tienen curiosidad. Nadie quiere perderse el espectáculo de Florencia.

—La abuela Agnes ha dicho que somos imbéciles por hacer estas cosas y se ha llevado a Alvarito con ella, que no quiere que aprenda brujerías —me comunica Florencia, riendo—. Ella se lo pierde, ya se le pasará. Y, por supuesto, papá tampoco ha querido participar. Lo he traído engañado, diciéndole que le iba a interesar, pero en cuanto ha visto las cartas ha salido corriendo. ¿Quién nos iba a decir que el fan número uno de la ciencia iba a tener miedo de la espiritualidad? En fin.

Me despisto un rato y lía a toda la familia en sus excentricidades. ¿No encontraba soluciones y ha pensado que va a resolver el crimen con adivinación? Le auguro un futuro muy prometedor como inspectora de policía. Bueno, lo cierto es que sí que se lo auguro, pero no por esto. Augurios.

—¿Has pensado en lo que querías preguntar, mamá? Recuerda, tiene que ser algo sobre un aspecto de tu vida. Lo más normal es salud, dinero y amor, lo de siempre. ¿Nos lo quieres decir en voz alta?

—Ya tengo mucho con aceptar que me tires, voluntariamente —hace énfasis en esta palabra, como si no lo fuera—, las cartas delante de todo el mundo, Florencia.

Como era previsible, este comentario provoca un gritito de Mademoiselle Florence.

—No, era un farol, mamá, creo que tienes que decirme algo, no puede haber respuesta sin pregunta. Que soy lista, pero no adivina.

A Julia se le escapa una risa en la distancia, que reprime enseguida. Nadie parece creer mucho en el trabajo de Florencia como tarotista, y apenas ha comenzado.

—Pues yo qué sé, quiero saber qué va a ser de mi trabajo ahora que mi jefa ya no está, si tanto te importa —responde Verónica, a la defensiva.

Y me pregunto si esa incomodidad no la hará sospechosa de algo, si no tendrá algo que esconder. Aunque quizá mostrarse vulnerable delante de tu exfamilia no es lo más cómodo que existe.

—Perfecta esa pregunta, mami. De locos —le dice—. Aquí hemos venido a jugar.

—No, Florencia, esto no es un juego, dame las cartas, se acabó ya la tontería —interviene Susana, que empieza a estar harta.

Florencia le pide calma, con un gesto confiado y seguro. Quizá sí le esté viniendo bien el teatrillo, vuelve a ser más ella.

—Corta el mazo, mamá, por donde quieras, con la mano izquierda, a ser posible, que es la que representa el instinto y el corazón —le dice a Verónica—. Solo están los arcanos mayores, aviso.

—Menos mal —dice Verónica, y ya sé de dónde ha sacado Florencia el aire socarrón. Golpea la primera carta del mazo con el puño cerrado, dándolo por cortado.

—Veamos… —comienza Florencia, tomando aire y soltándolo lentamente, juntando los pulgares y los índices de ambas manos.

Estoy convencida de que eso tampoco se debe hacer así. Sabía que le gustaba todo este asunto del tarot, y alguna vez le habían echado las cartas, pero jamás la he visto hacerlo a ella. ¿Por qué no lo hace Susana, que es la que sabe? Ni idea, pero ahí está, actuando con decisión, dando importancia a cada movimiento como si fuera relevante, y sacando las tres primeras cartas del mazo, colocándolas boca abajo sobre la mesa, de derecha a izquierda.

—El pasado, el presente, el futuro —nos informa, poniendo la mano sobre cada una de las cartas según habla.

—Genial, hija, leyendo pasado y presente y conociéndome como si habláramos todos los días, que lo hacemos, al menos acertarás dos terceras partes.

—Ay, amiga, no podemos desligar el futuro del pasado y del presente. Si solo te mostrase el futuro, estaríamos hablando en la nada, en el caos. El tarot representa el mundo, tu mundo. ¡No lo olvides! El futuro es cualquiera, está abierto; el pasado y el presente son los que son, no hay más opciones, y son muy importantes también.

Habla como si estuviera en posesión de la verdad. Cuando hace eso es signo inequívoco de que está hablando sin pensar.

—Vale, vale —responde Verónica, que lo sabe y entiende que es mejor no discutir y seguirle el juego.

Y llega el momento de levantar la primera carta, a la izquierda de Verónica, su pasado. Y la carta es de un señor con barba y una linterna. No veo cómo va a relacionar esto con el pasado de su madre.

—¡El ermitaño, loca! —Florencia aplaude, gana tiempo—. No te creo. Claro que tu pasado es el ermitaño, mamá, ay, si es que tenía que ser así.

—¿Que tenía que ser así? ¿Qué dices?

Florencia se cruje los dedos de la mano izquierda. Tiene suerte de que su abuela no esté en la sala, porque le caería una buena.

—El ermitaño mira hacia atrás, al pasado, y ese pasado es la noche, porque nadie lleva un farol de día, ¿o qué? Es decir, has estado en un mundo oscuro, como es el hotel del tío Gerardo, un sitio de locos, competitivo, donde la única luz venía de ti, de tu farol, y es que esa es la más puritita verdad, cielo, cómo te entiendo. Llevas unas ropas así como de abrigo, porque en el Pirineo hace mucho frío y Gerardo no se gastaría un duro en la calefacción para las oficinas, que seguro que ahorra en lo que sea para ganar unos lereles más.

—Lo de la ropa es una tontería —dice Susana—. ¿Has hecho esto alguna vez?

Florencia toma aire y no mira a su tía Susana. Tan solo cierra los ojos con fuerza y mueve las manos alrededor de su cabeza.

—Siento una perturbación en la fuerza, ahora mismo. Por favor, calma, confiemos en las cartas, yo solo soy el canal.

Después se calla, dejando que se calmen los ánimos.

—¿Tienes algo que decir, mamá? ¿Qué te sugiere a ti? ¿Qué te hace sentir?

—Veo a un hombre viejo, perdido y solo. Supongo que está bien así.

—Qué bajonero, mamá. Pero gracias por la sinceridad. En fin, es tan solo tu pasado. Nada que no se pueda cambiar. Dicho esto —continúa—, la barba te da también calor y te queda de lujo, y eso, básicamente, es lo que nos dice la carta, que estabas en una búsqueda de conocimientos, de sabiduría, formándote, aprendiendo, creciendo como persona. Estoy orgullosa de ti, mamá.

Y se lleva la mano al corazón. Suele ser al revés, supongo, que las madres sean quienes se enorgullecen de sus hijas. Creo que se le ha olvidado que está investigando un crimen y se ha metido de lleno en la tirada de cartas para su madre.

—Pues muy bien, Florencia —responde Verónica—. Gracias. Si es para esto, puedes seguir leyendo.

Florencia mira a todos a los ojos, analizando, creando tensión, y procede a levantar la segunda carta. Esta la conozco. Es el diablo. Boca abajo, además, signifique lo que signifique. Florencia se levanta de la mesa, asustada. Nadie reacciona. Tres días con ella generan también ese efecto de costumbre a sus exageraciones.

—¿Lo estáis entendiendo? —nos susurra—. Tu presente es este. El diablo no deja mucho margen para nada más.

—¿Qué pasa con el diablo? —responde Verónica en voz alta.

—Mira bien la imagen. ¿Quién crees que eres de ahí?

—¿El diablo? — pregunta Verónica, con dudas.

—Un señor poderoso, seguro de sí mismo, con los huevos bien colganderos, despreocupado…, ¿a ti te representa? Es verdad que tiene vibes de divorciada.

Creo que dice lo de divorciada como algo positivo, y voy a decidir no darle importancia, y pensar que habla de sus padres y ya está. Verónica se rasca la cabeza. No es fácil seguir a Florencia.

—Te conozco, y sé dónde vas a parar —le dice—. Vas a decir que yo soy una de esas figuritas que están con una correa al cuello, atadas al diablo.

—Y ese diablo es… —nos habla como a niños pequeños, sin ninguna paciencia.

—¿Gerardo? —responde Verónica.

Todos asienten. Era bastante obvio. Se ve que en esta casa no se tiene mucho aprecio al tío millonario. Por una vez, están de acuerdo.

—Y hace lo que quiere, y tú y otros diablitos danzáis a su ritmo, lo que viene a ser patriarcado básico… Ese es tu presente.

—Pero la carta está boca abajo, Florencia —dice Susana.

—Qué típico de aries.

—Soy leo.

—No me refería a ti, hablaba de tu hijo el defensor de las causas ganadas. Es hablar mal del patriarcado y alguno se siente identificado…

—Sigue estando boca abajo —insiste Susana, muy seria.

—Está boca abajo, a ver qué dices, mujer —apremia Javi.

Susana da un empujón a su hijo que casi lo tira de la silla y le levanta el dedo índice, como diciéndole que ni una más, que por ahí no se pasa, y Susana no me cae nada bien, la verdad, cosa que nunca diré a Florencia, pero me alegra que ponga algunos límites.

—Lo iba a decir ahora mismo —dice Florencia—. Ya sé que está boca abajo y no tiene ningún tipo de sentido para mí. Lo comparto por si podéis saber qué significa.

—Puede ser que ahora Verónica esté por encima de Gerardo —apunta Berni.

—Que ya no me influya lo que haga, porque yo trabajaba para Míriam y ahora no está, y a lo mejor me echa —indica Verónica—. Sin ella dentro, ya no sé si encajo ahí. ¿Para quién trabajo?

Me sorprende que se abra tanto con sus miedos. Diría que le importa una mierda lo que pensemos en esta familia, o quizá quiera ayudar a su hija en la investigación, dándole información que no comprendemos los demás. ¿Cómo explica esto quién abrió la puerta? ¿Cómo resuelve quién es el Oso Amoroso?

—Puede que Gerardo haga flexiones haciendo el pino —dice Javi—. Yo las hago, y me dejan una espalda brutal.

—Por favor, Javi, te lo pido por favor —le indica Susana.

—Si está boca abajo…, malo para él —señala Emilio—. Yo no sé nada de eso, pero no me gustaría estar boca abajo, ya seas el diablo, Judas o tu madre en bicicleta.

Supongo que ninguno quería pensar en esa opción, por muy desagradable que nos resulte Gerardo. Se forma un silencio. Yo, desde luego, no voy a hablar.

—¿Cómo de malo? —pregunta Verónica, como si Emilio pudiera tener la respuesta.

—Yo solo estoy aquí tomando el aperitivo —responde él—, no me hagáis caso.

—A lo mejor descubren chanchullos en la venta de los terrenos a la estación de esquí y lo meten en la cárcel —apunta Susana.

—No me extrañaría —dice Berni, apoyando a su mujer. Tarde.

—Podría vender el hotel para pagar la multa —sugiere Javi—. Y reinvertir lo que le quede en criptos o lo que sea, para volver a empezar de cero, mucha gente lo hace así ahora.

—Javi, te la estás ganando —amenaza Susana.

No me gustan las amenazas. Está bien poner límites a tu hijo, sobre todo si tu hijo es un idiota, y lo voy a seguir celebrando, pero es tu hijo y esto quizá es demasiado. No serán tampoco las mejores Navidades para él.

—El tío Gerardo podría perder el hotel —dice Julia—. Y quedarse sin nada. Qué pena.

Y según lo dice se ríen ella y Emilio. Tal para cual.

—Podría estar muerto, ¿no? —supone Javi—. Mamá, por favor, déjame hablar, tengo razón y lo sabes. Míriam ha muerto, quién sabe si no la han matado por la recalificación de los terrenos. Y, si la han matado a ella…, necesitan que mueran los dos, el CEO y la heredera, para evitar la venta. Es cosa de los típicos ecologistas terroristas.

Susana ahora no reacciona. Quizá no le moleste tanto que se metan con los ecologistas.

—Ibas bien, querido —dice Florencia—. Típico de piscis cagarla al final.

—Soy aries.

—Te ponía a prueba.

No es verdad, claramente. Lanza ideas al vuelo sin saber.

—¿En serio está en peligro Gerardo? —pregunta Verónica a Florencia.

—No se puede saber —responde Florencia—. Nosotras solo podemos interpretar las cartas.

—No me jodas, Florencia, digo en el mundo real.

A Florencia no parece gustarle la distinción entre el mundo real y el tarot.

—Ha salido el diablo boca abajo. Puede que él no sea el diablo. —Se echa hacia atrás y levanta las manos, como si esto fuera un atraco—. Has sido tú la que has insinuado que podía ser él. Yo no te puedo decir más. En cualquier caso, este no es un arte de una carta. Es una tirada, y nos falta una carta por ver. La relación entre todas nos dará el resultado final. Hay que pensar en global. Pensar es relacionar, mi querida madre.

—Deja de darme lecciones sobre la vida y descubre la última carta.

La última carta aparece y hasta Julia y Emilio se han levantado para verla. En ella hay una mujer en un trono, con un escudo y un cetro agarrado. Parece una reina. Florencia y Verónica lo miran con intensidad, y no dicen nada, cuando todos esperan que mi chica les aclare qué está pasando, incluida su madre, incluida yo también. Pero Florencia tan solo se levanta de la mesa y la abraza por detrás.

—Todo va a estar bien —le dice—. Muchas gracias. Tengo mucha suerte de tenerte como madre.

Y no entiendo nada, ni yo ni casi nadie. Tan solo Susana se deja caer sobre el respaldo de la silla, harta del espectáculo.

—Es la emperatriz —explica—. Tampoco es para tanto amor.

—Es una mujer que mira hacia delante, hacia el futuro con calma y con seguridad, agarrando el escudo, protegiendo a los suyos, a nosotros. Es un poco agobio tener tanta carga, porque ya no tiene manos ni para comer.

—Ni para beber —añade Emilio.

—Nada. Ni para beber agua. Y aun así lo hace con esa paz que se le ve. Esa es mi madre. No sabemos qué futuro tendrá, pero estará tranquila y los demás con ella. Nos va a defender de lo que venga. Mamá, gracias. Te adoro.

Verónica acepta el abrazo y Julia comienza a aplaudir. Todos aplaudimos. Estos momentos también los suele generar Florencia. No es la primera vez que me encuentro aplaudiéndola por cualquier motivo.

—Bueno, ¿quién se apunta ahora? —pregunta Florencia—. ¿Te atreves, Quique?

—Eh, claro, sí, ¿por qué no? ¿Qué me puede pasar?

Y no sé por qué ha ido a por Quique, pero quería tirarle las cartas a él. Y ya está mi chica trabajando de nuevo, por un momento lo había dudado. No tengo ni la menor idea de qué quiere sacar de Quique, o si pretende ver la reacción de otros. Pero sin duda está trabajando en el caso.

—Pues tendrás que limpiar las cartas, y a saber cómo, porque no tengo mi tarjeta ionizada ni sé dónde están mis cuarzos, que se supone que su sitio es la estantería de mi cuarto y no los he visto al venir.

—No hay problema, sé dónde están. No os mováis de aquí, que estoy en un pliqui.

Y de un salto sale de la habitación, y yo tras ella.

—¿Qué ha sido todo eso? —le pregunto, ya en el pasillo.

—Un momento muy bello con mi madre. Muy bello.

Me agarra de la mano y entramos en el salón.

—¿Y lo de Gerardo? —añado.

—Bastante revelador, ¿no te parece?

Aquí la luz del día y de la nieve entra de manera natural, no hacen falta velas, y me resulta raro. Es curioso lo que ocurre con Florencia. Consigue que lo extraño me parezca normal, y lo normal me extrañe.

—No me digas que crees que tu tío ha muerto porque ha salido una carta del revés.

—Bueno, amor, el tarot también es interpretación, y es intuición. Las cartas son lo de menos la mayor parte de las veces. Pero las caras cambian. Se mueven emociones muy intensas, ¿no crees? ¿Dirías que nos da tiempo a pasar por la cocina para coger un poco más de roscón?

—Yo me esperaría a la comida —respondo, tratando de no herir sus sentimientos.

—Ah, la voz de la razón, qué bien me sienta.

Florencia mira el belén que ha montado su abuela y agarra dos pastores que estaban sobre unas piedras y los deja tirados sobre el río.

—No hagas eso, anda, déjalos al menos en el camino —le digo—, o en el puente. Que tu abuela se lo ha currado mucho.

Florencia los coloca y se queda un instante petrificada, como si jugase al escondite inglés. Yo al principio tampoco me muevo, no vaya a haber un oso de verdad y no queramos asustarlo. Intuyo que ha pasado algo importante, que ha descubierto algo. Miro a lo que mira. El belén es una mezcla de figuritas de diferentes tamaños, épocas y colores, en lugar de carros los pastores llevan cochecitos de juguete, el río está hecho de papel de aluminio, una pluma estilográfica sirve como puente y el campo es el musgo que tanto le importa a Emilio. Es un belén de los de toda la vida, compuesto con retales de lo que ha ido encontrando, no sé qué ha podido ver Florencia ahí para dejarla obnubilada. Pero nada, se gira hacia mí, me sonríe como si acabase de descubrir el mensaje oculto de la Navidad y me besa. Acto seguido coge las tres piedras que había bajo los pastores, unas piedras medio transparentes que no pegaban nada en ese paisaje.

—Una pena, le daban un toque ciberpunk al belén —me dice—. El finísimo sentido del humor de la abuela Agnes.

Yo no creo que lo haya hecho por hacer algo gracioso, sino porque eran piedras que tendría a mano y eso es un belén, pero no la saco de su ensoñación. Y volvemos corriendo, de la mano, al comedor, a la oscuridad, a la familia.

—Ya estamos, cariños, vamos al lío.

Florencia pone las piedras sobre las cartas usadas y hace unos barridos con las manos del aire que hay sobre ellas.

—¿Ahora qué haces? —pregunta Susana.

—Solo estoy limpiando el aura de las cartas, por encima de los cuarzos. En mi casa lo hacemos así.

Susana pone los ojos en blanco y se remueve, ya no sabe cómo sentarse para soportar tanta tontería. Entiendo que le gusta que el tarot sea el plan familiar de la mañana, pero creo que a veces el precio a pagar puede ser demasiado alto. Julia y Emilio miran por la ventana con un copazo en la mano. Antes era una cerveza. Evolucionan rápido. Creo que el ambiente ya no está para otra lectura. Berni y Javi se han ido y Quique espera sentado en el sitio en el que antes estaba Verónica, que se está haciendo un cigarrillo de liar en el sofá, prácticamente a oscuras. Espero, por su bien, que no se le caiga nada de tabaco en el suelo.

Mademoiselle Florence aparta los cuarzos, se sienta y comienza a barajar, sin dejar de mirar a los ojos a Quique. ¿Por qué Quique?

—¿Cuál va a ser tu pregunta? —le plantea Florencia.

—Quiero saber si el proyecto en el que estoy trabajando va a salir bien —responde él, con inquietud. No esperaba que creyera tanto en las cartas.

—Siento preguntarte esto ahora, y me da cierta vergüenza —dice Florencia—, pero ¿qué narices? Si no te lo pregunto ahora, ya no lo haré nunca. ¿En qué trabajabas exactamente?

—Soy consultor de un consorcio. Economista. Hago números para empresas y a veces para organismos públicos. Me encargo de que todo cumpla la legalidad.

—Consultor de un consorcio —repite Florencia.

—Qué aburrimiento, chico —suspira Emilio—. Yo que tú ya estaría pensando en la jubilación.

Julia se ríe. Ni siquiera sé si ha escuchado sus palabras. Es oír el tono de bromita de su marido y echarse a reír. Me pregunto si alguien nos verá así a Florencia y a mí. Ojalá no. Aunque un poco sí que me gustaría que nos viesen como dos idiotas que viven en su propio universo creado para ambas.

—No es tan aburrido —responde Quique—, solo te tienen que gustar los números.

—Pues eso —contesta Emilio, sin dejar de mirar cómo nieva.

—Corta por donde quieras, Quique —ofrece Florencia.

Y Quique, al contrario que Verónica, sí corta con curiosidad, por la mitad del pequeño mazo, aproximadamente.

—¿Puedo sacar yo las tres cartas? —nos pregunta—. Prefiero culparme a mí mismo del azar.

—Nada ocurre por azar en el tarot —dice Florencia—. Ni siquiera que me hayas pedido sacar tres cartas.

Qué sabrá ella del tarot y la casualidad. Quique saca las tres cartas de lugares muy distintos del mazo, y las deja sobre la mesa, boca abajo.

—En contra, a favor, resultado —indica Florencia, señalando las cartas.

—Pensaba que era pasado, presente y futuro —responde Quique. Creo que, si hiciera calor estaría sudando, de tanta tensión.

—¿Prefieres que lo sea? —pregunta Florencia.

No entiendo el tono en absoluto, parece que lo esté retando. Siempre se han llevado muy bien.

—No, en contra, a favor y resultado me parece estupendo. Así sé lo que puedo esperar —responde Quique.

—¿Lo que puedes esperar de los números? —dice Florencia.

—No siempre se comportan de manera sencilla.

—Se multiplican, se dividen, se suman… —Florencia juega con Quique.

—Se restan.

—Lo has dicho tú, no yo.

Y Quique no debería jugar con Florencia. No sé si significa algo que los números se resten, pero después de lo de Gerardo, que parecía que era solo una carta boca abajo y ha acabado en peligro de muerte, cualquier resta puede ser negativa.

—Empecemos, primera carta, en contra.

Levanta la primera carta, y es el ahorcado. Otro que está boca abajo. Qué manía.

—Tenías razón con los números. A veces pueden ser traidores. No sé si sabes que a los traidores, en tiempos, los colgaban boca abajo, como a este hombre.

—No sé si puedo colgar a un número —bromea Quique. Se sigue equivocando.

—Entonces no tendrás mucho problema, si esto es lo que hay en contra y el traidor es solo un número.

Estaba claro. Entonces, ¿el traidor es Quique? ¿A quién ha traicionado? No me puedo creer que haya engañado a Eugenio, eso sería muy estúpido, lo mires por donde lo mires. Primero, porque Eugenio es un pedazo de pan, y segundo, porque es un gran detective. Lo sabría. Pero aquí hablan de un proyecto. No hay que olvidar la pregunta. Y la pregunta no es de amor, es de trabajo. ¿Ha traicionado Quique a los números? ¿Ha robado? Todo es muy difícil. Susana mira la tirada sin entender tampoco nada. Ya no sabemos si hablan de tarot o de qué. Ni siquiera sé si Quique cree que Florencia sabe lo que él esconde. Porque algo tiene que esconder. Es evidente, viendo cómo se comportan ambos.

—Tranquilo, la carta del ahorcado puede significar muchas cosas —dice Florencia, con su sonrisa de mala, fría, calculadora, la que se reserva para estos momentos—. Míralo, qué tranquilo está. Puede ser un traidor, pero tiene la conciencia tranquila. Y ya, ya sé que los números suelen tener la conciencia tranquila y no se arrepienten de nada. Si es que hablamos de números, claro, y no queremos que se resten.

—Los números pueden hacer muchas cosas —responde Quique—. A veces basta con que la ecuación dé cero de resultado, no tienen por qué ser positivos ni negativos.

—Olvidaba que esto iba de economía, perdona —responde Florencia—. ¿Quieres que veamos qué tienes a favor?

—Juguemos.

A Susana le tiembla el párpado, de tanto poner los ojos en blanco. Esto no es un juego para ella. Pero quiere ver la carta, igual que todos, y no dice nada. Y la carta es la de una mujer también sentada, pero mirando a la izquierda, con un libro abierto, y un paño a sus hombros, que no deja ver lo que hay detrás.

—La sacerdotisa, la suma sacerdotisa, la papisa —dice Florencia—. Cuidado con ella.

—¿Por qué? Parece agradable.

—No sé si agradable. Está mirando al ahorcado y está muy tranquila con eso. Quizá eso implique sadismo, o frialdad. Y ese libro que tiene entre las manos…, ¿crees que será un libro de cuentas?

—Seguramente.

—¿Me lo dices o me lo cuentas? Perdona, me he excedido con el juego de palabras. No tenía sentido. Y toda esa ropa… ¿Ves su ropa, la tela que tiene detrás de ella? Si quisiera esconder algo, tendría muchísimo sitio para hacerlo. Digamos que, si al traidor del ahorcado le hubiera ido bien en la vida, quizá fuera algo así como ella.

—No es eso, Florencia, es la intuición, la energía femenina —explica Susana—. Es la carta de la sabiduría interior.

—Exacto —coincide Florencia—. Puede ser eso. Pero esa inteligencia, usada de los modos adecuados…, resuelve muchos problemas sin que nadie se dé cuenta. ¿Me explico? Problemas matemáticos, quería decir. Igual no me explicaba bien.

Está ya en fase de explicar los chistes. Se ha cansado del juego. Supongo que, según madure y se desarrolle como inspectora, le pasará cada vez menos, pero ahora a veces se desconecta y puedo ver el clic en su cabeza, apagando su concentración. Esta en particular es una investigación de muy poco descanso y con mucha presión. Es normal que le cueste seguir el ritmo.

—El resultado —nos dice, sin más dilación, y levanta la tercera carta, la de en medio. La carta principal.

Ante nuestros ojos aparece la justicia. Y da cierto miedo, porque su mirada apunta directamente a quien la mira, a los ojos del que pregunta. Y tiene una balanza entre las manos, como se recuerda siempre a la justicia, la señora con una balanza, pero también tiene una espada en la otra.

—Creo que tenemos un tema recurrente, ¿no? El equilibrio. —Florencia hace una pausa dramática de las suyas, cómo le gustan—. ¿Lo alcanzaremos? —Hace otra pausa antes de hablar—. Ese se supone que es el resultado, el equilibrio, pero no te puedes fiar de nadie que tenga una espada, ni de nadie que esté sentado en un trono.

Susana no aguanta más tanta invención. ¿Quizá fuera eso lo que estaba tratando de provocar Florencia?

—Florencia, te estás inventando el tarot. No significa nada de lo que dices. Es una carta positiva, todo se equilibra al final. Buenísimo para los negocios, mejor aún si las cuentas tienen que cuadrar.

—El balance queda en cero, sí —responde Florencia—. Pero no sabemos si habrá que usar la espada para ello.

—La espada está ahí porque las cartas son de origen medieval, por lo menos, y la gente llevaba armas. Ahora nos las han prohibido para coartar nuestra libertad, pero entonces era lo más normal del mundo.

Creo que me debería sorprender que Susana esté a favor de la libre portación de armas, pero pasados unos días en esta casa ya nada me sorprende.

—Bueno. De acuerdo. Genial. Ok. Vale. Acepto lo que dices. Pero la justicia no siempre es positiva. Para el ahorcado, la justicia implica acabar boca abajo. Para la sacerdotisa, es el éxito, quizá. Para Quique, el resultado será de lujo, porque es un hombre legal y correcto. —¿He entendido un tono irónico en Florencia? ¿Por qué? Ojalá estuviera en su cabeza—. Pero no será tan bonito para todo el mundo.

Quique resopla y se seca una gota de sudor que ha conseguido escapar de su frente pese al frío y el invierno y Josema con todos sus copos. Solo aspiro a entender algún día algo de lo que Quique y Florencia saben y no nos cuentan a los demás.

—¿Quién va ahora? —pregunta Florencia—. ¿Alguien más quiere que le tire las cartas? ¿Susana?

—Ni de coña —responde Susana, al tiempo que comienza a guardar las cartas, antes de que Florencia se atreva a volver a usarlas.

En este instante entran en la sala Agnes y Alvarito, que corre al regazo de su padre.

—Como vea una sola historia de esas, os prometo que os quedáis sin comer —nos dice Agnes, abriendo las cortinas—. Ya está bien de tonterías, que hay niños delante.

—¿Vamos a jugar a las cartas? —nos pregunta Alvarito, aburrido como él solo. Pobrete, vaya vacaciones.

—No, eran cartas de mayores muy aburridas —dice Quique, acariciándole el brazo.

—Entonces, ¿podemos abrir ya los regalos? —vuelve a intentar.

—Hay que esperar un poco más. Ya sé que es difícil.

—Como me hayan traído carbón, se me va a poner malo.

Florencia, dando por terminada su sesión de espiritismo, apaga las velas y me acerca a ella, para darme un beso en la mejilla. Y yo me dejo, claro. Y en ese movimiento se aproxima a mi oreja y me susurra, solo para mí:

—Ya casi lo tengo —me dice—. Hoy mismo encuentro al asesino.

Y me muerde la mejilla con cariño. No sé por qué lo hace. A veces le da por ahí.

—No te han traído carbón, seguro —tranquiliza Quique a Alvarito, con voz suave y calmada—. Ten paciencia.

—Me decís que tenga paciencia todo el rato —protesta Alvarito—, y yo tengo mucha paciencia, pero la Navidad es un aburrimiento.

—Como la economía, niño, y a tu padre le divierten las sumas y las restas —dice Emilio, pero no creo que Alvarito entienda muy bien de qué va la economía. No creo que ninguno de nosotros lo entienda del todo.

—Voy a por el roscón, a ver si alguien más quiere —nos dice Florencia, y se levanta. Ya tiene toda la energía que le faltaba hace un rato.

Y se va por la puerta y yo me quedo en el salón con el resto de la gente, cada uno a lo nuestro. Al final, estas vacaciones nos van a convertir en una familia unida de las de toda la vida.

Otra cosa no, pero Wolfgang sabe escuchar

RICHARD

Richard sostiene su sombrero con la mano mientras su abrigo negro y largo ondea al ritmo que marca el viento. El anciano se mantiene firme en el sitio, sin dar un paso adelante, aunque tampoco atrás. Su cuerpo contundente y vestido todo de negro permanece inmutable ante la tormenta blanca y furiosa.

—La muerte está al otro lado de la calle —dice, para sí.

—Sí, no exageraban los del tiempo, que parecía el fin del mundo y no lo es, pero casi. Por eso yo me he dado la vuelta y usted también debería. Está la cosa imposible, se lo digo de verdad —le contesta un turista de unos cincuenta años, seguramente madrileño a juzgar por su forzada simpatía y su poca vergüenza para hablar con un extraño.

—No se hace usted una idea. Buenos días y hasta luego —responde Richard, levantando su sombrero a modo de saludo y también de despedida.

El hombre se mete en el hotel Sancho mientras echa pestes del anciano y de su mal carácter. Richard vuelve la mirada al frente, al hotel A&G, su terrible destino. Un rayo toma tierra cerca de él, seguramente impactando en alguna torreta del telesilla, y el trueno no tarda ni un segundo en maltratar sus oídos. Richard lo interpreta como una señal y entra de nuevo al lobby, siguiendo los pasos del madrileño impertinente, que avanza delante de él.

—La muerte puede esperar unos minutos, no creo que le importe, lleva años haciéndolo.

Richard esta vez se dirige a la barra del bar y espera a ser atendido, aunque hay tanta gente que puede llevar un tiempo. No tiene prisa. Richard vuelve a sacar su grabadora, tratando de poner sus pensamientos en orden. Por lo general, no compartiría detalles de una investigación abierta con decenas de desconocidos, pero aquí nadie le presta atención. Está rodeado por extranjeros que hablan y hablan y no escuchan, en una torre de Babel de la banalidad que no parece tener fin. Richard conversa consigo mismo y, sobre todo, se escucha.

—Tenía que haberlo sabido. Estaba delante de mis ojos y yo mirando hacia otro lado. O espabilo o me van a…

¡Clac! La grabadora se detiene de improviso y con ella la voz de Richard, como si una cosa estuviera ligada a la otra. La cinta se ha terminado, lo que le faltaba. Siempre podría reflexionar sin hablar en voz alta o incluso podría darle la vuelta y sobrescribir lo ya grabado. Dada la situación actual, es casi una certeza que no lo va a escuchar en el futuro y es aún menos probable que necesite hacer un informe de sus pesquisas. Sin embargo, para él no es una opción.

—Los hechos no se sobrescriben, mis palabras tampoco.

Richard habla para sí mismo, y para un borracho alemán que lo mira fijamente los labios tratando de traducir sus palabras. Pese a que el inspector siempre presumió de tener una dicción perfecta en castellano para ser inglés, no parece preocupado por revelar secretos al turista. A juzgar por la expresión de su cara, el hombre no tiene un gran nivel de castellano. Richard opta por levantarse de su taburete y sentarse junto a su admirador.

—¿Puedo? —pregunta Richard.

—Sí. Buenos día —responde el alemán.

Richard arrastra la silla y se sienta dejando caer su peso de golpe, evitando hacer más esfuerzos de los necesarios. Se inclina hacia el hombre, que lo mira con intriga. El anciano carraspea y se prepara para utilizar al hombre como si fuera su grabadora:

—De acuerdo. Lo que vamos a hacer es lo siguiente. Yo voy a hablar y tú no vas a enterarte de nada. ¿Comprendido?

—Yo poco español. Despacio —responde el turista.

—Así me gusta. Ya sé que a simple vista no tiene mucho sentido, pero me viene bien exteriorizar las ideas, las teorías siempre parecen más reales cuando se materializan en ondas sonoras.

—No sé. Yo Wolfgang.

El hombre se ríe, incómodo, y Richard decide que puede continuar. Esto quizá funcione, después de todo.

—Como venía diciendo, hace unos minutos me he visto sorprendido por las revelaciones de un completo inútil. Eso de por sí no sería una vergüenza si él contara con información privilegiada a la que yo no pudiera acceder de ninguna manera, pero no es el caso. Había señales y pistas obvias que apuntaban a que mi hija sabía quién era el espía desde hace tiempo. Para empezar, Míriam estaba escribiendo una carta destinada al Oso Amoroso cuando fue asesinada, lo que demuestra que estaba en contacto con él y que lo conocía. Es más, a juzgar por su contenido, ella pretendía forzarlo a revelar su identidad: «Si no lo cuentas tú, lo voy a cont» y ahí dejó de escribir. Es el mensaje que se dedica a una persona cercana, que te inspira más confianza que miedo. Es el mensaje que se dedica a un familiar.

Richard se detiene y se da cuenta de que el alemán levanta la mano tratando de llamar la atención de la camarera. Seguramente quiera una cerveza para amenizar la charla, pero la cosa va para largo. La chica está ocupada tratando de entender la comanda de una familia de rusos sentados unos metros más allá. El inspector decide seguir a lo suyo:

—¿Quién demonios es el Oso? ¿Cómo de cerca está de mí? Hay un dato contradictorio que no logro comprender. Verónica asegura haber escuchado a Míriam hablando por teléfono, informando a alguien de que el Oso estaba en la casa. Es extraño que ella no supiera quién iba a venir…, a no ser que el Oso sea la propia Verónica. Y es que todos los caminos llevan a Verónica. Es la única persona que no había anunciado su presencia con antelación, tenía acceso a todos los secretos del hotel y goza de la inteligencia de la que carecen Julia y Emilio, por ejemplo. Lo que no me entra en la mollera es que haya sido ella misma la que me ha advertido de la llamada. Es posible que se trate de una estrategia de distracción para anticiparse a nuestros descubrimientos, quizá Míriam ni siquiera mencionó al Oso en su conversación por teléfono. Sí, no cabe duda de que sería una idea brillante, aunque es demasiado rebuscada para ser creíble.

Richard se calla porque ve a Samuel salir del ascensor. El veterano inspector tiene el hábito adquirido de escoger asiento en el lugar en el que pueda controlar los movimientos de todos a su alrededor. Ahora mismo tiene una visión perfecta del lobby, y puede ver cómo Samuel mantiene una conversación con su recepcionista. Se le nota alterado y confundido, tanto o más que cuando hablaba con Richard.

—¿Habrá pasado algo nuevo o sencillamente ha necesitado media hora para atar cabos?

Wolfgang se encoge de hombros y Richard coincide en su apreciación. No pueden saberlo. La conversación entre el empresario y su empleado sube en intensidad. Samuel mueve los brazos y el recepcionista se desespera, como si le pidiera una locura. El chico señala la puerta que da al exterior utilizando ambos brazos, extendiendo las palmas hacia arriba. No podría gesticular más para hacerse entender, pero su jefe sigue negando. Se le nota convencido de lo que ordena, sea lo que sea.

El recepcionista se rinde y se marcha. Richard lo ve cruzar la puerta que se esconde tras el mostrador de recepción, que seguramente dé a una pequeña oficina. El muchacho no tarda más de tres segundos en regresar, ha cogido un enorme abrigo de plumas, que no tarda en ponerse. Está muy disgustado y abandona el edificio entre aspavientos, pero aun así obedece las órdenes. Samuel se queda esperando junto a la puerta, frotándose las manos, para calmar tanto el frío como los nervios.

—Algo me dice que Samuel no va a encontrar al Oso antes que yo. En fin, yo no perdía nada por intentarlo y lo que pierda él me la trae al pairo. Y a ti también, ¿verdad?

El alemán borracho ni siquiera lo mira, está pendiente de Samuel, seguramente tratando de comprender por qué interesa tanto a Richard. Viendo que la situación con el empresario se ha estancado, el anciano continúa con su charla:

—Verónica puede ser el Oso o puede no serlo, pero, cuanto más indago, más me enfado y no precisamente con el asesino, que queda casi en un segundo plano. Estoy cabreado como hacía años que no lo estaba y si tengo que señalar a alguien es a Gerardo. Mi problema es con él y no con otro, porque, aunque todavía no sé qué papel tenía en todo este asunto, sí que estoy convencido de que era su responsabilidad y no la de mi hija. No es ella quien tenía que haber hablado con Samuel y Arturo, no era su tarea informar de la presencia del Oso en mi casa. Quien se tenía que haber jugado la vida es Gerardo, que por algo es el jefe y es quien se va a llenar los bolsillos gracias a este negocio. ¿Y dónde está? Escondido, atrincherado en su hotel, rodeado por sus matones. Es así. Mi hija está muerta y la culpa solo puede ser de Gerardo. Me importa un carajo que no haya utilizado sus propias manos para ahogarla. Yo lo culpo a él.

Wolfgang asiente, comprendiendo sin entender una frase. A estas alturas ya ha debido de asumir que la charla va para largo y es capaz de empatizar con las emociones de Richard, que van más allá del significado de sus palabras.

Richard se queda callado, tratando de rebajar su tensión y observa a Samuel. No hay cambios en su situación; continúa en el exterior esperando algo que no llega. Es un cervatillo asustado vestido con un traje caro.

—Estoy enfadado con Samuel, me irrita solo verlo —sigue Richard—. Y lo mismo me pasa con Arturo. Son hombres ricos, con las vidas solucionadas. ¿Qué necesidad tenían de meterse en este negocio y de arrastrar a mi hija a participar en él? El plan urbanístico que han creado es legal únicamente porque tienen el poder de doblegar las leyes a su antojo. Se han encontrado enfrente a los colectivos ecologistas y a los vecinos de la zona y ni por esas se han planteado la opción de recular. El clamor social en su contra era tan grande que ha tenido que aparecer un espía para chantajearlos, a la desesperada. Esta persona, el Oso, debe de haber encontrado material particularmente comprometido sobre ellos, documentos que podrían llevarlos a la cárcel o humillarlos públicamente, porque ha logrado que consideren pausar sus planes. Pausarlos, que no cancelarlos, porque ahí siguen, tratando de hallar maneras de sortear al espía, asumiendo riesgos impensables para ninguno de nosotros. Como si ganar más dinero fuera una cuestión de vida o muerte, de libertad o cárcel. Pero es Míriam quien ha muerto, no ellos. Sí. Si hay alguien responsable de que mi hija haya acabado muerta son Samuel y Arturo y su avaricia de mierda.

Richard se calla, y al volver su atención a Samuel descubre que el enigma de su espera se ha resuelto ante sus ojos y los de la clientela del hotel al completo. El recepcionista ha aparcado su coche en la entrada y es un todoterreno normal con cadenas, nada que ver con el armatoste con ruedas oruga que tiene su socio. Richard sonríe.

—Es la peor huida que he visto en mi vida, y he visto muchas. La mayoría de las veces huían de mí.

El recepcionista entrega las llaves a su jefe. Antes de que se marche intenta de nuevo hacerle entrar en razón, pero Samuel no está por la labor de escuchar y se sube al vehículo. Richard vuelve a lo suyo, charlar con el alemán está siendo una experiencia catártica para él.

—Estoy furioso con Míriam. Sí. Es injusto tener estos sentimientos precisamente hoy y, sin embargo, no puedo evitarlo. Se metió en ese mundo ella sola. Ni Gerardo ni Samuel ni Arturo la obligaron a trabajar ahí. Nadie la forzó a ascender hasta convertirse en la mandamás de ese estercolero moral con forma de hotel. Si se alejó de su madre y de mí fue porque ella quiso. El camino que tomó y la gente con la que se mezcló es responsabilidad suya y de nadie más. No digo ni diré que merecía morir. Eso nunca. Pero el mal café que llevo encima no me lo quita nadie.

A través de la cristalera de la entrada se ve que el coche de Samuel no logra salir de donde está. Las ruedas patinan sobre la nieve y él empieza a revolucionar el motor como si eso fuera a solucionar el asunto. Empieza a llamar la atención de todos los allí presentes. El recepcionista pide ayuda a varios de sus compañeros y entre todos salen a empujar.

—¿A quién quiero engañar? ¿A ti? No tendría mucha lógica, no te conozco de nada y me importa un carajo lo que pienses. ¿A mí? —dice Richard, y el alemán se vuelve a encoger de hombros—. Es a mí, claramente. Y es inútil, a mí no me engaña nadie, ni siquiera yo mismo. La verdad es que, si hay una persona que me saca de quicio hoy, ese soy yo. Tal como suena. Y suena horrible. Yo sabía que Míriam estaba tomando malas decisiones, que estaba metiéndose de lleno en un mundo de mafiosos, y no dije nada. No me enfrenté a Gerardo, no investigué sus negocios aunque sabía que no eran limpios. Podría haber sacado a la luz muchos de sus chanchullos, pero preferí mantenerme al margen por no manchar el nombre de mi hija. No. Ya que estoy siendo sincero, tengo que serlo hasta el final. No lo hice por eso, lo hice por orgullo. Esperaba que volviera a mis brazos arrepentida, que admitiera su error al seguir a su tío. Nunca lo hizo. Ya nunca lo va a hacer. ¿Por qué? Porque soy yo el que tenía que haber hecho algo. Si hay un culpable de haber llegado hasta aquí, ese soy yo. Por eso tengo que seguir adelante, sin importar las consecuencias.

Wolfgang deja de escucharlo por un momento porque los clientes del bar están revolucionados y se mueven en masa hacia la puerta. El coche de Samuel ha arrancado por fin, ha salido demasiado revolucionado, ha derrapado tres veces y ha chocado frontalmente contra la panadería, unos metros más adelante en la calle. La gente se agolpa para ver el espectáculo, no tienen nada mejor que hacer hoy. El alemán está interesado, aunque no se atreve a dejar solo a Richard y escucha unas palabras más.

—Gerardo es peligroso, está esperando, casi seguro que está armado y, sobre todo, es peligroso porque tiene miedo. ¿A quién o a qué tiene miedo? ¿A Verónica o a quienquiera que sea el Oso Amoroso? No lo creo. Ahora pienso que me tiene miedo a mí. Sabe que voy a exigir respuestas sobre mi hija y que lo odio. Es a mí a quien espera, con su escopeta cargada, al otro lado de esta calle. Y ahí es a donde tengo que ir, pese a que mi familia me espera y me necesita en casa. No puedo evitarlo, tengo que llegar hasta el fondo de este asunto. En fin. Eso es todo, no hay más. Puedes irte.

Richard le hace un gesto y el hombre sale corriendo, apilándose entre los demás para ver algo. El inspector supone que lo mejor ya ha pasado porque el coche de Samuel no iba tan rápido, lo más normal es que esté ileso.

Al levantarse el alemán, abre el campo visual de Richard, demostrando que no tenía tan controlado el espacio del bar como pensaba. Beatriz está sentada al fondo de la barra y ha debido de estar ahí desde el principio. Está demasiado lejos para escucharlo, aunque a esa distancia un inspector experimentado como él tendría que haberla visto. No cabe duda de que sus facultades están mermadas, sería temerario negarlo llegados a este punto.

Richard se acerca a ella caminando a su ritmo y sin apresurarse. La mujer lo espera, con las piernas cruzadas y una sonrisa incipiente.

—No has perdido facultades —le dice Beatriz—. Una charla de veinte minutos contigo ha sido suficiente para que Samuel intente escapar de la montaña a cualquier precio.

—No es cuestión de precio, sino de inteligencia. Con un trineo le hubiera ido mejor —responde Richard—. Contigo no ha surtido efecto mi conversación, por lo que veo.

—Yo te conozco y sé que ladras mucho y muerdes poco —le dice—. Vamos a tomar algo, ¿no?

Beatriz hace un gesto a la camarera, que por fin está disponible, para que se acerque.

—Ponme lo de siempre, chiquilla —dice Richard.

—Tomaré lo mismo que el señor, gracias —añade Beatriz.

La camarera se marcha y Richard observa a su interlocutora, dándose cuenta de cómo han cambiado las cosas.

—No me conoces, ya no. Hoy no —dice Richard.

—Hay gente capaz de cambiar, es cierto. No es tu caso. Richard Watson siempre será Richard Watson, y me alegro de que sea así.

—No deberías, por tu propio bien.

La mujer estira su mano para tocar la de Richard, que la aparta, manteniendo la mirada fija en ella.

—Es una pena que no quisieras venir conmigo —dice Beatriz—. Te ofrecí una vida a mi lado, no es algo que hiciera con todos, puedes sentirte orgulloso.

Richard se encoge de hombros, del mismo modo que hacía el alemán con él.

—¿Nunca piensas en qué habría pasado si hubieras tomado otra decisión? —insiste ella—. ¿En la vida que habríamos tenido?

—Jamás, ni siquiera el día que me lo propusiste.

—Habrías hecho una fortuna. Los hombres como tú solo necesitan un empujón en la dirección adecuada para hacerse con todo lo que desean. No habrías tenido que vivir como un ermitaño en medio de la nada, eso te lo aseguro.

—Y, sobre todo, ella habría podido deshacerse de su marido —dice Arturo, a su espalda—. Es lo que no te está diciendo.

Arturo es un anciano de pelo blanco y piel bronceada y estirada. Viste de una manera apropiada para el tiempo que hace, aunque es evidente que es la primera vez que se pone cada una de las prendas que lleva encima. Pasa junto a Richard y se sienta con su mujer. La saluda con un pico, sin mostrar un ápice de reproche.

—No me molesta que sueñe con un pasado contigo, es inútil competir contra lo que nunca sucedió —continúa Arturo—. La realidad siempre es más imperfecta que la fantasía.

—La mía no —dice Richard.

—Eso estaba oyendo, sí. Eres un tipo recto, Richard, siempre lo has sido. Y muy duro. Por eso siempre te respeté, incluso cuando nuestros caminos se separaron, pero ¿no crees que ya nos hacemos mayores para estas cosas?

—¿Qué cosas? Tienes que ser más específico, Arturo —sugiere Richard.

—Lo que le has hecho a Samuel, por ejemplo —dice Beatriz, y luego mira a su marido—. Te referías a eso, ¿no, cariño?

—Eso y estar husmeando por aquí, en general —añade Arturo—. Eso son cosas de chavales, Richard. Ya no valemos para esas cosas, y nos toca asumirlo.

—Supongo que la corrupción no tiene edad —responde Richard.

Arturo se lleva la mano al pecho, como si las palabras de Richard se le hubieran clavado en el corazón.

—No…, no vayas por ahí. Eres mejor que eso. Es un recurso fácil, pero nadie nos está acusando de corrupción.

—¿Qué es lo que quieres, Arturo? Sigues sin ser específico y yo no soy político. A mí hay que hablarme con claridad —insiste Richard.

—Lo único que pido es que seas sensato, que vuelvas a casa a disfrutar de la Navidad y te dejes de aventuras.

—¿Y si no me apetece?

—Entonces me vas a empujar a mí a participar en estas historias —responde Arturo—. No te voy a engañar, yo también estoy mayor y no tengo ninguna gana de dar ese paso, pero no me quedaría más remedio. Y yo no soy como tú, que te puedes dar la vuelta y no pasaría nada. Yo me juego mucho. Piénsatelo bien.

Richard se siente tentado de darle la noticia de que su hija ha muerto, pero se detiene antes de hacerlo. No cambiaría nada en la conversación.

—Agradezco tu consejo, Arturo, y te informo de que no lo voy a seguir —responde él—. Me das asco, los dos me lo dais. Representáis todo lo que hace que este mundo sea un lugar jodido para vivir y estaría encantado de hacer todo lo que estuviera en mi mano para hundiros en la miseria. No os quepa duda.

—Eres demasiado dramático, Richard —dice Beatriz.

—La buena noticia es que hoy estáis de suerte. Hay otra persona que me interesa más que vosotros.

—Gerardo —dice Arturo.

—Si me entregáis a mi cuñado, os dejo marchar —afirma Richard—. Será como si no os hubiera vuelto a ver, cosa que me gustaría mucho que fuera cierta, la verdad.

—No hagas una locura, Richard. No merece la pena —dice Beatriz.

—De lo contrario, voy a encontrar al Oso Amoroso y me voy a hacer con sus documentos —continúa Richard, sin escucharla—. Y ya os anticipo que yo no negocio. No me interesa impedir la ampliación de las pistas y no me quita el sueño mantener el ecosistema este y la vida de los osos y demás zarandajas. Yo solo quiero veros sufrir.

—Si haces eso, eres hombre muerto —amenaza Arturo.

—No es la primera vez que lo oigo —responde Richard—. Es más, llevo toda la vida escuchándolo y todavía no ha pasado.

—En algún momento sucederá. Todos vamos a morir algún día —dice Beatriz.

—¿Quién sabe? Quizá yo viva para siempre —replica Richard.

La camarera interrumpe, con dos zumos de naranja, que entrega a Richard y Beatriz.

—Vuestros zumos —dice.

Beatriz se queda boquiabierta, no es la bebida que esperaba.

—Te dije que ya no me conocías —dice Richard mientras se levanta y habla con la camarera—. ¿Qué te debo?

—Invita la casa —responde ella, que ha estado escuchando.

—Gracias, aunque yo al final no me lo voy a tomar, tengo cosas que hacer —se disculpa Richard.

—Te estás equivocando —insiste Arturo.

—Tampoco es la primera vez que escucho eso —responde Richard, sin mirar atrás.

Richard sale a la calle, haciéndose un hueco entre la muchedumbre que regresa al lobby, defraudada ante el buen estado de salud de Samuel. El empresario cojea de vuelta al hotel, apoyándose en su fiel recepcionista. Richard los saluda mientras cruza la calle.

Samuel lo observa como quien mira a un hombre que se encamina a la horca y a Richard le da igual. Está preparado para ello, ya no hay vuelta atrás.

Que si la abuela fuma

EUGENIO

Eugenio sabe perfectamente que tiene que hablar con Quique. Quizá detenerlo. Perfectamente lo sabe. Pero, al mismo tiempo, no se ve capacitado para hacerlo, no al menos en este momento. Lleva en una nebulosa desde que leyó la conversación de Míriam en el teléfono. Tal vez haya entendido mal algo, quizá no sea lo que parece. Pero casi siempre es lo que parece. Lo sabe porque es un buen policía y esta es la mejor prueba que ha encontrado en este caso. No es una prueba válida, porque no tenía el visto bueno para revisar el teléfono de su hermana, ni siquiera para investigar este crimen. Este caso no es suyo, se dice, se convence, se engaña Eugenio, sin mucho éxito. Ya ha perdido a su hermana, no quiere perder a su marido.

Se levanta del sillón de la biblioteca, en un mal sueño, en un mareo. No está para estas emociones fuertes. Tiene que ir a hablar con él, en algún momento tendrá que hacerlo, no va a evitar a su pareja durante toda su vida, y no va a seguir conviviendo con él como si no hubiera pasado nada, no podrá mirarlo a los ojos y que no se note que duda de él, que lo teme, que algo se ha roto entre ellos. Así que se pone en marcha. A buscar algo, lo que sea. Polvorones. No se olvida de ellos. Si el asesino trajo polvorones envenenados tuvo que tirar los que hubiera en la casa, no se iba a arriesgar a que Míriam comiese solo los no adulterados. Y en algún lugar tienen que estar, si no los polvorones, que se pueden tirar por el retrete, sí los envoltorios. Papeles blancos arrugados con dibujos azules, rojos, negros o grises. Sale de la biblioteca sin saber a dónde ir, desde luego evitará el salón, donde escucha voces, donde presume que estará Quique, con quien debe hablar, pero no quiere. No puede. Y va a la cocina y abre la basura y la mira. No encuentra nada ahí a primera vista. Sabía que eso iba a ocurrir, así que se pone los guantes de látex, que le siguen quedando pequeños, y comienza a manipular los restos sin mucho interés. No espera encontrar nada, más allá de sobras de la comida, cáscaras de mandarina, servilletas de papel, pelusas, pieles de patata, zanahoria y, claro, unos pocos envoltorios de polvorón, todos iguales, blancos, con el logo en azul y dibujos de ondas a ambos lados. Son los que comieron Míriam, Juana y Emilio. Son todos iguales, están disgregados y no llegan a diez. Si los tiró a la basura el asesino, deberían estar todos juntos, porque los metería ahí a la vez.

¿Y qué pasará con Alvarito si Quique es culpable? Eugenio piensa mucho en su hijo pequeño, quizá pretendiendo que viva una infancia mejor que la suya. O al menos igual. Se siente culpable por haberlo traído a un mundo que no lo va a tratar especialmente bien. No es que se responsabilice del cambio climático o de la deriva política del país, pero qué menos que intentar que se sienta querido. Y por supuesto que él ha criado antes a una hija de padres separados, sabría cómo hacerlo, aunque Alvarito pudiera salir con unas carencias tan evidentes como las que tiene Florencia. Lo que pasa es que no está dispuesto. Eugenio quiere a Quique, lo quiere de verdad, y no le gustaría confirmar que ha matado a su hermana.

Nada. En la basura no hay nada. No se desespera, pero la situación lo sobrepasa. Una lágrima cae a la basura como un símbolo del estado de su relación. O de su tristeza. Se pregunta si es la primera vez que llora sobre un montón de basura. La respuesta es afirmativa. Se centra de nuevo. Un asesino concienzudo no habría tirado a la basura las pruebas de su delito. Pero tenía que intentarlo. Con una desidia que no le representa, se levanta del suelo y tira los guantes. A la basura amarilla, porque sabe que es importante reciclar, aunque él no sea el principal responsable del cambio climático. Y se dirige al piso de arriba, lejos de las voces de Florencia, de Susana y de Verónica que surgen del comedor. No va a rebuscar entre las maletas porque eso ya lo ha hecho su padre, y quizá Florencia, y les hubiera extrañado encontrar estos envoltorios. Tendrá que mirar los recovecos de los cuartos, quitar los cajones para ver sus fondos, comprobar los suelos, las paredes, los armarios, buscando piezas sueltas donde quepa un pequeño escondite. Sea quien sea el asesino, conoce esta casa y sus secretos.

¿Por qué tendría que hacer Quique algo así? Su vida está relativamente bien, ambos trabajan, traen dinero a casa, su hijo va a un colegio público, no tienen grandes gastos. Sin saber exactamente qué o dónde buscar, Eugenio observa metódicamente el cuarto de Susana y no parece haber ningún escondite secreto. También pudieron tirarlos por la ventana, pero no podrían ir muy lejos con la nieve, y al derretirse quedarían ahí, atrapados en el hielo, expuestos como en un museo. Se supone que el asesino quería librarse para siempre del crimen, no solo por unas horas. ¿En qué momento se ve envuelto Quique en un problema tan grande? No le encuentra explicación. ¿Tiene alguna adicción que mantiene oculta? Le duele que no haya podido confiar en él. Y también no haberse dado cuenta de lo que ocurría. De una droga se habría enterado, no es tan difícil. Quizá estaba metido en un lío de apuestas. Esas cosas se pueden mantener más en secreto. Pero eso no cuadra nada con el Quique que conoce. O el Quique que cree conocer, mejor dicho. En la habitación de Julia tampoco hay ningún escondrijo secreto donde quepan envoltorios de polvorón.

Al ir a entrar a su propio cuarto, y de Quique, encuentra a Agnes y a Alvarito en el cuarto de sus padres. Agnes le está contando un cuento de los que le contaba a él cuando era pequeño. Odiaba que Hansel y Gretel volviesen con el padre que los había abandonado. No lo entendía. Mejor una adopción, mejor con alguien que los cuidase de manera incondicional. Y no quiere que su hijo deje de ver a su padre porque tenga que entrar en la cárcel hasta que le den la condicional. Eugenio es consciente de que puede que esté relacionando ideas que no están tan conectadas, Hansel y Gretel con la posibilidad de que Quique sea un criminal, pero cómo podría relativizar ante un hecho de esta gravedad. «Consultor Consorcio» es un problema con el que no contaba y que lo impregna todo de un veneno contra el que no tiene antídoto.

—Abuela Agnes, ¿tú crees que hay casas de chocolate?

—A lo mejor hay alguna.

—¿Y de carbón? Mi amigo Gael me ha dicho que si te portas mal te traen carbón, pero que es carbón que se come y está rico, que él se portó mal un año, pero que luego fue muy bueno y ya no le trajeron más carbón, aunque le gustaba mucho.

—De carbón no puede haber, seguro. Tú tranquilo.

No entra, tan solo escucha desde fuera, apoyando la cabeza en el marco de la puerta. No podría disimular y no quiere que su madre y su hijo lo vean en este estado. Tiene que lograr centrarse en la búsqueda, en la investigación. Es lo que mejor sabe hacer.

El Quique que conoce no mataría a Míriam. También es cierto que lo conoce desde hace menos de diez años. Su pasado tiene lagunas y misterios que ha decidido respetar. Pensó que sería solo una juventud aburrida entre manuales y libros de economía y alguna juerga que otra. Que no contase nada porque no hubiese nada que contar. Pero no se puede descartar que le haya venido a visitar un pasado oscuro e inevitable. Esos problemas ocurren. Uno intenta salir de ahí y no lo consigue, si has huido de las malas compañías es normal que te persigan y te encuentren y te hagan pagar los favores que les debes. Richard ve o imagina ese tipo de problemas todo el tiempo. Y es cierto que Quique trabaja con dinero y no puede salir nada bueno de ahí, eso aumenta la ambición y las relaciones peligrosas. La gente con la que trabaja puede tener mucho poder. Quizá solo estuviera devolviendo un favor y no supiera lo que iba a tener que hacer hasta que fue demasiado tarde y no pudo echarse atrás.

No le parece suficiente. Es un asesinato, eso es lo que es y no hay muchos atenuantes morales para algo así. Le vienen mareos. Entra en su cuarto y se tumba en su cama. Sabe que el canapé tiene un doble fondo, donde escondía las revistas eróticas cuando era adolescente. Sabe que existe ese escondite. Pero ¿iba Quique a guardar ahí las pruebas de su delito, de ser él el culpable? No quiere mirar. El techo le da vueltas sobre la cabeza. Nada tiene sentido. Respira hondo y trata de relajar el cuerpo. Podría no ser nada. Podría ser un error de Míriam, que hubiera confundido a Quique con otro hombre. Que Quique solo fuera un consultor normal.

Debajo de la cama no hay nada. Ni monstruos, ni asesinos ni envoltorios de polvorón. Nadie sería tan tonto como para esconder una prueba debajo de la cama del mejor inspector de policía del país. Y, sin embargo, Eugenio respira aliviado. Otro minuto que pasa sin confirmar que Quique es el culpable. Solo tiene que seguir así hasta el fin de sus días.

Descarta buscar en el cuarto de sus padres, por el momento, y se decide a bajar de nuevo a la planta principal. Hay habitaciones que no ha mirado. El salón, por ejemplo.

Desciende las escaleras agarrándose al pasamanos que instalaron para su padre y este nunca usa. Quizá le venga bien tomar un té caliente y reponer fuerzas.

Y en el piso inferior recuerda. Debajo de las escaleras hay un pequeño almacén, un hueco que sirvió en su momento de bodega y se ha quedado en un almacén para recuerdos de segundo nivel y trastos que se espera que tal vez sirvan de nuevo algún día, pero no pronto. Es un lugar absolutamente olvidable en el que nadie entra si no es necesario. Un escondite ideal para guardar las pruebas del delito hasta el momento en que se acabe el temporal y se pueda salir de esta casa. Eugenio se queda quieto delante de la portezuela, consciente de que al otro lado puede tener respuestas. No sabrá quién los ha dejado ahí, en caso de encontrar los envoltorios, pero sería un buen primer paso. Imagina su presencia en una esquina, entre una raqueta de tenis y otra de nieve, o entre una aspiradora vieja y un equipo de música. Imagina las huellas de Quique sobre ellos, invisibles, pero ensuciando el papel por todos lados, torpemente, apretándolos en un amasijo informe. ¿Es eso lo que quiere?

Abre la puerta y le asalta un olor que reconoce. Es el ambientador que usa su madre para varias estancias de la casa, el que Alvarito confundió con la colonia de su abuela. Enciende la luz y ahí están: las raquetas, el equipo de música, una televisión antigua, una cámara de fotos analógica, un bastón de hockey sobre hielo. Y en la esquina del fondo, donde deberían de encontrarse los envoltorios, un cenicero hasta arriba de colillas. No es lo que esperaba. Pero es interesante. Quizá el asesino de Míriam se quedó aquí escondido hasta que no hubo nadie merodeando por el pasillo. Pero son muchos pitillos para un rato, quizá han tenido a alguien ahí escondido, viviendo entre ellos todo este tiempo, y por eso no saltó la alarma. Es una idea reconfortante, eso implicaría que Quique no es un asesino. Que nadie de su familia lo es. Quique dice que nunca ha fumado, ni para probarlo. ¿Será verdad u otra mentira más? No puede saber nada.

—¿Qué buscas? —pregunta Agnes, a su espalda.

—¡Mamá! —grita Eugenio, sobresaltado, como un niño pillado haciendo lo que no debe—. Estaba buscando unos papeles.

—Aquí no hay papeles, Eugenio, como si no conocieras esta casa, hijo, ¿qué tipo de papeles?

—Pues unos de la investigación. —No se le ocurre nada mejor que decir, como le ocurriría a ese niño pillado in fraganti por su madre.

—Venga, sal de aquí, que no es un sitio para estar.

Agnes lo agarra del brazo y tira de él hacia afuera, con insistencia, y se pone entre él y el almacén. Es muy extraño, porque ella no suele comportarse con violencia. Alvarito, en la puerta, los mira hacer este extraño baile sin entender nada.

—Espera, mamá, qué prisa tienes —dice Eugenio.

En ese momento lo ve claro. Su madre encubre a alguien que fuma a escondidas y luego abusa del ambientador para enmascarar el olor. De ahí que su hijo lo llamase así, la colonia de su abuela, la debió de pillar usándolo en algún momento, o ha heredado los dones de percepción de los Watson. Pobrecillo. ¿Encubre entonces su madre al asesino que ha vivido entre ellos? ¿Cómo iba ella a hacer eso? Eugenio deja de luchar por dentro del almacén y Agnes cierra la puerta todo lo rápido que puede, quedándose apoyada contra ella, de escudo humano.

—Mamá, para, por favor, no insistas. Ya he visto el cenicero —se la juega Eugenio.

Agnes lo mira con los ojos muy abiertos. Con una decepción tremenda.

—Alvarito, ¿por qué no te vas al salón con los demás? Ahora mismo vamos tu padre y yo.

—Pero yo tenía que hacer pis, abuela Agnes, y ya no aguanto más —dice Alvarito con inocencia.

—Pues ve a hacer pis, entonces, que puedes ir solo —responde Agnes, en tensión.

Esperan en silencio hasta que Alvarito cierra la puerta del baño, y entonces Agnes se acerca a Eugenio, a menos de un palmo, con aires matoniles.

—Ni se te ocurra decirle a nadie que fumo a escondidas —le advierte, señalándolo con el dedo.

—¿Cómo?

—Ya sé que no tengo que hacerlo y que fumar es horrible, pero lo probé hace un año, por ver cómo era, cogí uno de la última cajetilla de tu padre, antes de que se pasase al vapeador, y me gustó. No de primeras, pero luego probé un segundo y un tercero y es un momento para mí, no sé si lo entiendes, estoy todo el día centrada en tu padre y en ti y en tus hermanos y en la casa, y este momento es solo para mí, cuando entro al trastero y tengo unos minutos en los que solo fumo, ya sé que está mal y que es malísimo, por eso no os dejo fumar en casa a ninguno, pero yo no puedo evitarlo, ¿me entiendes? Ya lo voy a dejar. No volveré a hacerlo, pero no le digas nada a nadie o vamos a tener una conversación tú y yo.

Eugenio se queda muy callado. La confesión de su madre es demasiado para él.

—¿Me has entendido, Eugenio? Ya lo voy a dejar. Ni siquiera me queda tabaco, que no he podido salir a comprar más. Se acabó lo que se daba.

—Sí, mamá, te he entendido. No diré nada.

Agnes relaja su actitud. Se aleja un poco de Eugenio y mira al baño. Suena la cadena.

—En cuanto salga Alvarito, esta conversación no ha ocurrido.

Alvarito sale del baño y Agnes se acerca a él, sonriendo.

—¿Quieres que vayamos al salón? —le propone—. ¿Vienes, Eugenio?

—No, aún no. Tengo cosas que hacer —responde él.

Los ve marcharse y se queda solo, como ya se estaba sintiendo. Nacemos y morimos solos, se dice, tenemos la ilusión de compartir algo profundo, de conocer a las personas de nuestro entorno, pero una madre puede comenzar a fumar en la vejez, y tu pareja puede matar a tu hermana. No hay nada a lo que agarrarse. Las certezas se desmoronan en cuanto rascas su superficie. No es el fin del mundo, pero duele. Sabe que podría seguir buscando los malditos envoltorios de los polvorones hasta que los encontrase o se cansase, pero es consciente de que son una distracción, una prueba secundaria que trata de resolver para no enfrentarse a su deber, que es tener una conversación con Quique. No está preparado para ella, no va a estarlo. Y, sin embargo, es el momento de afrontarla. Sin fuerzas ni ganas se dirige al salón, a su destino, donde se oye a su hija Florencia hablar a gritos, como casi siempre, con una ilusión jovial y juvenil que a Eugenio le queda muy lejos.

Cien por ciento sobre ciento veinte

AINHOA

—Ya lo tengo —me dice Florencia.

Sus palabras me alivian tanto como me molestan. Quiero que esta pesadilla después de Navidad acabe cuanto antes, pero no negaré que me da rabia su secretismo. Le gusta tanto el show que es incapaz de resolver los crímenes de una manera efectiva y sencilla. Ella no puede limitarse a decir el nombre de la persona que abrió la puerta al asesino, explicar el por qué y zanjar el tema. No. Florencia tiene que generar expectación y frustración a partes iguales.

—¡Qué bien! ¿Y quién ha sido? ¿Y por qué? —pregunto, sin perder la esperanza.

—Lol. Todavía no se puede decir, porque hay que crear hype y porque no tengo pruebas, pero tampoco dudas. El problema con eso es que mi padre me va a pedir pruebas, que lo veo venir. Es muy suyo con esas cosas.

—¿Y esas pruebas crees que están aquí?

Llevamos cinco minutos dando vueltas por el salón, que sigue a oscuras para no despertar a Juana. La ilumino con la linterna del móvil y ella busca. Abre los armarios empotrados y mira dentro de los cajones, todos llenos de objetos reunidos durante una vida: cubertería cara, manteles viejos, papeles familiares, álbumes de familia. Nada de esto le interesa lo más mínimo.

—¿Y se puede saber qué esperas encontrar, al menos?

—Si te lo dijera, no sería una sorpresa.

—No tiene que ser una sorpresa, ¿no? —respondo—. Entiendo que lo hagas con los demás, pero yo soy tu pareja. Entre nosotras no hay secretos, somos un equipo.

—Bien jugado, pero no cuela. Literal que es justo al revés. Si hay alguien a quien quiero impresionar es a ti, amorch. Se lo podría contar a alguien de quien no me importara lo que piense sobre mí.

—Esa persona no existe, tú quieres impresionar a todo el mundo, sin excepción.

Florencia se ríe, dándome la razón, y se tira al suelo para mirar debajo del sofá. Yo me agacho para darle luz. Escuchamos que la puerta se abre y se cierra.

—Hola, ¿dónde estáis? —pregunta Alvarito—. ¿Florencia?

A mi chica no le gusta que su hermano esté con nosotras y me pide que guarde silencio.

—Florencia, sé que estás ahí. Y tú también, Ainhoa. ¿Por qué os escondéis? Vais a abrir los regalos, ¿verdad? Venga, decid algo, que me da miedo.

Florencia niega con la cabeza, ordenándome que me quede agachada tras el sofá, pero esta vez no me da la gana hacerle caso y me incorporo.

—Hola, Alvarito. Estamos buscando una cosa, no tiene nada que ver con los regalos.

Florencia se pone en pie justo después, ya no tiene nada que perder.

—Por eso es importante que vayas con la yaya o con los papás, aquí no puedes estar —le dice Florencia—. Vas a despertar a Juana.

—¿Y vosotras no? ¡Qué morro!

—Pero nosotras tenemos que estar aquí, estamos trabajando —le explico, conciliadora.

—¿Lo sabe papá?

—Claro que lo sabe —miente Florencia.

—No lo sabe, mentirosa. Sé cuándo mientes —replica mi cuñadito, y me mata de envidia. Lo peor es que será verdad, no hay Watson tonto—. Como no me dejes estar aquí, vas a papá.

—No serás capaz de hacerme eso. Somos un equipo, Alvarito —dice mi chica, copiando mi argumento sin pudor.

—Los equipos juegan juntos —rebate él.

Alvarito se gira hacia la puerta y coge el pomo, como si estuviera dispuesto a traicionarla. Seguramente sea un farol, aunque es imposible estar segura de eso. Alvarito en ese sentido es como todos los niños, imprevisible.

—¡Espera! —exclama mi chica—. Pero me tienes que prometer que no vas a tocar los regalos o la yaya me echa de su casa a patadas. Se toma estas cosas muy en serio.

Alvarito se detiene, se lo piensa y suelta la mano del pomo.

—Vale, pero puedo ver las cajas desde fuera.

—Sin tocar nada —negocia mi chica.

Su hermano se cruza de brazos de una manera rara, tocándose la espalda con las palmas de las manos. Es su manera de demostrar que tiene las manos inutilizadas, debe de ser algo que les dicen en el cole.

Florencia vuelve a lo suyo y rebusca ahora cerca del belén, revisando todas las piezas. Ya hemos estado aquí y volvemos a mirar. Está claro que busca algo en esta esquina y yo me pregunto si tendrá relación con lo que sea que vio en el belén que tanto le interesó cuando cogimos las piedras. No dijo nada sobre lo que había visto, pero le llamó mucho la atención y ahora hemos vuelto hasta aquí. ¿Qué significa? No tengo la menor idea. En general, no termino de desentrañar qué es lo que ha descubierto durante el espectáculo de Mademoiselle Florence.

¿Por qué le interesaba tanto indagar sobre su madre? Es innegable que tenía más relación con Míriam que casi ninguno de la familia, trabajaba directamente para ella. Si alguno de nosotros estaba al tanto de sus preocupaciones y sus conflictos, esa es Verónica. En casa de Gerardo ambas planteamos la posibilidad de que ella fuera el Oso. Tenía la inteligencia, la mala uva y los contactos, aunque nos faltaba un móvil. ¿Es eso lo que estaba buscando Florencia? ¿Las motivaciones de su madre? Yo no puedo descartar que fuera Verónica quien abrió la puerta al asesino y, sin embargo, no me ha dado la sensación de que Florencia sospechase de ella, más bien al contrario. La única conclusión que he logrado sonsacarle sobre la sesión con Verónica es que ha compartido «un momento muy bello» con su madre. Yo diría que esto la descarta como sospechosa, lo que no sé es por qué. ¿Qué me he perdido? Yo solo la vi responder con algo de hastío a las ocurrencias de Florencia, sin tomarse en serio nada. ¿Dijo alguna palabra cuyo significado conocieran solo ellas dos?

—Huele mal por aquí —dice Alvarito.

—Ya lo sé. Alguien habrá regalado comida, como dijiste tú —respondo, y me llevo un codazo de Florencia—. Y con alguien me refiero a Papá Noel, claro está. Todos los regalos son suyos.

—Papá Noel no hace malos regalos —me responde el niño.

—Es el GOAT, nadie dice lo contrario, pero lo que él no podía imaginar es que íbamos a tardar dos días en abrirlos, ¿a que no? —dice Florencia—. Papá Noel sabe muchas cosas, pero no es inspector de policía.

—En eso los GOAT son los Watson, ¿verdad? —supone Alvarito.

—Sí, con diferencia —responde mi chica, y pronto se lo piensa—. Bueno, casi todos. En realidad, la única que de verdad destaca...

—Todos los Watson son los mejores inspectores, no hagas ni caso a tu hermana —digo, interrumpiendo a Florencia—. ¿O no?

—Tan real como que Papá Noel ha venido hasta aquí en persona a traernos todas estas cosas —me responde.

—Pues eso es superreal —dice Alvarito.

Cruzo una mirada con Florencia, que se siente muy orgullosa de tomar el pelo a su hermano pequeño. Me sigue sorprendiendo que la investigadora más brillante que he conocido, capaz de atrapar al criminal más precavido del mundo, siga dando valor a pequeñas cosas como esta.

—No veo los míos —dice Alvarito—. ¿Y si nadie le ha avisado de que íbamos a estar aquí? A lo mejor los ha llevado a nuestra casa.

—Están al fondo, son todos esos —responde Florencia, señalando una pila de regalos colocados sobre un sillón—. Sin tocar, ¿eh? Que te veo.

Florencia continúa registrando el belén y yo ayudándola con la luz. Mientras ella hace lo que sea que haga, yo le doy vueltas de nuevo a qué información misteriosa puede haber obtenido de su madre. No han mencionado nada muy concreto. Verónica estaba preocupada por si va a perder el trabajo tras la muerte de Míriam y es evidente que el asesinato puede tener relación con el hueco que deje Míriam en el hotel. ¿Su puesto de trabajo era tan atractivo como para llegar al extremo de matarla solo para arrebatárselo? Seguramente ahora mismo no, pero es posible que Gerardo tuviera planeado nombrarla como sucesora. Ahí hay un móvil, con la ampliación de la estación de esquí se va a mover mucho dinero, suficiente como para cambiar una vida. Hace unos días se hacía raro imaginar que Gerardo pudiera pensar en retirarse, especialmente estando tan cerca de dar un pelotazo de este calibre, pero ahora sabemos que temía ser asesinado en cualquier momento, es lógico pensar que tuviera atado el futuro de su imperio hotelero en su ausencia. Quizá fuera más inminente de lo que creíamos. Solo se me ocurre una persona que nos pueda responder a estas preguntas, y ya hemos contactado con él.

—Oye, ¿por qué no esperamos a que llegue Jandro y nos resuelva quién es el Oso? —pregunto.

—Por muchas razones. La primera es que nadie nos asegura que mi abu no lo vaya a resolver antes de que venga y luego… es que no sabemos qué es de Gerardo. Si está vivo, puede influir en Jandro, que por algo es su jefe, y si está… —no dice nada y me hace el gesto de muerto pasando sus dedos sobre su cuello como si se lo cortara.

—Si le ha pasado eso, ¿qué? No cambiaría nada en Jandro, ¿no?

—A no ser que haya sido él quien lo haya hecho o que se haya enterado. Piénsalo —me dice—. Si fuera así, no creo que hiciera mucho caso a los mensajes que le hemos mandado.

Repasando mentalmente la sesión de Mademoiselle Florence, ese es el otro gran tema que tocó; la eventual muerte de Gerardo. ¿Estaba buscando a su asesino? Quizá sea más sencillo investigar ese crimen que el otro. Es posible que Florencia haya identificado a su asesino cuando sacó el tema gracias a las cartas. Yo no vi nada de particular en las reacciones de ninguno, pero no soy una Watson.

Si contamos que Verónica está descartada por Florencia, ¿quién nos queda? Julia y Emilio hicieron sus bromas estúpidas de siempre, así que ahí no hay nada extraño. Javi sí que criticó a su tío abuelo y casi se relamió ante la perspectiva de que estuviera muerto, pero eso es precisamente lo último que haría su asesino delante de todo el mundo, por lo que yo lo descartaría. Susana se mostró especialmente susceptible con su hijo, lo que podría ser una prueba de su nerviosismo, aunque la verdad es que lleva así desde que perdió su dichoso colgante. Berni volvió a defender a su mujer y a salir escaldado, y Quique se mantuvo callado, como acostumbra. Todos actuaron de la manera habitual, lo esperado. Ahora que lo pienso, la única reacción atípica fue la de Florencia, que pidió a Quique que abandonara su cómodo segundo plano para ponerse en primera fila. Se empeñó en echarle las cartas justo a él. ¿Es Quique sospechoso? ¿Por qué?

Florencia interrumpe mis pensamientos soltando un pequeño grito de los suyos. Uno de felicidad. O eso creo. Seguro que Alvarito lo sabe con certeza, qué rabia me da. De todos modos, la duda se resuelve rápidamente:

—Yasss. Lo sabía, mira que lo sabía —me dice.

Florencia coge la figura de un paje de Gaspar con extremo cuidado, utilizando la punta del índice y el pulgar y me lo muestra, acercándolo a la luz. Tiene una mancha de sangre que enrojece la totalidad de su capa, parece Superman.

—¿Lo ves? Esto es importante —insiste mi chica.

—Ya. Claro. Importantísimo —respondo, hablo sin convicción y se me nota.

—No lo ves, ¿verdad?

—Es que… no es raro encontrar sangre aquí, ¿no? El disfraz de Emilio estaba empapado de ella y, según tu teoría… —me callo y busco una manera de hablar del tema sin que Alvarito se entere—, «quien tu sabes» pasó por aquí antes de hacer lo que hizo, ¿no?

—Quien tú sabes es Papá Noel, ¿no? ¡Florencia! Es Papá Noel, ¿no? —dice Alvarito, dando vueltas alrededor de sus cajas de regalos.

—Sí, Alvarito. Sí —le responde Florencia a su hermano, y luego me contesta a mí—. La clave es que «quien yo sé» se vistió aquí y se marchó, pero luego tuvo que volver al salón, porque Emilio recuperó el traje, ¿o no?

—Pero ese traje no era el de Papá Noel de verdad. Papá me dijo que era una imitación cutre —dice Alvarito.

—Hay una cosa muy random aquí —me cuenta Florencia, sin responder a Alvarito, y me señala los lugares de los que habla—. La puerta está ahí, el sofá donde estaba tumbado Emilio es ese… y este paje está aquí. ¿Lo ves ahora?

—Creo que ya sé por dónde vas. ¿Por qué caminaría esa persona hasta el final de la habitación, si en ella no hay nada más que el belén? Suena random, sí. Aunque luego en las investigaciones te das cuenta de que la gente se pasa el día haciendo cosas random. La explicación puede ser supersencilla, como por ejemplo que escuchó a alguien y se alejó de la puerta, escondiéndose aquí un minuto.

—O toda la noche, ¿no? —me dice y me mira con intención—. Te quejarás de que no te digo nada, ¿eh? Esta pista es buena.

Me dice y no me dice, me lo tengo que trabajar. Interpreto que su teoría es que el asesino se escondió en algún lugar del salón para pasar la noche y esperar a que Richard quitara la alarma a la mañana siguiente. Era la única manera de hacernos creer que el asesino estaba entre nosotros. Y Florencia tiene razón en que su escondrijo no puede estar muy lejos de aquí. La última estancia de la casa en la que sabemos que estuvo es este salón, cuando devolvió el disfraz. No tendría mucha lógica arriesgarse a recorrer la casa entera estando toda la familia rondando.

Veo que Florencia da pequeños golpes a las paredes y al suelo, buscando una puerta secreta. La imito, sin mucha fe. Si me viera Eugenio ahora mismo, sería capaz de despedirme. No es un procedimiento muy serio para una policía en activo.

—Jo —dice Alvarito—. A mí Papá Noel me ha regalado cosas pequeñas, pero al abu le ha regalado un juguete enorme. Ha tenido que ser buenísimo este año para que le traigan una cosa tan grande en el trineo.

Alvarito ha venido junto a nosotras, y se ha quedado fascinado con la inmensa caja de madera que esconde la escultura que Gerardo ha regalado a Richard. Es verdaderamente imponente, un gigante entre niños.

—Ese regalo no es para tanto, ¿eh? A mí no me gustaría que me lo hicieran —digo.

—A veces las cosas grandes son grandes mierdas —responde mi chica.

—No se dice «mierda» —le contesta su hermano—. Oye, ¿y vosotras cómo sabéis lo que hay ahí dentro? ¿Lo habéis abierto ya? No se pueden tocar.

—No tenemos ni idea de lo que hay ahí —miente otra vez Florencia, le van a traer carbón a este paso—. Lo que pasa es que estoy segura de que los tuyos son mejores que los del abu, porque tú eres bueno y él a veces se porta regular.

—Lo dices porque fuma mucho, ¿no? Ahora lo hace con el palo ese de plástico, pero papá dice que es todavía peor —razona el niño.

—¡Menos mal que no fumas, Alvarito! —le suelto, tratando de ser cercana con él.

—Los niños no fuman —me dice y se echa a reír.

—Por eso tienen siempre los mejores regalos, ¿no lo habías pensado? —responde Florencia.

—No —contesta, y lo piensa ahora por primera vez.

Se abre la puerta interrumpiendo lo que sea que hagamos, es Susana, tan peripuesta como siempre, con su vestido de fiesta y sus tacones aunque estemos encerrados durante una investigación de asesinato:

—¡Estabais aquí! ¿Por qué no contestáis a vuestros móviles? Os he buscado por toda la casa. ¿Queréis un té? Estamos calentando agua y preparando tazas para todos.

Florencia responde pronunciando una letra, la e. Y la alarga más allá de lo razonable, llega un momento en que parece que va a parar, pero coge aire y sigue. La pobrecilla está tan centrada en su búsqueda y en su investigación que la mente no le da para más. Lo que pasa es que mi chica no se queda bloqueada como cualquier hijo de vecino, ella es especial hasta para esto.

—Florencia, ¿me estás vacilando? Sabes que tengo un día de mierda, que no tengo equilibrio y me tocas las narices —se enfada Susana.

—No se dice «mierda» —corrige Alvarito.

—Es que estamos trabajando para el caso, Susana —respondo yo—. Pero creo que no sabe cómo contestar sin revelar información confidencial.

—¿Alvarito sí puede estar al tanto y yo no?

Florencia abandona la letra e y se une a la conversación:

—Lo que estoy buscando no lo sabe ni Ainhoa, tía Susana. De todas formas, esa cosa que no te puedo decir no está aquí, salimos contigo.

—Así me gusta. Y me decís qué té queréis —le pide Susana mientras nos marchamos—. Y de paso nos ayudáis con las bandejas, que estamos bastante liados.

—Ah, no. No quiero trolearte, tía, te prometo que no, pero no vamos a poder echarte una mano. Sorry... —dice Florencia, agarrando del brazo a su tía, aunque ella, a diferencia de mí, es inmune a los encantos de Florencia—. Lo que buscamos no está en el salón, pero tenemos que seguir trabajando. No vamos a poder tomar ni el té ni unas pastas ni nada.

—Lo primero es el estómago, si no la cabeza no funciona —responde Susana.

—Pues habrá que tirar de reserva, porque el abu está a punto de resolverlo y me querría morir si lo hace antes que nosotras, que lo tenemos tan cerca.

—¿Dónde está mi padre? ¿Lo sabes? No entiendo que esté fuera, llevo un rato llamándolo y no me hace ni caso.

—Está resolviendo el crimen, ya lo conoces —contesta Florencia—. Seguro que está partiéndole la cara a alguien ahora mismo.

—¿Qué dices de partirle la cara a alguien? ¿Papá? —pregunta Julia, que se acerca a nosotras desde la cocina.

En un momento, nos hemos reunido unos cuantos en el pasillo. Junto a Julia también venía Berni. Esto es muy propio de los Watson, no sabes cómo sucede, pero de un segundo a otro puedes encontrarte rodeada de personas que hablan todas a la vez.

—Seguro. Eso o mirando muy fijamente a un señoro hasta que le diga la verdad sobre el universo, yo qué sé…, todas esas cosas que normalmente no funcionan, pero que a él le salen bien porque tiene una flor en el culo.

—Eso que comentas es muy serio, Florencia —apunta Berni—. Puede ser peligroso, tu abuelo es un hombre mayor.

—Esa es mi esperanza, que le cueste un poco más y que lo entretengan —responde Florencia—. Yo ya lo tengo resuelto al cien por cien, diría, pero necesito encontrar una prueba antes de que se me adelante.

—¿Ya lo tienes? —pregunta Julia.

—¿Y si a papá le pasa algo? —dice Susana.

—No le va a pasar nada. Lleva su pistola —responde Florencia.

La afirmación de mi chica no hace sino empeorar las cosas y sus familiares empiezan a rodearnos y acribillarla a preguntas. Florencia trata de quitárselos de encima como puede. Yo me mantengo al margen, no estoy tan segura de que a Richard le vaya a ir bien. Es una locura salir a caminar con este tiempo a su edad y es cierto que tampoco hemos sabido nada de él. No nos ha escrito para decirnos que ha llegado bien y no contesta nuestros mensajes. Es posible que no le apetezca escribir por el móvil mientras investiga un crimen, pero también existe la posibilidad de que le haya pasado algo. No digo nada porque no es mi lugar y porque Florencia ya tiene suficiente con sobrevivir a su familia.

—¿Qué pasa que estáis todos reunidos? —pregunta Eugenio, que sale de la biblioteca—. ¿No podéis bajar un poco el tono de voz? Así no hay quien piense.

Veo a Eugenio agotado y hundido. Casi no he podido estar con él estos días y me siento un poco mal por ello. Nuestra relación es la propia de un jefe y su subordinada, un suegro y su nuera, cordial y cercana aunque sin compartir intimidades. Pese a todo, nos hemos acostumbrado el uno al otro y nos hemos llegado a conocer bastante bien. Ha perdido a una hermana, alguien con quien creció, y tiene que afrontar que el asesino está en la familia. Es comprensible que su ánimo no sea el mejor ahora mismo. Mi presencia no habría hecho mucho por ayudarlo a ver las cosas con mayor optimismo, ya lo sé. Es solo que al menos me habría gustado intentarlo.

—Papá, ¡necesito tu ayuda! —dice Florencia—. ¿Me puedes fabricar una luz de esas que muestran sangre, fluidos y esas cosas?

—Una linterna de luz ultravioleta, dices —responde, cansado.

—Superultravioleta, eso es —dice Florencia.

—Vamos a sacar las tazas que hay en el comedor, con esta gente es imposible razonar —dice Susana, rindiéndose ante el cambio de tema de Florencia. Me habla a mí, que soy la única que le devuelve la mirada—, no escuchan, ese es siempre el problema. La sociedad de hoy ya no sabe escuchar.

Susana se marcha hacia el comedor y la acompaña Berni, su eterna sombra. Pobrecillos, a esa relación le esperan unos meses complicados.

—En realidad es solo ultravioleta y sí que podría, claro —responde Eugenio a Florencia—. En cinco minutos puedo hacer algo, si lo necesitas. No será profesional, eso sí.

—Me renta.

Eugenio suspira, como si le costara un mundo ponerse a ello. Reflexiona sobre el tema y veo cómo intenta mirar el lado positivo. Eso es algo que me encanta de él. Incluso en los peores momentos trata de buscar las cosas buenas.

—Está bien que te intereses por los métodos científicos, ya sabes que yo creo que son los únicos que merecen la pena. Ojalá hubieras ido por este camino antes, pero, oye, lo has decidido ahora. No me quejo. ¿Para qué quieres la linterna?

—Para comprobar una cosa. Es secreto.

—No hay secretos en las investigaciones —responde Eugenio el ingenuo—. Ainhoa lo sabe.

—En las de tu hija sí que los hay, Eugenio —respondo.

—¿Qué has descubierto, hija? ¿Sabes algo?

—¡Lo sabe todo! Dice que ya ha resuelto el caso al cien por cien —interviene Julia.

—¿Cómo que lo has resuelto ya? Dime lo que sabes, Florencia. Esto no es una competición.

—Eso lo dices porque pierdes.

—Lo digo porque he dedicado mi vida a esto y porque mi hermana ha muerto y quiero saber quién ha cometido el crimen. Ya sé que te gusta hacer así las cosas, pero por una vez, solo por una vez, ¿podrías comportarte con un poco de seriedad?

Eugenio está al borde del colapso. Si se muere, va a ser el crimen más sencillo de resolver de la historia. Lo habrá matado el hype creado por mi chica. Florencia está tensando la cuerda con toda su familia, hasta yo comprendo que se enfaden con ella ahora. Mi teoría es que es algo buscado por ella. Le gusta convertirse en la villana para que el momento de la revelación sea todavía más inesperado y heroico. Es un juego arriesgado, pero ella nunca fue de contemporizar.

—Papá, no te preocupes. Antes no lo he explicado bien y por eso se ha confundido Julia. No lo tengo todo, todo resuelto, solo al cien por ciento sobre ciento veinte, no sobre cien, ojo. Porque es un caso extremadamente complicado y hay que medir sobre ciento veinte.

—Así no funcionan los porcentajes —responde Eugenio, armándose de paciencia.

Mi chica es tan brillante que me da la sensación de que nunca prestó demasiada atención en clase. Sus aptitudes deductivas le bastaban para sacar los exámenes sin necesidad de aprender nada.

—Da igual, me has entendido —responde Florencia—. En un rato te digo lo que sé, te lo prometo, pero antes necesito esa linterna que solo tú puedes fabricarme. ¿Podrías hacerme ese increíble favor, papito? Sería casi como si resolvieras tú el caso.

—Me da igual quién resuelva el caso. Y no me llames papito.

—Pero lo vas a hacer, ¿a que sí, papurri?

Eugenio se marcha, sin contestarle. Solo le ofrece la mano a su hijo:

—Ven, Alvarito, vamos a hacer bricomanía.

—¿Qué es eso?

—Cosas de boomers —dice Florencia.

Richard cierra la puerta de la biblioteca de un portazo y por fin nos quedamos solas. Parece mentira que sea posible en esta casa, pero ha sucedido. Tengo que aprovecharlo:

—Yo admito que sí que estoy un poco preocupada por tu abuelo, Florencia. A lo mejor teníamos que haberles dicho otra cosa y no darles falsas esperanzas. Si hubiera policía aquí, que no seamos nosotras y tu padre, la llamaría para que se interesaran por él.

Mi chica da un saltito con el que no coge mucha altura, pero lo hace para tocarse el culo con los pies. Es un salto de Instagram, no de la vida real. Por supuesto, no me ha escuchado una palabra. La sociedad de hoy ya no sabe escuchar, que diría Susana.

—Yasss. ¡Ahí está!

Florencia corre hasta abrir una puertecita que hay debajo de la escalera y que da a un pequeño almacén. Es el típico hueco de la casa que todo el mundo ve, pero en el que nadie repara. La puerta está entreabierta, como si se hubiera cerrado mal.

—¡Fíjate! Está mal cerrada, esto se ha abierto hace no mucho. Mi yaya no lo tendría así de descuidado —me dice Florencia, y entra.

En el interior de la pequeña estancia nos encontramos con el limbo de los trastos, entre estas cuatro paredes han guardado todo aquello que no se quiere ni tirar ni tener. La mayoría de los cachivaches aquí apilados tienen tantos años como yo, algunos son incluso mayores. Hay hasta televisiones de tubo, de las que iban con antena. Casi da pena verlos aquí, castigados y acumulando polvo. En su época, estos trastos debieron de ser los reyes de la casa, estoy segura de que presenciaron todo tipo de historias, participaron en otras, y ahora ya nadie les presta atención.

—Ven aquí, al fondo. ¡Qué fantasía! —me dice Florencia.

Alguien ha montado una pequeña guarida en la que poder sentarse y pasar el rato ajeno al mundo. Una pila de enciclopedias hacen la función de silla en la que reposar y la prueba es que la de arriba no tiene polvo. Alguien se ha sentado hace bien poco, mi chica no estaba equivocada. Florencia me señala al suelo, hay colillas esparcidas por todas partes. No huele a tabaco porque el aire apesta a ambientador, sea quien sea el que fumara, hizo lo posible por ocultar su rastro.

—Alguien se escondió aquí —me dice Florencia—. Lo hemos encontrado.

—Son muchos pitis para una sola noche. Se los tuvo que fumar de dos en dos. Suerte tiene de estar vivo.

—Lo que me recuerda que estaba herido. Tiene que haber sangre por alguna parte, mira a ver —me dice.

—¿Qué os creéis que hacéis aquí dentro? —nos pregunta Agnes, desde la puerta. Y su voz resuena con un tono cortante que no pensaba que tuviera. Quizá sea la acústica del almacén.

—Hola, yaya. No recordaba que este sitio estuviera aquí —responde Florencia, risueña.

—Bien que hacías, y espero que lo olvides pronto. ¿Quién te ha dado permiso para husmear en mi casa? —contesta su abuela, dejando claro que no es la acústica.

—Perdona, Agnes. No sabíamos que estaba prohibido entrar en el almacén. La puerta estaba entreabierta —digo.

—Os lo ha dicho Eugenio, ¿verdad? —supone Agnes.

—Mamá, te aseguro que no he dicho nada —afirma Eugenio, que acaba de llegar con la linterna—. La puerta debía de estar entreabierta, lo ha dicho Ainhoa.

—¿Y no sabes cerrar bien una puerta? Ni una hora has tardado en hacer que entre aquí media familia —le contesta su madre.

Madre e hijo comienzan a discutir. Eugenio trata de defenderse de los ataques de su madre, sin saber muy bien por qué recibe una bronca mientras Florencia coge la linterna de las manos de su padre, aprovechando que está despistado. La familia se vuelve a reunir en torno a la reyerta y nosotras nos centramos en probar el invento, buscando sangre.

Es una monada el aparato que ha fabricado mi jefe, una obra de artesanía preciosa. Ha utilizado una vieja linterna a la que ha colocado sobre el extremo un preservativo hecho con varias capas de papel film pintado con rotulador azul. Para que no se suelte el condón, lo ha ajustado al cilindro de la linterna utilizando una goma de pelo enrollada. El azul del papel bloquea así todos los colores de la luz salvo los violetas. Es muy básico y, sin embargo, emociona la sencillez con que lo ha resuelto en tan solo cinco minutos. Por un momento me preocupa que Alvarito haya estado trabajando en lo que yo veo como un preservativo, pero pronto me doy cuenta de que esa interpretación está solo en mi cabeza y que un niño vería la realidad sin imaginaciones de ningún tipo. Dicho esto, el parecido es asombroso.

La linterna eyacula un haz de luz que se pasea por la estancia sin encontrar nada nuevo. Florencia se empieza a preocupar.

—Florencia, hija, díselo a tu abuela, que ella no me cree —nos interrumpe Eugenio—. ¿A que yo no te he dicho nada sobre el almacén?

Ahora todos la miran, esperando que resuelva su pequeña pelea. Mi chica observa a su abuela, a su padre, y baja la cabeza, decepcionada.

—Este tabaco no lo ha fumado el asesino, has sido tú, ¿verdad? —le dice a Agnes.

No comprendo por qué lo dice, ni qué le hace pensar eso. Entiendo que está confundida por sus dificultades para encontrar la sangre en el escondrijo, aunque, tratándose de Florencia, no me atrevo a poner la mano en el fuego, ni en el hielo.

—¡Tendrá valor esta niña! Si soy yo quien ha prohibido el tabaco en esta casa —exclama Agnes, y no le falta razón.

—Florencia, ¿qué estás diciendo? ¡Haces muchas locuras, pero esta se lleva la palma! Pide perdón a tu abuela ahora mismo —dice Eugenio.

Mi jefe es el peor mentiroso que he conocido nunca, es incapaz de contar una falsedad sin que se note. Ahora mismo se ha dado cuenta hasta Emilio, que acaba de llegar. Solo faltan Quique y Javi, supongo que cada uno prestando atención a sus móviles, uno trabajando y el otro compravendiendo. Pese a su ausencia, regresa el alboroto a la familia Watson. Todos sienten la necesidad de hablar con Agnes y preguntarle por sus vicios.

—Yo no se lo he dicho, mamá. Ha sido ella sola —se justifica Eugenio.

—¿Por qué no nos lo has contado, mamá? Te habríamos escuchado —dice Susana.

—¿Te venías aquí todos los días? Debió de ser muy estresante —supone Berni.

—Fumar está mal, Papá Noel te traerá peores regalos —dice Alvarito.

—¡Di que sí! Haz lo que te dé la real gana, y que se joda papá. ¡Rebeldía! —la alienta Julia.

—Madre mía, Agnes, una cosa es darle al fumeque y otra cosa es esto, ¿eh? Eso son muchos pitis —dice Emilio.

Florencia se queda al margen, centrada en el caso. Y yo con ella.

—Este escondrijo es suyo, claro —me dice—. Eso no significa que no haya podido ser usado por el asesino, pero… hay algo que no está funcionando bien. Vamos, acompáñame a la calle.

Florencia y yo nos cruzamos con la masa de los Watson enfurecida, y mi chica acaba por llamar su atención, en concreto la de su abuela.

—¿Tenías que decirlo delante de todo el mundo, niña?

—Ha sido un fail, yaya. No era mi intención.

—Al menos dime dónde está tu abuelo, ¿lo sabes? —le pide Agnes.

—Sé que ha salido a hacer cosas, nada más —se escabulle Florencia.

—No te estás portando bien, niña —la reprende su abuela.

—Te van a traer carbón —añade Alvarito.

—Lo siento mucho, yaya —responde Florencia mientras se pone el abrigo a toda prisa y me entrega el mío para que haga lo mismo—. Y ya sé que no está bien fumar, pero a mí me parece bien que hagas lo que te da la gana.

—Hombre, ¡faltaba más! —exclama Agnes.

Florencia abre la puerta y salimos al exterior. Se pone a buscar con la linterna. Es verdad que el día está oscuro, pero, aun así, la tarea es complicada. Nos sigue Eugenio y la puerta se queda abierta. Todos nos miran. Se acabó la discreción para Florencia.

—¡Para, para! ¿Qué estamos buscando? —le digo.

—Sangre.

—¿Por qué en la calle, hija? —pregunta Eugenio.

—Ahí no hay nada, chica —grita Julia, desde la puerta—. Vuelve a casa y deja de hacer el tonto.

—¿No sería más interesante encontrarla dentro de la casa? Nos indicaría más cosas —pregunto yo, pese a su indiferencia ante nuestras preguntas.

—El asesino nunca salió a la calle, ¿o sí? —pregunta de nuevo Eugenio, totalmente perdido. Yo estaría igual si no me hubiera informado Florencia.

—Por ahí no hay nada —vuelve a gritar Julia—. ¡Ya está bien! Que vais a coger frío.

—Yo no puedo seguir así. ¡Florencia! Danos algo con lo que trabajar —la suplico.

La agarro del brazo y la detengo en su búsqueda obsesiva y alocada. Florencia, por fin, regresa al presente. Me mira a los ojos y acepta la derrota. No es algo que pase a menudo.

—No busco la sangre del asesino, ¿vale? Busco otra cosa... que también puede estar relacionada con la sangre —nos dice.

Por supuesto, Florencia nunca capitula totalmente, o no sería ella. Lo tiene que hacer a su manera. Me habla con indirectas para que yo sepa a qué se refiere, al mismo tiempo que evita informar a su padre. Yo entiendo que se refiere a que buscamos el cadáver de Gerardo. Ella debe de estar convencida de que ha muerto y de que su cuerpo está cerca.

—Vale —digo.

—¡No! No vale —protesta Eugenio y arrebata la linterna a su hija de un manotazo—. Ainhoa sabe a qué te refieres, pero yo no. ¿Por qué estamos fuera? ¿Qué buscamos?

—Venga, todos. Vamos a tomar el té —interrumpe de nuevo Julia, que está más pesada que nunca—. ¿Quién quiere rooibos y quién earl grey?

Florencia abre la boca para contestar, pero Eugenio la interrumpe antes de que lo haga:

—Y esta vez lo quiero todo, no me contestes a medias.

—Cuando sonó la alarma en Nochebuena, no fue Míriam quien abrió la puerta. Fue otra persona, y ella nos mintió para protegerla, porque sabía que se iba a llevar una bronca del abu o de quien fuera. Lo que Míriam no podía saber es que...

—Vale, fui yo —la interrumpe Julia—. ¿Contenta? ¿Es lo que querías oír?

Florencia no se lo esperaba. Es lo opuesto a lo que quería oír. Por una vez, no ha acertado con su teoría. Emilio se echa a reír, a saber por qué.

—¿Eres el Oso Amoroso? —pregunta Florencia.

—¿Qué oso ni qué amoroso? Yo abrí la puerta porque estaba harta de los colgantes raros de Susana. Abrí la puerta y lo tiré por ahí, muy cerca de donde estás tú.

—¿Cómo? ¡Mi colgante! —grita Susana.

—Porque es eso lo que buscas, ¿no? —continúa Julia—. Venga, sácalo de donde esté y déjame mal delante de todo el mundo.

Florencia se queda sin respuestas. Una cosa es equivocarse con la identidad del Oso y otra muy distinta que se venga abajo toda tu teoría sobre el crimen de un plumazo.

—¡Que es broma! —exclama Emilio, entre risas.

—No es broma, Emilio. Lo robé cuando mi hermana se duchaba y lo tiré en cuanto pude.

—Eres lo peor —dice Susana—. Mis hermanas no dejan de traicionarme, es increíble. ¿Cómo pudiste hacerme algo así?

—Pues porque estoy harta de estos chismes que son todos mentira. Te vendrá bien estar sin esa cosa colgando.

—¿Y no crees que te has pasado un poco, Julia? —pregunta Berni, arriesgándose a recibir un palo de su mujer que esta vez no llega.

—No. Me salió así y ya está. Igual que mamá fuma a escondidas, yo tiré el colgante. Me salió así.

—No es lo mismo, Julia. No tiene nada que ver —intercede Eugenio.

—Me da que Papá Noel solo ha traído carbón a esta casa —dice Alvarito.

—No, si al final me voy a tener que disculpar —responde Julia—. Gracias por nada, Florencia. Yo pensaba que estarías buscando al asesino de mi hermana y no perdiendo el tiempo con esta gilipollez.

—No es ninguna gilipollez —replica Susana.

Las hermanas se llevan su bronca al interior de la casa y arrastran consigo a todos los demás menos a Eugenio, a Florencia y a mí. Mi jefe habla con su hija con tacto, sabe que se ha equivocado y no quiere ser duro con ella. A él no le van a traer carbón.

—¿Volvemos a casa, hija? Aquí no tienes nada más que buscar, ¿verdad?

—Ahora voy, déjame sola un rato, anda —responde Florencia.

Eugenio se marcha y yo me quedo. No sé si sola es conmigo o sin mí, aunque creo que es lo primero, porque me da un fuerte abrazo.

—Ya no lo tengo —me dice—. Un cero por ciento sobre ciento veinte.

Y de postre, una ensalada de tiros crepusculares

RICHARD

El sensor capta la llegada de Richard y las puertas del hotel A&G se abren automáticamente. El anciano se prepara para lo peor.

—Que sea lo que tenga que ser, pero que sea ya, cojones.

El inspector da un par de pasos y se adentra en territorio enemigo. Lo que encuentra no es positivo ni agradable, aunque tampoco es lo que esperaba. Lo recibe el mismo guirigay que acaba de abandonar al otro lado de la calle. Es un *déjà vu* perverso. Puestos a elegir, habría preferido revivir momentos con Agnes o con Míriam y no este paseo por el hall de la infamia. Los turistas, tanto aquí como allí, se comportan como bestias enjauladas. Habían venido hasta este lugar con dos objetivos: esquiar y salir de fiesta. Al fallarles uno, se han centrado en el otro y llevan ya dos días inmersos en esa tarea. Pese a todo, Richard no está preocupado ni molesto por ellos.

—Habría preferido morir en un prado lleno de flores, pero nadie escoge el lugar de su muerte.

—*Hell yeah, mate!* —le responde a gritos un turista australiano, que se le acerca en exceso a la oreja.

Richard se quita al borracho de encima de un empujón que pilla desprevenido al joven. El chico cae al suelo y sus amigos saltan a defenderlo, sin importarles que su rival sea un anciano, quizá porque sigue siendo más grande que ellos o porque van tan ciegos que no lo ven bien. Richard resuelve el problema llevándose la mano a la pipa. No la desenfunda, solo la muestra. Es suficiente. Los veinteañeros se alejan de él, caminando hacia atrás, mostrando las palmas de las manos.

Richard se interna más y más en la boca del lobo. Camina apoyándose en el bastón, sin alejar la mano libre de su pistola. No presta atención a los chicos australianos ni a ningún otro turista de los que lo rodean, sus ojos están demasiado ocupados rastreando el lugar en busca de tiradores escondidos. No los encuentra y teme que le suceda como con Beatriz hace un rato. Ya no es el que fue y tiene que suplirlo duplicando las precauciones. Se siente como el protagonista de una película del Oeste en la escena final.

—En la vida real los finales no suelen ser felices, salvo en la mía. A ver lo que dura —dice para sí.

El anciano inspector llega al mostrador de la recepción del hotel, colocada en el lado opuesto a la del hotel de Samuel, pero muy similar a aquella. Aquí lo atiende una chica muy amable:

—¿En qué puedo ayudarle, caballero? ¿Tiene reserva? No sabía que hubieran abierto ya la carretera.

—Quiero hablar con Gerardo y tiene que ser aquí. No voy a ir a su despacho bajo ningún concepto, ¿entendido? —responde Richard.

—¿Qué Gerardo?

La chica pregunta desenfadada y pizpireta. Richard, al contrario que ella, está enfadado y nada pizpireto.

—¿Hay dos Gerardos en este hotel? —pregunta, muy serio.

—¿Se refiere al jefe?

—¡Bingo!

—No tenemos, lo siento. Hay billar y dardos, nada más —responde ella—. Pero el jefe no ha venido, ¿eh?

—Ya, no está y además no quiere visitas, esta ya me la sé —dice Richard—. ¿Por qué no coges ese telefonito de ahí y le dices que tengo al Oso Amoroso encerrado en mi casa?

La recepcionista quiere responder con la habilidad que acostumbra, aunque solo le sale abrir la boca. En su trabajo tiene que responder preguntas de todo tipo, es complicado que la sorprendan. Richard lo ha conseguido.

—Me temo que no le he escuchado bien, caballero.

—Tengo al Oso Amoroso encerrado en mi casa —insiste él, y al pronunciar el nombre del espía acompaña sus palabras de un gesto cómplice con sus cejas, para ayudarla—. ¿Te lo deletreo?

—Es que no somos una protectora de animales ni un refugio. De todas formas, si es un oso, tendría que hablar con Protección Civil, aunque no creo que puedan ayudarle hoy. Ya sabe, por Josema. ¿Es muy grande el oso?

Richard se da cuenta de que la chica no le toma el pelo, sencillamente no sabe de lo que habla.

—No llevas mucho tiempo aquí, ¿verdad?

—Estoy de refuerzo de Navidad. He tenido suerte, ¿eh? Mi primera semana y me quedo aquí encerrada.

—Podría ser peor, créeme —contesta él, cansado de la conversación—. Déjame hablar con un superior, por favor.

—Es que no sé con quién podría pasarle. Ya le digo que Gerardo no ha venido y lo hemos estado buscando. Pero no es solo él, hoy no ha llegado casi nadie.

—Ya, me lo puedo imaginar. Sé de alguno de tus compañeros que no ha podido venir —responde Richard, sin entrar en detalles—. ¿Jandro está aquí?

—¡Sí! Es el único, pero… no sé si es buena idea avisarlo.

—Lo conozco y le interesa. No perdamos más el tiempo, venga. Hazme caso.

—Bueno, yo lo llamo, pero no está muy fino hoy. Ha insistido en no hablar con nadie —dice la chica, y, al ver el gesto firme de Richard, sigue hablando—. Pero lo llamo, no se preocupe.

La recepcionista no es como su homólogo del edificio de enfrente. Ella no se va a ninguna salita contigua a hablar porque no siente herido su orgullo. Contacta con Jandro delante de Richard, que escucha cómo el hombre pone pegas y la chica tiene que insistir. Es una conversación vulgar y rutinaria, tanto que Richard tiene la tentación de relajarse y esperar con calma a que finalice la llamada. No lo va a permitir, no esta vez.

Richard da la espalda a la chica y vigila su entorno. Busca sospechosos y encuentra rostros cuyas expresiones definen el aburrimiento. Algunos callan, otros beben y unos pocos dormitan en los sofás de recepción. Los pocos que se fijaron en que se llevaba la mano a la pistola ya lo han olvidado.

—En la sociedad en la que vivimos, no se lleva tener miedo de los ancianos.

El veterano inspector nunca imaginó que el infierno se pareciera a la sala de espera de un aeropuerto, aunque lo considera apropiado. Escucha a la recepcionista colgar el telefonillo.

—Disculpe, señor —le dice la chica, a su espalda—. Me ha costado convencerlo, pero Jandro ha dicho que sí, que acepta verlo. Lo único es que tiene que ser en el despacho de Gerardo, no quiere bajar hasta aquí.

—Y yo no quiero envejecer, pero cada día me salen más pelos en las orejas. Llámalo otra vez.

—Lo siento, eso no va a poder ser. No sé si conoce a Jandro, pero no dice las cosas dos veces.

—A veces ni una, ya lo sé. Es un hombre de pocas palabras y mal escogidas. No es la peor combinación.

Richard toma aire y golpea el mostrador con los nudillos una sola vez. Es su manera de zanjar la conversación. Se gira hacia el ascensor sin mediar palabra.

—¿Puedo hacer algo más por usted? —pregunta la chica—. ¿Va a ir al despacho de Gerardo? ¿Quiere que le acompañe?

—Conozco el camino, es el único que hay.

Richard llama al ascensor de empleados y espera a que se abra la puerta. De nuevo, se lleva la mano a la pipa y, del mismo modo que la vez anterior, lo encuentra vacío. No hay rastro de la violencia anunciada, aunque lo lógico es que sus agresores lo esperen en la planta. Es el mejor lugar para hacer el trabajo, es el que habría escogido el propio Richard si fuera un criminal. El inspector, ahora sí, desenfunda la pistola, ya no merece la pena andarse con remilgos. El ascensor asciende a su ritmo, con parsimonia, provocando que el momento se eternice. Un villancico cantado por un coro de niños desafinados añade tensión a la situación.

El ascensor se detiene. La pantalla muestra un número tres rojo, ha llegado a su destino. Las puertas metálicas se abren lateralmente. Richard coloca su dedo sobre el gatillo. Flexiona sus rodillas maltrechas, preparado para moverse. Y no hay nada al otro lado. Un pasillo deshabitado. Richard no se mueve, no todavía. Aguarda la llegada de un disparo que nunca le alcanza. Las puertas se cierran tal como se abrieron y él pulsa el botón para impedirlo. Sale a la planta dando un paso largo.

—¿Qué pretendes, Gerardo? Me tienes a tu merced, haz tu movimiento, demonios.

El ascensor se cierra de nuevo tras él, eliminando su mejor vía de escape. La puerta del despacho de Gerardo está al fondo a la izquierda, como el cuarto de baño de cualquier bar. Para llegar hasta allí tiene que recorrer casi cincuenta metros, con puertas a ambos lados. No se fía, pero da lo mismo.

Estos edificios son todos iguales. La moqueta del suelo, constantemente salpicada por la nieve de los zapatos de quien entra aporta un olor a humedad inconfundible. La longitud de los pasillos, sin ventanas al exterior, genera una sensación de alienación propia del lugar. La calefacción, constantemente encendida, provoca que las mejillas se sonrojen sin remedio y más aún si eres inglés, como es el caso de Richard. Las paredes están fabricadas con un conglomerado de madera que deja pasar todos los sonidos, incluidos los golpes del bastón de Richard, con su punta afilada. Sus pasos resuenan amortiguados por todo el piso. Plum, plum, plum.

—Si pasa el sonido, pasa una bala.

Visto desde fuera, Richard no es más que un anciano vestido con un abrigo negro y sombrero, que recorre entre cojeos el pasillo de un hotel de esquí durante las vacaciones de Navidad. No es así como se ve él. Es un policía adentrándose en el escondrijo del criminal sin contar con refuerzos. El asesino al que persigue está al tanto de su llegada y se acompaña de sus secuaces. Es una misión heroica y suicida.

Richard va dejando atrás un despacho tras otro. El de Julia, el de Verónica y el de Míriam, al fondo. La última vez que visitó este lugar, el edificio estaba recién construido, su hija todavía tenía relación con él y Verónica estaba casada con Eugenio, que no había salido del armario aún. El edificio no ha cambiado, todo lo demás sí. Las puertas están cerradas y no se escucha nada en su interior. Sin embargo, eso no significa gran cosa: Richard sospecha que, si le disparasen, moriría antes de oírlo. Es cierto que dependería del arma que usasen, pero es probable que la bala viajara a mayor velocidad que el sonido. Como suele hacer con el rayo y el trueno, Richard podría contar los segundos que separan el impacto y el ruido de la detonación para calcular la distancia a la que le han disparado. Claro que para entonces podría estar muerto y sería imposible ponerse a contar.

Pese a sus temores, el inspector alcanza su destino, el despacho de Gerardo. Ya está, no hay más. Al otro lado de la puerta tienen que estar el hombre que más ha odiado a lo largo de su vida y su fiel esbirro. Se puede imaginar a su cuñado con los pies sobre la mesa, fumando un puro y bebiendo ese whisky que ha guardado durante años, esperando una ocasión especial. En su visión, Jandro está a su lado y apunta a Richard con una ametralladora. Quizá es esto lo que Gerardo estaba esperando. No quería matarlo en el momento más sencillo, sino en el más placentero. Se lo ha puesto en bandeja, aunque es mal momento para lamentarse. Como quien se quita una tirita, Richard gira el pomo y abre la puerta.

Nada. No hay peligro.

No es Gerardo quien se encuentra repantingado y borracho tras el escritorio, sino Jandro. A su cuñado no se le ve por ninguna parte. El esbirro de su enemigo lo mira con indiferencia y los ojos entrecerrados. En su estado de embriaguez actual no queda nada del hombre duro y sin escrúpulos que Richard conoce.

—Hombre, el que faltaba. Has tardado en llegar.

Richard se acerca a él apuntándolo con su pistola:

—¿Dónde está Gerardo?

—¿No está en tu casa?

—No, ahí está tu puta madre.

—Joder, Richard. No hacía falta, a veces te pasas.

Richard ya está a su lado. Jandro no está armado, lo único que tiene entre las manos es la copa de la que bebe. El anciano enfunda su pistola, apoya el bastón y lo coge por las solapas.

—No estoy de humor para juegos. ¿Dónde está tu jefe?

—No lo sé.

Richard lo abofetea y Jandro se ríe.

—Me da igual lo que me hagas. Soy inmune a tus amenazas, viejo. Yo ya estoy acabado y sé que tú no me matarías.

—No, yo no acabaría contigo. Pero a lo mejor debería, porque después de lo que le habéis hecho a mi hija lo mismo hasta podría defender que estoy enajenado.

La mención a Míriam logra despertar a Jandro, que abre los ojos y se asusta por primera vez.

—Tienes suerte de que yo no sea como vosotros —continúa Richard—. Pero comprenderás que no voy a salir de aquí sin saber dónde está su asesino.

—¿Cómo? ¿Qué hija? —pregunta Jandro, más afectado de lo esperado.

—Es inútil que te hagas el tonto, ya sé que lo eres y no cambia nada.

—Míriam ha muerto, ¿verdad?

Jandro se echa a llorar y Richard lo suelta la solapa. No se puede amenazar con dolor a quien está sufriendo. El matón se lamenta de manera sincera:

—Si es que lo sabía, lo sabía. ¡Joder! Lo siento, Richard.

—¿Sabes quién lo ha podido hacer?

—Lo siento de verdad. Yo nunca le haría daño.

Richard vuelve a abofetearlo, pero en esta ocasión no quiere presionarlo, sino despertarlo e intentar que se centre en la conversación.

—¡Escúchame, muchacho! Si lo que dices sobre que lo sientes es cierto, no me sirven de nada tus lloros. Tienes que darme algo más. ¿Por qué dices que lo sabías?

Jandro va a contestar con sinceridad, pero se lo piensa antes de responder:

—Tu hija era una persona especial, estaba hecha de otra pasta. De lo poco que hay en este negocio que merezca la pena.

—¿Por qué no me lo dices? ¿Qué escondes? ¿Por qué crees que estás acabado?

—Gerardo me ha pedido que vaya a tu casa.

Richard no termina de comprender.

—¿Cuándo ha sido? ¿Por qué?

—Me ha escrito un mensaje y me lo ha dicho, yo qué sé por qué. Pero da igual, lo que es seguro es que es una trampa y que me ha dejado caer, como un lastre, ¿no lo entiendes?

—Explícate. Y sé claro, me estás poniendo nervioso y te recuerdo que mi amiga —dice Richard, levantando su pistola— prefiere la calma. Si se pone tensa, pierde el control.

—¡Si te lo estoy diciendo todo!

Richard lo abofetea de nuevo, esta vez es más por gusto que otra cosa.

—Joder, Richard. Te pasas —se queja Jandro, que empieza a hablar, despacio. Está hundido—. Gerardo se habrá enterado de que Míriam ha muerto y habrá hecho un pacto. No sé con quién ni cómo, pero no hay otra explicación. ¿Por qué si no querría reunirse en una casa de policías y no aquí? ¿Por qué me habría pedido que me acercara a hablar con el Oso? Me ha dejado caer, el muy cobarde.

—El Oso. ¿Es él quien ha matado a mi hija?

Jandro se encoge de hombros.

—Yo no estaba allí.

—Pero sabes quién es y que estaba en mi casa. ¿Quién es? ¿Verónica?

Jandro se empieza a reír.

—Míriam estaba convencida de que lo ibas a descubrir todo, no podía haber estado más equivocada. No te enteras de nada, abuelo.

—Por eso me lo vas a contar tú. Si no fuera porque es uno de los peores días de mi vida, diría que es mi día de suerte.

—No le vas a contar nada —los interrumpe Arturo.

El veterano político los apunta con su escopeta de caza al otro lado de la puerta abierta. Richard esconde la pistola detrás de su cuerpo. Si Arturo descubre que va armado, puede ponerse nervioso. Y su amiga la escopeta también prefiere la calma.

—No sigas con esta estupidez, Arturo —dice Richard—. No estás hecho para esto y menos a estas alturas de la vida. Estás ridículo con ese arma.

—No lo niego, pero ya te lo dije, eres tú quien me ha obligado a hacerlo. No puedo permitir que esto salga a la luz. Lo he intentado por lo civil y ahora toca lo criminal.

Arturo mueve la escopeta lateralmente, usándola para señalar a los dos hombres dónde quiere que se posicionen, los quiere alejar del escritorio. Su cuerpo se balancea acompañando el movimiento, es evidente que el arma le pesa y que le cuesta sostenerla en alto.

—He estado en suficientes situaciones de este percal como para saber que te vas a hacer daño —dice Richard—. Suelta la escopeta y vamos a hablar con calma.

—No hay nada de qué hablar. Si no salís de este despacho con las manos en alto, os pego un tiro. Es muy sencillo.

Jandro se pone en pie y Richard le dice que no, mostrándole su propia pistola. Y Jandro se sienta de nuevo.

—Seamos serios, Arturo. Tú no eres un asesino y sabes perfectamente que acabarías tus días entre rejas si aprietas ese gatillo.

—¿Es que no te das cuenta? Si sacas a la luz esos documentos, entonces sí que estoy en problemas. ¡Sal de ahí de una vez! No lo diré más.

—Richard, creo que va en serio —comenta Jandro, cada vez más y más sobrio a fuerza de sustos—. No hagas una locura.

—¿Qué dices? —grita Arturo—. ¿Qué locura puede hacer?

—Tranquilo, Jandro. Arturo no va a disparar, ¿verdad que no? Si no puedes ni con esa escopeta. Suéltala y hablamos.

—No lo hagas, Richard —insiste Jandro, con sus ojos fijos en el arma.

—¿Estás armado? Muéstrame las manos —ordena Arturo, temblando.

—Esta situación te sobrepasa, Arturo —dice Richard, con voz calmada—. Respira hondo, baja el cañón...

¡Pum! Jandro cae de la silla. Arturo grita, asustado de sus propios actos.

Richard se tira al suelo con agilidad, sin pensar ni un instante en si Jandro ha recibido el impacto antes o después de escuchar el disparo. Ahora tiene otras cosas de las que ocuparse. El veterano inspector actúa por reflejo, repitiendo movimientos ya automatizados, que su cuerpo ejecuta de memoria. El problema es que los músculos y las articulaciones ya no son los que fueron y sus movimientos resultan torpes, espásticos y lentos.

Su intención era caer sobre un hombro y rodar sobre la espalda, de tal forma que pudiera recorrer por el suelo todo el largo del escritorio y detenerse justo al final de la mesa, donde pudiera tener una línea de visión directa con su oponente. No logra hacer el movimiento entero, y queda tumbado con la espalda apoyada en el suelo, vulnerable como una cucaracha boca arriba. Si fuera más joven no habría problema, podría apuntar e incluso disparar con facilidad, pero sus abdominales no son lo que eran y ya no es capaz de levantar la cabeza lo suficiente como para tener una buena visión de la sala. Por suerte para él, ha avanzado tan poco que la mesa del escritorio sigue interponiéndose entre él y Arturo. No se ven el uno al otro.

—¡Mira lo que has hecho, Richard! Esto es culpa tuya, te dije que iba a disparar.

—Suelta el arma, Arturo. Te tengo en el punto de mira —dice Richard, mintiendo—. No te voy a avisar dos veces.

La respuesta de Arturo se hace esperar, solo lo escucha dar una serie de pasos acelerados. Seguramente se ha puesto a cubierto tras la puerta. Richard aprovecha para rodar por el suelo y llegar a una distancia en la que pueda golpear con el pie el cuerpo de Jandro, tumbado en el suelo junto a él. El hombre se queja, está vivo. Tiene una herida de bala a la altura de la clavícula, no parece que su vida corra ningún riesgo.

—¿Quién ha hablado? —pregunta Arturo.

—He sido yo, que me he torcido un tobillo, aunque lo superaré, no te preocupes por mí —se apresura a contestar Richard.

Jandro lo mira con cansancio, no sabe qué pretende el inspector con más mentiras, y este le pide silencio llevándose el índice de una mano a la boca y mostrándole la pistola con la otra. El esbirro obedece, a su pesar.

—¿Crees que está muerto? —pregunta Arturo.

—No soy médico, aunque el disparo le ha cruzado el cráneo de un lado al otro, ¿tú qué piensas? —miente Richard, socarrón—. Venga, qué demonios, me lanzo. Yo diría que sí, que ha pasado a mejor vida. Enhorabuena, ya eres un asesino.

Richard se gira sobre sí mismo mientras habla y se coloca boca abajo. Sigue incómodo, aunque esta posición es más manejable para él. Se arrastra por el suelo. Su objetivo es rodear el escritorio para tener a tiro a Arturo. Avanza con lentitud, no es ningún marine a estas alturas.

—¡Joder! Yo no quería matarlo. Lo sabes.

—Claro que no, querías matarme a mí. Se lo podemos decir al juez, si quieres —responde Richard.

Arturo no contesta, aunque se le escucha entrar a toda prisa en la habitación y ponerse a cubierto. Para cuando Richard logra tener la puerta en su línea de visión, el político no está ahí.

—Oye, Arturo, ya está, ¿no? —dice Richard—. Has hecho suficiente. Déjate de patochadas y suelta el arma de una vez por todas. Te vas a pegar un tiro en el pie, al final.

—No, ya no tiene sentido. No puedo parar ahora, me da igual matar a uno que matar a dos.

Jandro reprocha con un gesto a Richard la ocurrencia de decir que está muerto y el inspector le pide que se haga el dormido utilizando el gesto que se hace a los niños, colocando el dorso de la mano sobre su mejilla.

—Pues venga, ven a por mí y acabemos con esto a la antigua usanza —responde Richard.

Se escuchan los pasos de Arturo sobre la moqueta, corriendo hacia el lugar donde se encuentra Richard. El inspector se arrastra por el suelo y logra ponerse a cubierto en el lateral de la mesa antes de que el político lo vea.

—Con que jugando al escondite, ¿eh? —dice Arturo—. Pensaba que los tipos duros como tú afrontaban los problemas de cara.

—Y eso voy a hacer, tranquilo.

Richard agarra su bastón, en el suelo junto a él, y coloca su sombrero en un extremo. Le da un beso de despedida y acto seguido lo levanta, mostrándolo por encima de la mesa, lejos de él. ¡Pum! El sombrero salta por los aires. Richard vuelve a girar sobre sí mismo, esta vez hace un esfuerzo extra y consigue aportarle la potencia adecuada a sus movimientos.

Se encuentra frente a frente con Arturo, que intenta apuntarlo al darse cuenta del engaño, pero es golpeado en el brazo por Jandro, desde el suelo. Richard dispara, pero él lo hace bien. Esto no se pierde, no a esta distancia. Impacta en el brazo del político, provocando una herida limpia, de poco riesgo, aunque incapacitante. Arturo grita y suelta la escopeta. Richard se incorpora, con la dificultad acorde a su edad y al esfuerzo realizado y recoge el arma.

—Arturo, estás detenido. Se han acabado tus fechorías.

El político aplica presión sobre su brazo y se apoya contra la pared. Está lívido. Richard lo sujeta por el brazo bueno y lo ata a la pata de la mesa, usando el cable de unos auriculares.

—¿Qué vas a hacer conmigo? Me tienes que llevar a comisaría, conozco mis derechos.

—Tengo asuntos pendientes con Jandro.

Richard se gira a mirar al esbirro, y lo encuentra sentándose con dificultad en la silla de su jefe.

—Ya voy, ya voy. Tengo la información en el despacho de Míriam, pero dame un minuto, joder —responde Jandro.

—Tienes diez segundos —responde Richard.

—No lo hagas, Richard. Todo se puede negociar —dice el político—. Te pago lo que quieras.

Richard se agacha, con extrema dificultad, a recoger su bastón astillado y su sombrero agujereado.

—Lo que quiera, ¿eh?

—Lo que quieras.

—Devuélveme la vida de mi hija. ¿Puedes hacerlo?

—¿Cómo? ¿Qué ha pasado?

—Eres imbécil, Arturo —dice Jandro, ya de pie.

—¿Quién ha muerto? —insiste Arturo.

Richard agarra el brazo de Jandro y lo escolta hasta el despacho de Míriam, contiguo al de Gerardo. No merece la pena seguir hablando con Arturo, ya no tiene nada que aportarle.

El despacho de Míriam es más humilde que el de su jefe y, como no podía ser de otra forma, está perfectamente ordenado.

—¿Dónde está lo que busco?

—En el cajón de la mesa, son unos papeles en una carpeta.

Jandro se sienta, dolorido, en la silla frente a la mesa de Míriam, y Richard lo hace en la silla de su hija.

—No hagas ninguna tontería —advierte el inspector.

—¿Te he ayudado o no te he ayudado?

—Antes sí, ahora espero que también.

Richard abre el cajón y saca la carpeta. La coloca sobre la mesa y se da cuenta de que su hija tenía colocada una foto de familia en la que sale él, salen todos. Se lo piensa un momento antes de abrirla, tiene que prepararse mentalmente para dar este paso. Muy pronto va a descubrir que hay un asesino en su familia. No es algo que se haga todos los días.

—No te he dado las gracias por lo de antes —dice Richard.

—No me las des. Me iba a ir mejor contigo que con él, por extraño que suene. Por no hablar de que no me gusta que me disparen.

—Es un hábito molesto, no te lo voy a negar —responde Richard, que se pone el sombrero agujereado y posa sus manos sobre la carpeta—. No me va a gustar lo que encuentre, ¿verdad?

—Solo espero que recuerdes que estoy colaborando. Y, por favor, me da igual cómo lo hagas, pero encuentra a quien haya matado a Míriam.

Richard toma aire y abre la carpeta. En ella aparecen una serie de documentos que demuestran que un tal Enrique Núñez, consultor de un consorcio, ha estado guardando archivos relacionados con la trama en una caja fuerte de un banco. Enrique Núñez. Quique es el Oso Amoroso.

—¿Lo conoces? —pregunta Jandro—. Nosotros no sabíamos de dónde había salido, pero Míriam me llamó en plena Nochebuena para decirme que estaba en tu casa.

—A Eugenio no le va a hacer gracia.

Hay amores que matan, otros no.
A saber cuál es este

Eugenio

Suben las escaleras en silencio, Quique y Eugenio, con gravedad, como harían un condenado y su verdugo. O como dos personas pasando un periodo de duelo.

—Deberías descansar en algún momento —dice Quique, tomando la mano de Eugenio al llegar al piso de arriba—. Sé que trabajar te sienta bien, pero déjate sentir un poco. No has parado en dos días. Puedes hablar conmigo. Puedes contar conmigo.

Pero no es el momento para que Eugenio acepte caricias, ni para que se deje sentir, así que suelta la mano de Quique y le señala la puerta de su dormitorio. No habla, porque no puede. Entran ambos en el cuarto, Eugenio cierra la puerta y pide a Quique que se siente en la cama.

—Por favor —le dice—. Es importante.

Quique sigue sus indicaciones, que han sido sencillas hasta el momento. Eugenio es consciente de que se está comportando de una manera hostil. No es para menos. Pero más hostiles han sido antes con Emilio y con Berni. Malas Navidades para ser hombre y pareja de un Watson. Ellos fueron esposados en el baño, con Quique tan solo se sienta a su lado y le dice:

—Tenemos que hablar.

Pero lo duro en este caso no es el qué, sino el cómo, y lo expresa con una frialdad que hiela a Quique como si estuviera desnudo en el jardín con Josema.

—Claro, hablemos —responde.

Y Eugenio calla. No es sencillo. Quiere hacer lo correcto y no encuentra la objetividad. Ha perdido el manual del buen policía y no tiene recursos. Colgando del cabecero de su cama, tras Quique, puede ver una medalla que ganó en un campeonato de ajedrez cuando era niño, y la dejó ahí, visible, como recuerdo, como pequeño orgullo infantil. Ya nunca supo encontrar el momento de quitarla, de tirarla o de guardarla en un cajón. A Quique le hizo mucha gracia descubrirla cuando llegaron, solo un par de días antes, y estuvo bromeando bastante, se la puso, le quitó el polvo, lo llamó su rey, su reina, su alfil, su peón, su caballo, su torre. Todo muy fálico, por otro lado. Ahora ya no ríen tanto. Y el recuerdo de ese momento feliz le hace daño.

—Tenemos tiempo —dice Quique, con paciencia—. Cuando quieras. Yo estoy aquí.

Eugenio logra mirarlo a los ojos un segundo y vuelve a apartar la mirada.

—No sé por dónde empezar, es solo eso. Enrique Núñez, háblame de tu trabajo.

Sin duda, si alguien hubiera pedido a Quique que adivinase las palabras de Eugenio, jamás habría acertado.

—Pensaba que me ibas a dejar. —Quique ríe y Eugenio no lo acompaña ni con una sonrisa—. Esto es mucho más sencillo. Soy consultor financiero, Eugenio Watson, trabajo con números y dinero, como dices tú. Nada muy interesante.

Esta respuesta provoca un suspiro de Eugenio. La temía. Es lo que diría alguien culpable.

—¿Seguro? —le pregunta—. Nunca te pregunto por tu trabajo, y tú no me dices nada. En cambio yo te cuento todos los crímenes que investigo, con todo lujo de detalles. Estoy empezando a pensar que te he dejado de lado. ¿He sido una buena pareja?

—Claro que lo eres —le dice Quique—. No te cuento más porque no hay mucho que contar.

Quique trata de acercarse a Eugenio, que lo evita y se levanta de la cama, quedándose a una distancia prudencial, profesional.

—A veces te cuento anécdotas de algún cliente —continúa Quique—. Recuerda a la señora que nos regala una caja de picotas cada año, por ejemplo.

—De su propia finca —responde Eugenio.

—O el que presumía de llevar colonia de Chánel, con tilde en la a.

—Como los canales de la tele.

Es cierto. A veces hablan de su entorno de trabajo, nunca del trabajo en sí. Eugenio no sabe qué hace cuando está en la oficina, ni cómo lo hace. Pero a veces le cuenta alguna anécdota. A veces.

—Pero no me cuentas de todos tus clientes —se queja Eugenio, que había comenzado pidiendo disculpas y ahora lo ataca—. Sales por la mañana, pasas ocho horas, a veces más…

—Otras veces menos.

—Alrededor de ocho horas trabajando con clientes de los que a veces no sé nada, haciendo unas operaciones que ni siquiera me imagino, y llegas a casa y no se menciona nada sobre ese tiempo de tu vida.

—Se llama desconexión, amor mío —responde Quique, conciliador.

—¿Y hay algo de esa desconexión de lo que tengas que hablarme? ¿Algún cliente especial?

—Todos lo son, a su manera, supongo.

Hasta este punto, su comportamiento es igual al de un criminal. Las respuestas evasivas, los cambios de tema, la incomodidad. Es una pesadilla para Eugenio. Quería evitar este momento y, ahora que ha llegado, descubre que tenía motivos para estar preocupado. Sin poder evitarlo, comienza a dar vueltas por la habitación, pisando los tablones del parquet siguiendo el patrón del caballo del ajedrez, dos hacia delante y uno a un lado, como hacía cuando era un adolescente y tenía problemas, o cuando se enamoraba y no sabía qué hacer con esos sentimientos, o cuando tenía que memorizar un examen. Y ahora necesita pensar, necesita entender.

—¿Alguien que yo pueda conocer por otros medios? —pregunta, dándole una nueva oportunidad de hablar.

—No se me ocurre.

—Ayúdame un poco, Quique, no me lo estás poniendo nada fácil.

Quique se muerde las uñas. Otro gesto que Eugenio desconocía de él. ¿Lo ha hecho siempre? ¿Es un reflejo de su infancia? Quique se empieza a romper. Se acercan las verdades. Se acaba el jugar al gato y al ratón, fingiendo que no hay ningún problema entre ellos.

—No sé qué quieres que te diga, Eugenio. De verdad que trato de apoyarte y no sé cómo y estás llegando a ser un poco maleducado. Dime las cosas claras y te responderé si puedo. Otro como Florencia, me estáis dando la mañana. Entiendo que es una situación muy complicada para vosotros.

—¿Florencia te ha estado haciendo preguntas?

Eugenio deja de caminar y mira por la ventana, como hacía cuando era niño y deseaba que nevase tanto que no pudieran ir a clase. Habría estado contento con esta situación. Ahora que es mayor no se puede librar tan fácilmente. Es más, no le tocaba trabajar y, por causa de la nieve, ha tenido que hacerlo.

—Me ha tirado las cartas. Y ha sido muy desagradable, Eugenio. La quiero mucho, ya lo sabes, y no es fácil para mí ser el padrastro de una veinteañera, no estoy preparado, y Florencia es mucha Florencia, además.

Cuando Quique se pone victimista, a Eugenio le cuesta mucho tratar con él. Y más sabiendo que actúa igualito que un culpable.

—¿Qué te ha dicho Florencia? —le pregunta Eugenio.

Quizá Florencia también sospeche de Quique. Si de verdad él mató a Míriam, es cuestión de tiempo que su hija y su padre lo descubran. Tenía que haberlo pensado. No es el único inspector talentoso de la familia. Y habrá más pruebas que él no ha podido encontrar. Visto así, ha hecho lo correcto en hablar con Quique antes de que lo hagan Florencia o Richard.

—No entiendo muy bien qué me ha dicho, ya sabes cómo habla —responde Quique—. Han salido el ahorcado, la sacerdotisa y la justicia, ¿te dice algo?

—Nada en absoluto. ¿Qué conclusiones ha sacado?

—Que los números son traidores, creo —dice Quique.

—Eso es interesante. ¿Qué crees que sabe?

Eugenio vuelve a caminar, a su partida de ajedrez, a tratar de colarse en las filas enemigas con saltos transversales. Florencia puede saber más de lo que dice. Él no es el único que se está guardando información. Lo sospechaba. Ahora lo sabe.

—No tengo ni idea, cariño. Si tenéis algo que decirme, hacedlo, si me tenéis que meter en el baño y atarme las manos, iré encantado, o no tan encantado, pero entenderé mejor lo que pasa, porque esta actitud es demasiado para mí. Y para quieto de una vez, por favor, me vas a dar dolor de cabeza.

Le ha hablado como lo haría con un hijo, pero no habla así a Alvarito, ¿lo hará cuando sea más mayor? Dicho esto, se queda quieto y lo mira. Quizá tenga razón, quizá tenga que parar y decir las cosas como son.

—¿Uno de tus trabajos tenía que ver con Gerardo y con Míriam? —le pregunta, al fin.

—Eso es confidencial.

—Eso es que sí.

—Firmé un papel que decía que no podía hablar de ello.

Firmó un papel. No es suficiente. Eugenio se juega mucho.

—Esto es una investigación criminal —le dice.

—Pensaba que era una conversación de pareja.

Ahora sí que se ríe Eugenio. Como el loco histérico que no es, como el chico de quince años al que no correspondían, como el chaval que no sacaba el diez que necesitaba para cumplir sus estándares. Y Quique se asusta.

—No es una conversación de pareja, ya te lo digo yo —dice Eugenio, hablando muy rápido—. Ha habido un crimen y lo estoy investigando yo, y estás oponiendo resistencia a la Justicia.

Quique respira y habla pausadamente y bajito, por ver si a Eugenio se le pega algo.

—En mi trabajo la confidencialidad es muy importante, no podía pensar que iba a estar relacionado con la muerte de tu hermana.

—Eres un sospechoso, Quique, date cuenta. Mi hermana Míriam pensaba que eres peligroso. Yo sospecho que la carta para el Oso Amoroso iba dirigida a ti. ¿Eres tú el Oso Amoroso?

—¿Qué? No, no sé qué es eso. No lo soy —responde Quique, y es obvio que miente.

—Puedes hablarme de ese caso. Te pido que lo hagas. Como novio, como investigador, como padre de tu hijo. Solo tienes que decirme qué pasó con Gerardo y con Míriam y aceptaré lo que me digas. Hasta entonces, no te puedo creer, ni puedo permanecer a tu lado, ni te voy a poder defender. ¿Eres un asesino?

—Por favor, Eugenio. No.

—Habla.

—Eugenio, no me puedes tratar así.

Eugenio respira hondo y se sienta al final de la cama en la que durmió durante años. Donde tuvo sus primeros sueños y pesadillas, donde se masturbó por primera vez, donde aprendió lo que era el insomnio. Si superó todo aquello, podrá tener una conversación calmada con su pareja a los cincuenta años.

—Te lo pido por favor —le dice, más calmado.

El ambiente se destensa. Un haz de luz entra en la habitación, iluminándolos, haciéndoles guiñar los ojos. Fuera, sorprendentemente, sale el sol. Ha dejado de nevar. Una tregua.

—No sé cómo decírtelo, porque ni yo mismo lo entiendo. Hace un mes, o cuarenta días, tendría que mirarlo, cómo pasa el tiempo, me llegó un mensaje de un número desconocido, que me ordenaba que trabajase para él en un asunto, y que fuese discreto.

—El Oso Amoroso.

—Eso me dijo.

—Lo sabía. ¿Reconociste la voz? ¿Sabes quién es?

—La voz estaba manipulada, como un robot. Y yo nunca lo vi. Muy mal rollo. Yo le dije que me tenía que dar más información, que soy alguien profesional y que me gustan las cosas legales y de cara. Ya lo sabes.

Eugenio asiente, pero duda mucho de que lo sepa. En este momento duda de todo lo que rodea a Quique.

—Además, tenía mucho trabajo, a final de año hay que cuadrar cuentas de muchas empresas y no es tan sencillo encontrar espacio para gestiones ajenas.

Este es el tipo de reflexiones que Eugenio suele dejar de escuchar. Estos datos le aburren enormemente. ¿Es una mala pareja por no interesarse más?

—Así que le dije que no lo haría —continúa Quique—. Tenía prisa, insistió, ofreció mucho dinero. Una barbaridad de dinero, Eugenio, pero ni un solo dato, ni un nombre, nada que me ofreciese ninguna garantía, y no nos va mal con lo que ganamos, no necesitamos estos extras, aunque un viaje al sudeste asiático siempre apetece. No te debería estar contando esto. Es muy confidencial.

—Y le dijiste que sí —le dice Eugenio.

—Estaba pidiendo un café en el sitio al que suelo ir...

—¿Un café? No sé qué sitio es —responde Eugenio—. No sé nada de ti.

—Hemos tomado café ahí muchas veces, Eugenio, bueno, tú tomas té y te enfadas porque es de bolsita barata, es el que hay enfrente de mi despacho.

—Entonces sí.

Eugenio se desespera con estos detalles, pero no lo corta, porque quiere que llegue a lo que necesita saber antes de que entren Florencia o Richard en la habitación con una prueba irrefutable. Al menos ahora está hablando y no esconde que trabajó con el Oso Amoroso.

—Estaba esperándome. Me habían estado espiando, eso es obvio. Esa vez pedí que me pusieran el café para llevar, aunque nunca lo tomo así y hacía frío, pero es que estaba asustado, porque presentía algo, el ambiente era extraño, entonces toqué mi vaso de café y tenía una nota enganchada a la tapa. Tendría que haberla tirado directamente, pero la abrí y solo contenía un mensaje: «Siéntate en la tercera mesa libre a la izquierda desde la puerta, por favor».

—¿Y lo hiciste?

—Claro que lo hice. No quería hacerlo, pero me sentí obligado. ¿Te puedes creer que el «por favor» fue lo que más miedo me dio? La frialdad que eso esconde…

—Si algo así te vuelve a ocurrir, prométeme que te darás la vuelta. Ese tipo de gente es peligrosa. ¿Y qué pasó en la tercera mesa libre a la izquierda?

Quique se va sintiendo cómodo, así que se quita los zapatos y apoya los pies en la cama, para poder mirar directamente a Eugenio mientras le habla.

—En el asiento había unos cascos, unidos a un walkman. Me resultó antiguo, la verdad, pensaba que ya no existían. Pero me los puse y presioné Play. En el audio, con bastante ruido, no sé cómo escuchábamos a esa calidad, la misma voz me comunicaba que yo iba a trabajar para el Oso Amoroso, que entendía que tenía mucho que hacer, pero que me iba a pagar lo suficiente para que yo contratase a otros que lo hicieran en mi lugar. Me dijo que el trabajo era importante y que tenía que ser yo. Eso me subió la moral, la gente no me suele valorar tanto, lo que yo hago lo pueden hacer miles de personas. O eso creía yo. Necesitaba que lo ayudase con un documento y todas las cuentas que rodeaban a ese documento, esa expresión es la que usó.

—¿Y qué quiere decir?

—Comisiones, trampas legales, gente de la administración que mira oportunamente hacia otro lado, organizaciones ecologistas que se callan en el momento adecuado, eso es lo que rodeaba al documento.

Por deformación profesional, Eugenio no puede entender que Quique le haya estado ocultando actividades ilegales de sus clientes, ni puede comprender que se viera envuelto. ¿Qué le habían ofrecido para justificar tanto? Pero no dice nada al respecto, no lo juzga, lo deja hablar. No quiere que vuelva al silencio.

—Entiendo —dice.

—Pero no podías saberlo tú. Ni tú ni nadie. Porque, si tú lo sabías, se encargaría de hacerme la vida imposible, incluso acabar con ella.

—¿Te amenazaron?

—Nunca abiertamente. El Oso Amoroso es muy listo, mide mucho sus palabras. Me dijo que tenía los papeles en el asiento contiguo. Que si abría la carpeta, entendía que iba a trabajar para él. Que no me arrepentiría. Y lo hice. No decía nada de las repercusiones si me desentendía del tema una vez abierta la carpeta, o si lo hablaba contigo. Nada bueno, seguro. Pero supongo que ya la situación se ha ido mucho de las manos. No sé nada del Oso Amoroso desde hace unos días y no sé qué va a pasar con ese documento, ha ido todo demasiado lejos. Y confío en que me protejas bien. Quizá podamos irnos con el programa de protección de testigos a vivir al sudeste asiático, a Alvarito le encantará.

—No funciona así.

—Ya lo sé. Me lo cuentas todo de tu vida como inspector.

Una amenaza de muerte suena muy convincente como motivo para hacer el trabajo. Y muy conveniente. Sin duda, Eugenio entiende que le prohibieran que hablase del tema con él porque sabían que es un gran inspector de policía, la última persona que debería saber de estos trapicheos. Y Eugenio quiere creer a Quique, pero se le ha quedado dentro la duda, la mentira. Porque su marido le ha mentido. No se ha acostado con nadie más, pero es una traición que puede tener implicaciones incluso peores. Cree que le va a costar superarlo si lo hace y se siente culpable por pensar en su relación de pareja cuando investiga la muerte de Míriam, a quien tal vez mató la persona que tiene delante de sus narices, sentada cómodamente con los pies oliendo a menos de un metro.

—¿Qué había en ese documento? —pregunta Eugenio—. ¿La recalificación de las pistas de esquí?

—Eso es.

—Y el Oso quería impedirla a cualquier precio.

—Quería impedirla a cualquier precio. Para eso estaba yo. Para destapar todos los chanchullos, todas las mordidas y comisiones, legales e ilegales, todas las leyes que pudieran evitar que saliera adelante, los paraísos fiscales de las personas implicadas, todo.

Delante de los ojos de Eugenio se empieza a aclarar el tablero. Los peones se han disgregado, ambas partes han perdido varias piezas y solo queda un pequeño enroque, al fondo, que necesita desentrañar. Tiene que quitar de ahí esa medalla y dejar de pensar en ajedrez. Hacía años que lo había olvidado.

—¿Y tú tenías acceso a todo eso? —le pregunta Eugenio—. Todo eso son números y dinero, entiendo.

Los números de su tío, entre otros, y, por tanto, de la empresa en la que trabajaba Míriam, sus miserias, sus trapos sucios. Por supuesto que Míriam quería quitarse de encima al Oso Amoroso, eso decía en la carta. El Oso les quería dejar sin pistas de esquí. Los estaba extorsionando. Lo sorprendente es que la muerta sea Míriam y no el Oso Amoroso.

—Como consultor he trabajado con muchas empresas y con muchos empresarios —dice Quique, orgulloso—. Sé demasiadas cosas sobre ellos. Y tengo que conocer las leyes que afectan a las transacciones económicas, claro está. Todo el rollo ecologista, de protección del medio ambiente, era más difícil, la verdad, tuve que estudiar. Por suerte, estudié también los primeros cursos de Derecho, en su momento, y conozco el idioma.

—No sé nada de ti —responde Eugenio.

—Nunca tuvo importancia. Empecé Derecho y no era para mí. No hay más historia.

—Encontraste algo en esos documentos.

—Sí. No fue fácil. Tenían a gente muy buena redactándolos. Pero siempre quedan resquicios, espacios para que salga la ambición desmedida de alguna de las partes. Tu tío Gerardo forzó mucho para sacar el mayor beneficio posible. Cometió errores. Transacciones extrañas poco antes de la recalificación, pagos a cuentas en paraísos fiscales, comidas copiosas con el secretario de Urbanismo de Aragón, todo el lote.

A Eugenio no le extraña que su tío Gerardo sea corrupto. Lo que le extraña es que sea tan torpe.

—¿Tienes pruebas de esto?

—En el ordenador. Recuerda que no podías saber nada de esto.

—¿Puedo verlas?

—Estaba deseando que me lo preguntases —responde Quique, juguetón.

—Ahora no, Quique. Por favor.

—Y confío en ti. Me dijeron que me matarían si te contaba algo, pero no creo que puedan hacerlo, si tú estás a mi lado. No debí dudar de eso. Me entró miedo.

—Esto no ha acabado —responde Eugenio.

Quiere creerlo y le alegra saber que no ha colaborado en la trama de corrupción. Sin embargo, una vez escuchada la historia, la inquietud de Eugenio no se ha ido. Todo lo contrario. Siente un vacío enorme. Un miedo y una vergüenza que luchan por dominar su cuerpo.

—No me lo contaste porque la muerte de Míriam te incrimina —le dice.

—¿Cómo? No es cierto. Yo...

Quique se vuelve a callar y Eugenio mira por la ventana, esperando que vuelva a nevar, que la tregua se haya terminado. Pero no es así, el sol sigue reluciendo. En algún momento saldrán las quitanieves y los sacarán de aquí. Deja tiempo a Quique para explicarse, si puede. Eso sí le puede dar.

—Entiendo que no puedo convencerte de lo contrario. Pero no es por eso. Yo no podía decírtelo.

—De eso no hay pruebas. Y al mismo tiempo tenías un móvil para matar a Míriam, que te había reconocido y podía tirar por tierra todo tu trabajo. Quizá la pudiste matar en defensa propia, no lo niego. Pero dormirla antes con polvorones envenenados no parece la mejor coartada.

—No la maté.

—Necesitaré ver esos documentos.

Quique se baja de la cama, con los pies descalzos, vulnerable y frío, y saca su ordenador de una maleta. Lo enciende, pone su contraseña y se lo entrega.

—No tengo nada que esconder —le dice—. ¿Me vas a llevar al baño de abajo con las manos detrás de la espalda?

—Eso me temo. Primero me explicas los documentos. No tengo ni idea de números ni de dinero —responde Eugenio, con sequedad.

Y se aproxima a él, se pone a su lado, muy pegado. El niño de quince años habría soñado con estar así de cerca de un hombre tan guapo en esa cama. Jaque al rey, hubiese dicho, tal vez. Pero esta cama pertenece tanto al niño de quince años que fue como al adulto de cincuenta que es ahora. Y ahora le toca ser profesional y detener al hombre que más ha querido en toda su vida. Al hombre con quien quiere hablar. Y contarle que se siente muy mal, que, a pesar de haber estado tan distante de Míriam, ahora que está muerta la echa de menos, que tiene mucho miedo. A no poder darle una buena educación él solo a Alvarito, a ser un mal padre, una mala pareja, a que sea verdad que él ha matado a Míriam, y todo apunta en esa dirección.

Quien madruga resuelve el caso

Juana

No sé dónde estoy y me temo que he muerto. Si es así, hay otra vida y consiste en un sofá antiguo y una chimenea apagada. No parece gran cosa, pero tampoco lo ha sido la vida, así que no podía esperar mucho. Tengo urgencia por ir al baño. Y por beber agua. Cojo aire. Puedo hacerlo. No creo que pueda respirar, beber y mear estando muerta. Así que debo de estar viva. Mejor así.

Me incorporo en el sofá y me duele toda la espalda, siento el cuerpo agarrotado, las piernas dormidas y llevo un pijama que no es mío con motivos de ciervos. ¿Cuánto he dormido? Es de día, hay una ventana por la que se cuela la luz, y deja ver el Pirineo nevado. Consigo levantarme, pese al cosquilleo, y mirar a mi alrededor. No me estiro, porque temo romperme entera. En esta sala hay muchos regalos sin abrir, que no tengo claro que sean para mí, pero podrían serlo. Huele mal. Hay un belén descuidado, hecho con cualquier cosa. Y unas fotos de familia en una mesilla. Es la familia Watson: Richard, Eugenio, Florencia y la muerta. Y los demás. Ahora recuerdo. Estoy descalza y el suelo está frío. Hace frío en general. Al menos eso me sienta bien, con este dolor de cabeza. Como alguno de esos locos ingleses me ofrezca un té en lugar de agua no me responsabilizo de mi respuesta. Necesito agua. Y mear. Me siento como si llevase horas sin ir al baño. ¿En qué momento me quedé dormida en un sofá en medio de una investigación criminal? No es admisible en alguien de mi trayectoria. Que hasta el día de hoy ha sido mediocre, sí, pero siempre respetable.

Salgo al pasillo como puedo y escucho voces en una habitación cercana. No quiero entrar. Quiero vestirme como es debido, de los pies a la cabeza, beber agua, hacer pis, darme una ducha. Ojalá pudiera tener espacio en la cabeza para resolver crímenes y no solo para sobrevivir. La puerta de la habitación de las voces, entre las que reconozco la de Florencia, está abierta, como es de esperar en una casa familiar donde se supone que no hay nada que esconder. Será el comedor, o un segundo salón, disponer de varios salones es algo propio de un caserón como este. Tengo que cruzar por delante para ir al baño. O quizá debería saludar antes, ver en qué punto está la situación climática, saber si pueden llegar refuerzos, organizarme para hacer interrogatorios y revisar a fondo el escenario del crimen. No, mejor pasar de largo. Eso puede esperar. Mi vejiga no. Una, dos y… ¡tres!

—¡Un fantasma! —exclama Florencia.

—¡Un intruso! —grita Julia.

—¡Juana! —acierta Ainhoa.

Sigo caminando, como si no hubiera oído los gritos. Qué exageradas. Un intruso, un fantasma…, sabían que yo estaba aquí.

—¡Johnny girl, espera! —me dice Florencia, y la escucho seguirme.

Si el baño es la siguiente puerta, todavía podría llegar antes de que me alcance, pero las fuerzas no me acompañan del todo aún.

—¡Jota! —me llama, alcanzándome.

Y sí, era el baño, he llegado a ver el lavabo. Otra vez será. Hay planes que salen mal y hay que aceptarlo. Volvemos al comedor del que ha salido, medio abrazadas, medio sujetándome para que no me escape. De pronto pienso que quizá no se hayan dado cuenta de que me he dormido. Quizá solo hayan pasado unos minutos. Es posible que pueda fingir y que nadie advierta mi infamia. En cualquier caso, no creo que se atrevan a mencionarme algo así. Se callarán. Harán como si no hubiera ocurrido.

—Y la bella durmiente, harta de esperar, se despertó sin beso, requiriendo solo del amor por una misma, di que sí, reina —dice Florencia, presentándome en sociedad.

—Es lo que yo llamo una siesta de baba —señala Emilio, el marido de una de las hermanas de la asesinada, sin venir a cuento. Julia, la que creo que es su mujer, se echa a reír. No tenía gracia.

—Esto lo tiene que saber mi padre —me dice Florencia—, que está arriba con Quique. ¡Papá!

—No grites, niña —la reprende Agnes, la matriarca de la casa—, ni que no pudieras subir unas escaleras.

Ainhoa es la que se mueve, sin embargo.

—Voy yo —se ofrece, y se pone en marcha. Aquí nadie me tiene en cuenta.

—¿Necesitas algo? —me pregunta Agnes, y, antes de darme tiempo a responder, sigue hablando—. ¿No querrás un tecito?

—No, gracias, quiero… necesito beber agua y…

—¿Estás segura? Un té te sentará mejor. ¿Alguien más quiere?

Varias personas levantan la mano.

—Traeré la tetera grande.

Ojalá se acabe pronto este caso, se derrita parte del hielo y pueda volver a casa.

—Y un vaso de agua, por favor —me atrevo a decir, pero no sé si me oye, ya ha salido por la puerta, seguida por Alvarito, como una pequeña sombra.

Los presentes me miran con curiosidad. Julia y Emilio se están tomando una copa, a un lado de la sala, como si esto no fuera con ellos. El chaval joven me observa en pose señorial por encima de su teléfono móvil, su madre se ha echado las cartas del tarot a su lado, su padre está sin estar, sentado al fondo de la mesa, sin molestar a nadie. Se encuentra aquí toda la familia, incluyendo a Verónica, que me observa desde la ventana y levanta la cabeza al verme, a modo de saludo. Florencia no me suelta, me sostiene como un premio, o como si me fuera a caer. No tienen nada mejor que hacer que estar en el comedor viendo a una mujer en un pijama ridículo aguantándose el pis. Feliz Navidad a todos.

—Hola a todos, os recuerdo que estamos en medio de una investigación policial y yo soy la encargada del caso. Quiero que los inspectores me hagan un informe detallado de lo ocurrido mientras dormía.

—Pues ya puedes ir cogiendo papel y boli, hermana, porque se han venido cositas —responde Florencia.

Esta chica actúa como si mandase en esta investigación y no era así hace un rato. Aquí ha tenido que pasar algo mientras yo estaba en el salón y no me lo están diciendo.

—¿Cuánto tiempo he estado dormida? —les pregunto, temiendo la respuesta.

—¿Un día entero? —dice Florencia, mirándose la muñeca, y es absurdo, porque no lleva reloj de pulsera—. Quizá algo más.

—No es posible.

Hasta se atreven a tomarme el pelo. Un día durmiendo, dicen. Ni siquiera sé si es posible. Además, en un sofá. Sin ir al baño. Necesito ir al baño.

—Sí lo es, querida —me responde Florencia, con condescendencia—. Y tanto que es posible.

—Sufrí una hipotermia, pero me estaba recuperando —les digo.

—Bueno, fue porque casi te quedas congelada y también por el veneno que te pusieron sin querer, pero ya llegaremos a eso. Mira el lado positivo, no tendrás jet lag, has dormido el día entero.

No entiendo nada. Necesito hablar con alguien funcional. Florencia solo dice barbaridades y a nadie le hace gracia, lo toman como algo normal. Yo ya temía que me hubieran envenenado, pero, si lo hubieran hecho, ella no lo comentaría con esa soltura. Quiero creer que no lo harían. Llegan Eugenio, Quique y Ainhoa.

—¿Quién me ha envenenado? —pregunto, a ver si así entiendo algo.

—El asesino, presumiblemente —me responde Eugenio—. Pero fue accidentalmente, quería envenenar a Míriam y te tocó a ti de rebote, y a Emilio.

—También siesta de baba —apunta él, levantando la mano. Julia se vuelve a reír. Por favor.

—Esto es una locura —les digo—. ¿Qué dicen los superiores?

Se hace un silencio incómodo. No me vienen muy bien los silencios ahora mismo.

—No hemos hablado aún con los superiores —afirma Eugenio.

—¿Cómo que no? Entonces, ¿qué habéis hecho?

—Hemos creído que la mejor decisión era esperar y ver —explica Eugenio, no sin vergüenza en su tono—. Entiéndelo, no podía acceder nadie hasta aquí, había tres inspectores de policía entre los Watson, además de Ainhoa, y creímos que informar de la situación sería contraproducente y alarmaría a tu familia.

—Alarmar a mi familia es el menor de los problemas. Esto es muy irregular.

—La situación en sí es muy irregular. Se podría decir que cualquier muerte lo es, si lo miramos desde un cierto punto de vista.

—Qué bien dicho, papá.

Ahora se compadrean. No entiendo nada. Un tintineo precede de la llegada de Agnes.

—¡Té para todos!

Ni rastro de mi agua. Me muero de sed. Tengo que ir al baño. Todo es una enorme contradicción.

—Ni siquiera hay tres inspectores en activo —les digo—. Uno está retirado y otra aún no lo es.

—Oficialmente no —acepta Florencia, quitándole hierro.

—Oficialmente, tengo que ir al baño. Cuando vuelva, quiero mi vaso de agua. Por favor.

Necesito imponerme de nuevo. Parece que me hacen caso. En el espejo me veo demacrada, resacosa, y con un pijama ridículo. Van a tener que explicarme muchas cosas. Dónde está Richard, para empezar. Espero que no hayan tocado nada. Ojalá no lo hayan hecho. Seguro que lo han hecho. Aprieto la vejiga para volver lo antes posible al comedor, pero esto no termina nunca.

Soy la responsable de este desaguisado. Quién me mandaba a mí aceptar este caso en Navidad, con la que estaba cayendo. Ya. Se acaba la meada interminable. Al menos me siento mejor. Puedo pensar. Me lavo las manos, la cara, me peino lo que puedo, me recoloco el pijama de cualquier manera. No mejoro mucho. Salgo al pasillo. Tengo que dar órdenes enseguida, o pensarán que mandan ellos. No deberían ponerme en esta situación, pero lo hacen. Me encantaría que cooperasen, que yo resolviese el crimen con su ayuda como testigos y nos tomásemos un té con pastas a mi salud. Pero los Watson saben más.

—Todos sentados, por favor, en la mesa del comedor.

Me miran incrédulos.

—Por favor —les digo—. Cuanto antes, mejor.

Tintinean sus tazas, moviéndose hacia la mesa, cogen su sitio, se sientan y me miran. Me siento el espectador del cuadro de *La última cena*, con todos delante. Solo falta Richard.

—Ha pasado un día entero conmigo dormida y no se ha avisado a la Jefatura de Policía. ¿Ha seguido activa la investigación?

Solo recibo silencio. Luego se miran entre ellos. Luego risas. Se cachondean de mí.

—Se podría decir que la investigación ha seguido adelante —dice Eugenio.

Lo que me temía.

—Vale. Eso es muy irregular. Sois la familia de la víctima, ¿os dais cuenta? No sé si nadie va a aceptar las pruebas que hayáis conseguido. Pero asumo que es lo que hay, y sois todos muy reputados y la gente acepta cualquier cosa que hagáis.

—Eso está guay —dice Florencia—. Ayuda a la hora de dar validez a las pruebas, digo.

—Digamos que sí. ¿Y quién se ha hecho cargo de la investigación en este día? Decidme al menos que no habéis tocado nada.

Ahora se ríen sin esperar al silencio y las miraditas. Si acaso alguien sorbe té con energía. Tengo el convencimiento de que Julia y Emilio han echado unas gotitas de alcohol a su taza, porque cuando beben se miran entre ellos con una complicidad malévola y ridícula. Soy como la profesora de un colegio que se queja porque le ha caído el grupo complicado. Qué tormento. No se dan cuenta de lo que han hecho.

—Algo hemos tocado —admite Eugenio.

—Ainhoa habrá llevado la voz cantante, ¿no? Ella no tiene una implicación directa con la víctima.

Ainhoa me mira, sorprendida, como despertando de un letargo. Por supuesto que no se ha ocupado ella de nada.

—Tomo la responsabilidad de lo que haya ocurrido aquí durante este día —dice Eugenio.

—Y yo también —añade Florencia.

No puede ser. Todos han investigado por su cuenta. Salvo Richard, que debe de estar durmiendo, porque no entiendo que no esté aquí.

—¿Y Richard? —les pregunto—. ¿Dónde está Richard?

Cuando me van a responder, se abre la puerta de la calle, de un portazo. Es el primer portazo que escucho al abrir y no al cerrar, se activa una alarma ruidosa y entra Richard, casi en ruinas, cojeando sin bastón. No me lo puedo creer.

—Ya estoy en casa —anuncia Richard, apagando la alarma y cogiendo un nuevo bastón de un paragüero de la entrada, como si bastase con eso.

Agnes se ha levantado y lo abraza y lo mira y parece que le va a dar una torta, pero se contiene y lo vuelve a abrazar.

—¿Cómo has venido? —pregunta Agnes.

—Me han traído en una moto de nieve los empleados del hotel de Gerardo. No les he tenido que insistir mucho, no querían ni verme por allí.

—Suena peligroso. Ya hablaremos —responde Agnes.

Vuelvo a no tener el control de la situación. Cojea demasiado. Un herido más. Y, si Richard está herido, cómo estarán los del otro bando, sean quienes sean. Consigo beber un sorbo de agua, de un vaso que me ha traído el niño. Ya era hora.

—¿Esto qué es? —les digo.

—Buenos días, Juana —dice Richard—. Espero que hayas dormido bien en nuestra casa. ¿Te han ofrecido un té?

—Sí. Sentaos ahí, por favor. Donde podáis. Esta situación es muy irregular, y vais a tener mucho que explicarme si no queréis que haya consecuencias.

—Empiezo yo —se ofrece Richard—. Tengo mucho que contar. He resuelto el crimen.

Richard lo sabe todo y lo cuenta. A ver quién le dice que no

La familia Watson al completo está reunida en el comedor, con el añadido de Juana sentada en el lugar que ocupó Míriam en Nochebuena. Así visto, se podría decir que se trata de una agradable velada familiar, aunque en este caso las sillas no están orientadas hacia el interior de la mesa, sino hacia uno de sus lados. Parecen dos filas de espectadores observando el espectáculo de un monologuista: Richard.

El anciano se apoya en su bastón y les habla con suficiencia y orgullo.

—Estaba delante de nuestros ojos.

Hace una pausa para vapear. Se siente triunfador y, por qué no decirlo, joven. Dadas las circunstancias, Richard se recrea en el momento, sin prisa por acabar.

—De los míos, los de Eugenio, los de Florencia..., de todos los que estamos aquí. Tuvimos la solución ante nuestras narices y no supimos comprenderla. Yo mismo me desperté la mañana de Navidad abrumado por una angustia inexplicable. Julia todavía no había encontrado el cadáver de Míriam, pero yo ya lo sabía. Algo dentro de mí me decía que había ocurrido un acto terrible, aunque por entonces todavía no sabía qué.

—A mí no me comentaste nada —dice Agnes.

—Ni a ti ni a nadie, ni siquiera a mí mismo. Así de grave era el asunto, temía que, al darle forma a través de las ondas de sonido, lo pudiera hacer realidad. Pocos segundos después supe que tenía motivos para estar asustado y también que ya era tarde para evitarlo. No ha sido hasta hace unos minutos que he descubierto qué era eso que había visto, pero que no había procesado, y que incrimina a uno de los aquí presentes como el asesino de Míriam.

Richard se calla de nuevo y levanta la cabeza. No mira a nadie en concreto, sus ojos hacen un barrido por el comedor, posándose en cada uno de sus hijas, nietos y parejas sin detenerse en ninguno. Las reacciones están cargadas de tensión, Emilio suelta una risa nerviosa y Julia lo silencia de un codazo. Por una vez no se atreve a secundarlo.

—Ya lo he dicho y lo voy a repetir —dice Agnes—. Aquí, entre nosotros, no hay un asesino. No necesito ser policía para saberlo. Si tu discurso va por ahí, es mejor que te calles ahora mismo y nos dejes vivir la Navidad en paz.

—Lo siento mucho, cariño, pero esto tengo que hacerlo —responde Richard, con voz suave—. He recorrido un camino muy largo, repleto de nieve y hielo para llegar a donde estoy ahora. Es mi sino, no puedo detenerme justo ahora. Nadie me va a devolver los años que perdí sin ver a Míriam y tampoco espero que la Justicia calme nuestro dolor, pero es mi manera de ser. Tengo que resolverlo o no podría descansar tranquilo, y ya solo me queda un paso, el más cortito.

—Allá tú, pero, si sigues adelante, vas a acusar a una persona inocente y va a ser peor.

—Perdona, Agnes —dice Juana—. Tu nombre es Agnes, ¿verdad?

—Dime, mocita. ¿Cómo te encuentras? ¿Has despertado bien?

—Sí, muchas gracias. El té me ha sentado de maravilla —responde Juana, y muchos de los Watson asienten, satisfechos—. Entiendo tu opinión, yo misma tengo mis dudas con respecto a lo que está pasando aquí. Pienso que Richard no es la persona adecuada para trabajar en este caso y, sin embargo, no podemos negar los hechos. Hay un cadáver y uno de los inspectores más reputados de la historia asegura haber identificado al asesino. Para bien o para mal, es mi responsabilidad encontrar al culpable y admito que, de manera egoísta, me interesa que Richard comparta con nosotros lo que sabe. ¿Te parece bien permitirle que siga? Te aseguro que no voy a detener a nadie sin estar totalmente segura de haber encontrado a la persona correcta.

Agnes pone mala cara y cruza sus brazos en señal de protesta, aunque no se opone. Richard continúa:

—Agnes tiene razón en una cosa, no va a ser bonito. La historia que os voy a contar no deja en buen lugar a algunas personas que queremos. Van a salir a la luz acciones detestables que nos van a hacer dudar sobre si realmente conocemos a la persona que tenemos a nuestro lado.

—Vale, papá, pero ¿quién ha sido? —pregunta Julia—. Nos tienes en ascuas.

—No es tan sencillo como decir un nombre —responde Richard.

Emilio abuchea y empieza a canturrear, buscando con la mirada a alguien que se sume a él:

—¡Que empiece ya, que el público se va, la gente se marea y el público se mea!

Julia esta vez sí se suma al cántico, aunque se quedan solos. Solo Alvarito acompaña dando palmas.

—¡Ya está bien! —los manda callar Richard—. Quiero que todos conozcáis los hechos que me han llevado a sospechar de esta persona. Es esencial que no quede pregunta sin respuesta, para que no quepa una sola duda de su culpabilidad. ¿Lo habéis entendido?

Emilio y Julia asienten, sin poder esconder una sonrisa traviesa. Juana los observa fascinada, es obvio que esperaba otra cosa del hogar de los Watson.

—Sí os puedo adelantar desde ya que el asesino es el Oso Amoroso —dice Richard.

—Ou em lli, abu. Notición —apunta Florencia, irónica.

—Para algunos de nosotros era obvio que esto era así, pero tienes que entender que Juana, por ejemplo, no sabe quién es —dice Richard a Florencia.

—Yo tampoco —añade Susana.

—Casi nadie de los que estamos aquí habíamos escuchado su nombre antes del día de Navidad —continúa Richard—. Eugenio, Florencia y yo lo leímos por primera vez en una carta que encontramos junto al cuerpo de Míriam. En un texto a medio escribir, mi hija amenazaba a esta persona con revelar una información si no lo hacía antes ella. Míriam se quedó dormida antes de terminar de redactar la frase, y solo despertó para ser asesinada. Ya entonces, yo interpreté que ese Oso tenía relación con el conflicto de la ampliación de la estación de esquí, y el tiempo, que me ha quitado tantas cosas, esta vez me ha dado la razón.

—Perdona, Richard, ¿qué tiene que ver un oso con una trama urbanística? —pregunta Juana.

—Es muy sencillo, mi cuñado se había asociado con Samuel, el dueño del otro hotel de la estación, para negociar una recalificación de terrenos que les permitiera ampliar las pistas de esquí y construir dos nuevos hoteles en la otra cara de la montaña. El problema es que esto afectaría al ecosistema, poniendo en peligro a la fauna del lugar y, más en concreto, a una pequeña camada de osos que suele frecuentar la zona. Son una especie protegida y monitorizada, y los ecologistas no han dejado de hacer ruido para pararlo desde que se filtró la información.

—Entiendo —interviene Juana—. Bien pensado, Richard.

—Ya sé que lo pensé bien, niña. Gracias por tu aprobación —responde Richard, cortante, y se acerca a Verónica—. No tardé en confirmar que mis sospechas eran ciertas, cuando Verónica se acercó a hablarme en privado para compartir conmigo una información clave, que cambió el caso por completo.

—¿En plan? —protesta Florencia—. No me creo que no me lo dijeras a mí, mami.

—Yo sí que no me lo creo. ¿Hablaste con mi padre y no conmigo? —pregunta Eugenio, mirando a su exmujer.

—Habló con quien podía ayudarla —interviene Richard—. Solo yo estaba capacitado para combatir en esta guerra. No era una situación apta para forenses ni para chiquillas que se fijan en los pequeños detalles que a nadie importan y se dedican a hacer el chorra por ahí.

—Ouch —se queja Florencia.

—¿Y se puede saber qué información le diste, Verónica? —pregunta Juana, reconduciendo la conversación.

—Que en Nochebuena, después de cenar, Míriam habló con alguien por teléfono, y yo…, bueno, escuché la conversación, esas cosas que se hacen, ¿no? El caso es que ella dijo que el Oso Amoroso estaba en la casa y que estaba segura de que tendría los documentos consigo.

—Por eso querías hacer un registro en casa —deduce Eugenio.

—No teníais autorización para eso —advierte Juana—. No lo hicisteis, ¿verdad?

—Yo no llamaría registro a lo que hice, fue más bien buscar en mi propia casa unos papeles que no encontraba —contesta Richard.

Juana suspira y se pasa la mano por la frente. Se empieza a ver superada. Richard continúa hablando:

—De todas formas, no sirvió de mucho porque pronto me topé con una distracción, la sangre en el disfraz de Papá Noel.

—¿Una distracción? Es más que eso, es una prueba importante —señala Eugenio.

—No sirvió de nada —se reafirma Richard—. Desviarse del camino basándose en las pruebas físicas es un error de principiante. Nunca debes permitir que factores externos lleven la iniciativa de tu investigación.

—Las pruebas revelan la verdad, papá —responde Eugenio.

—La verdad es que la gente mata por algo. Los asesinatos se gestan durante meses, el crimen es solo el último paso de una larga cadena de eventos. Estudiar solo ese instante es tan inútil como tratar de curar un cáncer segundos antes de que muera el paciente. Apúntatelo, hijo.

—No apuntes nada, Eugenio —aconseja Juana—. Soy yo la que tiene que apuntar, no me entero ni de la mitad de lo que hablas, pero no te preocupes por mí, ya me pondré al día por contexto. No quiero retrasaros, puedes continuar. Hablabas de la sangre.

—Decía que el hallazgo de la sangre en el disfraz no es relevante y que Emilio no es el asesino —dice Richard.

—¡Vamos ahí! Chupaos esa —exclama Emilio.

—Yo lo dije desde el principio —indica Julia, y lo besa—. Nunca dudé de ti, cariño.

—Tampoco es Berni, porque ya hemos demostrado que las huellas que encontraste tampoco son relevantes, Eugenio —continúa Richard.

—¿Y los demás? —pregunta Julia—. ¿Yo soy inocente?

—Esto no va así, hija —responde Richard—. Decir uno a uno quién es inocente es lo mismo que señalar al culpable. Aunque debo confesar que aprecio tu colaboración en el caso, gracias ti supe que Verónica no había sido del todo sincera conmigo la primera vez que hablamos.

Verónica golpea la mesa con la palma de su mano:

—¡Lo sabía! Sabía que era ella la que se había chivado, qué vergüenza, Julia. ¡Qué vergüenza! —protesta Verónica.

—Cállate, que seguro que fuiste tú la asesina —replica Julia—. Papá, fue ella, ¿verdad?

Richard exhala otra nube avainillada de su vapeador, dándose tiempo antes de contestar. El proceso no está resultando tan placentero como esperaba, es complicado tratar con sus hijos. Uno sabe dónde empieza la conversación y dónde termina, pero lo que pase entre medias es incontrolable.

—No. Verónica no mató a Míriam y te advierto que es la última persona que descarto. Sin embargo, sin ser la asesina, eso no la convierte completamente en inocente. Empezando porque me ocultó la discusión que tuvo con Míriam en el hotel.

—Yo presencié esa discusión a través de la ventana, no sabía que fue con Míriam —le cuenta Eugenio a Verónica.

—No fue nada, ya lo expliqué, no sé por qué seguimos hablando de esto —se excusa Verónica—. Solo discutíamos porque Míriam no me había dejado irme a casa antes y me quedé atrapada con la tormenta por su culpa, ya está.

—¿Ya está? —pregunta Richard.

Richard la mira muy fijamente. Se hace un silencio incómodo, Verónica está siendo señalada y acusada delante de todos.

—Lo que no me ha quedado claro es por qué te llamó Jandro cuando hablabas conmigo —contraataca Verónica—. Porque aquí estamos dando todos por hecho que eres inocente, que todos los inspectores lo sois, pero estuvisteis aquí como cualquier otro, sois tan sospechosos como los que más. Y no sé si recibir llamadas, cuyo contenido desconocemos, de un tipo oscuro como ese es garantía de nada.

—No te falta razón. Espero que tanto mi hijo como mi nieta me hayan tenido en sus consideraciones tanto como yo los he tenido a ellos, lo contrario sería negligente. Nadie podría haberlo hecho mejor que ninguno de nosotros tres, estoy convencido. Mi manera de defenderme es precisamente desvelar todo lo que sé, que señala a una persona que no soy yo.

—Yo siempre he sabido que eres inocente porque eres un pedazo de pan, abu. Sí te digo que Jandro me da cringe, ¿para qué te llamaba? —pregunta Florencia.

—Eso es lo más interesante, que no dijo casi nada. Me amenazó. Quería que yo dejase lo que sea que estuviera haciendo. Eso es todo.

—¿Qué es lo que estabas haciendo? ¿Investigar el crimen? —pregunta Juana.

—No sé a qué se refería porque él no fue específico. Aunque, para mí, la clave no está en el contenido de sus palabras, sino en el hecho mismo de que me llamara. Era la primera vez que contactaba conmigo en toda mi vida, ¿por qué tuvo la necesidad de levantar el teléfono en ese preciso momento si no me iba a decir nada concreto? Entonces pensé lo mismo que tú, que mi cuñado había mandado a su perro a ladrarme para impedir que metiera las narices en sus negocios, seguramente porque Gerardo podía estar involucrado de alguna forma en el homicidio. Luego supe que la verdad no tenía nada que ver con esto. Jandro no había hablado con su jefe antes de llamarme, y esa, y no otra, era su preocupación. Gerardo estaba desaparecido y su esbirro pensaba que yo podía tener algo que ver en el asunto.

—¿Por qué creía que estaba desaparecido? ¿Qué tiene que ver con Míriam? —pregunta Eugenio.

Richard se sonríe y juguetea con el vapeador, sintiendo el cuero sobre la palma de la mano. Con Eugenio sí que es sencillo conversar, sus dudas son razonables y dan pie a disfrutar del momento con calma.

—A eso llegaremos más adelante, paciencia. Por ahora, te puedo anticipar que la llamada de Jandro no era consecuencia directa del crimen porque Jandro ni siquiera sabía que Míriam había muerto. Nadie se lo había dicho. Es a esto a lo que me refería antes. Es absurdo investigar el momento en el que Míriam fue asesinada sin comprender el mundo que la rodeaba. Estaban pasando muchas cosas estos días, no solo una.

—De todas formas, Richard, aunque Jandro no supiera nada del crimen, su amenaza era real —apunta Ainhoa—. No tendrías que haber ido a casa de Gerardo al día siguiente. Ni yo ni Florencia te hubiéramos acompañado de haberlo sabido.

—Y os habríais equivocado. Para tener éxito en una investigación es necesario tomar la ruta más corta, apretar el acelerador y no tener miedo al choque frontal. Si empiezas a frenar y a tomar desvíos alternativos, nunca vas a llegar a tu destino. Apúntatelo, niña.

—No hace falta que apuntes nada, Ainhoa —responde Juana—. ¿Qué os dijo Gerardo?

—¿Cómo que qué dijo? Obviamente no estaba en casa. Jandro no es una lumbrera, pero tampoco va con las luces apagadas. De haber estado Gerardo allí, Jandro se habría dado cuenta. Es el primer sitio en el que buscaría.

—Entonces... ¿os disteis la vuelta? —pregunta Juana.

Richard se empieza a reír y su risa se contagia a Florencia, y nadie más los sigue, ni siquiera Ainhoa, que se tapa la cara con las manos.

—Vamos a hacer una cosa, lo que vamos a comentar ahora es mejor que lo dejemos off the record, ¿os parece? —propone Richard.

—No, no nos parece —responde Juana—. Dime que no entrasteis en casa de Gerardo, por favor. Eso sería allanamiento de morada. No tengo que recordaros que es un delito grave, lo sabéis perfectamente.

Richard va a contestar, pero no puede porque un nuevo ataque de risa se lo impide. Florencia se vuelve a contagiar. Es como cuando se ríen Emilio y Julia, con la diferencia de que a los inspectores Watson los suelen respetar, lo que provoca que la situación actual sea atípica e inesperada. Richard por fin logra recuperar la compostura:

—Bueno, es suficiente, ¿no? Tengo que parar de reír, porque vapear no me hace daño a los pulmones, pero las carcajadas me los destrozan. No es para tanto. No lo hicimos en calidad de inspectores que investigaban un crimen, tan solo éramos un cuñado y una sobrina nieta buscando a un hombre que había desaparecido.

—Y, si hay que forzar una cerradura para lograrlo, lo hacemos. Estábamos preocupados por él —añade Florencia, disfrutando el momento.

—Me temo que lo voy a tener que incluir en mi informe —dice Juana.

—Por mí como si escribes una canción sobre el tema —responde Richard—. Esta es la razón por la que Verónica contactó conmigo y no con vosotros, yo no estoy sujeto a vuestras ataduras. Yo puedo hablar con los criminales porque domino su idioma, vosotros no. Y ahora, si os parece, seguimos con la explicación.

Juana y Eugenio asienten, tan disgustados como lo estaba Agnes antes, y Richard continúa:

—No encontramos a Gerardo por ninguna parte y no me sorprendió. A ese hombre le sobran el dinero y el poder, pero le falta coraje para afrontar las consecuencias de sus actos. Lo que no se le puede negar es una habilidad especial para apuntarse los éxitos y pasar desapercibido en los fracasos. Seguramente en este mismo momento permanezca escondido en algún rincón recóndito de esta montaña hasta que pase el peligro. Tiene razones para estar acojonado, pero en eso entraremos más adelante. Lo que me interesa compartir con vosotros ahora es lo que encontré en su dormitorio.

Richard mete la mano en el bolsillo de su chaqueta de punto y saca un papel arrugado, que levanta al aire. Es la hoja que arrancó de la agenda de Gerardo.

—Por favor, dime que no te has llevado una prueba de su casa —suplica Eugenio, agobiado.

—Eso es precisamente lo que he hecho y lo volvería a hacer.

—El mundo ya no funciona así, papá —explica Eugenio—. Pero no es porque seamos unos cobardes, sino porque es lo mejor. Ahora podemos analizar cada indicio de maneras que antes no podíamos ni imaginar, por eso no los contaminamos con las manos desnudas, como estás haciendo ahora.

—¿Y qué pensabas descubrir de este trozo de papel? —pregunta Richard—. Yo ya sé que es de Gerardo, no necesito que ningún genetista me lo confirme, yo lo que quiero es leerlo y tenerlo a mano cuando lo necesite, para poder descubrir la siguiente prueba, y así una y otra vez. Avanzando. En este papel hay claves importantes, podéis leerlo.

Richard se lo entrega a Eugenio.

—Así que esto es lo que encontraste, ¿eh, viejo sabueso? —dice Florencia—. Ya dije yo que habías descubierto algo. ¿A que sí?

—Sí, lo dijiste —confirma Ainhoa.

—Siempre descubro algo —responde Richard y señala el pedazo de papel—. Profundizaré en el significado de esas anotaciones más adelante, pero por el momento, y como podéis ver, en esa hoja se mencionan tres citas, las tres en el día 25 de diciembre. Una con un médico en Madrid a mediodía, otra que hace referencia al Oso Amoroso, con el añadido entre interrogantes de las siglas RIP, y una tercera reunión con tres personas que responden a las iniciales M., S. y A. Los dos primeros nombres son obvios: Míriam y Samuel. El tercero era una incógnita para mí la primera vez que lo leí, pero lo resolví cuando visité a Samuel en su hotel.

—Es una locura que te movieras hasta allí con Josema pegando tan fuerte —insiste Agnes.

—El médico me dijo que caminara más, que hiciera diez mil pasos. Ni siquiera he llegado —dice Richard.

—Te dijo que no hicieras grandes esfuerzos —le responde Agnes—. Y jugarte la vida bajo la mayor tormenta de nieve de la historia de Aragón no parece sensato.

—Sensato o no, mereció la pena —contesta Richard—. Tenías que haberlo visto, era precioso. Había hasta rayos y truenos bajo la nieve.

—Tienes que cuidarte más, papá —dice Susana—. Y hacer caso al médico.

—¿Ahora crees en los médicos? —pregunta Javi, levantando por fin la vista de su teléfono—. Eres una poser, mamá.

—Siempre he creído en los médicos, hijo. No soy una loca. Loco es tu abuelo, jugándose la vida por una investigación.

—Pues estoy bien, ¿de acuerdo? —informa Richard—. No hay problema en que os preocupéis por mí, pero, francamente, me importa un bledo. Yo sé cuidar de mí mismo y hasta ahora no lo he hecho mal. Llegué de una pieza al hotel de Samuel y pude hablar con él.

—No me gusta a mí ese señor, va siempre demasiado bien peinado y es así como muy… —dice Julia, que se detiene a buscar las palabras y sorprende a todos con la imitación de una voz de hombre—. «Eh, ¿qué pasa, tía? Soy rico y visto trajes carísimos».

—Es un necio de manual —concuerda Richard—. Aunque me ayudó, me proporcionó una información con la que no contaba y que a la postre ha resultado ser clave para la resolución del caso —dice, y hace una pausa antes de continuar—. Míriam no solo había identificado al Oso en esta casa en Nochebuena, sino que había descubierto su identidad varios días antes y se lo había comunicado a sus socios, sin revelarles el nombre, por supuesto. Este dato no parece tener mucha relevancia por sí mismo, pero cualquiera que conociera a Míriam sabe que tendría un plan para utilizar esa información a su conveniencia. Y mi teoría es que eso fue lo que acabó con ella, eventualmente.

—No entiendo, ¿qué plan podía tener? ¿Acabar con él? ¿Amenazarlo? —pregunta Juana.

—Ahora os lo explico, aún falta algo de contexto antes de entrar en las conclusiones. Por ejemplo, es importante que sepáis que, en el lobby del hotel de Samuel, me encontré con una vieja conocida, sobre todo vieja: Beatriz Guzmán.

—Agh, ¡qué pesadilla de mujer! —reacciona Agnes, al momento—. No puedo con ella.

—¿Quién es? No la conozco, ¿no? —pregunta Eugenio.

—Una pretendienta de Richard desde tiempos inmemoriales —responde su madre—. Le da igual las veces que él la rechace, que ella sigue ahí, seduciendo sin ningún tipo de pudor. Y ya sabes lo coqueto que es tu padre, así que es la historia de nunca acabar.

—Yo siempre he sido claro con ella —se defiende Richard.

—Ya lo sé, no lo dudo, no digo que fantasees con ella ni me siento traicionada, pero te gusta gustar. Estás encantado con sus toqueteos y sus sugerencias, aunque luego la mandes a tomar viento. Es así y no pasa nada. ¿Qué le vamos a hacer? ¿Qué ha dicho ahora esa lagarta?

—Estaba en el hotel acompañada de su marido, Arturo Gallego, el antiguo alcalde de Zaragoza, ahora secretario de Urbanismo de Aragón.

Richard vuelve a dedicar una mirada a los reunidos en la sala, dando valor al dato, permitiendo que lo procesen. Y continúa:

—Con la presencia de Arturo ya hemos resuelto quién era la A de la reunión. La duda que se planteaba en ese instante es por qué un hombre como ese, que no ha hecho deporte en su vida, iba a pasar la Navidad en una estación de esquí a sus casi ochenta años. Y solo había una respuesta, estaban preparados para firmar las licencias que dieran luz verde a la construcción de los hoteles.

—¿Por qué? Si Míriam decía que el Oso estaba presente y activo, no habría cambiado nada. Seguían teniendo la misma amenaza que antes, no tiene sentido —dice Ainhoa.

—Siempre existe un sentido, por eso fui a buscarlo al único lugar que me quedaba por visitar, el hotel de Gerardo. Acudí con la esperanza de enfrentarme a él, pero de nuevo evitó hacer acto de presencia. Allí solo estaba Jandro.

—¿Y él todavía desconoce dónde está? —pregunta Verónica—. Si no lo sabe Jandro, no lo sabe nadie. Ese hombre respira solo para oler el culo a Gerardo, está siempre detrás de él.

—Jandro tiene una teoría, a la que yo no daría mucha credibilidad —responde Richard—. Me dijo que Gerardo le había escrito y que quería reunirse con él en esta casa, hoy mismo, pero no…

—Nosotras podemos explicar eso —lo interrumpe Ainhoa.

—Bueno, a ver. No sé si nos renta decirlo todo todo —dice Florencia.

—Hay que hacerlo, amor. Es lo correcto —contesta Ainhoa y se pone en pie como en el colegio, para que la oigan todos y que quede claro que se responsabiliza de sus actos—. Florencia y yo escribimos a Jandro haciéndonos pasar por Gerardo.

Ainhoa cruza una mirada con su jefe, y este, para sorpresa de la chica, no se enfada ni le reprocha nada, sencillamente agacha la cabeza, rendido. Juana los mira, asombrada:

—¡Pero bueno! ¿Es que no vas a decir nada, Eugenio?

—A estas alturas, ¿qué se puede decir? —pregunta Eugenio—. Solo se me ocurre haceros una pregunta, chicas: ¿cómo lo habéis hecho?

—Usando su WhatsApp en el ordenador —responde Ainhoa—. El ordenador estaba encendido y la aplicación abierta, tan solo tuvimos que entrar en la conversación que mantiene con Jandro y escribir.

—Y, como Gerardo llevaba unas horas sin decir nada, decidimos hacerlo nosotras por él. Easy peasy —completa Florencia.

—Enhorabuena, niñas, es brillante —dice Richard.

—No lo es, es un delito —responde Juana—. Es suplantación de identidad y también descubrimiento y revelación de secretos.

—¿Florencia va a ir a la cárcel? Ya era hora —dice Javi.

—Bueno, bueno, calma —responde Eugenio—. En determinadas situaciones se puede llegar a extremos como este. Mientras no salga de aquí, no veo el problema.

—Claro que no va a salir, como esto vea la luz del día, se acaban nuestras carreras, Eugenio —dice Juana—. Me decepciona que lo apoyes.

—No lo apoyo, lo comprendo. Y tu carrera no se va a acabar, yo respondo por ellas. Aunque tendré que hablar con vosotras luego, ¿entendido?

Las dos chicas asienten, han vuelto a ser dos niñas pendientes de la bronca del padre de una de ellas.

—Tú mismo —responde Juana, cansada—. ¿Y se puede saber qué era eso tan interesante que le escribisteis que justificara cruzar esa línea roja?

—El plan era que Jandro se presentara aquí e identificara al Oso por nosotras —responde Ainhoa.

Richard aplaude golpeando el suelo con el bastón.

—Ya os digo que eso no va a suceder, pero la idea es excelente.

—Si te gusta tanto, empiezo a pensar que la idea no es tan buena —responde Florencia.

—¿Por qué estás tan seguro de que Jandro no va a venir? No sé qué te habrá dicho, pero yo no me fiaría de su palabra —dice Verónica.

—Tengo algo más que su palabra, créeme. Y también su palabra, que fue más que interesante. Me informó del plan de Míriam, ese que os he anticipado anteriormente. Mi hija había decidido dar un golpe de Estado en la empresa. Ella entendía que

Gerardo se estaba haciendo mayor y que el hecho de no haber resuelto este asunto era la prueba definitiva de que ya no estaba capacitado para dirigir la cadena de hoteles.

—¡No! ¿En serio? —se sorprende Julia—. ¡Qué valiente! Di que sí.

—Valiente e imprudente. Eso es lo que acabó con ella.

—¿Y cómo pensaba hacerlo? —pregunta Juana.

—Jandro me estaba contando los pormenores de la conspiración, en la que él mismo estaba involucrado, cuando nos interrumpió un pequeño tiroteo con Arturo, así que no pudo contarme quién era el Oso hasta que…

—¡Para, para, para! —grita Juana.

—¿Qué pasa? Jandro me mostró los documentos que indican quién es el Oso, sí. Los tengo aquí —responde Richard.

El anciano rebusca en una carpeta que ha traído consigo, aunque de pronto nadie presta atención a lo que tenga que decir sobre el Oso Amoroso. Ese es el poder de un tiroteo, basta mencionarlo para que incluso el más importante de los enigmas pase a un segundo plano.

—¿Quién ha disparado a quién? —pregunta Eugenio.

—¿Hay muertos? —pregunta Juana.

—¿Has matado a alguien? —pregunta Javi.

—¿Estás bien, abu? —pregunta Florencia.

—Es la última vez que coges esa pistola, te lo advierto —dice Agnes.

Richard los escucha con calma y les responde por orden:

—Arturo disparó a Jandro en la clavícula, y luego yo le perforé el bíceps a él de un balazo —responde a Eugenio y sigue—. No ha muerto nadie, ambos están bien, han sido atendidos en la enfermería del hotel por un médico que estaba alojado allí y los hombres de seguridad del propio hotel los están custodiando hasta que llegue la policía y se los lleve detenidos —explica a Juana—. No, no he matado a nadie, ni hoy ni nunca —responde a Javi—. Estoy como un chaval a la edad del pavo, pero sin granos —contesta a Florencia—. No pensaba cogerla nunca más, pero, si te quedas más tranquila, la puedes guardar tú —le dice a Agnes—. ¿Alguien tiene alguna duda más?

Se lo piensan, aunque Richard ha sido contundente en sus respuestas y nadie levanta la mano, salvo Ainhoa:

—¿Quién es el Oso Amoroso?

—Buena pregunta —dice Richard—. Pero ahora tendréis que esperar un poco más para saber la respuesta.

El grupo reacciona con decepción, uno dice «oh», otra suspira y Emilio abuchea, provocando las risas de Julia.

—Os he contado lo que descubrí, ahora quiero compartir mis conclusiones. Los datos son como el arameo, si no sabes traducirlos al español es como si no los escucharas, y muy pocos dominamos el idioma —explica Richard—. Lo primero que quiero abordar son las razones que llevaron a mi hija a traicionar a Gerardo. Ella siempre fue su mano derecha y él era su principal valedor, ¿es comprensible que dejara caer a su tío por el simple hecho de haber fallado al atrapar al espía? ¿O es que había algo más?

Richard cojea por la estancia, acercándose a dar los diez mil pasos de cada día y mirando a los suyos con gesto altivo.

—Por lo que yo sé de Gerardo, es un hombre orgulloso que siempre ha dado mucha relevancia a su imagen pública. Le gustaba venderse como un hombre de éxito, de conducta intachable. Mi teoría es que los documentos del Oso Amoroso contenían datos que amenazaban precisamente esa apariencia respetable que tantos años le había costado construir. No sé lo que habría ahí, puede ser cualquier cosa: desde fotografías en las que aparecía robando cremas en una tienda hasta vídeos en los que se demostraba que era consumidor de prostitución. Y eso no podía consentirlo, su reputación era su bien más preciado, por encima incluso del dinero, y por eso había decidido rendirse —dice, y hace una pausa dramática—. Como lo oís, Gerardo iba a permitir que el espía ganara la partida. Esa es la línea roja que mi hija no habría sido capaz de aceptar.

Richard concluye su argumento golpeando el suelo con el bastón, asustando a más de uno, y sigue hablando:

—Mi segunda conclusión es que Gerardo había descubierto los planes de Míriam. Esto es una mera conjetura, pero, aun así, estoy seguro de estar en lo cierto. Ya me sorprendió durante la cena de Nochebuena la actitud de mi cuñado hacia ella. Las pocas veces que intercambiaron palabras se mostró cordial, pero cuando la vio hablar por teléfono no pudo ocultar un gesto duro, antipático. Yo había imaginado mil escenarios para el transcurso de esa cena, y en ninguno de ellos ocurría algo así. El único atributo positivo de Gerardo era el amor que sentía hacia Míriam y en Nochebuena sentí que ya no podía salvar ni eso de él. Mis sospechas se confirmaron al ver ese papel.

Richard señala de nuevo la hoja que arrancó de la agenda de Gerardo.

—Es extraño tener una cita con un médico en Madrid el día de Navidad, incluso para un empresario reputado como él, habituado a ciertos tratos de favor. Mi hipótesis es que Gerardo se está muriendo. Eso explicaría su cambio de actitud hacia la familia y, sobre todo, la debilidad que ha mostrado ante el espía. Pero Gerardo es un egocéntrico. Pese a que Míriam seguramente se ofreciera para relevarlo y solucionar el problema, él se aferró al cargo y a la esperanza de supervivencia que le diera el doctor, es de esos que no pasa el testigo hasta que muera. Y es precisamente esta obsesión por el poder la que explica que no podía quedarse en Madrid ni siquiera una noche, tenía que regresar ese mismo día. Sin falta. ¿Por qué? Esto se explica con la siguiente anotación. ¿Qué lees ahí, Eugenio?

Su hijo lee directamente de la hoja, que tiene entre sus manos:

—Reunión definitiva entre M., S. y A.

—Eso es, la palabra clave ahí es «entre». Esto admito que me confundió al principio porque, al leer la anotación de una reunión en su agenda, intuí que él estaba invitado. Al fin y al cabo nadie incluye su propio nombre en las reuniones a las que va a acudir, pero lo normal sería escribir «con», no «entre». Era una reunión entre ellos, sin él. Iban a firmar el nuevo contrato a sus espaldas, y Gerardo lo sabía.

Richard vuelve a golpear el suelo con el bastón, aportando entidad a su afirmación.

—Y esto, a su vez, nos lleva a la tercera anotación de la agenda, que Gerardo escribió en último lugar pese a que estuviera planificada antes de la anterior y que hace referencia al Oso Amoroso. Esta era su jugada más arriesgada. Sabía que tenía que negociar con el Oso para evitar que cumpliera sus amenazas de publicar la información después de que Míriam firmara el contrato. Este espía es una persona peligrosa, por eso Gerardo añadió las siglas RIP entre interrogaciones. No es porque se planteara matar al Oso, como imaginé en un principio, es porque, aunque pueda parecer paradójico debido a que tenía una grave enfermedad, Gerardo temía morir en el intento.

Florencia empieza a aplaudir.

—¡Qué fantasía, abu! Me tienes dando volteretas; yo lo sabía, pero jamás lo habría adivinado sabiendo lo que sabes tú.

—¿Tú estabas al tanto de que Gerardo pensaba que podía morir a manos del Oso Amoroso? —pregunta Richard, extrañado.

—Sí, Ainhoa y yo, pero lo nuestro no tiene mérito —dice Florencia—. Encontramos una carta en la que daba por hecho que podía ser asesinado y pedía que nadie investigara a su asesino. Nos pareció bastante random, pero, ahora que lo explicas, tiene sentido.

—De verdad, no quiero ser pesado, pero tenéis que aprender a compartir información. Todos —dice Eugenio—. Cuando yo encontré las huellas y los resultados de los análisis de sangre os lo dije al momento.

—Eso está muy bien, pero nosotros hemos descubierto pruebas que tienen alguna utilidad, hijo. Es muy distinto —responde Richard—. Y ahora que mi teoría está confirmada por las niñas, ya es hora de revelar la identidad del Oso.

Emilio empieza a aplaudir, hasta se pone de pie.

—Ese Richard, cómo mola, se merece una ola —dice, y hace una ola con sus brazos.

—Lo primero que tengo que explicar es que el Oso Amoroso no es una persona, es una asociación.

Richard camina por la sala y pone la mano sobre el hombro de Verónica.

—Verónica, aquí presente, era la encargada de conseguir documentos internos del hotel, y de mandárselos a la persona al mando, que es quien los gestionaba.

—Richard, ¿qué estás diciendo? —se defiende Verónica—. Yo no soy el Oso. Nunca haría daño a Míriam.

—A mí ya no me puedes engañar más, chiquilla. Puedes darte con un canto en los dientes por haberlo logrado una vez, aunque no te lo recomiendo, yo diría que duele —responde Richard—. Pero en algo tienes razón, nunca habrías hecho daño a mi hija, ya he dicho antes que tú no eres la asesina. Pero sí que colaboraste con él.

Verónica no contesta, solo mantiene una sonrisa que esconde su rabia por ser descubierta.

—Por eso estabas tan preocupada cuando hablaste conmigo —continúa Richard—. Porque sabías hasta dónde podía llegar esta persona y temías que tú o tu hija pudierais ser las siguientes. Y eso nos lleva a tu segunda mentira, la que has mantenido ante todos nosotros hace unos minutos. La discusión con Míriam no tenía relación con una simple disputa de trabajo, ¿me equivoco?

—No, no te equivocas —responde ella.

—Tú sabías que había decidido traicionar a Gerardo porque habías visto a Arturo paseando por el hotel y habías deducido que la única razón de que ese hombre estuviera en la estación de esquí es que la firma del contrato era inminente. Por eso discutiste con Míriam, porque ella iba a dar al traste con todos tus esfuerzos para frenar la ampliación de la estación. ¿Es así o no es así?

—Yo jamás habría imaginado que el Oso llegaría tan lejos, Richard, te lo juro. No sé ni quién es, solo sé que alguien que se hacía llamar Oso Amoroso me pidió que le entregara unos documentos, me dijo que quería acabar con la corrupción y que estaba harto de que los animales y las plantas fueran siempre las víctimas de la avaricia de los humanos. Y yo pensé que no había nada de malo en eso.

—No te equivoques, no te juzgo, a mí tampoco me gusta lo que pensaba hacer mi hija con esta montaña. Otra cosa es que escogieras la peor compañía de todas, sin saberlo. Lo que sí hiciste bien es escuchar lo que decía mi hija por teléfono. Ella había visto al Oso en esta casa, y eso fue lo que provocó que su actitud cambiara de manera repentina y radical, Míriam pasó de la ilusión por el regreso a casa al miedo paralizante, y no fue capaz de ocultarlo por mucho que lo intentó. Eso es lo que vi que mi mente no supo procesar, el detalle que anunciaba un hecho aterrador, el miedo de mi hija a ser asesinada.

Richard vuelve a pasearse, rodeando la mesa y pasando al lado de sus familiares. Todos temen que el anciano se detenga a su lado y los señale:

—El Oso es alguien que había aprendido a odiar a Gerardo, que tenía contacto con diversas ONG a diario y que estaba harto de verlos perder, avasallados por los poderosos. El Oso es Quique.

Richard se detiene al lado de su yerno. Se hace un silencio en la sala, esta vez no hay gritos ni suspiros ni comentarios supuestamente graciosos. Richard lanza la carpeta con los documentos que incriminan a Quique sobre la mesa:

—Si tenéis dudas, está todo ahí. Son las pruebas que encontró Míriam y son inequívocas —dice Richard, y se dirige solo a Quique—. Enrique Núñez, estás detenido por el asesinato de Míriam Watson.

Eugenio aparta la mano de su padre, que estaba apoyada en el hombro de su marido.

—No, papá. Te equivocas y puedo demostrarlo. Quique es inocente.

Eugenio se salta el guion

Eugenio

—No fue Quique, y no lo digo porque sea mi pareja, sino porque es lo que dicen las pruebas —dice Eugenio.

Y se levanta, como si esto fuera una clase magistral. Con pausa, con la calma que le otorgan la razón y la experiencia. Sabe que le toca hablar a él y que lo van a escuchar, porque lo que tiene que decir es importante.

—Creo que ya he dejado muy claro que las pruebas no sirven de nada sin las personas. Hay un asesino y hay una víctima, y lo importante es saber por qué ese asesino quería matar a esa víctima. El crimen es solo el final de ese proceso —dice Richard.

—Muy interesante eso que propones, papá. Has dicho que es como tratar de curar un cáncer segundos antes de que muera el paciente. Pero nosotros no tratamos de curar. Ojalá. Nos conformamos con esclarecer lo sucedido, de manera científica.

Camina por detrás de las sillas, a paso lento, mirando a la cara a todos, asegurándose de que atienden a su lección sobre investigación policial. Al terminar de dar la vuelta a la mesa, apoya su mano en el hombro de Quique y lo aprieta. Es más un profesor que anima y defiende a un alumno que una pareja. Es más un inspector de policía que un hermano de la víctima. Es más el inspector Watson que Eugenio.

—Y las pruebas son objetivas —prosigue, con convicción—. Una huella dactilar pertenece a una sola persona, y lo mismo sucede con la sangre, con la letra, con un documento oficial firmado con certificado electrónico, o con la hora exacta de la muerte.

—Salvo que alguien plante una prueba falsa, como unas gafas con la huella dactilar de la persona que se quiera incriminar —responde Florencia, muy atenta—. Así como ejemplo random.

—Pero un buen ejemplo, bien visto —dice Eugenio, evitando la confrontación con su hija—, porque al final descubrimos que era una prueba falsa. Así que, incluso así, esa evidencia también nos dio información válida. Supimos que Berni, más allá de sus decisiones en lo personal, en las que no me meto ahora, no era el asesino, sino alguien a quien se nos hizo pasar por sospechoso.

—¿Alguien plantó una prueba falsa en el escenario del crimen para incriminar a Berni? —pregunta Juana, tomando notas en una servilleta.

—Sí.

—Así que habéis registrado el escenario del crimen buscando evidencias —se impacienta Juana.

—Eso es.

—Esto es muy irregular, Eugenio —responde Juana—. Tiene que hacerlo la persona al cargo de la investigación, que coincide que soy yo. ¿Habéis estado clasificando esas evidencias?

Eugenio estaba esperando esta pregunta, pero la responde con mucha calma y un toque de orgullo.

—No lo dudes. Hicimos una videollamada con Martín, el forense.

—Esto es muy regular, Jota —dice Florencia—. Es oficial.

—Demasiado oficial —añade Richard—. Me sobró el tal Martín.

—Y esa prueba falsa ya me dio una pista —afirma Eugenio, recuperando el control de la conversación—. El asesino sabía que podía incriminar a Berni, por motivos en los que, como ya he dicho, no voy a entrar ahora. Tenía que ser alguien muy cercano a él, o a Míriam, para saberlo.

—Lo sabíamos todos —dice Florencia—. ¿O no?

—¿Qué sabíais? —pregunta Juana—. No me escondáis información, por favor, eso complica mi trabajo.

—Por respeto a la relación entre Berni y Susana no podemos decir nada. Hay que ser discretos —recomienda Florencia.

Eugenio la mira como haría un profesor a una alumna graciosilla. No la reprende, ni le lanza una tiza. Porque no tiene tizas a su alcance, porque eso ya no se hace, y porque es su hija.

—¿Qué? No habrás sido capaz, Berni —dice Agnes, uniendo los puntos—. ¡Por favor!

—Todos tenéis mierdas que ocultar —dice Susana—. Dejadnos en paz.

Berni responde a Susana con un pequeño gesto que no llega a una caricia, un leve contacto no correspondido.

—Y, por tanto, el asesino —prosigue Eugenio— había planificado el crimen. No fue un impulso. Fue premeditado. Estábamos ante ese tipo de crimen. Y, al menos una parte de lo que viéramos, estaba pensado por el asesino para que lo encontrásemos. Alguien estaba jugando con nosotros.

—Me encantan los juegos —dice Florencia—. Qué considerado.

—¡A mí también! —exclama Julia—. Son divertidos.

Eugenio es plenamente consciente de que determinados miembros de su familia tienden a la dispersión, así que no se amilana y espera con paciencia a que se callen para continuar.

—Esto no era divertido, me temo —responde—. Provocaba que no nos pudiésemos fiar de nuestras intuiciones y que quizá las pruebas presentes en el escenario fuesen justo aquellas que no quiso limpiar el asesino. Pensadlo bien. Es una situación infernal para un inspector concienzudo. Así que decidí no ir detrás de ningún sospechoso, no seguir una hipótesis y limitarme a inspeccionar de la manera más objetiva posible, para recabar la máxima información que nos dieran las evidencias y juzgar a partir de ahí.

—¿Cómo pretendíais ser objetivos siendo familia de la víctima? —pregunta Juana.

—Era un reto, no lo voy a negar. Me centré en las pruebas, como si fueran matemáticas, algo mecánico que pudiese separar de las emociones y los recuerdos. Y así es como descubrí que la sangre era compatible con cualquiera de los que estábamos en la casa a excepción de Emilio, Berni y mamá.

—¿Sin laboratorio? —pregunta Juana—. Pero ¿cómo?

—Bueno, no es difícil conseguir un test mezclando un par de elementos y una pizca de suerte.

—¿Y ese método es fiable?

—Papá está basadísimo —dice Florencia—. No te hagas el humilde, loco.

—Yo me fío. No entiendo lo que hace Eugenio, pero me fío —apunta Ainhoa, tratando de ganarse puntos ante su jefe y compañero.

—Eugenio sabe de esas cosas desde niño —concede Richard.

Con un gesto muy suyo, sencillo y elegante, Eugenio agradece sus palabras con un parpadeo lento y una inclinación de cabeza. Y se permite un segundo antes de seguir hablando.

—Te lo dejaré explicado y analizado por escrito, Juana, pero yo, que dudo de casi todo, no dudo de la exactitud de esos resultados. En fin, sigamos, así fue como Emilio, cuya ropa estaba manchada de sangre que no era de Míriam, quedaba prácticamente excluido como sospechoso.

—Tenía la ropa manchada de sangre, pero no las manos —explica Emilio.

—¡Poeta! —dice Florencia, haciendo reír a Emilio y a Julia, pero a nadie más, por supuesto, no a Eugenio.

—Como decía, con esa vía demasiado abierta, con muchos posibles sospechosos, busqué otras evidencias, y descubrí el veneno que adormeció a Míriam, a Juana y a Emilio.

—El asesino sabría que era el más inteligente y me quería fuera de combate —afirma Emilio.

—¿Por qué no? Objetivamente, es posible —dice Eugenio.

Y, solo por un instante, a Eugenio se le cruza por la mente la idea de seguir durmiendo a Emilio una Navidad tras otra, tan solo por un rato, para poder descansar de sus cuñadeces. La descarta para seguir la investigación.

—¿Con qué nos envenenaron? —pregunta Juana, preocupada.

—Con un ansiolítico metido en los polvorones —responde Eugenio.

—Me tomé tres por lo menos, con el té que me disteis. Y quizá llegué a cinco.

—Si sumas eso al cansancio extremo para llegar a esta casa y la deshidratación propia de la hipotermia, el resultado es un día entero durmiendo.

—Podía haberme muerto —dice Juana.

—No has corrido peligro, tan solo has descansado mucho —rebate Richard.

—¿Qué desalmado pondría veneno dentro de un símbolo navideño como es un polvorón? —pregunta Juana.

—¡Ou em lli! ¿El Grinch? —sospecha Florencia.

—O alguien que sabía que Míriam era la única de la familia a la que le gustaban los polvorones. Así que tenía que ser un sospechoso de dentro. El asesino era uno de nosotros.

—Eso es imposible, ya os lo he dicho —responde Agnes, y nadie le hace caso.

—Y, desde luego, tenía que ser una persona que hubiera pasado más Navidades en familia. Quique, amor mío, ¿tú sabías que solo a Míriam le gustaban los polvorones?

—No, os lo prometo a todos —responde Quique.

—No es suficiente —responde Richard—. Podría haberle dado esa información Verónica, o cualquier miembro de la familia.

—No lo niego —dice Eugenio.

Camina de nuevo. Hace tiempo. Organiza su disertación, rebusca en su memoria las pruebas que tiene, los datos que deben saber sus familiares para conocer la verdad. Y la verdad es una mierda. Ojalá hubiera mil mentiras y que Míriam siguiera viva. Y, para afrontar la verdad, tiene que ir con ella por delante.

—Antes me has preguntado, Juana, por qué no era más duro con Florencia y con Ainhoa por haber suplantado a Gerardo. Lo cierto es que yo he hecho lo mismo. He registrado el teléfono móvil privado de Míriam, sin pedir permiso a nadie de manera oficial, y he revisado sus mensajes, principalmente para saber si había recibido mensajes de Berni recientemente, o si se habían llamado. Y no compartí esa información con la Jefatura de Policía ni con papá ni con Florencia. Os he fallado.

Estas palabras no calan en su público. Esperaba indignación, sorpresa y, sobre todo, decepción. Nada de eso ocurre, así que insiste.

—He cometido una irregularidad en la investigación y quedo a disposición de la Justicia. Pagaré por ello si he de hacerlo.

—Por favor, Eugenio —responde Richard.

—No es necesario, podías haberlo hecho mejor, pero no es tan grave —dice Juana—. El teléfono de la víctima lo íbamos a registrar si había consentimiento de la familia y está claro que lo hay. No es grave.

—¿Crees que vas a ir a la cárcel, tío Eugenio? ¿Por eso? —pregunta Javi, sin levantar la cabeza de su móvil.

—¿Se habían enviado nudes? —pregunta Florencia.

—No. Nada de eso. No había comunicación entre ellos.

Tanto preocuparse para nada. ¿Qué mundo es este en el que se puede investigar un crimen cometiendo actos ilegales sin que tengan ninguna repercusión?

—¿Esto descarta definitivamente a Berni? —pregunta Juana.

—Y sobre todo a Susana y a Javi —responde Eugenio—, que podrían haber querido matarla en un ataque de celos.

Javi levanta la cabeza, al fin, con una sonrisa.

—¿He sido un sospechoso principal? —dice, feliz—. Esto lo tengo que contar por ahí.

—¡No! —prohíbe Juana—. Esto es confidencial.

—¡Por favor, Javi! —dice Agnes, que le pega un capón en la nuca, a la vieja usanza.

—Sin embargo, había mensajes que incriminaban a Quique. Míriam pensaba, como ha dicho papá, que era el Oso Amoroso.

—O sea, que lo sabías. Bien calladito que te lo tenías, viejo truhan —dice Florencia.

—Muy feo —añade Julia.

—Muy bonito —la corrige Verónica—. No esperaba que entorpecieras una investigación por amor.

Ahora sí encuentra las reacciones que esperaba y, como tenía planeado, toma el ordenador portátil de Quique de una mochila que había dejado previamente en una mesilla, y lo abre delante de todos. Es su principal golpe de efecto. Habría sido más espectacular tener los documentos impresos, pero no hay impresora en casa de sus padres.

—Es cierto que Quique ha trabajado para el Oso Amoroso. Pero él no es el Oso Amoroso.

Ante esta afirmación, Richard se remueve en su silla. A nadie le gusta cometer errores.

—Recibió el encargo de investigar la recalificación de los terrenos de las pistas de esquí desde todos los ángulos posibles —explica Eugenio—. El Oso le envió las cuentas de los involucrados, el contrato y demás archivos relacionados con dinero. Son documentos de los que no tengo mucho conocimiento, no significan nada para mí, pero para él sí. Y me los ha estado explicando uno a uno. Si tenéis dudas después de lo que yo os diga, se lo preguntáis a él.

—¿Y esos documentos se pueden ver?

Eugenio mira a Quique, y Quique afirma con cariño. Es reconfortante para Eugenio. Y pensar que tan solo una hora antes creía que su relación se tenía que acabar. A veces no hay que fiarse de las pruebas, a pesar de todo.

—Se supone que son confidenciales —dice Eugenio—. Pero Quique los ofrece a la investigación policial, con la única condición de que no se hagan públicos. De eso ya se iban a encargar él y el Oso, eligiendo los momentos, los medios y los documentos. Como imaginaréis, sacar un proyecto de esta envergadura conlleva una cantidad ingente de chanchullos, de mordidas a concejales y a intermediarios y de acuerdos fraudulentos. Nada nuevo con esto. Dinero llama a dinero. Y el dinero solo se reproduce con pequeñas trampas al borde de la legalidad y muchas veces por encima. El tal Arturo recibió una cantidad escandalosa de dinero poco antes de la firma.

—Y también una bala, firmada por mí —dice Richard.

—Ojalá las firmases de verdad, abu, sería una fantasía —sugiere Florencia.

—Quien firmó la transacción para Arturo fue una compañía de las islas Caimán llamada O. A. S. L.

—¿Oso Amoroso, S. L.? —supone Florencia.

—Tal vez. Y, siguiendo el camino de ese dinero, descubrimos que la compañía está a nombre de mamá —añade Eugenio.

Nadie ha visto venir este momento. A Eugenio se le escapa una sonrisa, la propia de quien sabe más que el resto, por mucho que esté dando una mala noticia. Los tiene a todos pendientes de sus palabras, esperando que diga más, como poseedor de la verdad de lo ocurrido.

—Qué poca vergüenza, Eugenio —dice Agnes.

—Mamá, obviamente no eres culpable de sobornar a un político. Pero tu hermano Gerardo lo es.

—Agnes, por favor —dice Richard—. ¿Firmaste algún papel que te diera tu hermano sin leerlo?

—No lo sé. A lo mejor los papeles de la herencia de la tía Lucre. Ya me extrañó que me diera tantos papeles para firmar.

—Qué cutre —dice Javi—. Cualquiera sabe que no puedes poner a tu hermana de pantalla. Te acaban pillando.

Eugenio señala a su sobrino con un entusiasmo que ni siquiera Javi esperaba.

—¡Eso es, Javi! Claro que sí. Se equivocó en muchos más asuntos —dice Eugenio—. Fue poco cuidadoso, dejó huellas de sus tejemanejes por todos lados. Y eso parece ser que no es tan habitual.

—No lo es —dice Quique—. Tuvimos suerte de que fuera tan torpe, quizá es por eso de que estaba enfermo, como dice Richard, pero ya os digo que suele ser mucho más difícil encontrar estar pruebas. En general, estos procesos son complicados. Nadie de dentro de las empresas se suele atrever a denunciar, por miedo a perder el trabajo y la prensa tampoco va a arriesgarse a ofender a los poderosos a no ser que el caso sea muy claro o que les interese por algún motivo especial. Por eso casi no salen casos de corrupción, no es porque no existan. Aquí se dieron muchas circunstancias casi milagrosas.

—El Oso Amoroso lo había hecho extraordinariamente bien y Gerardo particularmente mal —dice Eugenio—. El error del Oso Amoroso fue que no tuvo cuidado al pagar a Quique por sus servicios y que no contaba con que Quique rastreara también de dónde venía ese dinero. No resultó demasiado difícil seguir esa pista. Y conducía de nuevo a la empresa de mamá en las islas Caimán.

—¡Oh! ¡Ah!

—Te aseguro que yo no te he pagado nada, Quique —dice Agnes—. Nada ilegal. Solo he pedido un detallito a Papá Noel para ti, pero está en un sobre. Está ahí en el salón, puedes verlo.

—¿Vamos a ir ya a abrir los regalos? —pregunta Alvarito, ajeno a todo, despertando al oír un tema que entiende y que le interesa.

—Aún no, Alvarito. Pero pronto —contesta Eugenio—. Por supuesto que no pagaste nada, mamá, volvió a ser el tío Gerardo. ¿Y esto qué quiere decir?

Florencia levanta la mano insistentemente. Eugenio sabe que, en cuanto responda, el misterio se irá acabando y todos sabrán lo mismo. Debería alegrarle, pero descubre que no está disfrutando en absoluto de este momento. Quizá sea porque sabe que descubrir al asesino no le devolverá a Míriam, pero sí le obligará a afrontar su muerte como hermano, y ya no como inspector de policía. Y se siente mucho más incómodo en ese lugar.

—¿Florencia?

—Entonces, ¿el tío Gerardo era el Oso Amoroso?

—Eso parece. Se estaba saboteando a sí mismo, por un motivo que todavía no alcanzo a comprender. Por más vueltas que le doy no le encuentro la lógica, pero en el fondo no importa. Es el Oso Amoroso y punto, da lo mismo por qué, no afecta al asesinato de Míriam. Y ahí está la clave, ¿cómo se relaciona esto con el crimen? Y la respuesta me la ha dado papá. Buen trabajo, inspector Richard Watson.

—A mandar —responde Richard.

—Míriam los había descubierto, o había descubierto a Quique, que trabajaba para Gerardo. O podemos decir que lo había hecho a medias, porque ella no tenía ni idea de dónde había salido el tal Enrique Núñez, ya que, aunque supongo que recordaría que mi marido se llamaba Quique, no sospechó que, de todos los Enriques del mundo, fuera el mío el que estuviera colaborando con Gerardo. El problema es que ella no estaba por la labor de dejar caer el proyecto por el que tanto habían trabajado, era capaz de cualquier cosa, y esto lo sabemos porque estaba conspirando para arrebatarle el control del hotel a su tío. No porque supiera que Gerardo era el espía, sino porque pensaba que ya no estaba capacitado para dirigirlo con la mano dura habitual. Esto habría sido el fin para los planes de Gerardo, que había dedicado tantos esfuerzos a boicotear a su propia empresa. Él tampoco podía echarse atrás…, así que decidió matarla.

—¡Por favor! —dice Agnes—. Mi hermano es muy mala persona, pero es mi hermano, un respeto.

—Yo se lo tengo, mamá. Es él quien se lo perdió a sí mismo. Pero, dicho esto, sabemos que él no pudo ser el asesino, no en persona. Porque quien lo hizo tiene que estar aquí, entre nosotros. Recordad el tema de la alarma, que nadie salió ni entró y que Gerardo ya estaba fuera de la casa cuando Míriam murió.

—Entonces, ¿qué propones, Eugenio? —pregunta Juana.

La inspectora se está quedando sin servilletas para apuntar sus notas. Le podrían haber dado un cuaderno, un papel o un ordenador mismo. Sencillamente no se les ocurrió. No son los mejores anfitriones, a pesar de ofrecer té.

—Lo contrató, como había contratado a Verónica y a Quique para ayudarlo con su trama de espionaje.

—Entonces pudo ser cualquiera de los dos —dice Richard—. No veo cómo exculpa esto a Quique.

—Vaya ojo tienes, papá —dice Florencia—. ¿Esta era toda tu explicación?

Eugenio se da unos segundos antes de contestar. Es el momento de la verdad, el que ha estado temiendo desde que comenzó a exponer su teoría.

—Ya sabéis que siempre me remito a las pruebas. Y, como veis, ahora no las tengo. Pero llevo todo el día trabajando con mi padre y con mi hija y, lo creáis o no, aprendo de ellos. He criticado su propensión a dejarse llevar por la intuición y a dar más importancia a los motivos para matar y a la psicología que a las pruebas, pero esta vez voy a seguir su ejemplo y hacer como ellos.

—Gracias, supongo —dice Richard.

—Zapatero a tus zapatos —dice Florencia, por llevar la contraria.

—Por tanto, no creo que contratara a Quique ni a Verónica. La razón de que ellos lo ayudaran en primer lugar es que estaban de acuerdo con la lucha animalista y contra la corrupción, eran dos personas que no tenían reparo en hacer perder dinero a Gerardo. Y él lo sabía. Pero una cosa es conspirar y otra asesinar. Para llegar a ese extremo se necesita tener una mala relación con la víctima. La asesina debía tener una mala relación con Míriam desde siempre, es alguien que estaba por debajo de ella en el organigrama del hotel, a pesar de haber entrado casi al mismo tiempo.

—¿Crees que yo la maté? —pregunta Julia—. Qué feo, Eugenio.

—Por favor —dice Agnes, ya sin energía.

Eugenio se encoge de hombros. Sabía que esa reacción era la más probable.

—Aparentas siempre mucha sencillez, pero quizá sea solo una fachada. No me creo que entrases en el cuarto de Míriam, pese a que ya estaba cerrado por ser una escena del crimen, solo para robarle la muñeca. Creo que querías coger su teléfono móvil, por si había algo en él que demostrase que Gerardo era el asesino, que tuviste la mala suerte de que alguien cruzó el pasillo y no te quedó más remedio que salir antes de conseguir borrar también esa prueba.

—A mi mujer no te atrevas a llamarla sencilla —dice Emilio, levantándose, amenazador—. Y ya puedes ir retirando lo de que es una asesina, con todo lo que ha hecho ella por ti y con todo lo que te quiere, desagradecido.

Berni y Ainhoa lo frenan antes de que sus puños alcancen a Eugenio.

—Es lo que siento, Emilio. Discúlpame si me equivoco. Julia podía ascender en la empresa con la muerte de Míriam, Julia la odiaba, Julia entró en su habitación después de muerta. Y es verdad que fue Gerardo quien ideó el plan, pero no estaba aquí. Y de quienes estamos aquí, Julia es la sospechosa más creíble de todos. De cualquier manera, será el propio Gerardo quien nos confirme la identidad del asesino cuando lo detengamos.

—Todo eso está muy bien, salvo por un pequeño detalle —dice Florencia—. Que yo sé quién asesino a Míriam. Y no es ella.

OMG

Florencia hereda la posición de su padre, que a su vez hizo lo propio con Richard. Es un relevo generacional visto a cámara rápida. Mi chica, como no podía ser de otra manera, se lo toma con menos solemnidad y más desenfado, priorizando el espectáculo ante la seriedad. Se pone en pie sobre su silla y hace reverencias. Es como los grandes artistas, que piden y reciben los aplausos antes incluso de comenzar el show.

—Chill, familia, chill —les dice, pidiendo silencio, aunque ya están casi callados—. Tranquilidad, porque tengo todas las respuestas. Os voy a decir quién mató a Míriam, cómo lo hizo y por qué. Y ya os anticipo que no es Verónica ni Julia ni Quique, pero sí que está aquí.

—Y dale, otra más —dice Agnes.

—No te preocupes, yaya, que tú también tienes parte de razón, ya verás —le responde Florencia—. Pero lo primero de todo y antes de empezar, quiero pedir un aplauso a mi abu, que es el mejor. Tiene muchísimo mérito cómo ha descubierto que Quique y mamá estaban metidos en el ajo del espionaje. Un aplauso para él.

Los aplausos son tímidos, nadie sabe muy bien hacia dónde va mi chica, ni siquiera yo. ¿Realmente tiene toda la información que dice tener? Hace un rato me ha confesado que su caso estaba al cero por ciento.

—Menos cachondeo, niña —le suelta Richard, que cree que se está burlando de él.

—No te estoy troleando, ¿eh? Sin tu ayuda no lo podría haber conseguido, estaría perdida. Bueno, no del todo. Yo ya sospechaba que mis dos papis que no son Eugenio habían participado en el espionaje y también estaba convencida de que no eran los asesinos.

—¿Basándote en qué pensabas todo eso, si puede saberse? —pregunta Eugenio—. Porque las conjeturas valen solo como medidas desesperadas una vez que se tienen ya todos los datos en la mano, no como fundamento para tu investigación al completo y sin apoyarse en ninguna prueba.

—Ya que te interesa tanto, te lo digo —responde Florencia—. Es verdad que yo al principio solo tenía conjeturas, como dices, pero luego las confirmé con factores, para más señas en la sesión de tarot de Mademoiselle Florence.

—¿El tarot? ¿De verdad? —pregunta Juana, decepcionada.

—No es serio, hija. Así no. Las cartas no revelan la verdad —dice Eugenio.

—Las cartas no, sus caras sí —se justifica Florencia—. Eran un poema en prosa, tenías que haberlos visto, menudo cuadro. Y ahí también fue cuando descubrí que ninguno de ellos había matado a Gerardo, por cierto. No sabían ni que había muerto.

—¿Gerardo? Estamos investigando la muerte de Míriam —dice Richard—. Estás muy perdida, niña.

—No estoy perdida y sí, me refiero a Gerardo, que ha muerto. Asesinado, además.

—Pero ¿es seguro? —pregunto yo—. Porque estamos todo el rato que sí, que no… ¿Eso está confirmado?

—Al ciento veinte por ciento —me dice y me guiña un ojo—. Pero, antes de ir a eso, quiero pedir otro fuerte aplauso para mi papurri Eugenio, que no se me olvide.

Florencia es la única que aplaude, por ahora, y sigue hablando:

—Ha sido brillante cómo ha descubierto que Gerardo era el oso más amoroso de Aragón, yo jamás entenderé cómo funciona esa mente ni cómo se las apaña para llegar a conclusiones acertadas, pero lo ha conseguido y, gracias a él, todo ha hecho clic dentro de mi cabeza. Venga, no seáis tímidos. ¡Todos juntos! ¡Eugenio! ¡Eugenio! —corea Florencia.

Cantamos y aplaudimos más por obligación que por convicción y no es por despreciar a Eugenio, que creo que merece el reconocimiento, sino por Florencia. En el aire flota la sensación de que ahora mismo podría acusar sin pruebas a cualquiera de ser un asesino, pero eso, aunque parezca que no, limita el entusiasmo.

—Y ahora vamos al turrón, nunca mejor dicho —dice, y baja de la silla de un salto para hablarnos mientras camina alrededor de le mesa—. El caso este es tricky desde el principio, está en el punto justo entre la brillantez y la chapuza, y eso es lo que lo ha hecho tan difícil. Para resolverlo había que responder a varias preguntas, cada cual más complicada. ¿Por qué utilizar un veneno si luego la iban a matar usando otro método distinto? —pregunta, y mientras lo hace levanta los dedos al aire y abre mucho los ojos, de manera teatral—. ¿De dónde salía la sangre que encontramos en la escena del crimen y luego en el salón? ¿Cómo explicar quién pudo matarla si todos tenemos una coartada cuando sucedió? Y, por último, pero no menos importante…, ¿por qué Gerardo querría ser el Oso Amoroso, actuando contra su propia empresa?

Florencia termina de dar una vuelta completa a la mesa y vuelve a ponerse de pie sobre su silla:

—Las respuestas están en esta pluma —dice mientras nos la muestra, es la pluma que estaba en el belén haciendo de puente sobre el río—, y en Nils Sjöberg. El fucking Nils Sjöberg, nada menos. ¿Sabéis quién es?

Todos negamos.

—¿Tú lo sabes, Susana? —pregunta, y le acerca la pluma a la boca como si fuera un micrófono.

—No —admite ella, avergonzada, como si estuviera en la tele y no supiera la respuesta.

—¿Papá? ¿Julia? ¿Javi? ¿Nadie? —pregunta mi chica.

—¿El inventor de Ikea? —responde Emilio.

—¡No! Más famoso y mucho más importante, es quizá la persona más top del planeta Tierra, venga, que lo conocéis todos. Una pista, tiene que ver con Rihanna. —Florencia hace una pausa muy dramática y me mira—. ¿Ainhoa? ¿Ahora sí lo conoces?

—Ni idea —contesto.

Florencia se echa a reír.

—Pues quedaos con ese nombre, porque van a ser buenos loles. Ya veréis —dice, y yo lo dudo—. Pero lo primero es lo primero, la pluma.

Florencia levanta de nuevo la pluma, elegante y seguramente cara. No parece tener nada de especial, pero mi chica nos lo muestra como si ella fuera el mandril de *El rey león*, nosotros todos los animales de la sabana africana y la pluma Simba recién nacido. Esa es la importancia que le da.

—Esta pluma es la que Míriam usó para escribir la carta al Oso, o al que ella creía que era el Oso, porque pensaba que era Quique —dice y la enseña a derecha e izquierda, para que la veamos todos—. No encontré ningún bolígrafo ni pluma en la habitación de Míriam, y eso me pareció random desde el principio. Con algo tuvo que escribir y ese algo no podía haber ido muy lejos. Hasta me tiré al suelo para buscarlo, pero nada, no lo encontré. Ya entonces se me ocurrió que el asesino se lo había llevado. Pero ¿por qué sustraer esta pluma en concreto de la escena de un crimen? ¿Qué tenía de especial? Esto ya no os lo voy a preguntar, que no me estáis dando vibes de estar participativos y me cortáis el rollo. Se la llevó porque es el arma homicida.

Otro silencio. Si Florencia fuera monologuista, estaría fracasando estrepitosamente.

—Ya, pero Míriam murió ahogada, y hemos comprobado que la sangre no es suya —dice Eugenio.

—De locos, pero recuerda que os he dicho que Gerardo también está muerto. ¿Y si él es el asesino de Míriam? Voy a ir más allá… ¿Y si Míriam es la asesina de Gerardo?

—Es una soberana memez —suelta Richard.

—Y si fuera cierto has destrozado las pruebas, la has manoseado entera, hija —dice Eugenio.

—Esas afirmaciones hay que probarlas, Florencia. Y haría falta un cuerpo, por ejemplo —advierte Juana.

Florencia no deja de sonreír, y yo me doy cuenta de que es justo lo que ella pretende, le encanta generar desconfianza hacia sus teorías para amplificar el asombro cuando revele la verdad. *A priori* puede parecer raro que le funcione siempre, una podría pensar que llegaría un momento en el que la gente se diera cuenta de que no falla nunca, lo que pasa es que en esta sociedad nadie se fía de las veinteañeras frikis con el pelo teñido de morado. Se equivocan, claro, y es un placer verlo.

—A mí también me parecía muy random que fuera él. Es más, ni siquiera lo había considerado hasta que vosotros dos me habéis abierto los ojos. Abu, eres tú quien ha dicho que el asesino era el Oso Amoroso, y, papá, es gracias a ti que sabemos que Gerardo era el Oso. Yo solo he unido los puntos.

—Niña, yo vi a Gerardo salir con el coche bien temprano, a través de la ventana de mi dormitorio, minutos antes de desconectar la alarma, y te aseguro que Gerardo no pudo irse de aquí sin que saltaran los sensores. Nadie puede burlar mi sistema y menos Gerardo. No pudo ser él —responde Richard.

—Eso es lo que él quería que pensáramos, es genial. ¿Tú viste su cara tras el volante? No creo que la vieras a través de la ventana, con la tormenta y sus cristales tintados —dice Florencia.

—Ni la vi ni ganas de verla, nunca me gustaron sus rasgos, era el feo de su familia —responde Richard—. De todas formas, es suficiente con ver el coche salir de su casa. No se lo habría dejado a nadie. No creo.

—Y después fue a Madrid en AVE, seguro que se puede comprobar que usó el billete —responde Eugenio.

—¿No lo veis? Es la coartada perfecta. Nunca salió de aquí. ¿Alguien lo vio hacerlo? Todos vimos que iba hacia la puerta de atrás, porque es la que le pilla cerca de su casa, y escuchamos la puerta cerrarse. Ya está, dimos por hecho que se había ido, pero literal que nadie lo vio físicamente abrir la puerta y marcharse. ¿O sí?

Nos miramos entre todos. Y no hay respuesta.

—Era tan fácil como quedarse escondido, seguramente en el salón, esperar a que el abu encendiera la alarma, y luego encontrar el momento de salir de su escondrijo para asesinar a Míriam. Una vez hecho, se vuelve a esconder, pasa aquí la noche y sale ya cuando el abu desconecte la alarma por la mañana. Easy peasy.

—Eso no explica lo del coche. ¿Quién lo conducía, según tú? —plantea Juana.

—Jandro, claro. Su esbirro fue a Madrid haciéndose pasar por él, asegurándose de que los vecinos vieran el inconfundible coche del tío Gerardo saliendo de la estación y luego usó el billete con el nombre de Gerardo Pérez, aprovechando que los controles para coger el tren no son demasiado exhaustivos, que digamos. No es como en los aeropuertos, por ejemplo.

—Entonces el médico podría testificar que no recibió su visita —dice Eugenio.

—El médico sería un cómplice más, seguro que es alguien de confianza, como Jandro. No niego que el tío Gerardo estuviera enfermo, es más, tengo la sospecha de que la visita al médico tuvo alguna razón de ser. No sería raro que Jandro estuviese allí para recoger unos resultados, de la manera más confidencial posible. Después de eso, a Jandro solo le quedaría coger el AVE de vuelta y conducir hasta la casa de su jefe, donde supuestamente se reuniría con él. Es un plan perfecto. Pese a quedarse todo el día encerrado en esta montaña, el tío Gerardo tendría montones de pruebas que demostrasen que estuvo recorriendo España.

Según la escucho, me doy cuenta de que tiene razón. No sé cómo se le ha ocurrido, pero todo empieza a encajar de manera natural.

—Los mensajes que intercambió con Jandro te pueden dar la razón —intervengo.

—Explícate, ¿qué decían esos mensajes? —me pregunta mi jefe.

—El último mensaje de Gerardo era todavía por la mañana, y en él decía que se podía retrasar. No decía en qué, pero podría significar que le iba a costar salir de esta casa. Jandro le respondía que él sí que iba en hora.

—¿En hora para qué? —pregunta Eugenio.

—Puede ser el viaje a Madrid perfectamente —respondo—. Su siguiente mensaje es por la tarde, que puede ser cuando regresó desde la capital y le dice a Gerardo que está en su casa y le pregunta que por qué no se encuentra allí.

—¿Y qué le respondió Gerardo? —me pregunta Juana, que está todavía un poco perdida.

—Nada, ya os digo que el último mensaje de Gerardo fue por la mañana. A partir de ahí todos los mensajes son de Jandro y cada vez son más insistentes, se le nota preocupado por no recibir noticias suyas.

—El coche de Gerardo estaba aparcado en la puerta, ¿lo dejó Jandro ahí? ¿Por qué no se lo llevó al hotel? —dice Richard.

—Porque era el coche del tío Gerardo, no podía robarle el coche a su jefe, abu. Él no podía saber que estaba muerto —responde Florencia—. Jandro llegó e intentó meterlo en el garaje, pero había demasiada nieve y desistió. Entró en casa a buscar al tío Gerardo y, cuando vio que no estaba, volvió al hotel. ¿Alguna duda más?

La gente sigue sin estar muy convencida, aunque es evidente que ya están interesados.

—¿Y dónde estaba Gerardo mientras tanto? —pregunta Richard—. Dices que estaba escondido, pero ¿dónde?

Florencia aplaude.

—Exacto. Eres el GOAT, abu, ahí está la clave. Porque con esto respondemos a casi todas las preguntas, aunque tenemos que responder a una nueva, esa que dices. Ya sabemos que lo hizo Gerardo, que la sangre es suya, la coartada en cadena tiene sentido porque había una persona más y ahora os explico lo del veneno, aunque es bastante lógico.

—Un momento, yo quiero detenerme en la sangre —dice Juana—. Entiendo que Míriam lo atacó con la pluma, ¿no?

—Eso es —responde Florencia—. Gerardo intentó matarla, pero la tía Míriam era más fuerte de lo que él esperaba y se defendió. Cogió lo primero que encontró y se lo clavó, posiblemente en el abdomen. Eso explica el charco de sangre y también la sangre dentro del disfraz.

—¡Un momento! —pregunta Emilio—. ¿Por qué llevaba Gerardo mi disfraz? Yo no se lo di.

—Eso fue un golpe de suerte que compensó otro golpe de mala suerte —responde Florencia—. El tío Gerardo no contaba con que Quique se iba a pasar toda la noche hablando por teléfono o con que Verónica se iba a quedar en casa esa noche, dejando todas sus cosas en la biblioteca y saliendo a la ventana a fumar cada quince minutos. La mala suerte para él es que el pasillo no estuvo libre en ningún momento. La buena es que apareciste tú con el disfraz y te quedaste dormido al momento.

—Bueno, no sé si estuvo tan afortunado. Gerardo tampoco tenía tanta prisa, ¿no? Podía haber esperado a que nos fuéramos todos a dormir —comento yo.

—No, tenía que matar a Míriam antes de que se pasaran los efectos del somnífero —me responde mi chica.

—Si le afectó tanto como a mí, iba sobrado —dice Juana.

—Puede ser, pero él no es médico, no podía arriesgarse. Además, tú tomaste muchos polvorones, Johnny girl, pero muchos —responde Florencia—. No soy quién para decirte nada, pero tienes un problema con los dulces navideños.

—Necesitaba energías después de subir el puerto andando —se justifica ella.

—Esa no te salió muy bien, ¿eh? —dice Emilio, y se ríe solo—. Pero me parece que todavía no me habéis respondido. ¿Por qué me quitó el disfraz? ¿Es que no podía salir de otra manera? Me drogó y me tenía ahí a su merced. ¿Crees que el viejo abusó de mí de alguna manera?

—Ni un ciego abusaría de ti —dice Richard.

—Te lo quitó porque vestido de Papá Noel no se le reconocería y si alguien se cruzaba con él pensaría que eras tú —explica

Florencia—. Seguramente todos lo vimos ir o volver, y no le dimos importancia. Muy top.

—Y lo del veneno, ¿por qué? —pregunta Juana—. Es complicarse, ¿para qué tanto lío si podía matarla sin más utilizando un veneno más potente?

—Porque entonces habría corrido el riesgo de matar a más personas, ¿no? —respondo yo—. Emilio también estaría muerto, por ejemplo.

Emilio finge recibir un ataque, como si le faltara aire. Se toca el cuello y cae sobre la mesa, como si estuviera muerto.

—No caerá esa breva —dice Richard.

—Bueno, no sé si eso le preocupaba mucho al tío Gerardo tampoco —me sugiere Florencia—. Pero hay una razón más poderosa por la que no podía envenenarla hasta matarla y es el mismo motivo por el que decidió venir a cenar en Nochebuena después de tantos años. No creo que fuera porque estaba enfermo y quería pedir perdón, la verdad.

Mi chica se queda callada, esperando que preguntemos. Menuda es ella; si no lo complica todo, revienta.

—Venga, hija, por favor. ¿Cuál es el motivo? —pregunta Eugenio, cansado de tanta parafernalia.

—He dicho uno, pero en verdad son dos. Uno: porque quería estar fuera de la lista de sospechosos, y eso no era posible envenenándola, y el segundo y el más importante, porque pretendía que esa lista estuviera formada únicamente por los que estamos aquí, la familia que él odiaba tanto. Por eso la mató en esta casa y por eso volvió en Nochebuena, porque quería que cargáramos con la muerta.

—¿Y entonces la huella también la puso él? —pregunta Berni—. ¿Qué le he hecho yo para que me haga algo así? Si casi no lo conocía.

—El tío Gerardo era muy cercano a la tía Míriam. Estaba al tanto del salseo de vuestro pasado y sabía que podía utilizarlo para hacerte pasar por sospechoso.

—Te lo ganaste, por listo —le dice Susana a su marido.

Berni agacha la cabeza y suspira. A ese pobre hombre le queda un largo y duro camino por delante, no cabe duda.

—No te rayes, tío Berni, que no era solo por ti —responde Florencia—. El tío Gerardo te señaló a ti porque eras el más fácil, pero yo creo que le daba igual quién de nosotros fuera a la cárcel. Lo que más le ilusionaba, creo yo, era dejar en ridículo a los tres inspectores Watson que no fueron capaces de pillarlo.

—Eso sí me lo creo más —responde Richard—. Es lo más sensato que he oído hasta ahora sobre su regreso.

—Si no estuviera muerto, estaría feliz viendo cómo nos comemos la cabeza para descubrirlo —concuerda Eugenio.

—¡Y con esto está casi todo! Solo queda saber dónde está, ¿no?

—Esto…, una cosa —dice Quique—. Perdonad que participe, pero tampoco queda claro por qué decidió hacerse espía contra su propia empresa y meternos a Verónica y a mí en sus jaleos. A mí eso me interesaría saberlo, la verdad.

—Oops, se me olvidaba eso, pero es importante también —dice Florencia—. La respuesta a eso la tiene Nils Sjöberg porque, de igual manera que sucede con el Oso Amoroso, Nils Sjöberg no existe. Es el pseudónimo que utiliza Taylor Swift para componer algunas de sus canciones. Hizo esto, por ejemplo, con una canción que compuso para Rihanna, y por eso he dado esa pista. ¡Era facilísimo!

—¿Taylor qué? —pregunta Richard.

—¿En plan? Me mato. Voy a hacer como que no he oído eso. Si yo sé quiénes son los Beatles, tú deberías saber quién es Taylor Swift —responde Florencia.

—Perdón, pero sigo sin ver la relación, Florencia —dice Quique—. Y yo sí que sé quién es Taylor Swift. Es más, confieso que soy un poco swiftie, no tanto como para conocer su pseudónimo, pero sí que me pongo su música para trabajar. Esa chica tiene mucho talento y es muy trabajadora.

Florencia se levanta de un salto, pega un grito y corre a abrazarlo.

—No te creo. Estoy living contigo, Quique. Eres una caja de sorpresas —dice Florencia y vuelve a gritar.

—Entonces, ¿me vas a responder qué pasa con Taylor? —insiste Quique, que menciona a Taylor Swift como si fuera una amiga, sin apellido ni nada, y creo que lo lleva un poco lejos, aunque mi chica no se lo toma en consideración.

—Easy peasy. Ella sabe que cualquier tema que saque va a ser juzgado de forma distinta al llevar su nombre y, para evitar que ese sesgo afecte al recibimiento que tienen sus canciones más personales, se inventó a Nils Sjöberg —dice Florencia—. El tío Gerardo se inventó al Oso Amoroso para que nadie supiera que era un activista amante de los animales. Los únicos seres vivos a los que quería eran sus mascotas y las amaba con locura. Mi teoría es que no quería perjudicar a los osos con el negocio y se inventó al Oso Amoroso para detener la operación sin que nadie supiera que era cosa suya.

—Que quiera a sus perros, sus gatos y su loro no significa que quiera a todos los animales del mundo —responde Richard.

—No, pero no sé si os fijasteis en que no comió lasaña —apunta Florencia—. A alguno le pudo parecer una falta de respeto o un signo de enfermedad, pero seguramente fuera porque era vegano. No tenía carne en su nevera, tampoco.

—Ya, pero aunque sea así. Podría haberlo dicho públicamente, no hacía falta montar todo este jaleo y matar a Míriam por el camino —responde Eugenio.

—No negaré que se le fue de las manos, aunque tampoco era tan fácil como dices. Es bastante loco el tema, pero seguro que empezó porque se estaba muriendo y se puso en plan YOLO. En ese momento, uno empieza a poner en orden sus prioridades y a pensar en su legado —contesta Florencia—. Piénsalo, lo que repetís todos de él es que era un hombre presumido, que priorizaba su imagen por encima de todo y que sería capaz de cualquier cosa con tal de que no se hicieran públicos unos documentos que lo avergonzasen.

—Eso he dicho yo, sí. Esto no tiene nada que ver, nadie se avergonzaría tanto por ser animalista —responde Richard.

—Ou em lli, abu. Es peor aún —dice Florencia—. Ya sabes cómo es ese ambiente en el que se mueve, de señores muy machitos que quedan para ir a los toros o para organizar partidas de caza. Los animalistas son ridiculizados en ese mundo. Y si hubieran sabido que tenía tantos compañeros de piso peludos le habrían dicho que era como una Merche o una solterona con gatos. No. Para mantener su imagen de hombre intachable seguramente tuvo que pasarse la vida encerrado en ese armario, sin confesar su pasión por los animales y su activismo colaborando con refugios y ONG.

—Un momento, un momento, ¿me estás diciendo que el tío Gerardo decidió arruinar un negocio de millones de euros por proteger a una manada de osos? Menudo loser —dice Javi.

—¿Lo veis? —señala Florencia—. Nadie lo habría entendido. Lo de matar a la tía Míriam tiene otra explicación, y es que debía de estar muy enfadado con ella. Yo intuyo que la tía Míriam sabía que el tío Gerardo se estaba muriendo, por eso no lo veía con fuerzas y por eso organizó el motín. Esperaría que el tío Gerardo le dejara el negocio y, por lo que decís todos de ella, lo más normal es que se lo dijera a la cara. Imaginad cómo se sentiría el tío Gerardo. Su favorita, a la que él había ayudado tanto, le pagaba los favores con una traición, justo cuando él más la necesitaba, en los últimos momentos de su vida. Además, ella no le estaba dando mucha opción, estaba a punto de destaparlo todo, y en ese momento habría sido muy vergonzoso para él. La bola de nieve había crecido muchísimo, en plan Josema. Una cosa es que salga a la luz que eres animalista y otra muy distinta que todo el mundo sepa que has trabajado como espía contra tu propio negocio y que has amenazado a sus socios.

—Se dice que había de todo en esos documentos —dice Verónica—. Tenía fotos personales de Samuel y de Arturo que no creo que gustasen a sus familias. Ni a sus mujeres.

—¡Ya ves tú! No me da ninguna pena esa Beatriz —exclama Agnes.

—Y había sacado a la luz la corrupción de la empresa, por eso me llamó a mí —dice Quique—. Para que encontrara los chanchullos en sus cuentas. Y no eran pocos.

—De acuerdo, no hace falta que insistáis —acepta Richard—. Llegados a ese punto, si hubiera salido a la luz que Gerardo era el Oso Amoroso, habría estado en serios problemas.

—¿Y su carta en la que pensaba que iba a morir? —pregunto—. ¿Por qué era? No tendría miedo del Oso porque era él y tampoco creo que temiera a Míriam.

—¿Y qué hay de la anotación en su agenda? ¿Esa que menciona al Oso Amoroso y las siglas RIP? —plantea Richard.

—Recordad la conversación con Jandro —nos contesta Florencia—. El esbirro decía que lo esperaba para una reunión y sabemos que no era la que tenía agendada después con Samuel y Arturo. Lo lógico es pensar que la reunión fuera con Jandro, para contarle lo que había hecho y por qué le había pedido que fuera a Madrid.

—¿Jandro no lo sabía? —pregunta Eugenio.

—No lo creo, Florencia tiene razón —confirma Richard—. Cuando yo lo vi estaba asustado temiendo que Gerardo los hubiera descubierto y quisiera despedirlo. No pensaba ni por un momento en que Míriam hubiera muerto a manos de él.

—Jandro había ido a Madrid a hablar con el doctor y, como os dije, es posible que trajera resultados de sus análisis. De ahí lo de RIP, el tío Gerardo esperaba una mala noticia. No podía saber que, para cuando llegase la información, ya iba a estar muerto.

—Yo creo que aquí te equivocas, niña —dice Richard, muy serio—. Es posible que esperara malos resultados de un análisis, no digo que no, pero eso no explica la carta de la que hablas. No, él temía ser asesinado.

—¿Por quién? —pregunta Juana, que no termina de ponerse al día.

—Por Samuel. O por Arturo. O por el propio Jandro. Cualquiera. Había hecho muchos enemigos. Su plan era bueno, pero tenía un punto débil, necesitaba que Jandro lo ayudara haciéndose pasar por él en su viaje a Madrid, pero no se había atrevido a decirle cuál era el motivo. Esto le servía para asegurarse de que su esbirro hiciera el trabajo, pero su empleado, más temprano que tarde, iba a acabar descubriendo que Míriam había muerto ese mismo día y empezaría a hacer preguntas. Por eso Gerardo quería comunicárselo en persona y por eso temía ese momento. Cabía la posibilidad de que, por una vez, a Jandro no le gustasen las respuestas de su jefe. Ese hombre quería a Míriam, iban a traicionar al tío Gerardo juntos, puede que fueran muy cercanos. No lo sé. No conozco la naturaleza de su amor, pero he visto con mis propios ojos su reacción a la noticia de la muerte de mi hija, y ha sido muy parecida a la mía.

Se hace un silencio. Nadie había pensado que el esbirro de Gerardo pudiera tener sentimientos, y que fueran tan importantes en el caso. Richard continúa, muy serio:

—Yo no digo que Gerardo temiera que Jandro lo fuera a matar, pero bastaba con que se negara a guardar silencio para convertirlo en hombre muerto. Y no tengo claro que lo hubiera hecho. Gerardo lo había convertido en cómplice del asesinato de Míriam sin saberlo. No le haría ninguna gracia descubrirlo.

—Cero unidades de gracia —confirma Florencia—. Bien visto, abu. Es verdad que eres el GOAT.

—Tú tampoco lo has hecho mal —responde Richard.

—Nada mal —concuerda Eugenio.

Se hace un nuevo silencio, pero en este ya no queda nada de la sensación de fracaso de Florencia. Hacia ella solo hay admiración, aunque creo que nadie está pensando en esto ahora mismo. Todos le dan vueltas al caso. Es normal que sea así, cuando sabes cómo ha pasado algo es cuando empiezas a pensar qué podías haber hecho de otra manera para evitar que sucediera.

—¿Cómo murió Gerardo? ¿Desangrado? ¿Y dónde está?

Florencia levanta la pluma.

—La respuesta está aquí —me dice, y se pone en pie—. Vamos, seguidme todos.

Yo me levanto al instante, pero los demás se van desperezando poco a poco. Les cuesta encontrar la vitalidad después de recibir una paliza en forma de información.

—En verdad, podía haber empezado por esto y no contaros nada más —dice Florencia—. Solo con ver lo que creo que nos vamos a encontrar no habría hecho falta decir mucho más, pero así ha sido más divertido.

Florencia se detiene en el pasillo, justo antes de entrar en el salón.

—Por cierto, es mejor que no entre Alvarito. No creo que esté bien que vea esto, va a ser tope de gore. Lo siento, compi.

—¡Jo! No es justo. Seguro que vais a abrir regalos —dice Alvarito.

—No, para nada. Es otra cosa, ya te lo contaré cuando seas más mayor, ¿vale? —contesta Florencia.

—Yo me quedo con él, si os parece bien. No creo que me interese ver lo que quieres enseñar, hija —dice Agnes.

—Me parece bien —afirma Eugenio—. Y, si alguien más quiere quedarse aquí, es libre de hacerlo.

Nadie se detiene siquiera en contestar, todos decidimos entrar en el salón. Queremos resolver esto de una vez. Florencia se dirige hacia el belén.

—Aquí es donde encontré la pluma y supuse que el escondrijo del asesino tenía que estar cerca. Me ha costado lo mío darme cuenta, pero era bastante obvio —dice Florencia, y a continuación baja la voz—. Por cierto, antes he mentido a mi hermano, sí que vamos a abrir un regalo.

Según dice esto, se acerca a la inmensa caja de madera, donde se encuentra la estatua que encargó Gerardo para Richard, y la abre. Se me escapa un grito. No soy la única.

Sentado en el regazo del Richard esculpido en la piedra, nos encontramos con el cadáver de Gerardo. Está blanco, ha sangrado mucho. Su espalda se apoya en los brazos de la figura, con su pipa en una mano y su otra pipa en la otra. Así visto, seguramente la escultura fue diseñada para ser utilizada como un asiento.

—El plan de Gerardo era utilizar la estatua del abu como un Richard Watson de Troya —dice Florencia—. Esto real que me estaba volviendo loca. Encontré la pluma aquí al lado y sabía que el asesino había venido al salón a devolver el traje a Emilio, y que había dejado un charco de sangre en esta misma sala. Lo lógico es que su escondite estuviera cerca, casi me pongo a tocar las paredes buscando una puerta secreta y entonces, cuando descubrí que el asesino era Gerardo, lo supe. En verdad estaba clarísimo. El tío Gerardo nunca quiso hacer un regalo al abu, ni pedir disculpas ni nada. Entonces, ¿por qué encargar una estatua de este tamaño? Porque tenía un propósito. Era todo parte de un plan. Además, cuando la abrimos para cotillear, no nos costó nada forzarla. Es una caja que tiene que sostener una estatua de varias toneladas, lo normal es que vaya segura, pero nosotras la abrimos como si nada. ¿Por qué? Porque estaba pensada para abrirse. Lo hemos tenido delante todo este tiempo.

—Gerardo tuvo que sentirse sin fuerzas paulatinamente, cuanta más sangre perdiera, menos capaz sería de hacer esfuerzos. Su enfermedad lo haría todo más grave, debió de quedarse dormido —supone Eugenio.

—Ya, pero, aun así…, podría haber dicho algo —apunto yo—. Podríamos haberle salvado la vida.

—Era un cabezota, no habría pedido ayuda ni muerto —dice Julia, y no se ríe—, y menos aún estando a punto de morir por otra cosa.

—Y era consciente de la atrocidad que había hecho —añade Susana—. Le esperaba la cárcel.

—Seguro que pensó que podría aguantar hasta que no hubiera nadie fuera y salir huyendo —sostiene Florencia— Pero Juana se ha pasado el día aquí, durmiendo, y no se atrevería a salir de su escondite.

—¡Mira! Al final he sido importante en el caso, aunque sea sin querer —dice Juana.

Observamos callados a Gerardo. Era una mala persona que acabó siendo peor todavía, pero, aun así, da pena verlo en estas circunstancias.

—¡Qué mal gusto tenía el hombre! —exclama Richard—. No me gusta nada la estatua, espero que venga con tíquet regalo.

Epílogo

Juana

Creo que ninguno somos conscientes de haber acabado con la investigación del crimen. Bueno, a mí me falta todo el papeleo, los Watson se irán de rositas.

—¿Podemos abrir ya los regalos? —pregunta Alvarito—. Porfa, porfa, porfa.

Qué niño más materialista. ¿Dónde quedó el espíritu navideño, el disfrutar de una familia unida y feliz? Pero, claro, una familia también tiene sus riñas, sus rencores, sus complejos, su jerarquía. En realidad, es fácil quedarse con los regalos. U odiar la Navidad. A lo mejor lo que me molesta es que se vayan a abrir los regalos y no haya ninguno para mí. Porque los míos están en casa de mis padres, lejos de aquí, bajando por el valle. Y ya no nieva, pero todavía no es sencillo transitar la carretera y me toca esperar con ellos al menos unas horas más.

Por suerte, ha cambiado el ambiente en la casa de los Watson. Aquí nadie es culpable. Se miran unos a otros y ya no hay recelo, ni el miedo a que la persona que tienen al lado sea asesina o cómplice. Ahora la persona de al lado puede ser insoportable, si te toca Emilio, por ejemplo. Pero en eso consiste también la familia, también eso es la Navidad. Supongo que compartir vivencias junto al peor cuñado posible puede ser estimulante si es solo durante unos días.

—Pregúntale a la yaya —responde Eugenio a Alvarito—. Ella es la que dice lo que se puede hacer en esta casa.

—Yaya, ¿podemos abrirlos ya? —El niño ya no puede más de tanta espera.

—Sí, ya podemos, en el tiempo que tarda en calentarse la comida —concede su abuela—. ¿Sabes dónde están los tuyos?

Alvarito ni responde, se dirige hacia el sillón del fondo y empieza a abrir los regalos uno por uno, sin rasgar el papel, disfrutando de cada detalle y compartiéndolo con sus padres y con su hermana. Yo esperaba que fuese más salvaje, pero es el hijo de Eugenio y Quique, que son educados hasta el extremo. Le han traído su primer kit de investigación criminal, con sus lupas, sus sobres para evidencias y su linterna. El pobre niño lo celebra abrazando a sus padres como si le hubiera llegado una videoconsola. Supongo que ese es uno de los motivos que hacen a los Watson los mejores inspectores del país y quizá del mundo. También Florencia es hija de Eugenio y grita y juega con los restos de los envoltorios de sus regalos como si fueran confeti, celebrando no sé qué concierto con Ainhoa.

—¡Amorch! ¡Que nos vamos a ver a Blackpink!

Emilio ha regalado una botella de un whisky, que al parecer ha hecho él, a todos los adultos de la familia. A Verónica y a mí nos han dado las que correspondían a Míriam y a Gerardo.

—Qué honor —dice Verónica, y no sé si habla en serio o irónicamente.

En cuanto a mí, es que es mi único regalo y me hace ilusión.

Todos observan lo que les ha traído Papá Noel con tranquilidad, pero, si me fijo bien, puedo notar en algunos regalos halos de trascendencia que no tenían cuando fueron colocados junto a la chimenea la tarde de Nochebuena. Mezclados con el resto, sin saber exactamente cuáles, hay regalos que les hizo Míriam. Que compró sin sospechar que estaría muerta cuando se abrieran, que sería lo último que sus familiares iban a recibir de ella en esta vida. Sean los que sean, de pronto son importantes y los relacionarán con Míriam a partir de ahora. En algún momento sabrán cuáles son, ya sea porque el resto de los familiares les pregunten si han acertado con determinado regalo, porque quede algo sin reclamar, o porque lo investiguen, que para algo son inspectores la mayor parte de ellos. Su último recuerdo, ya sea un jersey, o una baraja de cartas del tarot, da igual si es mejor o peor regalo o si les dedicó más de cinco minutos, será un detalle que pensó Míriam para ellos poco antes de morir. La muerte tiene muy poco sentido.

Y, en una esquina, cerca de la chimenea, hay dos montoncitos de envoltorios que supongo que nadie abrirá nunca, los que corresponden a Míriam y a Gerardo. Qué lástima, con lo difícil que es pensar un regalo, más aún si no ves a la persona en los últimos años, y ahí se van a quedar, sin saber si han acertado o no. Y, mientras me abstraigo en estos pensamientos sobre la vida y la muerte, Julia y Emilio hablan y se abrazan y se parten de risa.

—Un momento, por favor —dice él y, como nadie le hace caso, golpea una botella de su whisky con una cucharilla de té que había por aquí. Siempre hay una cucharilla de té rondando por esta casa—. ¡Un momento! Tengo un anuncio que hacer.

Ahora sí que se callan todos, con curiosidad, o porque saben que no va a parar hasta que lo hagan.

—Con el triste fallecimiento de Gerardo y de Míriam —dice Emilio, haciendo una pausa dramática—, entiendo que el hotel, a falta de otros descendientes que trabajen en él, pasará a dirigirlo mi queridísima y nunca del todo valorada mujer, Julia Watson. Te lo mereces, preciosa mía. ¡Un aplauso para ella!

Y, como un público obligado, aplaudimos. No parece el momento para repartirse los restos del naufragio, es de muy mal gusto, y ni siquiera ha visto el testamento. Sin embargo, nadie le lleva la contraria, parece que aceptan la herencia de Julia como algo natural. O no les importa mucho el hotel. Julia se ríe, feliz. Si la investigación siguiera en pie, esto sería un móvil para cometer el crimen.

—Tía Julia —dice Javi—. Tendrás sitio para que yo trabaje en el hotel, ¿verdad?

—¿Por qué no? Puedes ocupar mi antiguo puesto.

—¿Y dirías que yo mantendré mi trabajo? —pregunta Verónica.

—Claro, yo qué sé. Lo hacías bien, ¿no?

—¿Y un aumento de sueldo? —tienta a la suerte Verónica.

—Bueno, eso ya veremos. Tengo que pensarlo. ¿Te sirve?

—De sobra.

—Y no solo eso —nos dice Emilio—. Para quien no se haya dado cuenta, Julia puede disponer de los terrenos de la montaña que se iban a usar en la ampliación de las pistas de esquí. ¡Y eso significa que habrá whisky ahumado de calidad para todos! Ya veréis cuando se lo diga a mi amigo Ricardo. Vamos a ser ricos. ¡Chin, chin!

Obviamente, casi nadie responde a ese brindis, porque no tienen ninguna copa ni ningún vaso a mano, nadie más que él y Julia está bebiendo alcohol. De nuevo, un móvil más para cometer el doble crimen. O son unos genios del mal y nos han engañado a todos, o son dos personas con una suerte que no se la creen.

A Susana le han regalado un curso de iniciación al reiki para dos personas, y unas piedras, que parecen ser ónix y amatistas. Es cosa de Berni. Se dan un abrazo horrible, frío, nada en consonancia con la ilusión que le hace el regalo.

—La comida está lista —dice Agnes.

Y allá que vamos todos. Sobre la mesa nos encontramos un guiso con una pinta excelente. Por lo visto lo ha preparado Agnes y no puedo sino admirar a la anciana por su coraje. Han tenido que ser días complicados y aun así ha seguido preocupándose por todos los demás. También podían haberla ayudado y dejarse de crímenes, pero ¿qué sabré yo? El aspecto de la comida es increíble aunque cualquier cosa me serviría, en este momento, después de un día sin comer.

—¿Dónde está la bechamel, Eugenio? —pregunta Julia.

En ningún lado. ¿Qué bechamel?

—¿Dónde está la bechamel, Eugenio? —preguntan todos, incluso una persona respetable como Agnes. Y se ríen como si fuese lo más gracioso que se ha dicho nunca. Eugenio acepta su papel, actúa como si estuviera muy ofendido.

—No os vuelvo a cocinar nada, malditos —contesta, y también ríe.

—¡No, por favor! ¿Qué vamos a hacer sin esa bechamel? —dice Florencia.

—¿Dónde está la bechamel, Eugenio? —repite Julia por enésima vez.

No entiendo lo que ocurre, será una broma de los Watson. Julia ya no parece estar molesta con Eugenio por haberla considerado sospechosa. Eugenio se levanta y la besa en la frente. Yo no entiendo nada. Obviamente, nadie cuenta conmigo. Tampoco tendrían por qué hacerlo. Vine a resolver un crimen y ya está resuelto. Ahora no tengo nada más que hacer aquí, solo espero a irme mientras los veo ser una familia casi normal.

—Una cosa —dice Ainhoa—. Entonces los osos… ¿vivirán?

Se quedan pensando y sorbiendo de sus cucharas. Nadie había reparado en los osos, y no creo que quisieran hablar más del asunto.

—Todos menos el amoroso —responde Florencia—. O no, no tenemos planeta B y nos lo estamos cargando a saco, incluso sin pista de esquí.

Toda la familia mira a Susana, esperando una respuesta. Temiéndola.

—El cambio climático es una filfa —dice Susana, al fin—. Os están lavando el cerebro, niñas. ¿Sabéis que ya hubo una glaciación hace mil años y no se acabó el mundo?

—Fue hace mucho más tiempo —responde Eugenio—. Y fue natural.

—Dame pruebas, Eugenio, no hables por hablar, tú que eres tan de pruebas.

Eugenio se limpia los labios y tira la servilleta sobre la mesa, con su elegancia característica.

—No se puede hablar contigo, se me olvidaba —responde, sin levantar la voz.

—No puedes demostrar nada. Es lo de siempre, se os llena la boca con el cambio climático y no os dais cuenta de que quieren controlarnos.

—Ya está bien, por favor —pide Agnes.

—Entonces Gerardo quería salvar el ecosistema —dice Ainhoa.

—Sí. ¿Y? —pregunta Richard—. Hizo algo por una buena causa una vez en su vida. ¿Le damos una medalla?

—Solo dice que pensábamos que únicamente le importaba el dinero y el poder, y no era así —responde Florencia—. Que hasta la peor persona tiene su corazoncito en algún lado del pecho.

—Por favor, este tema en la mesa no —implora Agnes.

—Que no, que quería salvar a los ositos, pero la solución que encontró fue matar a su mano derecha, a mi hija —responde Richard, demasiado en caliente para callarse.

Todos callan. El que no hubiera terminado de comer lo ha hecho en este momento. Agnes se va de la mesa, recogiendo los platos a su paso. Florencia se levanta con ella y le pasa un brazo por el hombro, con suavidad.

—Pues vaya solución, ¿no? —sigue Richard—. No me veréis llorar por su muerte. Estará muy bien bajo tierra.

Nadie responde nada a eso, porque no hay nada que responder. Pasan unos minutos en silencio y alguien pone unos villancicos en inglés en el equipo de música, y traen té, y whisky y vasitos cortos. De pronto hay unas cartas sobre la mesa. Parece que vamos a jugar a la pocha. El sol sigue arriba. Pronto darán por terminada la borrasca y podré irme de aquí.

Los que no querían jugar ya se han levantado de la mesa y se van a echar la siesta, a mirar el teléfono móvil, o a estar solos por un momento, lejos del resto.

—¿Es ahora cuando decís que soy la mejor inspectora? —pregunta Florencia—. Para ir preparándome para hacerme la humilde.

—No sabías ni por dónde te daba el aire hasta que hablamos Eugenio y yo, niña —responde Richard.

—Hay que valorar el trabajo de todos —añade Eugenio—. Yo he encontrado y descartado muchas pruebas que podían habernos llevado a error, por ejemplo. Y más o menos lo había descubierto todo.

—Has acusado a Julia, campeón, genio, mastodonte —le dice Florencia—. No eres un ejemplo.

—Me he dejado llevar, lo mío son las pruebas, y me empujasteis a salir de ellas, eso no es mi fuerte. Pero en cuanto a las pruebas he estado muy acertado.

—Yo he acabado con una trama de corrupción a nivel nacional —dice Richard.

—Pero estáis de broma, ¿o qué? Al final, la que resolvió todo… fui yo. Y ahora tengo cinco bazas.

Ya escucho la quitanieves en la calle, acercándose. Me levanto. Me doy cuenta de que sigo en pijama. Nadie se ha dignado a darme una ropa decente en este tiempo. Creo que ya me iré así de esta casa. Agnes me ve y se acerca.

—Yo te llevo, Juana —me dice—. Muchas gracias de nuevo por tu ayuda con el caso.

—Solo hemos repartido cuatro cartas —dice Quique a Florencia—, no puedes tener cinco bazas.

—Las cuatro sobre la mesa y una más por resolver el crimen.

Es un lujo tenerlos como compañeros y verlos resolver los crímenes que les llegan. Pero es odioso verlos pavonearse como niños. La quitanieves ya ha sobrepasado la puerta. Puedo irme. Ojalá mi coche siga en mitad de la carretera y funcione. No se levantan para despedirse. Solo Quique y Ainhoa. Los tres inspectores Watson apenas se dan cuenta de que me voy, siguen enfrascados en su pelea por ver quién es mejor inspector, mejor jugando a la pocha, mejor en cualquier cosa. Dicen que hay que intentar no conocer a tus ídolos de cerca. Tienen razón. Y, aun así, ha merecido la pena.

Agradecimientos

Hemos empezado esta novela con una dedicatoria para nuestra madre, porque este libro surgió y existe como homenaje a todos aquellos libros que leímos gracias a ella y con ella. Sin su impulso, no habríamos conocido de tan jóvenes las obras de Agatha Christie o Arthur Conan Doyle, y es algo que nos marcó a ambos. Solíamos jugar a ver quién adivinaba al asesino. Leíamos el mismo libro los tres y, cuando creíamos que habíamos descubierto al culpable, escribíamos su nombre en un papel —que guardábamos a buen recaudo— junto con el número de página en el que estábamos, por si coincidíamos y necesitábamos un criterio de desempate. Casi nunca acertábamos, pero pasamos muy buenos ratos y ahora lo recordamos como uno de los primeros momentos en los que nos enamoramos de la lectura. Por eso es la dedicatoria. Por eso y porque es nuestra madre y la queremos.

Toda esta explicación viene un poco a justificar que solo aparezca su nombre al inicio y no el de nuestro padre o el de nuestra hermana, por ejemplo. Con esto pretendemos evitar envidias y reproches, que los conocemos. La realidad es que también los queremos y les agradecemos su apoyo y su amor, no seríamos como somos si ellos no existieran, pero había que escoger a uno para la dedicatoria y no son ellos. Bueno, no había que escoger, nadie nos ha pedido nada, pero lo hemos hecho, y ya está. No hay vuelta atrás. Superadlo. También nos acordamos del resto de los tíos y primos, que no son demasiados, pero no vamos a escribir aquí todos los nombres, ellos saben quiénes son y lo mucho que los apreciamos.

También tenemos muchos amigos que han estado a nuestro lado y que seguramente hayan llegado hasta aquí esperando recibir ese subidón de adrenalina que produce ver tu propio nombre impreso sobre el papel de una novela. No va a ser. Os queremos y es genial que hayáis leído el libro, pero sois demasiados. Más de cinco y menos de quince, seguramente.

Por supuesto, nos acordamos también de Alberto Marcos, nuestro editor. Muchas gracias por todo. Alberto ha hecho una apuesta decidida por nosotros desde el primer momento, lo cual tiene mérito porque es nuestra primera novela, y además nos hacía saber de una manera muy vehemente lo mucho que le gustaban los textos que le íbamos enviando. Suponemos que nos lo decía convencido, pero, si no fuera así, nos lo hemos creído y nos ha hecho bien. Es un proceso largo y resulta muy reconfortante sentirse arropado.

Chus quiere agradecer a Paula por ser una compañera constante de juegos y risotas, y a Río por existir. A ambos por hacerle redescubrir y repensar la idea de familia.

Fran quiere agradecer a Marina por compartir su vida con él y por hacerle tan feliz. Y también le gustaría dar las gracias a sus gatos, Grisini y Kai, pero sería inútil porque no saben leer.

«Para viajar lejos no hay mejor nave que un libro».
EMILY DICKINSON

Gracias por tu lectura de este libro.

En **penguinlibros.club** encontrarás las mejores
recomendaciones de lectura.

Únete a nuestra comunidad y viaja con nosotros.

penguinlibros.club